李白夢繞長安

且看仙風俠骨的一代才子，
如何經歷這一世愛恨情仇

王慧清 著

幾乎是肆無忌憚地，
把他發射著光芒的才華潑灑到人的心目中，
故意使人自慚形穢。

他不隱蔽也不迴避世俗，
像是一棵生長在陽光下無法動搖的參天大樹。

他是「詩仙」、「酒仙」、「謫仙人」——李白！

目錄

李白

第三章

目錄

酒中月影
愛恨情仇
仙風俠骨
狂傲不羈
浩氣磅礴
柔情細緻
家國天下
傳世名篇

兩岸猿聲啼不住輕舟已過萬重山
一部史詩般的歷史小說
展現李白有血有肉的千古情懷

李白

這部長篇歷史小說用21世紀當代人的目光，穿越1,300年歷史的時空，重新解構並濃彩重墨地塑造大詩人李白鮮明的形象，展現了李白浩氣磅礡的一生。全書視角新穎，筆調華麗流暢，情節跌宕起伏大開大合，給予人全新的閱讀感受。

作者描繪了李白輝煌的文學成就、驚濤狂浪般的感情世界、傲視權貴並為崇高理想奮鬥不止的精神，揭示了李白鮮為人知的家世和綺麗浪漫的愛情之謎，同時刻劃了杜甫、王維、高適、陳子昂、鄭虔、張旭、吳道子等燦若群星的大詩人和大藝術家的生動形象，再現了他們的理想與社會的矛盾、封建專制與自由精神的鬥爭，以及他們與大唐興衰成敗緊密相連的個人命運。上至帝王將相、後宮佳麗，下至漁樵農商、婦孺老少，他們的個性和生活層面在作者筆下都活靈活現、色彩斑斕。

第三章

1. 大唐的國法在安祿山面前失去了作用

開元二十六年，玄宗皇帝做了一件令他後悔終生的事，因為這件事，使李唐王朝陷於滅頂之災，也使他二十年後不光彩地下臺，這就是赦免了在與邊疆戰鬥中的敗軍之將安祿山。

玄宗對內治定功成，便努力對外拓展，以大國的王霸氣概對勇於犯邊的各國予以迎頭痛擊，先後平定了西域、南詔的進犯。對於久戰不克的吐蕃、石堡，三番五次發動征戰。邊關的戰績，使玄宗感到非常興奮，往往以高官厚祿來獎賞有功的將領。

幽州長史張守圭由於在對突厥、吐蕃、奚、契丹的戰爭中屢屢建功，從北庭平樂府別將升至隴右節度使。多年前的一天，一個叫郭子儀的年輕人將一個胖胖的雜胡小子提到他面前來，罪名是詐騙、偷盜，請守將大人處置。對於這種罪犯，一般是拉下去砍頭完事。

但是，雜胡小子安祿山，眼淚汪汪的望著張守圭，向他陳述了他幼年喪父以及他與母親相依為命的悲慘生活，直說到張守圭這個鐵石般的漢子臉上露出憐憫的表情，安祿山忙說要是他有父親的教導，肯定會去為國效命疆場，哪裡會去幹這下三爛的勾當。張守圭見他說得痛心疾首，大動惻隱之心。不但沒有殺他，反而把他收為義子，派在帳下效力。事後張守圭發覺安祿山有闖蕩江湖的機警狡猾，又有他巫女母親傳給他的善揣人意的本領，加之胡人本來就驃悍善戰，安祿山竟成為他帳下不可多得的一名驍將。安祿山會六蕃語言，熟悉敵方的生活習俗，便於收集到各種情報。安祿山協助他的義父張守圭在戰場上節節勝利，張守圭升為幽州長史，安祿山也升為平盧討擊使。

這年春天，安祿山奉張守圭之命討伐契丹和奚的叛軍，叛軍用誘敵深入之計，安祿山不以為然。奚和契丹人將驕兵團團圍住，打得安祿山丟盔棄甲，幾乎全軍覆沒。安祿山和少數倖存的士兵倉皇逃回幽州。這一次使唐軍元氣大傷，使幽州處於非常危險的境地。張守圭意識到事態嚴重，論軍法安祿山理應處斬。在張守圭面前，這一次安祿山不再流淚，因為十多年的征戰中，他與張守圭的父子關係已經牢固。雖然張守圭理應立即將他處斬，但他不忍心殺他，他的升官發財都與安祿山密切相關。

如果不立即處死安祿山，那麼他就會遭到大臣的彈劾，這樣最終的結果是張守圭丟官，安祿山必死無疑。張守圭把他面臨的情況告訴了安祿山。安祿山再三考慮說：「義父，請你把我送到長安去吧，如果皇上一定要我死，孩兒死而無怨，如果能逃得活命，孩兒感激不盡。」張守圭來到京師，通絡了一些老朋友，安祿山用自己所有的財物賄賂大臣們。張守圭對朝中的重臣言說安祿山如何英勇善戰，如何忍苦耐勞，說安祿山的生死大權掌握在他們手中。

經過說項，大臣們認為：他們自己在長安的溫柔富貴之鄉中盡情享樂，沒有必要讓一個與自己沒有利害衝突的異族青年去死。如果誰領頭把長年在邊關的艱辛中作戰的安祿山推向絕地，那不太殘忍了嗎？至於邊關的安危，在他們的腦海中，只是一種模糊概念，邊關離繁華的長安確實是太遠了。

然而，畢竟朝廷還有法規，要把安祿山從法規之劍底下拉出來也絕非容易。宰相張九齡就第一個出來反對，他說：「因為失職而戰敗，使邊關的軍事力量受到莫大的損失，按軍法應該處斬。安祿山罪證很確鑿，這只需要長史下令執行就行了。戰爭不是兒戲，張守圭長史如果正確地執行軍令，違反軍法的安祿山怎能免去死罪呢？」

玄宗認為張九齡說得正確，便下令將安祿山推出午門斬首。安祿山被高大的衛士從地上抓起來推著走出宮殿，他毫無懼色，向張九齡投去一個嘲諷的微笑，他還有最後一張王牌沒有丟擲來。當他被推到十幾步時，回過頭來，掙扎著盡力氣大聲喊道：「皇上不想消滅契丹和奚嗎？為什麼殺壯士！」這種氣魄令人聯想到「匈奴未滅，何以家為！」那種類型的豪言壯語——奇蹟發生了，這個胖雜胡的話撥動了皇上的心弦。

「等等！」玄宗坐在龍椅上喊道：「他說什麼？」

衛士們停了下來，站在玄宗前面的高力士重複著皇上的話說：「他說什麼？再說一遍！」

安祿山立即跪下來，激動地高聲喊道：「罪臣說，皇上如果想消滅奚和契丹的話，俺雜胡赴湯蹈火，死九次也在所不辭，俺雜胡是一條漢子，願為陛下死在戰場上！哪怕所有的腦漿和腸子都流出來！」安祿山說完，氣概英勇地看著玄宗。

玄宗太需要消滅契丹和奚來擴大自己的版圖了，當皇上臉上露出第一絲憐憫之色的時候，張守圭不失時機地跪下奏道：「皇上念他在邊關出生入死征戰多年，饒他一命吧！」

其他的大臣也紛紛求情說：「請陛下恩准赦免吧！」

於是玄宗說：「饒他不死，免去他的官職，讓他帶罪立功吧！」

執法的宰相陷入了困境，這明明是一場串通的對抗軍法的行動，這是對法規的嚴重傷害，直接影響到社稷的安危。而這場與大唐律令相對抗的參與者還有天子。造成這場抗法活動的安祿山，其內心是多麼險惡，法是國家的根本，如果此時不除，必成國家大患！

張九齡是忠勇的，他立即上前朗聲奏道：「安祿山不聽指揮，喪失了幽州的軍隊，軍法規定是一定要殺掉的，而且臣看他的樣子詭詐難測，日後恐怕要謀反，陛下今日不殺，此後必留後患！」

公開地與皇上的意旨對抗，使玄宗心中甚為不悅，玄宗冷冷地說一句：「卿不要認錯了人，枉害忠良！」說罷拂衣下殿。

張九齡愣在那裡，大唐的國法在安祿山面前失去了作用。

出乎意料的是，安祿山臉上感激涕零的樣子立即消失了，他甚至上前幾步，衝著愣在那裡的張九齡，伸伸舌頭扮了一個鬼臉。不到二十年，安祿山果然謀反，將玄宗趕出了長安。當玄宗亡命蜀道的時候，才體會到張九齡的正確。

朝廷的鬥爭是複雜的，多少人在垂涎宰相的高位。但是張九齡的才幹無人能及，於是那些居心叵測的人就在暗中造謠中傷。因為有了張九齡，使他們顯得更平庸，因為有了張九齡，他們無法賣權肥己……甚至難於在官場混下去。那麼除掉張九齡就是他們的共同願望，只要國家權力的守望人一有疏忽，他們便像野狼一樣立即撲向那塊豐腴的地方。這一天終於來了，他們看見皇上和張九齡之間終於出現了裂隙，現在他們要抓緊機會把裂隙擴大，再也不能彌合……

沒有人注意到當皇上拂袖而去的時候，吏部尚書李林甫的臉上掠過一絲笑意。李林甫之不成材料是朝廷公卿大臣眾所周知的，除了諂媚討好搬弄是非之外，幾乎一無所長。朝中憎惡他的人背後都叫他「下材」，這樣卻更刺激李林甫的野心。他不斷地向有關方面討好賄賂，終於一次一次見成效，從千牛直長一步步升為太子中允、國子司業、御史中丞，節節上升。李林甫買通了一個武惠妃親信的內侍，讓他向武惠妃轉達他的忠誠，這樣，正中武惠妃的下懷。喜好權力的武惠妃要李林甫要幫助她把最喜愛的兒子壽王立為太子，送上皇帝的寶座。有了這種勾結，在武惠妃的暗中幫助下，李林甫升為黃門侍郎，不久又升為禮部尚書同中書門下三品，進而再拜兵部尚書。

李林甫總是順著皇上說話，讓皇上感到很舒服。玄宗越來越厭煩張九齡的直諫，在李林甫和武惠妃的日夜讒毀下，玄宗將李林甫任為宰相，張九齡貶為荊州長史。

李林甫正在緊鑼密鼓地議立壽王瑁為太子時，不巧用盡心機的武惠妃因心力交瘁而病死。

武惠妃一死，雖然李林甫用盡全身解數為壽王運作，情況卻有了戲劇性的變化。親睹玄宗對兒媳楊玉環有特殊感情的高力士，祕密地不失時機地把壽王妃送到了玄宗的床上，以解脫皇上喪偶的哀思。正好比如魚得水，玄宗沉醉在玉環傾國傾城的美色和溫柔之中，不願醒來。於是壽王處於十分尷尬的境地，高力士又安排人注印「孝經」，暗示壽王將妃子獻給父親作為「孝」的表率。失去母親庇護的壽王，哪裡敢有半點拂逆的意思，只有忍氣吞聲地將妻子送入宮中。

李林甫只好眼睜睜地看著壽王的妃子玉環，變成壽王的「繼母」，現在沒有，而且今後永遠也沒有任何計策能使壽王瑁作為儲君而登上王位。

高力士成功地導演了這一出令人啼笑皆非的鬧劇，使李林甫在立太子的問題上以失敗告終。但李林甫是不甘失敗的，他要攫取更大的權利，每天都在想，皇上有了楊玉環之後，還需要些什麼呢？

李林甫作宰相的第一件事，是將張九齡時期提拔起來的人貶謫和調離京師。被張九齡提拔為右拾遺的王維，被調離了中書省到御史臺，以監察御史銜到涼州參謀河西節度使崔希逸幕府，遠遠地離開了長安。張垍暗中沾沾自喜再也沒有人威脅他「長安第一才子」的地位。

朝廷的官員不停地在變動，不斷有人被逐出京城。

賀知章從祕書監遷為太子賓客，看到朝廷這樣動盪，朝中的文學之士相繼離去，原來設想推薦李白的事情已經成為泡影。

2. 五百里黃山，吳道子避禍、煙霞子逃福、李白以山河下酒

李白離開安州，移家到豐饒的東魯任城。讓丹砂與小梅兒成了家，置了幾畝田，為他照顧兒女。前後又遊南陽、宋城、太原、坊州、岐州，拜謁過很多長官，一無所獲；一晃就過去了八九年，仍歲月蹉跎，功業無就。這年春天想起江南的老友和美麗的山川風物，再次南下漫遊。

五百里黃山，七十二峰層巒擁翠，千姿百態萬松爭奇，雲海起濤溫泉噴湧。

李白穿一雙麻鞋戴一頂竹笠，攜一葫蘆酒進入黃山。沿途登山攀樹，涉溪越澗，搜奇探勝，已有五六天還未走完黃山一小半。黃山有枝柯蒼勁展蓋如傘的迎客松，有奇瑰的排雲亭，有令人神思飛越的

「夢筆生花」，在清涼臺上可看到瞬息萬變的日出奇觀。軒轅峰、浮丘峰、容成峰、仙人峰、煉丹峰，峰峰奇秀簇擁著卓立於雲彩之上的天都峰……。黃山的風，拂去李白歷年來滯遊長安洛陽的塵垢。黃山的雲，像李白洶湧而來的神思。

一日李白來到仙人峰，揭下頭上的笠子，取下腰間的葫蘆，坐在松下的青石崖上，面對千巒競秀的群峰、直下千尺的飛瀑，飲一口賞一回，不覺已有幾分醉意。

「謫仙人！」李白忽聽到有人高叫，那人的聲音宏亮，在空曠的山谷中，久久迴響。

「謫仙人！……」

李白四下觀望，見遠遠的山道上走來兩人，想不到一個是吳道子，一個是煙霞子！

李白狂喜奔過去，三個好朋友抱在一起。

「李十二，你在這裡幹什麼？」吳道子問。「我在這裡用江山下酒。」

「用江山下酒？妙不可言，妙不可言！」吳道子讚道，「你看！」展開一張白綾，上面畫著一株古松亭亭如蓋，松下坐著風神散朗一位仙人，樣子酷似李白，後面遠山蒼翠，山間依稀雲水飛動，儼然神仙境界。原來，在李白自斟自飲時，吳道子早已將李白入畫。

「道子，你的筆墨真是出神入化了！」

「你們兩位，是怎麼到這裡來的！」李白問。

「當然是天意。」煙霞子說。

「天意？玄了，這麼遠的路途走在一起，總要為點什麼吧？」李白說。

吳道子看了看人跡罕至的山谷說：「這倒是個暢所欲言的好地方！不瞞你說，我是來避禍的！」

「什麼禍？」李白說。

「謫仙人，看來你真是從天上才下凡的，還不知道長安的情況。」吳道子就把近年來李林甫如何作奸，安祿山如何得以免死，張九齡等如何因直言觸怒玄宗而被貶至荊州等講了一遍。「你可知道李林甫為何要害我？」

「不就是因為你風流成性，喜歡畫漂亮娘兒們麼？」李白哈哈笑著說。

「哪裡是為這等事情！」吳道子認了真，急得漲紅了臉。

因為李林甫在當千牛直長前，也學過幾天畫但畫得不好，暗中嫉妒吳道子。如今當了宰相，揚言要找吳道子的岔。吳道子素知他嫉妒人才，一時不知所措，便只好跑來請教煙霞子。

李白又問道：「所以我師兄煙霞子見你可憐，頓生惻隱之心，所以就陪你到這深山裡避禍？」

煙霞子笑道：「我卻不是來避禍，我是來逃福的！」

「這就更奇了，世人求福，求之不得，你卻是見福而逃，這卻是為什麼？」李白問道。

煙霞子道：「這當然是一件奇事，你且聽我講，兩個月前，皇上派人到武當山把師父接到宮中，禮節十分隆重。皇上對師父說武惠妃過世心中十分悲哀，為了惠妃的來世祈福，他有個孝順孩子願意請度為道士。請師父在太清宮為其授道籙。師父以為子女能恭行孝道是很好的事，便欣然應允。過了幾天齋戒完畢諸事齊備，我陪師父來到觀中授籙，只見宮中女道士扶出一個麗人來，天姿國色無與倫比。事後我陪師父回到寓所，師父連連搖頭嘆氣。皇上又送來不少珍寶，我師父哪裡是貪圖珍寶的人？次日皇上親自來到我們在興唐觀的住處，再次請師父為興唐觀觀主又兼太清宮的觀主，師父卻不領情，推說年紀老邁久居山林、不堪驅使，萬般無奈賴便叫我留下作興唐觀觀主。個中原由就是瞎子也看得明白，我怎能因此去作什麼觀主？」煙霞子說著連連搖頭。

「哎呀師兄，有絕色女子陪你修道，這可是好多人都求之不得的羅！真叫走運！」李白和吳道子撫掌大笑。

「你兩個可惡！我一個出家人，不成了拉皮條的了麼？」

「後來呢？」李白問。

「後來，吳博士來興唐觀找我，我想來想去想出一條妙計！」

「什麼妙計？出家人這是第一次墮入紅塵啦！」李白說。

「第二天我就回稟皇上，說我昨夜夢見神仙指點，東南方有仙山，入山可為皇上祈來非常的福分，請皇上恩准我去尋找仙山。皇上一聽大喜，立即恩准。我又稟道，請帶畫師一人，將尋得的仙山畫成圖形，帶回長安請皇上過目。皇上自然而然地想起了道子，我就跟吳博士一起來啦！」煙霞子說。

「如此你怎對皇上交待？」李白問。

「我只好將真情瞞過，找一位道友李代桃僵，替我當觀主。」煙霞子說。

李白故意正色道：「出家人不打誑語。」

煙霞子是從不撒謊的人，聽了李白的話滿面通紅道：「我也是實在沒有法子呀！」

吳道子說：「你也別逼他了，這一路上他為了這事，難過得夜不能寐呢！」

李白哈哈笑道：「這就是俗人的好處，像我這樣的人就有愛美女的嗜好，還有撒謊的自由。一旦作了神仙，連兩種自由都沒有了！」

「依我看，我們三個進了這黃山，就把這山外的事遠遠地拋在一邊，這裡真是神仙住的地方，我們也過幾天神仙般的日子！」吳道子說。

「二位師兄，來！有好山、好水、好酒，還不是賽過活神仙！」李白高舉酒葫蘆叫道。吳道子拿出杯來斟上，李白和吳道子喝了個痛快。第二天，煙霞子要到黃山道觀講經，李白和吳道子一口氣爬上天都峰半山腰，二人都累了，一齊躺在草坪上，看那湛藍的天空之下，雲海湧動，黃山奇景一幕幕彷彿都在向自己游來。

「好一幅天成的山水長卷啊！」吳道子嘆道。

「大千世界都不存在了，時間和空間都化為虛幻，真想變成黃山上的一棵松樹，在這裡看山、看水、看雲！

在這無盡的山水中醉去！」說著抓過身邊的酒葫蘆咕咕地喝了幾口。

「想必這酒喝下去，又有好詩啦！」吳道子說。「那是自然。」

吳道子也抓起酒葫蘆咕咕地喝了幾口。

「想必這酒喝下去，又有好畫啦！」李白說。「那是自然。」吳道子說。

當下二人一齊在山崖上鋪上紙，李白說：「這山谷空曠幽靜，吟誦起來定是別有一番風情。」

「在下洗耳恭聽。可惜只有我一人有這耳福。」吳道子說。李白喝了一口酒，對著雲海中飄蕩的群峰大聲朗誦道：「黃山四千仞，三十二蓮峰……」

李白宏亮的聲音在群峰中迴盪，從一峰傳到另一峰，傳得很遠很遠……

這時在黃山的崎嶇山道中，一隊迎親的隊伍一路吹打走來，領頭的正是汪倫，原來是紀良的兒子紀楠竹成親，娶的就是黃山桃花溪的採藥人丘老漢的女兒桐花。紀楠竹的父親紀良，住在敬亭山下，是宣州釀酒的高手。這次兒子成親請了好友汪倫來，從幾百里外迎來新媳婦。這時走了半日，忽聽山谷中迴響著一個熟悉的聲音。汪倫拐過山崖往前一看，見二人站在路旁，正在吟誦的不是別人正是李白。

「停下來。噓！」汪倫打了個手勢對後面迎親的隊伍說。「汪大叔，你不是催著我們快走麼？」吹鼓手問。

「前面那位先生，是我的朋友，我這位朋友就是在京城寫詩罵鬥雞徒的李白。」

「喲，了不起！」眾人說。

「我朋友在做詩，你們別嚷嚷，安靜。」

「那我們……」

「等他做完了詩，我們再過去。」汪倫說。「不要打斷了他的文路。」一個吹鼓手說。「什麼文路？是思路。」另一個吹鼓手說。「他在說什麼？聽聽！」「在說我們黃山的事兒呢！」

「噓，別作聲！」

這一行人立即停下來，連大氣也不敢出，等在路邊，只聽李白高舉杯高聲吟道：「……丹崖夾石柱，菡萏金芙蓉。伊昔開絕頂，下窺天目松。仙人煉術處，羽化留餘蹤。亦聞溫白雪，獨往今相逢。採秀辭五嶽，攀岩歷萬重。歸休白鵝嶺，渴飲丹砂井。風吹時我來，天車爾當整。去去陵陽東，行行芳桂叢。回谿十六度，碧嶂盡晴空。他日還相訪，乘橋躡彩虹。」

李白誦完，在那鋪好的白紙上一揮而就。「你的畫呢！」

「原來我想對著這三十二蓮峰作一長卷，我聽了你的詩，決定揣摩詩意另作一幅，你這首詩，便是極好的提綱，到了長安，我可要多花些時日來作呢！」

「真有你的！」李白隨手拿起葫蘆，一飲而盡。吳道子再來搶時，裡面一滴也沒有了。

李白哈哈大笑。

「奏樂！」汪倫向吹鼓手們喊道：「為太白先生的好詩奏樂！」

一時間鼓樂齊鳴，好像黃山七十二峰都在歡呼！「太白！李兄弟！」李白和吳道子還沒弄清是怎麼回事，汪倫已經飛奔過來。

李白也認出了汪倫：「汪兄！」

「這位是我的好朋友天下第一畫師吳道子吳博士！」李白說。

「楠竹，快過來！快來拜見你李伯父和吳伯父！」「太白，你記不記得宣城釀酒的紀良！」汪倫說。

「怎不記得！那年冬天臘月初八，你給我帶來一罈子好酒，說是朋友送給我的，我雖然從未見過面，但那酒的香味道，」李白說著舐了舔嘴唇，嚥了口口水，「至今還……還在我心中！」

「真的？」吳道子問道。

「這就是紀良的兒子紀楠竹，我這幫他接親來了！」楠竹笑盈盈地過來向李白和吳道子行了禮。

「快快請起，快快請起！真是大喜！」

汪倫高興極了，轉過身來向迎親的隊伍喊道：「鄉親們！這二位是我的朋友，是大唐最棒的詩人李白先生和和最棒的畫師吳道子先生！我們今天是喜上加喜呀！」

眾人拍起手來，吹鼓手吹得更有勁了。

「我們請太白先生和吳博士到宣州去吃喜酒！」

「好嘞！」

吳道子向李白舔舔嘴唇，做了個鬼臉，那意思是：「又有好酒喝呢！」李白點點頭。向汪倫說：「謝謝鄉親們！」

楠竹把馬牽過來說：「李伯父、吳伯父，上馬吧！」

李白說：「我又不是新郎倌，我怎能騎你的馬！」

汪倫說：「我再去找一頂轎子！」可話一出口，覺得不妥，這山中幾十里也不見一戶人家。

這時一個嬌滴滴的聲音說：「二位伯父，坐轎子吧！」說著轎簾一掀，戴著紅蓋頭的新媳婦從轎子裡走了出來。

李白和吳道子你看看我，我看看你說：「這如何使得！這花轎新姑娘一輩子只坐一回！」

汪倫一下子樂了，對轎伕們說：「二位大人，這轎子很寬大，也很結實，我們——」

「有的是力氣。」轎伕們說。

「來呀！」汪倫向轎伕們使個眼色，轎伕們一擁而上。「使不得，使不得！」李白和吳道子急得大叫。

轎伕們不由分說將李白和吳道子塞進轎子抬起就走。

楠竹故意走到桐花面前，小聲說：「我們怎麼走？」

桐花偷偷掀開蓋頭一角，向楠竹甜甜一笑道：「傻瓜，隨你怎麼辦！」

楠竹一下子把桐花抱上馬，使勁親了個嘴，將馬驅動。迎親的隊伍又往前行了，吹鼓手吹得更歡了。

3. 狂風吹我心，西掛咸陽樹

迎親的隊伍來到宣州敬亭山下青陽江邊的紀家，李白與吳道子，喝了喜酒、唱了喜歌，紀良把他們安頓在臨河的瓜棚下乘涼。這時一隻大船靠岸，下來一幫人都執著酒壺，為首的叫道：「謫仙人，到了宣州為何不來會會老友？」李白一看這人正是江夏的詩人韋良宰，十年前，在黃鶴樓為孟浩然餞別時還在一起喝過酒。現在作了宣城的縣令。韋良宰與宣城一班詩友盛情邀請，李白吳道子卻不過情，只好別了紀良，汪倫、荀七等一干老友，坐了韋良宰的船去至城中。

韋良宰又邀了崔司戶與常贊府，青陽縣令韋仲堪，索性來一番暢遊。遇水乘船，上岸騎馬，遊遍了宣城、貴縣、青陽。此時竟有千里百里之外的文人雅士，仰慕李白競相前來聯誼款待。與其說酒香，不如說人好。李白詩興大發，飲一處，題一處。至今宣州山水，無處沒有李白詩。

李白每到一處便收集許多民歌，吳道子問：「你這個大詩人怎麼會對民間鄉曲感興趣？」李白笑答道：「詩的真諦，在於情感真誠。鄉民純樸真誠，鄉曲發自內心，曲調猶如行雲流水野樹閒花，此乃渾金美玉自然天成，這都不是我輩文人墨客做得到的。而今也有不少趨炎附勢之徒，庸俗宵小之輩，亦附庸風雅吟詩作賦，他們咬文嚼字矯揉造作，徒具軀殼而已，何來靈性？所以，這些鄉曲，之所以值得採擷，其中奧妙你也知道了吧？」吳道子又問：「那麼，閣下以為什麼才叫好詩呢？」

李白說：「古人云：『汩沒天真者，不可作畫。』對吧？」

「對，這是畫中至理，凡作畫者一定要有自己的個性，隨個性而鍛鍊出格調。」吳道子說。

「作詩就應如『清水出芙蓉，天然去雕飾。』自然清真，沒有雕鑿的痕跡。在下說：『泯滅性情者，安可吟詩？』怎麼樣？」

吳道子拍手叫道：「妙哉高論！怪不得在金陵和長安，有人說你是『錦心繡口』呢！太白，我這一趟避禍真是值得，我已畫了許多寫生，神仙、天將、觀音的粉本都有了！我這叫因禍得福！」

一日，李白與吳道子一大早起來，迎著晨曦在青陽江旁散步，敬亭山下，江水緩緩從山下流過，青陽江兩岸，開著叢叢杜鵑，空氣十分清新，鳥兒自在地在竹林中飛翔著，跳躍著，鳴叫著，李白倍感親切。忽然覺得，這地方不像別處，就像自己的家鄉。紫雲山下，也是這般桃花灼灼，流水潺潺，與家鄉何其相似！出蜀以來，功名未就，甚至沒有回去看過自己的父母。離開家鄉之時，自己正是風華正茂的年輕人，轉眼之間年屆不惑。古人說「三十而立」，非但自己「而立」之年沒有功名，即便是而今到了「不惑」之年，面對世事，也還是滿腹困惑與惆悵，想到此不覺神色黯然。

李白與吳道子在宣州已周遊了三月餘，吳道子屆期要與煙霞子回朝覆命，汪倫執意要李白到涇縣他家去小住幾日。韋縣令一再挽留，但又不敢誤了吳道子回朝的日期，只好為之置酒作別。

酒過三巡，韋良宰舉杯站起身來，含淚對李白說：「太白，這一杯酒我代孟浩然兄敬你，這裡還有一件東西是浩然兄託我轉交給你的，請你收下。」說著手下人呈上一個錦盒，打開裡面是一把摺扇，正是李白為之題寫〈黃鶴樓送孟浩然之廣陵〉的那把。李白大吃一驚，「浩然兄，他……」

「他已經在去年冬天去世了！」韋良宰淚水奪眶而出。

韋良宰怕李白傷心，所以到臨別時才將孟浩然去世的消息說出。張九齡是孟浩然的詩友，張九齡被李林甫排擠出京，孟浩然更加絕望，去年冬天一病不起。臨終，請韋良宰將這把摺扇帶給李白。李白收了摺扇，再也無心飲酒。二人回到客房，韋良宰派人將青陽縣令送的禮品拿過來請二人過目，吳道子打開錦盒一看，裡面是兩套琥珀色的瘿木山樽和酒壺。瘿木山樽形式奇特，造樽的工匠依著瘿木的形狀，隨形就勢，雕琢出山岳、廟宇、樹木、人物、十分精美有趣。吳道子拿起瘿木杯摩挲觀賞玩，讚不絕口道：「妙極，妙極！妙極！」李白卻一言不發。

道子隱隱約約感到李白的心事。但他一心作畫，瀟灑度日，即使送他一個官作他也不願分心，一時竟想不出恰當的話來安慰李白。

李白拿起那套精美的癭木山樽，摩挲著摩挲著長長嘆了口氣，這癭木，是山中一種彎曲的長著樹瘤的樹木，因為有這樹瘤，無法加工成材，因此是一種廢木，如果不是宣州的能工巧匠將其雕琢成酒器，只有拿去當柴燒。而自己也像這癭木山樽一樣，作不了棟梁，終日狂歌痛飲，形同酒具而已。他本來已有醉意想到此煩亂已極，他使勁抓搔著頭髮，將頭深深地埋在腕中。「太白！你怎麼啦？」吳道子叫道。

當李白抬起頭的時候，已是淚流滿面，他提起筆來寫下：

> 蟠木不雕飾，且將斤斧疏，樽成山岳勢，材是棟梁餘。外與金罍並，中涵玉醴虛，慚君垂拂拭，遂忝玳筵居。擁腫寒山木，嵌空成酒樽。愧無江海量，偃蹇在君門。

「把這贈給青陽縣令吧！」李白說完長嘆一聲頹然坐下。

吳道子看那墨跡淋漓的詩句和李白蓬頭散髮的樣子，心中一陣隱痛。想起自己出京的緣由，和即將不得不回去的皇家畫苑，吳道子的心情也沉重了。他無法排解李白心中的痛楚，只好想法把他的思路岔開，便道：「太白，明日一別，不知何日相見，你曾讓我問候長安的老友，你不如也給他們寫首詩帶去，可好？」

李白說：「也好。」提筆寫道：「客自長安來，還自長安去。狂風吹我心，西掛咸陽樹，此情不可道，此別何時遇。望望不見君，連山起煙霧。」

吳道子拿起詩箋說：「狂風吹我心，西掛咸陽樹……太白，徜徉於山水之間有什麼不好呢？你進入不了朝廷，又何須執著於濟蒼生，安社稷？身在江南的奇山秀水之中，而你的心卻夜夜飛往長安，你何必給自己增添痛苦呢！我決定這次回京之後，就向皇上請了長假，到江南來與你一起寄情山水，避世隱居。」

李白一行熱淚在臉上流淌，搖曳著一頭蓬亂的頭髮說：「吳兄，我何嘗沒有想過閉眼不看現實，超脫塵世！我何嘗沒有想到過把我的一生交給白雲、蒼松、江川、明月。可是我是人，不是山石草木，我只有一生一世，我還沒有為江山社稷、蒼生百姓效力，我還沒有兼濟天下，怎麼能獨善其身呢？」

「我理解你了，我回到長安，一定把你的心意告訴賀知章大人。」吳道子說。

李白無言，攬一把亂髮在眼前，不知何時這青絲中竟夾雜了許多白髮。李白扯下幾根白髮，包在一張詩箋裡，將詩稿一併交給吳道子。

次日，吳道子帶著李白的詩稿和白髮，先到黃山道觀去會煙霞子，然後與煙霞子一起回長安。

李白別了吳道子和韋良宰，隨汪倫等到了涇縣。涇縣風景佳秀，人和地美，涇川從這裡流過。涇川是青弋江中段，源出黃山北麓太平湖，浩蕩的涇川，出高山經峽谷，越平原，疾如奔馬緩若明鏡，姿態萬千。涇川兩岸，風光秀麗，耐人賞鑑，故又名賞溪。汪倫的家就住在涇川上游桃花潭邊。桃花潭清澈如鏡，上游有數不清的支流，如麻溪，舒溪，哈溪，蓮溪……像一條條游龍穿過谷口，匯入桃花潭，桃花潭西岸有屏障似的石壁。岸邊老樹紛披，春藤綴拂，每當旭日初昇，岸邊水木相映，泉石爭輝，翠煙紅霞，繚繞上下，遠遠望去，恍若彩虹飛舞。潭東十里桃花，灼灼如燃，將半邊潭水映紅，猶如胭脂染就的一般。潭中有魚十分肥美，在桃花水中穿梭遊弋，更是一番迷人的景象。

汪倫的家就在桃花潭的桃花叢中。汪倫本是技藝精湛的鐵匠，二十年前在秋浦開了一家作坊，冶鐵鍊銅，製造兵器、祭器，生意十分紅火，發了財。汪倫是個講義氣的人，賺了錢不忘窮朋友，先後資助殼子客在揚州開了一家小藥鋪，又為荀七買了一條船。一天，三人在一起飲酒聚會想起那年臘月冒著風雪去安州的李兄弟。汪倫此次見李白漂泊半世孑然一身，雖然才華煥發人人敬仰，但日日狎妓縱酒逢場作戲，到頭來哪是下場？哪能比得上自己老婆孩子熱酒香茶的日子？像李白這樣天上神仙般的人物叫了自己一番「大哥」，自己自然是要對得起他，故爾執意把李白帶到桃花潭來，為李兄弟買了一處房屋，要說服他移家於此，並託人物色個賢惠婦人與李兄弟成親。

一日，汪倫備了一條船與李白泛舟賞景於桃花潭上，面對十里桃花李白還未舉杯，卻早已意醉神迷。李白飲了一口酒，甚覺甘美，問道：「前些日子我接到汪兄的信，信中說這裡有十里桃花，萬家酒店，邀我到此賞遍十里桃花、飲遍萬家酒店，這十里桃花，此時看了比我想的還要美妙十分，只是這『萬家酒店』，今在何處？」

汪倫哈哈一笑說：「太白，我說的是『萬家酒店』？就在桃花潭邊，你看，那可不是？」

李白順著汪倫所指望去，桃花潭邊朝霞一般的燦燦桃花掩映中，一面天青色的酒招兒在春風中招展，上面大書字「萬家酒店」幾個字。

「你明明說『萬家酒店』，怎麼才一家酒店？該罰，該罰！」李白給汪倫斟上。

汪倫笑道：「這本是姓萬的掌櫃開的酒店，我說的一點不假，是你的酒膽太大，想喝遍一萬家酒店！這杯酒該罰你才是。」說著也給李白斟上。

李白笑彎了腰道：「我被汪兄騙了！」

「不管是『萬家酒店』也好，『一萬家酒店』也好，這桃花潭周圍，少說也有百來家釀酒的，你這次既來之，則安之。我們兄弟倆，一家一家地喝個遍，如何？」說著汪倫又滿滿地給李白斟上。汪倫性格豪爽，一愛喝酒，二愛唱歌，日日帶著李白到處遊玩，開懷暢飲地喝酒，旁若無人地唱歌，好不悠哉遊哉！

吳道子和李白離開黃山後，煙霞子來到天都峰後的黃山道觀，找到了黃山道長。道長六十多歲，精神健旺，煙霞子見到他時他正在蓮花峰的絕壁上採藥。煙霞子說明來意，轉達了太玄大師的問候，哪知道黃山道長笑道：「你師徒二人好算計！你為何不去做興唐觀觀主，反要讓我？我已是四十年沒出黃山了，你讓我到皇帝老兒面前天天去打躬作揖，不如殺了我吧！」煙霞子無奈，只好在黃山等著李白與吳道子回來。

煙霞子閒來無事，便把李白留下的詩稿，擇其有道家風味的一一抄錄。過了些日子吳道子回到黃山見了煙霞子，講了一路經過，取出那頁詩稿和包著的白髮來。煙霞子看了，不由心中一陣酸楚。沉吟半晌道：「為何太白詩中說要修道，而又執著於人世間呢？」道子看出他的疑慮，把煙霞子抄的遊仙詩看了一遍說：「依我看，太白乃文韜武略兼備的飽學之士，曠世英才。仕途之中皆是俗人，處處皆逢迎，時時有權變，太白卓爾不群遺世獨立，縱有才幹，官場豈能容他？」

煙霞子說：「照你這樣說，這道是學不得了。」

「非也，如今皇親國戚不也在學道麼？只是李白無門而入，師兄常講自然而然的道理，學道的人好比深山野嶺的樹，自由自在地生長，不顯不露，不直不強，而我就是生長宮苑的樹，我的畫業在長安，離了長安，便沒有了眾多的觀眾。而我要在宮苑生長，便要時時遭到剪拂；而太白，他是一株大樹，橫空出世，挺拔剛直，正是做棟梁的好材料，所以一棵樹要做棟梁，就必須犧牲山林的超逸與自由，但哪一棵樹不想枝葉繁茂地生長在山林之中呢？這是自然而然的道理，而今太白的心根扎在長安，你要努力把他搬到山林裡去，豈不是違反了自然麼？」

「你倒給我講起道來了。」煙霞子聽了吳道子一番詭辯說：「也像是有幾分道理。」

煙霞子將那幾根白髮理好包起來，又看了一遍吳道子帶回的詩，嘆了口氣道：「好罷，我權且與你回去，至於做不做興唐觀觀主，到時候再說。這詩和頭髮，暫不必交給賀大人。我師弟才華出眾，豈能久居人下？我這裡給太白寫一封信，讓他立即回家等我的消息，我自到長安為他周旋。不過這一回，我這個世外之人，倒被你拖入紅塵了。」

吳道子喜出望外，他終於為朋友盡了微力。次日煙霞子與吳道子離開黃山回到長安。之後，一個小道士到在桃花潭邊找到李白，交給他煙霞子的信。

煙霞子將那幾根白髮理好包起來，又看了一遍吳道子帶回的李白接到信，感慨不已，想到道子竟能為自己說項，想到師兄竟為成全自己涉足紅塵，一顆心早飛到長安去了。但汪倫這邊，自己幾次想回去，汪倫執意不准，硬要把李白留在這裡安家。他對李白說，下次到揚州賣銅器時，親自去南陽接了丹砂、小梅兒和李白的一雙兒女來。汪倫不准回家，又如何是好？

煙霞子將那幾根白髮理好包起來，又看了一遍吳道子帶回的李白心生一計，是夜與汪倫開懷暢飲。李白頻頻給汪倫勸酒，次日汪倫一覺醒來，不見李白，家奴拿來李白的信，汪倫見上面寫道：「吾兄大鑑：李白來此，已兩月有餘。白乃野鶴閒雲，優遊四方，深謝汪兄盛情，此去勿庸掛念。明日要遊五松山後會有期。弟李白頓首。」

李白偷偷出了汪氏別業，到桃花潭邊僱了一隻小船一早出發。

汪倫叫道：「何時走的？」家奴說：「天剛亮打早走的。」汪倫說：「壞了，李兄弟就這樣走了，豈不失禮，快備馬來，與我追！」於是帶了一行人，馬不停蹄飛也似追來。追出十來里，好在桃花潭水流甚緩，遙遙望見桃花潭中碧波蕩漾白鷺輕飛，一葉扁舟正往下游而去，舟中坐著一人正是李白。

汪倫騎馬趕上前去，叫眾人在岸邊一字兒排開，敞開喉嚨唱道：「李白兄弟乘舟去，汪倫踏歌來送行。弟兄情誼親無比，桃花潭水深又深。」

李白聽岸上有人唱歌，將身子探出艙外，見是汪倫領著人連手而和投足而歌，與他送別。想到幾個月來宣城、九華山、涇縣官民對他的誠摯友情，不由激動萬分，忙奔出艙外，站在船頭向汪倫連連拱手道：「汪倫兄，保重！後會有期！」

「太白，保重！」

「太白先生，保重！」一片深情的囑咐在十里桃花潭迴響。

「等等！」李白對船家說，「我要唱一首歌，與汪倫兄告別。」

於是李白站在船頭，放聲唱道：「李白乘舟將欲行，忽聞岸上踏歌聲，桃花潭水深千尺，不及汪倫送我情！」唱著兩行熱淚順著面頰流下來。

汪倫聽了，激動得說不出話來，連連向李白揮手，目送著李白的船遠去，直到消失在藍天盡頭。

一千多年過去了，桃花潭邊依然千桃萬朵，灼灼如燃，綻放著李白深深的情誼，桃花潭又把這份深情分享給世世代代的華夏子孫，個中情誼如同桃花譚水，永遠新鮮不朽。

4. 章趨仰天大笑：「我終於變成一隻老鼠啦！」

安祿山以所有的財物向內侍和大臣們行賄，總算保住了腦袋從長安回來。他只帶了幾個親信，從將軍府裡搬到了裡巷一個小院裡，以普通士兵的身分，準備在下一次的戰鬥裡，立功贖罪。自願跟隨安祿山到小院裡來的有帳下的掌書記高尚。

在長安的一番折騰、弄得安祿山疲憊不堪，安祿山好幾晚上沒有睡好，在這樣的風雪交加的夜晚，如果奚人和契丹的軍隊來夜襲，那一切都完了，下場比死在長安更慘。還有，必須立即給皇上寫一封書信，表示自己的感激之情。可是這裡連一張書案也沒有。

「將軍，就在這裡放一個長凳，讓我一邊守望一邊代你向皇上寫信吧！」掌書記高尚說。

安祿山很滿意他的回答，但卻露出愧疚的神色說：「這成嗎？高書記是斯文人，這樣不是太委屈您了嗎？」

高尚是前幾年由高力士推薦到幽州大都督府平盧兵馬使安祿山帳下的。高尚家裡很窮，老母親靠乞討為生。母親是一個善良本份的人，高尚讀書很用功，寫得一手好文章，但這樣寒微的家庭是沒有出路的。高尚成年之後，看見富豪人家奢侈的樣子，心中就充滿了仇恨和羨慕。常常自己告誡自己，即使作賊幹壞事被處死，也不要淪落到母親這一步而悽慘活著！他拋棄了母親，輾轉於官宦人家。他善於逢迎，很快就巴結上了新平太守李齊揚，李齊揚向高力士推薦了高尚。高力士便把他推薦給安祿山作掌書記。安祿山不識字，一切文牒，都由高尚處理得妥妥貼貼。安祿山賞賜豐厚，其數目早已遠遠超過他為李齊揚付出的仲介費。安祿山兵敗獲罪，高尚亦透過賄賂高力士為之解脫，而令他吃驚的是，安祿山竟能在臨刑前打動皇上，生還幽州。依高尚看，安祿山就是那種他尋求已久有可能與他成就大事的人。

安祿山一覺醒來，發現高尚還拿著筆在書寫，整個晚上都沒有睡覺。便道：「安某危難之中，賢弟如此待我，安某復職之後，第一個要賞賜的，就是賢弟。」

高尚說：「將軍處在目前這樣的情況，宜早出新招。」

「是的，為了報答皇上不殺之恩，俺定要打一個大大的勝仗。將敵人的頭顱獻給皇上。」安祿山說。

「奇珍異寶各地都在向皇上貢獻，將軍貢獻的一定要皇上急需的東西。」高尚說。

「還有我已命人蒐集奇珍異寶，準備多多貢獻。」

「皇上富有天下，到底需要什麼呢？」安祿山說。

「將軍，恕我斗膽，你想一下，假如你是皇上——」高尚從容不迫地輕聲說。

「我——」安祿山驚駭得瞪大了眼睛。

「是的，假如你是皇上，你需要些什麼？並不是現在去做皇上。」高尚再次問道。

皇上還需要什麼呢？皇上富有四海，天下的珍奇財寶只要他要就是他的。皇上有很多美麗的婦人陪伴，過著神仙般的日子——對了，皇上像神仙，但皇上不是神仙，神仙長生不老，萬壽無疆。皇上如果無法做到長生不老，那他就不能永遠擁有絕對的權威，巨大的財富和美麗的女人。

「假如我是他，我希望永遠是皇上，長生不老！」安祿山苦笑了一下說：「但是，人都是要死的。」高尚不言，聽見雪團壓榨在草廬頂上的聲音，沉思一會兒，說：「長生不老這種事，據在下查閱史書，每個皇帝都孜孜以求，秦始皇到漢武帝，多數皇上都求過神仙。」

「真的？」安祿山瞪大了眼睛。

「在下絕不敢欺瞞將軍，再說人有生必有死，但人都貪生怕死，因此，引導活人變成神仙的人自然也就永遠存在。」高尚說。

「在哪兒去找這樣的人呢？」安祿山問。

「我們可以盡力去尋找……」高尚想到了一個最合適的人選。風雪吹得破門「呼呼」作響。

高尚想起的「活神仙」叫章趨，十幾年前高尚還是個窮書生的時候，孤身一人到恆山遊玩。中途迷路，只見樹木陰森怪石嶙峋，正在著急之時，遠遠的看見一白髮老人，扛著一個酒葫蘆，騎著一頭毛驢在前面走。高尚肚子已經餓了，看看天色將晚，想必這老人的家就在附近。高尚追上去，嘴乖乖地叫了一聲：「老神仙！」那人回頭，只見那人鬚髮皆白，臉上有幾顆麻粒，面容像是中年人一般。白頭髮鬆鬆挽個道結，用一根小木棍彆著。那人見高尚乖巧，一路攞談，天黑時分到了一個破道觀裡。老人灶下升火煮了兩碗麥飯，倒出葫蘆裡的酒，就著神像前的蔬果，喝酒吃飯。

高尚剛伸手端碗，老道說：「施主，要吃老道的麥飯，身上有錢財嗎？」

高尚身上分文俱無，靈機一動道：「在下今天沒有錢財，只有文才，但沒有貝的文『才』是可以變成帶貝的錢『財』的。我今天迷路到此，老神仙如果給在下一碗飯吃，在下日後定當報償。」

章趨聽他出語不凡，便把麥飯拿來給他吃。吃飯間二人閒聊起來，高尚本來能說會道，把山外的見聞吹得天花亂墜。老道把高尚打量一番說，他叫章趨，是太宗時候的道士。已有一百多歲了，五十年前從南方桃花源來，前些年從蓬萊島來到恆山修道。高尚但見老道滿頭白髮，面容卻只有四十來歲，爬起山來比自己還靈便，說話間卻有一股俗氣，高尚半信半疑。便道：「老神仙，這恆山深處，正是清修的好地方，在下聽說出家人遠離紅塵，何必要人識得？」哪知老人笑嘻嘻地說：「出家人一不種地，二不做買賣，如果沒有人識得便沒有人施捨，沒人施捨，哪來的你碗中麥飯？」說得高尚不得不點頭稱是。

「這山中雖清靜，但人煙也太稀少了些，多是樵夫耕者之流，對長生之道不甚感興趣。」章趨又補上一句。

高尚此時才知道原來神仙是這樣做的，便笑道：「神仙也想發財麼？只是你這神仙，沒找到發財的門路罷了。」

那老道人一聽，忙說：「小哥請指點一二。」忙斟了一碗酒遞給高尚。

高尚喝了酒，給章趨說了一套妙法來。一是學點醫術，給人治治病；二是讀幾篇道經，裝裝門面，讓人覺得像那麼回事；三是日後千萬不能再提錢財的事，那是做「神仙」的一大忌，一定要做到道貌岸然。

事情過了七八年，高尚早就由一文不名的遊子成為平盧討擊使的幕賓，但恆山深處那位十分在乎錢財的「老神仙」，卻使他難以忘懷。

次日一早，高尚帶著親兵到了恆州。一提起章趨，方圓幾百里之外無人不知無人不曉。踏著冬末的殘雪，恆州知府陪著高尚，帶了幾個親兵馬不停蹄地來到六百里外的恆山中，高尚到了當年的小道觀一看，大吃一驚，原來的斷壁殘垣早已蕩然無存，代之而起的是一座高大巍峨的道觀，門口巨大匾額上書「龍雲觀」三個大金字閃閃發光，其氣勢不亞於將軍府。高尚叫來親兵上前去通報說是平盧兵馬使幕府掌書記高尚求見，哪知那小道童說：「觀主正在煉丹，不見俗人。」高尚對親兵說了幾句，親兵上前抓住小道童道：「你家觀主煉什麼鳥丹！快叫他出來見高大人，你說教他發財的人到了；快來迎接，你若不去，便如此這般！」說著將番刀在小道童脖子上晃了兩晃。嚇得小道童飛也似的跑進去了。

章趨在煉丹室裡，聽見小道童稟報，便吩咐大徒弟將高尚等人安頓在樓下側廳，自己從樓上下來到隔壁屋裡。隔著窗子一望，果然是十多年前要麥飯吃的那個窮少年，如今已是衣冠楚楚的官人，便吩咐小道士帶到他雲房來見。

高尚等人被小道士帶著，到了章趨雲房。雲房布置得十分雅緻，一套雕著雲鶴紋的紅木桌椅，牆上還掛著不知哪個畫師畫的〈南華老仙圖〉，一個紫銅博山爐內一縷香煙裊裊上升，滿屋異香。章趨穿著一件香色貢緞八卦皮袍背對著門，面對雲母山海屏閉目打坐。那道士走上前去，輕聲叫了聲：「師父，高大人來了！」章趨從蒲團上轉過身來，說：「還不快請！」然後裝模作樣地說：「果然是高大人來了，快請坐，快請坐！」

高尚接過小道士沏好的茶，呷了一口，果然沁人心脾，竟叫不出名字來，嘴裡說：「十多年不見，老神仙果然發達了！」心裡卻想，這老頭的享受，不亞於一個州官，要是我今日不能說動他到長安去，又如何是好？高尚旁敲側擊說了好一陣，章趨卻說：「老朽乃道門中人，超然物外，發不發達俱是一般，無為而已，不像高大人你年輕有為，前途無量！」

高尚心想，這老頭演得更老辣了。便開門見山地說：「在下到此拜見老神仙，一來敘舊，二來……」。說著向親兵們遞了個眼色，親兵們一個個全都出去了，章趨也讓小道童出去了。高尚看看屋裡只剩下他和章趨，便道：「我以為你照我的辦法做，發了大財了，怎麼還待在恆山廟裡？」

「多謝閣下給我出的主意，章趨能有今天這樣的光景，已屬不易，難道閣下還有高見？」章趨饒有興趣地問。

「高某當年給老神仙出的主意，在恆山只能實現不到十分之一的目的，眼下你有一樁大大的財運，不知老神仙——」高尚故意拖長了聲音。

「請講——」章趨說。

高尚見章趨順著他來了，便哈哈笑道：「十多年前的事，你還沒謝我呢！這又來了！」

章趨聽了也笑了，返身跑回裡屋，捧出一個描金紅漆匣子來說：「我早為你備了一份謝禮！七八年來也不知你在何方。今日到此，且收下吧！」說著把匣子往高尚面前一放。

高尚想：「管他是真情假意，且先打開看看。」端過那匣子來，那小小的木匣子足有兩三斤重，打開一看，裡面是一對金晃晃的獅形鎮紙。高尚喜得心裡「砰砰」直跳，面不改色道：「多謝老神仙美意！我這裡還有一樁更大的好事，等著你去發財呢！」說罷挪到章趨面前，附在他耳朵旁小聲將安祿山請他進京之事說了一遍。

「到那時，你就是有品級的朝廷要員！」高尚說完，目不轉睛地看著章趨臉上的變化，哪知章趨反而閉著眼睛一動不動地坐在那裡。

章趨清清楚楚地記得，他——江寧小吏文長田，離開了封禪泰山的隊伍北上逃命。那天天氣奇冷，北風呼嘯，面對著冰面上映出的影子，人不像人，鬼不像鬼，撅著屁股縮著頭，從凍結的黃河上徒步而過。那些小孩唱什麼來著？「太陽怕烏雲，烏雲怕大風，大風怕高牆，高牆什麼也不怕，怕的老鼠來打洞！」章趨不由嘴中囁嚅地唸著：「太陽怕烏雲，烏雲怕大風，大風怕高牆，高牆怕什麼？怕的老鼠來打洞！」說完身子往椅背上一靠，爆發出一陣狂笑！

「哈哈，我是老鼠，我是老鼠，我終於變成一隻老鼠啦！」高尚不知道他到底說些什麼，心中奇怪。章趨笑完了，像年輕人那樣重重一拳擊在桌子上叫道：「高大人，我這就跟你走！」高尚沒想到這麼容易他就答應了。

「就是他。」高尚向安祿山說。安祿山仔細瞧瞧，美中不足的是章趨鼻子稍塌，一對鼠眼滴溜溜的轉，有損仙風道貌形象，但因沒有更好的人選，只有將就用了。吩咐高尚擬一奏章附一份厚禮，立即派人進京呈高力士轉呈皇上。

5. 安祿山在燕山腳下實施了一場大規模的謀殺

這年春天，幽州大都督府要在燕山腳下開一次盛大交易會的消息，傳遍了松遼平原和大興安嶺以北的地帶。在風雪和嚴寒中蜷曲了一整個冬天的漢族、奚、回紇、室韋、拔也古、契丹的商人們早就盼望著這一天的到來，一早準備好交易的貨物，只待天氣轉暖，就向燕山腳下彙集。

單于都護府的郭子儀也知道了這一消息，近年來郭子儀不斷接到關於安祿山借討伐奚和契丹搶掠邊民的稟報。這一次，郭子儀決定與部下孫司馬帶一支人馬，扮成客商去看個究竟。

回紇牙帳也知道了，今秋是摩延啜和金陵子結婚十年慶典，摩延啜託叔父培斯干與烏蘭、頡利、基羅等幾十號人馬帶五百匹駿馬到燕山交易，換回慶典需用的物品。

春天到了，燕山下灤河旁廣闊的草甸子一片青綠，安祿山命士兵們搭起了彩臺。遠遠近近的客商們都來了，馬匹上馱著貨物和日常用品，將馬放在草原上吃草，圍著彩臺搭起帳篷。

多數商人全家老小都搬來這裡，搭起臨時的灶臺燒水煮飯。家家在彩臺周圍鋪開自己的毛皮、山貨、藥材和各種貨物。也有江南的錦緞、服裝、金銀銅器、首飾；還有兵器、紙張、蜂蜜、香料；還有算命的、跳神的，百戲班也來湊熱鬧，北方各族酋長也趕來參加這次盛會。這樣的交易互市，看交易和貨物的情況而定，時間長則兩三個月，短則十來天。人們源源不斷地從四面八方湧來。

安祿山穿著寶藍團花緞面狐皮長袍，高坐在彩臺的虎皮交椅上，從開始那天就在彩臺上置酒。在牛皮鼓和號角的震響中，舉起碗邀請各路酋長和富商飲酒，觀看臺上女巫和百戲班的表演。天天如此，喝得酋長和商人們樂不思歸。

第五天晚上，安祿山和酋長們圍著篝火，和女巫拉著手跳舞的時候，一名牙將把安祿山叫到帳篷裡，悄悄地對他說：「回紇人帶著駿馬來了！大約有五百匹！」

安祿山一驚：「有多少人？」

「四十多人吧，還帶著武器。」

「要嚴加防範，看著他們，五百匹可是一個不小的數目，幹好了重重有賞！」安祿山說。

回紇的駿馬在互市交易盛會中引人注目，很快，他們用馬匹換了五弦琵琶，芙蓉嵌寶金步搖，還有名貴的鳥毛織錦。

摩延啜的叔叔培斯干，買了幾支老山參，正要往前走，安祿山的牙將從帳篷後鑽出來，滿面笑容地說：「這位客官，在下是平盧兵馬使安將軍帳下，安將軍歡迎各位光臨，請客官到臺上飲酒。」培斯干向頡利使個眼色，帶了兩個隨從跟隨他前去，那牙將一再又來相邀頡利，頡利推說要看守馬匹，堅持不肯。

此時，郭子儀和孫司馬等十幾個人也來到了互市場上。一眼就認出了頡利和基羅。

「他們不就是曾經在單于都護府過關的回紇人麼？」

「不錯，就是他們。還有不少馬匹呢！」

「臺上虎皮交椅上坐的，不就是安祿山嗎？」郭子儀說。

「是的。」一個商人說。「他天天請我們喝酒，這人性格豪爽，對人可熱樂了！」

此刻，安祿山和各路酋長坐在彩臺上，興高采烈地看披散著頭髮的女巫舞蹈蹁躚。

彩臺上，士兵們將琥珀色的酒液汩汩倒入諸酋長的大碗中，安祿山高舉起酒碗向各族酋長和富商喊道：「各位遠道而來的貴客，各位壯士，今天是互市交易盛會的第六天，祿山請諸位嚐一嚐長安運來的美酒，請各位賞光，祝各位生意興隆、財源茂盛！」

一連五天都喝得很痛快的酋長和富商們，毫無戒備之心，碗裡的美酒散發著誘人的芳香，人們將碗中的酒一飲而盡。

安祿山這一次給他們喝的酒卻不是尋常的酒，而是「莨菪酒」——是一種極毒的酒，喝下之後五臟如焚，很快就會死去。

基羅最後來到臺上，士兵給他斟上滿滿一碗酒，安祿山笑容可掬地走到他面前，請他喝酒，他按照回紇人的習慣請主人先飲，二人正謙讓間，忽然聽見有人驚呼：「有毒！」只見前排為首的幾個人已經倒在地上，痛苦萬狀地抽搐，培斯干是個好酒的人，早已將碗中的酒一飲而盡，霎間毒性發作僕倒在地。基羅大驚，立即拔出番刀。此時安祿山將手中的酒碗，使勁往地下一摔，大叫一聲「殺呀！」臺上的士兵向臺下的商人們揮刀殺去！

幾個士兵圍著基羅廝殺，頡利在臺下見了叫道：「快救人！」幾個回紇人立即上馬，拚死殺到臺邊。

郭子儀看到臺下眾酋長和商人死的死、傷的傷、叫的叫，無辜遭到殘殺，立即率領十餘部眾向安祿山方面發起攻擊。少時，部將向郭子儀稟報，安祿山的大隊人馬已經把互市貿易會團團包圍。

頡利和基羅好不容易從彩臺上搶了培斯干的屍首，已被安祿山率士兵團團圍困，二人身上多處受傷。

郭子儀大叫：「救出回紇人，趕快離開！」

此時安祿山殺敗頡利，揮刀向基羅砍來。基羅揮刀迎敵，無奈腹背受敵已被安祿山砍傷，烏蘭也被刺傷落下馬來。郭子儀見情況危急，大叫一聲衝過來。安祿山認出了郭子儀，大吃一驚，丟下基羅就跑。「雜胡騙子，哪裡走！」郭子儀大喝一聲。安祿山嚇得拍馬就逃。郭子儀殺退胡兵將基羅和烏蘭扶上馬，護著他退出戰場。

此時安祿山的將士像紅了眼的餓狼，揮舞兵器把漢胡各族男女老幼通通砍殺，屍橫遍野，一邊砍殺一邊翻動屍體，將尋得的財寶裝入腰包。安祿山被一群將士擁著，望著喋血荒原上的互市交易會哈哈大笑：「我奉大唐天子之命，來剷除你們這些異類！」

「你這條毒蛇！等著瞧！」頡利大叫，將培斯干的屍首馱在馬上。此時，安祿山的大部隊黑壓壓的已經出現在地平線上。「快撤！」郭子儀大喊一聲，與回紇人匯合一處衝出重圍，向東北方向馳去。

一場慘無人道的屠殺結束之後，屍橫遍野，血流成河，回紇人的馬在草原上游蕩，風吹起血汙染濺的細軟，到處是被踐踏的貨物。安祿山命士兵進行一次徹底的搜尋，將所有的財物清理歸集，運到將軍府，然後砍掉死屍的頭顱，把它們運到幽州城外堆集起來。

幾天之後，安祿山隆重接待了奉旨來接老神仙章趨進京的御史中丞河北採訪史張利貞，在安祿山的陪同下，親自檢視了八千個「敵人」頭顱堆積的現場。

張利貞接過高尚為安祿山起草的呈給皇上的奏表，上面這樣寫道：「……平盧兵馬使安祿山率兵與奚、契丹叛軍戰於松漠，殺敵八千人，殺傷無數，拓地千里。」

高尚知道，從京城來的慣於甜歌醉舞的御史中丞採訪史，絕不會冒險在千里之外去查證虛實。何況，從搶掠的財物中，送給他一小部分，他也就不會向朝廷說不該說的話了。

頡利一行人損失大半，只剩下幾匹馬，人人都是傷痕累累，郭子儀派人馬將他們護送到太原附近。摩延啜失去了叔父、愛將和馬匹，痛心疾首地向著茫茫天穹如雷霆般地吼道：「李隆基——回紇人與你勢不兩立！」

6. 賀知章說：「皇上不是需要一位潤色宏業的司馬相如嗎？」

煙霞子回到武當山，正碰上宣旨的內侍再次到來，請太玄大師次日便要進京為皇上講長生之道。皇上的頻繁邀請，使太玄覺得很煩，太玄接了旨，回到雲房悶聲不響。煙霞子進來，交給他一本李白在黃山的《遊仙集》，太玄翻開見上面恭恭正正的抄錄著許多詩文：

傳聞海水上，乃有蓬萊仙，玉樹生綠葉，靈仙每登攀，一食駐玄髮，再食留紅顏。

朝弄紫泥海，夕披丹霞裳。……雲臥遊八極，玉顏已千霜……永隨長風去，天外恣飄揚……

「寫得真好，處處是道家的景緻。」太玄說。

「這次遊黃山，我和道子遇到了他。」煙霞子說。「我有個主意，不知老師意下如何，師弟寫這些東西，都是與長生之道有關的。再說師弟多年來對建功立業孜孜以求，我們將這些詩在合適的時候獻給皇上，並推薦師弟在皇上身邊，為皇上隨時提供諮詢，師弟肯定要做得比我好。同時向皇上說明道家超脫塵世隱居山林的意願，請皇上恩准。這不是可以兩全嗎？」煙霞子說。

「這倒不失為一個辦法。」太玄說。

到了長安，煙霞子找到正在整理畫稿的吳道子，分別拜見了玉真公主和太子賓客賀知章，請他們為李白進京之事從中撮合。

玉真公主一聽李白是昔年為青城山飛龍鼎做詩的人，二話沒說就答應下來了。賀知章找到左相李適之，李適之是張九齡貶去之後繼為左相的人，是皇上的宗親又是一位文人，對李白的詩文傾慕已久，推薦李白自然不在話下。

皇上在興慶宮大同殿召見太玄、煙霞子和吳道子，玉真公主作陪。

吳道子獻上〈飄渺仙山圖〉，煙霞子將黃山勝景一一向玄宗稟告。吳道子又將山中確有仙人之事向玄宗活靈活現地編派了一通。吳道子才說到一半，高力士道：「仙山再好，皇上也不能離開朝廷去修道。」吳道子再也不便往下說了。

玄宗向太玄道：「太玄大師乃世外高人，屈尊於紅塵，朕一向仰慕仙道，請大師將長生之術見教於寡人。」

自從楊玉環進宮，玄宗將李亨立為太子，李林甫就將太子周圍的人視為仇敵，特別是太子妃兄韋堅、李適之等文人。這次賀知章推薦李白進京，李林甫心中大大的不快。李林甫曾向皇上饋送「房中術」、「點金術」，皇上都未置可否，而對太玄卻尊敬有加，如果太玄大師在長安住下來，對於李林甫可是不小的威脅。皇上對太玄的問詢，使李林甫渾身都感到緊張，一雙鷹眼緊緊地盯住太玄。

---

6. 賀知章說：「皇上不是需要一位潤色宏業的司馬相如嗎？」

太玄雙目微睜，眼觀鼻，鼻觀心地說：「道者損之又損，以至於無為。貧道以為陛下擔天下之大任，繫萬方百姓安危禍福於一身，居有為之位，宜奮發為之。長生之術，乃內省修身之術，為修一己之身，而棄萬方百姓乃至江山社稷。貧道以為萬乘之尊不可取也。」

皇上沉吟片刻，太玄這幾句話雖然沒有順他的心意，但為一國之君確實也擔當著重任，理當如此。於是又問：「照大師您的意思，無為是理身的最高境界，朕要作好一任有為之君，那麼理國的道理又是怎樣的呢？」

太玄見皇上將話題轉向治國，心中安泰。便回答說：「皇上英才天縱，貧道略講幾句皇上必然明白，治理國家和養身之道的道理是一樣的，順應事物自然發展的規律就行了。消除官吏心中的私念，官吏以江山百姓為重，天下就容易治理了。」

太玄把治國的大道理講得如此簡單明瞭，賀知章、李適之也附合說：「大師常在長安，我等也隨時能得到賜教。」玄宗聽了心中很是敬服，探著身子向太玄說：「大師高見，寡人願常隨大師左右，望隨時不吝賜教。」

玄宗一語既出，在李林甫心中，卻掀起千層波瀾，皇上對這個老道如此重視，日後依了他的心意勤政愛民，哪容自己有蠅營苟且之事？一定要想法趕走老道，於是皮笑肉不笑地說道：「太玄大師，皇上如此敬重您老人家，請您老人家一定要留下，你師徒若肯留下，就有享不盡的榮華富貴，你一定要留下啊！」

煙霞子一向鄙薄李林甫的為人。一聽李林甫這幾句俗不可耐的話，反駁說：「我師道門中人，心境早已超脫塵世，從不貪戀什麼榮華富貴，相公還是把榮華富貴，留給你自己吧！」

李林甫聽了，緊張的神經才鬆弛下來，出了一口長氣。

玄宗又說：「大師的話，振聾發聵，於朕於國，甚有裨益，願大師不要棄我而去。」

太玄說：「貧道隱居山野，飄遊世外，不慣宮廷生活，平生所學，皆已向皇上呈明。貧道老邁，留下徒添冗贅，於皇上無益，因此，貧道向皇上推薦一個合適的人，供皇上驅使。請皇上恩准貧道師徒退隱山林。」

「大師請講。」玄宗說。

「蜀人李白。」太玄說。煙霞子把那本遊仙詩雙手交給玄宗。李林甫覺得這個名字很熟，一時記不起這個人來。

玄宗翻開那本遊仙詩，李白關於神仙境界的內容立即吸引了他：「……遨遊青天中……其樂不可言……好一個李白，他的詩中真是別有一個神異的世界呀！」

玉真公主說：「十年前李白來過長安，人們把他呼作『謫仙人』！」

「是嗎？」玄宗眼裡閃出驚喜的光。

高力士正待要說什麼，賀知章說道：「皇上不是需要一個潤色鴻業的司馬相如嗎？他與皇上還有十年之約，聽說當年高將軍還說過君無戲言呢！」賀知章把高力士要說的話堵住，高力士瞅了瞅玄宗的臉色，只有連連點頭說：「有這回事，有這回事！」玄宗欣喜地點點頭道：「對，幸好老愛卿提起，不然朕倒忘啦，朕豈是失約的人！」

在這樣的情勢中，李林甫自知不能有別的看法，於是也裝著笑了起來。李林甫注意到只有一個人沒笑，那就是張垍。張垍是怎麼也笑不出來了。在幾個月之前，李林甫排斥了張九齡，把王維趕出京城，還有那個「詩家天子」王昌齡，那無懈可擊的七言絕句，也令他惱恨不已。幸好李林甫特別看不慣這個直來直去的王昌齡，將他再次從江寧縣貶謫到荒涼邊遠的龍標去，使他再也沒有機會在大唐的詩壇上發言。張垍好不容易成為「長安第一才子」，哪知現在李白又突然冒出，好似走了狼來了猛虎，著實叫張垍從頭頂直涼到腳心。張垍心中清楚：溫和的王維在長安時養晦韜光，常常以參禪、書畫、稱病逃避世人的嫉妒的目光；李白卻不然，他幾乎是肆無忌憚地把他發射著光芒的才華潑灑到人的心目中，故意使人自慚形穢，他不隱蔽也不迴避世俗，像是一棵生長在陽光下無法動搖的參天大樹。剛作了幾個月「長安第一才子」的張駙馬被告知好景即將結束，留給他的是一片慘淡。

李林甫回府，御史中丞河北採訪使張利貞來了。

「相公，在下已經把有長生不老之術的神仙章趨迎來了！」張利貞佝僂身子，臉上帶著永不褪色的笑容，上前一步又說：「平盧安將軍託我送給你的禮物，我已經命人運到，請相公過目。」

「安將軍，就是那個胖大雜胡吧！」李林甫猛然盯著張利貞問。

「是的，是的。」張利貞心情快樂得身子一顛一顛地。

「拿過來看看吧！那雜胡真有意思。」李林甫想起當年安祿山在廟堂公然逃脫死罪的那一幕。

對於胡人將領，李林甫有自己的看法。胡人將領多數不識文字，對大唐的恩澤只有感激之情，對於

6. 賀知章說：「皇上不是需要一位潤色宏業的司馬相如嗎？」

大唐的宰相一般是俯首聽命。而漢人將領則不同，他們多數有學識，有的還是皇親國戚，有的是功勳卓著的宿將，與朝中大臣有著千絲萬縷的連繫。李林甫對朝政的見解無法超過他們，也沒有什麼特別的建樹可以與他們相比；這些漢族將領的內心，對他這個以諂媚和挑撥是非爬上去的宰相是何等看法呢？因此，利用皇上樂於開邊拓土的心理，提拔異族邊將，打擊不依附自己的漢族將領，網路心腹排斥異己，用這種方法才能鞏固和擴大自己的權力。因此安祿山在朝廷一出現，就引起了他的注意。

張利貞命人抬過幾口沉甸甸的箱子來。走上前去打開一箱，裡面亮晃晃的一片。

「這是渤海國的大珍珠三百斛」。

「這是長白山老參王三百支。」張利貞又打開一箱。

張利貞拿出一個寶盒，裡面是一對光華燦爛的黃金獅子，獅子的脖頸上嵌著七彩寶石，工藝十分精湛。

李林甫拿起那對金獅，少說也有六七斤。

「這是給相公作畫時用的鎮紙。」張利貞說。「雜胡怎麼知道我會作畫？」李林甫說。

「相公丹青名聲在外，長安婦孺皆知，安將軍豈能不知道？」張利貞順勢拍馬屁，拍得李林甫心中十分舒坦。李林甫拿著那對金獅，心中陶然入醉，好像自己已經是長安的大畫家。

「在下還帶來了安祿山的捷報，安將軍在松漠與奚人、契丹人大戰一場，殺死敵人八千，殺傷無數，拓地千里，真讓我大唐國威大振啦！」張利貞又說。

「真的？」

「千真萬確，在下深入現場，親自看到了奚人和契丹的人頭堆積如山。」張利貞興奮地對李林甫說，彷彿他真的參加了戰鬥似的。

「看來，這雜胡，不僅是要復職，而且要升官啦！」李林甫說。

「稟告相公，有位長生不老之術的老神仙，也是安將軍為皇上從恆山深處訪到的。」張利貞沒有白受安祿山的賄賂，在李林甫面前將安祿山的好處一樁樁一件件表白。

李林甫隨張利貞到城外館驛看望了安祿山和章趨，表示對此事件的高度重視。從安祿山那裡一出來，李林甫立即進宮拜見玄宗說：「臣親自到館驛去看望了即將入朝的恆山老神仙章趨，他是堯皇的侍中。」

「堯皇？你再說一遍！」玄宗大吃一驚。

「是的，堯皇，就是舜皇帝的父親。」

「那麼，他現在的歲數是——」玄宗興奮地問。

「他已經有三千多歲了！」李林甫極其認真地說。「他是安將軍專門請來為皇上傳授長生不老之術的。」

「啊！世上真有三千多歲的人？愛卿快快為我迎請。讓朕看看這位老神仙！」

6. 賀知章說：「皇上不是需要一位潤色宏業的司馬相如嗎？」

「臣還有一事稟報皇上。據臣所知，李白乃一介布衣，名不見經傳，臣以為陛下還是不召見的好。」李林甫說，他既然大權在握，不能讓任何一個沒有依附他的人輕而易舉地進入朝廷。他知道在皇上心情很好的時候，提出的事情往往會被批准。

然而這一次卻不然，玄宗說：「李白乃超逸的隱士，太玄大師的弟子。愛卿說的名在經傳者多是作古之人，死去的人怎麼能在本皇左右侍候呢？」

李林甫故作憂慮地說：「微臣只是想到李白乃山野草民，萬一有什麼汙言穢語，有辱聖聽，反為不美。臣深知聖上愛才用人之心，就怕萬一……依臣所見，不如在選院銓選一次，這樣較為慎重。」

玄宗看李林甫那付忠心耿耿的樣子，笑著說：「愛卿過慮了吧！不過，李白的許多詩朕都看過了，對李白來說考與不考，俱是一樣，朕已命尚書省擬旨把他召來京城再說。」

李林甫只好不再說下去，下達了關於召見李白的聖旨。尚書省對長安周圍郊縣下發了盡快舉薦人才，特別參加吏部銓選的公文。

張利貞推薦的安祿山很合李林甫的胃口，他很滿意張利貞的平盧之行，隨即就報請皇上擢升河北採訪史張利貞為吏部尚書。皇上忙於與太真妃玩耍，點頭應允。並對林甫說：「以後有些小事不必稟報，愛卿看著辦就是了。」

張利貞立即來到城外館驛安排安祿山與章趨進宮朝見皇上，看見張利貞火急的樣子，安祿山反說不急，喚出高尚來說了一大堆齋戒沐浴的禮節程式來。約莫需近一個月，張利貞明知他是在吊皇上胃口，故意引而不發，但也無可奈何，只有回去如實向李林甫稟報。

安祿山再次與高尚和史思明商量，現在一是抓緊對章趨進京前的訓練，務必選最好的時機隆重推出。二是派一支人馬，扮作胡人燒掉單于都護府的糧草，告郭子儀與回紇人勾結謀叛，只要皇上處置了郭子儀，他就沒有後顧之憂了。

一個月之後，安祿山與高尚領著大隊人馬，打著「老神仙」奉旨進京的旗號，一路鼓樂喧天，浩浩蕩蕩進了長安。

7. 張垍沮喪地說：「李白不怕考，該怎麼辦？」

李白輕輕勒住馬韁，讓馬兒慢慢前行，這次奉詔進京，遠道從南陵馳往長安，初秋的春明門遠遠地出現在面前。記得那年春天的情景，灞橋兩邊的柳樹一片新綠，坦蕩的秦川之上，藍藍的天空萬里無雲。如今舊景依然，只是灞橋旁的柳樹變成銀綠，他想起京華酒樓，為吳道子題寫的粉圖山水歌，想起終南山的那個苦雨的夏天，王老爹和磉磴，想起與鬥雞徒的一場惡鬥……彷彿還發生在昨天，但轉眼之間已屆不惑之年。但願像蘇秦、樂毅那樣遊說萬乘之君，實現自己的政治抱負。「由布衣而卿相」的道路，已經越來越明白了。

想到此，李白揮動馬鞭，大叫一聲「長安！我又來了！」在空中甩了個圈，「得」的一個響鞭，驅馬飛快地直奔春明門而來。

皇上會見太玄大師的第二天，李林甫就告訴張垍，假若李白來了，就把他安插在集賢院。張垍白了

7. 張垍沮喪地說：「李白不怕考，該怎麼辦？」

他一眼，冷冷地說了聲「聽憑大人安排」就直接回到翠華軒。張垍心中窩著一肚子火，脫下朝服，將佩帶的鉤牒金帶往桌上一摔，倒在胡床上，倒頭一覺睡到下午。醒來之後，寧親公主還不見回來。

侍女奉上香茗，張垍問寧親公主哪去了？侍女說，上午出門時說是陪太真娘子讀道經去了。張垍把臉一沉說道：「眼下這些道士可真吃香，連皇宮內苑都變成道觀了。往後朝廷中盡是道士得了，要我們這些人乾什麼？」話剛落音只聽有人笑道：「這朝廷中，缺了別人可以，缺了聰明能幹的張駙馬可不行，眼下就有一件頂頂重要的公事要你辦呢！」那人從外面走進來，原來是高力士。

「哎喲，原來是阿翁到了。」張垍連忙站起來換了一副笑容迎接：「阿翁有何差遣？」

「右相托你我二人與吏部尚書張利貞主持這次人才選拔。」高力士說。

「為什麼？這是吏部的事，張利貞不是才升了吏部尚書麼？」張垍說。

高力士說：「因為張利貞剛當上吏部尚書，對銓選的事情尚不熟悉，而駙馬是中書舍人掌管集賢院，為朝廷選拔人才的至關重要，所以右相就託了你我。」

「如今明君在上，還要經我的手把那些莫名其妙的村夫賤民送進朝廷——我沒興趣。」張垍說。

高力士又說：「這一次的銓選與往次的不同。這數百待選的士子中，包括奉詔進京的那些士子。」

「也包括李白？」

「對，我們對他進行考銓，是對大唐、對皇上負責呀！」高力士說：「我們不能讓那些不該做官的人鑽了空子。」

高力士雖這樣說，張垍心中卻有數，沮喪地說：「那李白……怎麼考他……也無濟於事。」

「不過，駟馬公是文人，在下只是皇上的一名老奴，若要考內侍，當然是老奴在行，要考文士麼？駟馬公你還得動動腦子。」

張利貞任吏部尚書的第一件事就是主持這次銓選，他卻不了解李白是何許人也。他找到長安文人圈中的熟人，那人將一本抄錄得整整齊齊的《李青蓮詩文抄》交給他看，並對李白稱讚備至。他將那本書帶到相府交給李林甫，李林甫正在畫室。想起那日安祿山送的金獅鎮紙，來到書房，吩咐僕人洗硯磨墨，自己鋪開一張精緻的白絹用一管狼毫細細勾勒起來。

張利貞將《李青蓮詩抄》呈上，李林甫對詩本沒有什麼興趣，但對這個要進入朝廷而沒有依附他的李白，他絕不能掉以輕心。他翻開那本詩文，有詠仙道的，有詠山水風光的，忽然，他鷹隼般的目光注視在一頁五言上，這首詩是〈登廣武戰場懷古〉：

秦鹿奔野草，逐之若飛蓬。項王氣蓋世，紫電明雙瞳。呼吸八千人，橫行起江東。赤精斬白帝，叱吒入關中。兩龍不並躍，王緯與天同。楚滅無英圖，漢興有成功。按劍清八極，歸酣歌《大風》。伊昔臨廣武，連兵絕雌雄。分我一杯羹，太皇乃汝翁。戰爭有古蹟，壁壘頹層穹。猛虎嘯洞壑，飢鷹鳴秋空。翔雲列曉陣，殺氣赫長虹。撥亂屬豪聖，俗儒安可通？沉緬呼豎子，狂言非至公，撫掌黃河曲，嗤嗤阮嗣宗。

李林甫雖不了解詩中的歷史典故，憑直覺，完全看得出來，他並不簡單地是一個文人，而是在軍事和政治方面都有潛能的行家。他把楚漢戰爭寫得如此生動而簡明，詳論得如此中肯，整個的一頁詩裡，

7.　張垍沮喪地說：「李白不怕考，該怎麼辦？」

英氣逼人，豪雄陽剛。他把詩集往案頭一扔，也不作聲，拿起筆繼續勾勒他的金碧山水。

約莫過了一個時辰，李林甫卻不說話，張利貞心裡發悚，坐在角落裡說也不是，不說也不是，走也不好走，坐下去更難受。

李林甫勾勒完了一匹山，然後頭也不抬地問道：「你讓我看這個，到底是為了什麼？」

張利貞站起來，終於忐忑不安地說出：「在下打聽到……李白學識淵博，不管怎麼考……也不會有什麼結果……」

李林甫突然放下筆，抬起頭來，盯著張利貞說道：「李白不怕考，難道拱手讓老道把他弄進朝廷來？」

張利貞不敢看李林甫，一時語塞：「這……」

李林甫站起來，敲著桌子說道：「李適之身邊的文人，已經布滿了三省六部。皇上面前，太子身邊，到處都是文人。皇上又喜好詩詞音樂，這次老道士推薦李白，我看大有文章。太子李亨已經透過韋妃的哥哥韋堅結交很多文士，和李適之攪成一團，像你這樣拿一個文人李白都沒辦法的人，還想在朝廷站住腳嗎？」

張利貞聽見李林甫這一通厲聲喝斥，誠惶誠恐地不住點頭哈腰：「卑職該死！」

李林甫看見張利貞狼狽的樣子，似乎輕鬆了一點，又重新坐下來提起狼毫，在空中比劃著說：「我看……李白不怕考，也不是壞事，好就好在他不——怕——考！」

這天，賀知章、張旭、吳道子在京華酒樓為李白接風洗塵，張旭乘著馬車到客棧來接李白。李白正待出門，一位吏部的錄事帶著幾位公差在帳房打聽。

「請問，有一位李白先生在這裡嗎？從南陵來的。」

「我就是。」李白走過去說：「有事嗎？」

錄事拿出一張文牒來交給李白說：「吏部通知你明天到選院參加考試。」

李白接過文牒，見上面密密麻麻寫著各種考試細則，張旭一把拿過，看了看說：「太白先生是奉詔進京，我怎麼沒聽說過奉詔進京還要考試？」

那錄事說：「我是奉命行事，詳細的情況我也不知道。」說罷與差人揚長而去。

李白與張旭到了京華酒樓，賀知章諸人都在此等候，酒店店主董糟丘，忙裡忙外地張羅。李白一到就拉著賀知章呵呵笑道：「今天帶酒錢沒有？」賀知章說：「今天可不像上回金龜換酒，一定要喝個痛快，一醉方休！」

張旭把方才在客棧接到考試文牒的事說了一遍，賀知章一愣，問道：「我怎麼沒聽皇上說過要李白參加考試？」

李白傲然一笑說：「考就考！明日要讓那吏部和集賢院的官兒們，一睹李白日草萬言，倚馬可待的風采，我等還是喝酒吧！」

自從封禪泰山以後，朝廷雖然也按時開科取士，但數量很少，幾千個士子中只不過幾十人考中。這一次選院開特科，的確給士子們不少的驚喜，大清早待考的幾百個士子在選院排成整齊的佇列，李白與奉詔入京的幾個人排在前面。

高力士、張利貞與張珀，道貌岸然地高坐在正廳上。兩眼從士子們的頭頂上看過去。整個大廳鴉雀無聲。

張利貞說：「本部堂今日奉命監考，由集賢院張大人出題口試經文大義，合格者再行墨義，若口試不合格者，則取消筆試資格，現在開始。」

一個錄事高叫道：「河南道任城李白何在？」李白昂然出列：「李白在此！」

張珀故意不看李白，說道：「你不是要由布衣而卿相嗎？為什麼過了二十年，你還是布衣？」

李白一見是張珀主考，心中已明白了大半，他明明想借考試來侮辱人，仁者豈受嗟來之食？

李白道：「大道不暢通，是因為有亂石阻塞；太陽的光輝不能照射大地，是因為烏雲遮蔽。因為有妒忌賢能的人從中作梗，所以李白至今還是布衣。張大人以為李白的回答怎麼樣？」

張珀拿定主意，借考試之機將李白痛痛快快羞辱一番，出一出胸中積壓了二十年的那口惡氣。哪知李白並不買他的帳。張珀正想發作，只聽李白又說：「堂下士子，皆是布衣，張大人奉皇上之命主持考試，你的口試就是這種題目嗎？」

李白正說出了堂下士子們心裡的話，堂下士子一陣譁然。李白的反問出乎張珀的意料之外，張珀洩恨心切，一時想不出說什麼才能難倒李白。高力士見張珀雖面容鎮定，但拿著詩集的手在微微發抖；便向張利貞使個眼色，張利貞會意，大聲叫道：「李白休在此譁眾取寵，你看，這就是你的文卷，這上面盡寫的女人與酒，見識汙下，不堪入目，安能登堂入室？」

「大人！」李白厲聲喝道：「你當眾製造謊言，有辱朝廷使命！你敢不敢當著天下舉子的面，把李白詩文念一遍？看有多少寫的是女人與酒？再說以詩文取士，是本朝制度，從《詩經》到《離騷》司馬班揚建安七子，以至我朝以來各位大詩人，那一個又沒有寫過女人與酒？先賢的文章已經彪炳千古，張大人，你為何不把他們從史冊中一一刪去？」

李白奪席談經之辭，說得士子們人心大快，有的甚至鼓起掌來。張利貞氣得臉上青一股紅一股。

張利貞見勢不妙，連忙喝道：「大膽狂徒，皇上讓你奉詔進京應試，你竟敢喝得一身酒氣，骯髒邋遢，厚著臉皮前來赴考，我堂堂朝廷選院，安能容你這個酒瘋子胡說亂道，玷辱朝廷！」

「你這個奸邪小人！」李白叫道。

「還不快滾！」張垍用尖利的嗓音叫道。「你這不學無術的傢伙，憑什麼來考我？」

「來人呀！」眼看張垍就無法下臺，高力士叫道。「到！」幾個手執棍棒的差役立即跑過來。

「把這酒瘋子與我轟出去！」

「與爺脫靴打扇，還不夠資格！」高力士恨恨地說。

「哼，這種下流文人，與本大人磨墨還嫌蠢笨呢！」張垍說。差役們手執棍棒將李白推的推，搡的搡，趕出選院。

士子們看見他們這等架勢，一個個敢怒而不敢言。

張利貞望著廳下一個個噤若寒蟬的士子們，從鼻子裡哼哼地說道：「還有布衣草民想作卿相的嗎？」

李白被逐的消息，當天就傳到左相李適之那裡，李適之當下就派人到吏部去查問。不一會賀知章也趕來了，聽派去的人回稟說是右相李林甫為了對朝廷負責，所以對即將面聖的人進行一次考試。而且吏部的人說李白本來就是一個眠花宿柳的酒瘋子，幸好右相命吏部及時將他清理出圈，否則後果不堪設想。李適之聽了怒不可遏，拍案而起道：「我要立即向皇上奏明此事，請皇上懲處這些嫉賢妒能的奸佞！」賀知章說：「適之息怒，依我之見暫緩修本，明天就是皇上的生日千秋節，那時奉詔進京的人員都要參加這次盛會。當務之急是把李白找回來。我們商量一下，問明情況再向皇上稟報也不遲。皇上對李白來朝的意向，已經很明顯，即使他們阻撓，我們再想法安排。」李適之立即派人去客棧尋找李白。

不等尋找李白的人回來，張旭和吳道子已經到左相府來了，向李適之說，他們得到李白被趕出考場的消息後，便立即到昇平客棧去尋李白，客棧店主向他們言明李白上午已經帶了行裝結了帳目離開客棧不知到那裡去了。

8. 摩延啜傲慢地向唐皇遞交了一紙寫著奇異文字的羊皮書

金紅色的曙光照亮了雄偉壯麗的大明宮。兩側四里多長的高高宮牆上和二十四座宮殿都插著繡著黃龍紋樣的旌旗，絢麗的旌旗迎著晨風招展，含元殿氣勢宏偉地坐落在大明宮前半部，兩旁對峙的翔鸞閣和棲鳳閣將含元殿襯托得更加莊嚴。殿的粉牆青瓦，在朝霞中呈現出暗金的顏色，鎏金的門釘門環閃閃發光，圍繞含元殿的青色欄杆上刻著躍動的螭龍。含元殿周圍的大銅香爐燃燒著的御香，香煙繚繞，宮殿下伸的石階很長很長，名叫龍尾道。龍尾道分為三個部分，由中間寬闊的正道和兩旁的側道所組成。正道與側道之間由矮牆隔離，不同身分的官員按規章由不同的石階進入。龍尾道的南端一直延伸到大明宮的正門丹鳳門。進入丹鳳門，感覺就像是面臨著一座大山，山頂的香煙霧繚繞中，聳立著巍峨的含元殿。

沉迷在太真溫軟的懷抱中的玄宗，已經好久都沒有早朝的習慣了，很多政務都交給高力士和李林甫處理。因為千秋節是他的生日，在含元殿接受各國使者和百官的朝賀是慶典的一部份，玄宗破例地舉行了廢弛了很久的早朝。

這一天的半夜時分，百官和各國使節早早地起來整裝。釘著金色銅釘的沉重大門慢慢打開，文武百官和各屬國使節依序在內侍的接引下魚貫而入。進入紫禁城丹鳳門的百官和使節並不開口說話，只聽見沙沙的腳步聲和佩飾擦動衣裙的聲音。過了丹鳳門走上旁側的龍尾道，一級一級登上石階，走了很久很久，才來到含元殿旁。穿過香煙繚繞的殿前，衣裾都染著了御香。日本、高麗、百濟、新羅、林邑、真臘、丹丹、盤盤、驃國、三佛齊、訶陵、婆利、師子、天竺、吐火羅、波斯、大食、大秦……各國使者都穿著色彩鮮豔的服飾，帶著隨從和珍貴的禮物排列在殿中，等待內侍宣召按次序一一向大唐聖文神武大皇帝表示朝賀。對於外國使節們來說，能親自瞻仰世界上最大的宮殿和最莊嚴宏偉的朝儀，乃是平生一大幸事。

大唐開元聖文神武大皇帝李隆基牽著盛裝的太真妃登上寶座，整齊排列在殿中的文武百官，萬邦使者一齊匍匐在地山呼「吾皇萬歲，萬歲，萬萬歲！」

玄宗微笑道：「眾卿平身！」接受這種氣勢恢宏的擁戴和祝福使他感到身心怡然。

「奏賀表！」

李林甫首先從朝班中閃出，滿面春風地展開一張賀表，朗聲奏道：「時值千秋萬歲聖節，國泰民安朝有英才，野無遺賢，萬邦臣服，大唐舉國上下，全體臣民，奏表慶賀，聖明天子萬歲！萬歲！萬萬歲！」

聽到「野無遺賢」，左相李適之不由全身為之一震，「野無遺賢」，就不僅是將李白排斥，而且天下的有識之士將被拒之門外。這將會使整個大唐盛世停滯不前甚至倒退。

李林甫唸完賀表，殿下百官再次三呼萬歲，高力士正要宣布下一項朝儀時，李林甫再次閃出朝班奏道：「啟稟萬歲，今有前平盧兵馬使安祿山，掃平北方奚人和契丹叛亂，從萬里之遙的平盧趕來，為皇上慶壽，這是捷報！」

本來安祿山的捷報在前些日子已經傳到中書省，李林甫故意不報，在此時奏稟，無非是讓安祿山大出風頭。

「北方的邊患已經平息了?」玄宗接過捷報，驚喜地問。

「啟奏陛下，確實是平息了，奚人和契丹人再也不敢作亂，大唐江山千秋萬代永享太平！」李林甫一副忠心耿耿的樣子，臉上激動得容光煥發。

「那胡兒已經到來了?」玄宗問道。

「是的，皇上。在殿下侍候著呢。」李林甫彎著腰說。

「叫他上前來見我。」

高力士立即站到玉階前，大聲叫道：「宣前平盧兵馬使安祿山!」

這時，在朝班的末端，安祿山頭戴渾脫帽戴著大大的銀耳環穿著花花綠綠的胡服跑了上來，傻乎乎地攤開兩手，彎下腰來，高呼道：「罪臣安祿山恭祝吾皇萬歲，萬歲，萬萬歲!」然後撲通一聲跪下，磕了個響頭。這種別出心裁的行禮，把玄宗和大臣們都惹笑了。太真妃笑得更是前俯後仰。

玄宗摟住笑個不停的玉環，對安祿山說：「安卿平身。」

這時安祿山卻並沒有站起來，仍舊縮著頭，胖大的身體像一團花花綠綠的肉球，眼珠子骨碌骨碌轉著，向玄宗說：「皇上俺雜胡給您老人家祝壽，帶來了三件禮物，第一件是俺雜胡把那些反叛朝廷的壞蛋頭割下來，有八千個；第二收復了平盧以北疆土千里，駿馬千匹獻給皇上；第三件是，俺雜胡找到了一位神仙，可以讓英明的萬歲爺皇上活得跟太陽和月亮一樣長久。」

「啊?」玄宗和玉環一齊驚呼起來，「他來了嗎?」

「來了。千真萬確，他可以教給皇上長生不老的法子!」

「長生不老?」殿上殿下發出陣陣感嘆。

「對，長生不老!老神仙現在已經有三千多歲了!」安祿山說著從地上爬起來，叫道：「老神仙!老神仙！你快出來呀！皇上就跟俺親爹一樣，你怕什麼呀！」安祿山轉來轉去，從官員的佇列裡把章趨拉出來，推到前面說：「快磕頭！快磕頭！」

章趨立即跪下口稱：「世外人章趨叩見吾皇萬歲！萬歲！萬萬歲！」

玄宗見章趨滿頭華髮面色紅潤，行動敏捷，心中暗暗吃驚，忙道：「張卿平身！」

玄宗想人一到六七十歲，已是老態龍鍾，而眼前的這位，滿頭銀髮，面容卻只有四十來歲光景。心想這位神仙可是真的了！

章趨一站起來，安祿山又「撲通」跪下去，說：「俺雜胡還有一件，今日是皇上大吉大利的日子，俺雜胡要給皇上跳一個舞，讓皇上開開心！胡兒們來呀！」

早就準備好的妖豔胡女，穿著異樣的胡服，列隊來到含元殿中央，安祿山領頭站定，隨著音樂像陀螺一樣滴溜溜旋轉，玄宗一時看得眼花撩亂。舞到終了，安祿山一揮手變出一大張鮮豔大幅紅綢。安祿山和胡女們牽著紅綢，展示給玄宗和萬邦使者，那紅綢上繡著金光閃閃的「萬壽無疆」四個大字。安祿山和胡女們一齊匍匐在丹墀之下，高呼「吾皇萬歲！萬歲！萬萬歲！」

玄宗一張臉笑得來合不攏嘴，隨即說道：「安愛卿聽封。」安祿山伏在地上，高興得渾身發顫。只聽高力士宣旨道：「封安祿山為營州都督充平盧軍使、兼兩蕃、渤海、黑水四府經略使。賜京城府宅一座。」

皇上對安祿山的厚重的封賞，使文武百官大吃一驚。

安祿山謝恩之後，高力士宣旨：「文武百官，萬邦使者聽著，為慶賀千秋聖節，各國使者獻賀禮！」

萬邦使者正要一一獻禮，忽然聽得殿下雷霆般的一聲吼：「慢著！」

整個含元殿裡的人都震驚了，是誰膽大包天，竟敢在此時如此無禮？玄宗、高力士和大臣們一齊將目光投向丹墀之下。

此時使者的佇列裡閃出一位英武彪悍的漢子，他就是回紇王子摩延啜。摩延啜見殺人掠地的安祿山謊報軍功，已是義憤填膺，那昏王竟不問虛實當場重賞，不由得將一腔仇恨爆發出來。

玄宗喝道：「你是何人？竟敢在此無禮？」

摩延啜將頭一揚，雙手叉腰，傲然挺立，答道：「我——回紇使者摩延啜是也！」

「區區蠻夷，你想幹什麼？」高力士喝道。「本使前來遞交國書！」摩延啜道。

李林甫見這摩延啜眼露凶光，身子不由哆嗦了一下，往後退了半步，這卻被對面的左相李適之看在眼裡，李適之大步走向摩延啜，說道：「既是遞交國書，呈來！」

摩延啜從懷中掏出一張羊皮紙，冷冷一笑，一揮手將羊皮紙交給了李適之。李適之拿著羊皮紙，剛走上丹墀，李林甫上前一把奪過，正要看過挑出漏子來當眾斥責摩延啜，展開一看，不覺目瞪口呆，那羊皮紙上一片亂麻麻的奇形怪狀的文字，他一個也不認識。只好不動聲色將羊皮紙國書摺疊起來轉呈高力士。

高力士一看，向摩延啜叫道：「回紇使者不得無禮，各國所進表章，按規矩是用漢文書寫，這上面是何等文字，竟敢作為國書面聖？」

誰知摩延啜理直氣壯地回答：「本使所呈國書，乃是用中國文字書寫，我回紇乃北方大國，為何不可用中國文字？你大唐妄稱文明禮儀之邦，難道沒有人識認這普普通通的回紇國書？我今日也不為難爾等，限三日之內，作出答覆。我四十萬鐵騎，已在邊境待命，如若爾曹無人識得，我回紇鐵騎，指日踏平中原！」說罷大踏步走下玉階，出了含元殿。

當著萬邦使者，大唐天子的面子「叭」的一聲掉在塵埃，碎了一地！

「真是狂妄已極！馬上詔命中書省，立即與我譯出！」玄宗肺都氣炸了，一巴掌拍在御案上。千秋節的慶賀，馬上從高潮降到谷底。回紇人雖然是狂妄已極，但擁有四十萬鐵騎卻是無可辯駁的事實，從摩延啜的橫蠻態度看來，回紇人不是毫無準備的向大唐挑釁。

高力士將那張羊皮紙交給在場的眾大臣，眾大臣把羊皮紙傳了好幾個圈，你看看我，我看看你，全場鴉雀無聲，沒一個人出頭說話。

誰能認識羊皮書上的奇異文字？

李林甫看著那羊皮紙不敢伸手去接，往後倒退兩步。

高力士焦急地等待，當羊皮紙傳到左相李適之的手中時，高力士問道：「左相，快認呀！」

「我不認得，看來這不是單純的回紇文。」李適之慚愧地說。

聽了李適之的回答，李林甫鄙夷地笑道：「左相不是一慣自詡博學多才麼？」

大事當前不積極理事，反而從內部作亂，是李林甫的一貫伎倆。李適之見無人譯出回紇國書已是心如油煎，此時只好充耳不聞，視而不見，以大局為重隱忍不發。

高力士見李林甫這般說話，便從李適之手中拿過羊皮紙，往李林甫面前一放。李林甫看那羊皮紙好似一盆滾油，生怕燙著似的，嘴裡含混不清地嘟噥著說：「依我看，好像畫的是一些魚和蝌蚪。」

「右相大人，是否由你去向回紇人宣布，這上面就是魚和蝌蚪呢？」太子賓客賀知章瞇縫著一雙老花眼說。

李林甫嘿嘿地笑著，不說話了。

「快，快認呀！長安第一才子。」高力士把羊皮紙拿到張垍面前。

「這……好像豆芽一樣……」張垍頭也不敢抬尷尬地囁嚅著。

「依我看更像是滿地亂爬的毛毛蟲！」吏部尚書張利貞輕鬆地說，既沒有李適之的慚愧，也沒有張垍的尷尬。對於文字，他是外行，此時似乎顯出什麼也不懂反倒是一種優越。

李適之怒不可遏：「哼，這種玩笑還是留著回家去開吧！皇上，依微臣之見，把朝廷中所有的通師，都召集到中書省來！我不信就沒有人認得！」

「依卿所奏。」玄宗說。

李適之雖嘴上向皇上這樣稟奏，但心中卻不踏實，朝廷裡到底有沒有能識回紇國書的通師，他心裡沒有底。朝廷的通師不少，但自張九齡被貶去之後，通師的考銓就中斷了。官吏的任用，職位的升遷，都是李林甫一個人說了算。都是李林甫、張利貞、吉溫等私下裡在李林甫的家中商議好了，任命之後李適之才知道。那求升官授職的，紛紛以巨資賄賂李林甫。通師是比七品芝麻官還小的職位，只要出錢，李林甫不幾天就揮筆任用一批。因此，能會三五句外國語的也是通師，語無倫次的也是通師，到底能不能譯出回紇國書，李適之卻不得而知。更可能，這些人召來也是無益。倒是在場的大臣們見總算有人承擔了這事都如釋重負。不多時，宣政殿一側的中書省大廳裡，三省六部，五監、九寺、一臺、十六衛的所有通師一一到齊，把中書省的大廳擠得滿滿的。

李適之命中書舍人將羊皮紙交所有通師一一傳觀。通師們有的瞠目結舌、有的面面相覷、有的汗顏夾背、有的滿面通紅、有的小聲議論，仍無一人認得羊皮紙上的文字。

「看來，你們這些人都是酒囊飯袋！要你們何用，改日定要一一考銓，不能勝任者，通通逐出！」李適之氣憤地說。「那麼，你們可知道有何人認得？」

此時，一位滿面通紅的通師說：「啟稟大人，這種文字是一種罕見的回紇古文，開元初，有兩位通師，一位姓鄭，一位姓梁，他們可能認得。」

「這二人現在何處？」李適之問。

李林甫白了紅臉通師一眼說：「這哪裡是你說話的地方，還不與我退下！」那紅臉通師嚇得連連後退到人叢中去了。

李林甫斜乜著李適之說：「鄭、梁二通師因為自恃才高，脾氣古怪，已經被貶到大漠以北的堅昆都督府去了。」

「右相大人，這回紇國書是否有人識得，是關係到我大唐天威的大事！」李適之嚴正地對李林甫說。不等李適之說下去，吏部尚書張利貞風涼地說：「照左相的意思，是想把那兩個目無長官的通師弄回來麼？堅昆都督府離京城八千多里，左相大人，那兩人年紀又大，就是弄回來也得三五個月，萬一鞍馬勞頓，死在路上，也未可知。」

張利貞仗著李林甫的勢力，才敢如此放肆，李適之厲聲說道：「張大人，如今國事當前，你怎敢這樣說話，難道回紇人將你收買了不成？」

張利貞見李適之聲色俱厲，心中方才有點膽怯，裝出一付愁眉苦臉的樣子說：「左相大人息怒，國事當前，我不也在鞍前馬後的忙麼？可我說的是實話，都認不得回紇國書，我也是無可奈何呀！」

李適之一巴掌拍在桌子上：「混帳！」

眾通師這才感到事態嚴重，一個個噤若寒蟬。

千秋節這一天玄宗過得很不愉快，準備已久的歌舞也沒有心思去看，只命梨園為外國使者草草演完了事。也無心在宴會上飲酒，推說身體不適回到勤政樓，連太真妃也小心翼翼地陪著。高力士不住地派人催問中書省那邊的消息。到了晚間，高力士稟告說通師們仍無一人能識那些奇形怪狀的文字。

「酒囊飯袋！」玄宗一生氣，一腳踢翻面前的御案，案上的酒食倒了個滿地狼藉。

眾大臣嚇得一個個不敢吭聲。

這時李林甫捧著一本奏摺，上氣不接下氣地跑進來，跪地奏道：「啟奏萬歲，營州都督安祿山呈來奏章，請萬歲恩准出征回紇，安將軍在奏章中言說，要率營州健兒，踏平回紇，將懷仁老酋的人頭獻給萬歲！」

玄宗見終於有忠勇的安祿山，肯為保全大唐的國威去拚殺疆場，心中才順了一口氣，忙說：「呈來！」

李林甫又說：「請皇上准了安將軍表奏，發兵回紇，殺他個片甲不留！」

玄宗看完奏章，龍顏大悅，正要提硃筆批示，左相李適之上前道：「啟奏萬歲，臣以為不可輕開邊釁。唐與回紇，自太宗以來，甚為友好，今以一紙羊皮書便要開戰，臣以為必有原因。一來目前尚不知這羊皮書上寫的什麼，二來尚不知回紇為何要以這樣的奇文來刁難。輕率開戰會使生靈塗炭，國家遭受成損失。臣以為應立即弄清究竟，加緊尋人譯出回紇國書。而不宜輕開邊釁。」

玄宗聽罷，微微點頭，手中的硃筆放了下來。李林甫上前說：「啟奏萬歲，回紇老酋用這一紙羊皮書，侮辱我大唐天子。我大唐乃泱泱大國，安能忍受小國侮辱，如不與他兵戎相見，我大唐臉面何存？左相之言，不以國家之辱為辱，是於國不忠。臣以為應該出師回紇以振國威！」

「右相大人言重了，情況未弄清之前，輕率地拿社稷、百姓去冒險，這才是對國家不忠。臣以為，暫緩議戰！」李適之說。

「為國雪恥，安能不戰！」右相說。

「不行，弄清原委再戰不遲！」左相說。

「戰！非戰不可！」右相說。

「住口！」玄宗煩亂地一推御案，站起來面對著雲母山水大屏風：「想不到這小小的一紙蕃書……」

李林甫和李適之都不言語，大殿裡的空氣凝固了。

正在此時，鬚髮花白的太子賓客賀知章氣喘吁吁地由內侍扶著上殿來了：「啟奏萬歲，臣以為有一人，或許可以認得番書……」

「誰？」玄宗驀地轉過身來。

「謫仙人李白。」

「啟稟萬歲，李白是蜀人，為何識得番書？」衛尉卿張垍馬上對玄宗說。

玄宗將目光轉向賀知章。

賀知章說：「李白先祖，曾在隋末被流放到碎葉，李白的父親常往來於回紇與碎葉之間。內廷供奉吳道子說，李白與他同遊江南之時，自稱能識多種外國文字，還給他唱過回紇人敬神的巫祝之歌。」

「李白現在何處？」玄宗問。

「聽說昨日上午與二位張大人在選院。」賀知章說。張垍、張利貞此時已覺得冷汗從腋下滲出！

「你二人快把李白請來！」玄宗此時已是心急火燎，來不及問及其他。張垍、張利貞你看我我看你，正遲疑間，瞅見玄宗臉上一剎那布滿烏雲，那是雷霆震怒的先兆。

「是，臣遵命、臣遵命。」張利貞和張垍忙不迭地回答。頭也不敢抬地跑出了宮院。但見大街上人來人往、車水馬龍，偌大一個長安，李白到底在哪裡？

9. 力士脫靴，駟馬捧硯，李白醉草〈答蕃書〉

張利貞與張垍無奈領了聖旨，派了吏部所有人馬，託高力士出面讓左右金吾衛、監門衛，及巡城羽林軍全部出動，十萬火急尋找李白！找遍整個長安城已是下午，都不見李白的蹤影，張利貞、張垍這才著急起來。因為李白是出了選院之後失蹤的，遇到這要命的節骨眼上，如果今天找不到李白，皇上追究起來，再有人揭出選院一節，那可是吃不了兜著走。此時兩人哭喪著臉，回頭低聲下氣求賀老賓客給拿主意。

賀知章見他二人心急火燎，心想，要不是你們這班狗東西興風作浪，阻塞賢路，那蕃書早就譯出來了，怎會讓大唐天子當眾出醜？於是故意要理不睬地說：「李白明明是中書省通知到選院去了，怎麼會找不到了呢？想必中書省對奉詔入京的人才安排得很妥貼吧？」張利貞和張垍才結結巴巴把在選院一節說出來，連連賠不是。賀知章見他二人可憐又可恨的樣子，想起第一次和李白見面時李白寫〈蜀道難〉的地方，便命他二人一起來到天臺觀前蘭陵酒家。

到了蘭陵酒家門前，見一群人圍在那裡，有人高聲吟唱道：「君不見黃河之水天上來，東流到海不復回。君不見高堂明鏡悲白髮，朝如青絲暮成雪。人生得意須盡歡，莫使金樽空對月。天生我材必有用，千金散盡還復來！岑夫子、丹丘生……將進酒，君莫停，與君歌一曲，請君為我傾耳聽。鐘鼓饌玉不足貴，但願長醉不復醒。古來聖賢皆寂寞，唯有飲者留其名。陳王昔時宴平樂，鬥酒十千恣歡謔。主人何為言少錢？徑須沽取對君酌。五花馬、千金裘，呼兒將出換美酒，與爾同銷萬古愁！」

是李白在吟詩！

這首〈將進酒〉，日後膾炙人口、流芳百世，起勢如泰山壓頂，萬馬奔騰。續句如風送帆，順流直下。如黃河之水波濤起伏，經九曲而順流東下，由悲憤而生豪壯之情，大氣磅礴而浩蕩非凡，不僅中國人喜愛，而且外國人也慨嘆望塵莫及。

衛士們排開圍觀的人叢，賀知章、張利貞、張垍擠了進去。但見李白高舉酒杯，一邊大杯喝酒，一邊引吭高歌，旁若無人。

昨日李白也是這樣狂喝濫飲，直到爛醉如泥在店裡和衣躺了一宿，今早醒來一直喝到現在。蘭陵酒家的堂倌，十年前就認得李白，卻從未見過有人如此狂喝濫飲；在李白奔到櫃前揭開第二罈酒時，堂倌一把按住酒罈子，李白又去拿那酒壺，也不用杯子，只汩汩地往嘴裡灌，上去奪酒壺，被李白一把抓住。李白鼓起眼睛瞪著堂倌：「你怕我錢少是不是，那匹五花馬，你牽去好了！」說著一把推開。堂倌叫道：「太白先生，我不是那個意思，你這樣要喝醉的！」

李白瘋狂地大笑：「哈……喝醉？我今天就是要喝個一醉方休！喝得分不開天地日月，辨不清南北東西，喝得天回玄黃，地返洪荒！我再也不用去拜謁權貴，再也用不著彈鋏侯門！我再也用不著偽裝成平庸可愛的謙謙君子，再也不用去吹牛拍馬、裝腔作勢，拿酒來！拿酒——來呀！」

張利貞見他狂飲，生怕醉了誤事。叫金吾衛上前阻攔，金吾衛上前按住酒壺，被李白一掌推開，喝道：「你是何人，竟敢阻攔李老爺喝酒！難道在長安就不准人喝酒了嗎？」隨即自己也踉蹌倒地。

金吾衛忙賠笑說：「我不是不讓你喝，是說你喝醉了會很難受的。」

李白搖搖晃晃站起來，對金吾衛怪笑著：「喝醉了難受？不，醒著才難受！當你清醒白醒地看到砍伐桂樹，栽培荊棘，囚禁鸞鳳，寵養野雞，惡人們崇尚奸惡，踐踏正義，你能不難受麼？只有喝醉了，醉得人事不醒，醉得黑白不分，忘了人的尊嚴，忘了人的責任，忘了世間的美醜善惡，才愁消悶散！啊，我要喝個夠！」說著抱起酒罈子狂飲。

「這樣喝要醉死的！」賀知章奔上前去。

「死就死！我活得好累，我根本不想醒來！」李白叫道。

兩個金吾衛去搶酒罈子，一不小心，酒罈子「譁」的摔個粉碎，琥珀色的葡萄酒流灑滿地，李白也倒在地上醉去了。

「你們都看見了吧，那天在選院，也是這樣喝酒誤事，這可不是我故意刁難他！」張垍對人小聲說，看見李白醉成這樣，倒如釋重負。「像這樣醉得人事不醒，就是弄回宮去，也沒法向皇上交待。」

張利貞想，你是天子女婿倒是沒什麼，在賀老賓客面前，自己卻不敢亂說亂動。便道：「駟馬公，今兒只有將就點兒，把這酒瘋子弄回去，我們好交差。再要弄丟了，皇上怪罪下來，我可吃罪不起。快弄點醒酒湯來。」

店家和胡女弄了些醒酒湯來給李白灌下。

張垍和張利貞叫道：「太白先生，太白先生，醒醒！」

李白睜開眼睛，向著張利貞和張垍嘻嘻笑著：「你們是誰？你們把我叫醒為什麼？」

「皇上有旨，請太白先生接旨。」張利貞畢恭畢敬地說。

李白從地上支起身子，醉眼朦朧，看了看張利貞和張垍說：「你們是什麼東西？竟敢叫李老爺接旨？」

張利貞和張垍只好諂笑著說：「我是吏部尚書張利貞，這是集賢院的主管衛尉卿張垍，我們是奉旨前來，請……」

李白一骨碌從地上爬起來，在路旁胡亂折了一枝菊花，在張垍、張利貞的頭上揮舞著說：「你們這兩個不要臉的東西！你們又來騙我，又想來刁難我是不是？辦不到！你以為不要我入朝，你兩個蠢驢就可以永保榮華富貴是不是？你以為光憑你們這點溜鬚拍馬，嫉賢妒能的本事，就可以永保天下太平了是不是？你們不是把李老爺從選院中趕出來了嗎？你們趕得了一個李老爺，你們趕得完天下所有的忠直之士？」張利貞、張垍以為聖旨一到，李白就該乖乖跪地領旨跟他們走，再說，從來沒見過天下有不想做官的人。不料此時被李白一頓臭罵，三人滿面羞愧。圍觀的人越來越多，張垍、張利貞又不敢離開，只好一反常態十分討好地湊過去向李白解釋選院的事完全是一場誤會。李白冷冷一笑，將那支菊花在二人鼻子面前揮揮，說道：「李老爺布衣草民，不務功名，不交王侯，七尺丈夫不屈己，不做人，我不會揀你的殘羹剩飯，更不會向你搖尾乞憐。李老爺不愛看你們貓一樣的媚態，你給我滾一邊去！滾！」

張垍、張利貞束手無策，只好向賀老賓客求告說：「賀大人，求您老人家說句好話，讓他跟我們走吧！」

李白扭頭不看這幫人，閉眼倒臥在塵埃中。

賀知章心裡一陣難過，他走到李白跟前，輕聲叫道：「謫仙人！」慈父般理順他散亂的頭髮，揩去他臉上的汗漬。「你喝醉啦？」

「我沒有醉，我很清醒。」李白悽然笑道：「我倒是願意就這樣長醉，不再醒來……」

「太白，昨天在皇上的千秋節盛典上，回紇使者向我朝遞交了一封國書……」

「賀大人，不要向我講朝中的故事，我現在就離開長安，散發扁舟，浪跡天涯……」

「回紇使者的國書沒有人能辨認出來，有人提議向回紇發兵來洗雪大唐的恥辱。」

「啊？那與我有什麼關係，我也不是領兵的大將。」

「因為一紙意義不明的蕃書，招致邊患，使生靈塗炭……」

「是嗎？……」

「一旦開戰，多少百姓沒了生計，又會有多少人戰死沙場，又會添多少孤兒寡母……」

「皇上不打仗不就成了！老爺子，你別說這個。」

「朝中有人要不明不白地把老百姓推到戰爭的血海裡去。僅僅為了一紙不認識的蕃書。」

「是嗎？」

「回紇嘲笑我朝無人，我朝真的沒有有識之士麼？」

「區區回紇文字算得了什麼？敢嘲笑我朝無人？你把那蕃書拿來！」

賀知章道：「要看蕃書，隨我到皇上那裡去看！」李白瞟了一眼，從地上一躍而起，拉起賀知章說：

「走！你快跟我去見皇上！」

賀知章大喜，忙說：「等等，你聽我說完，皇上為此賜你翰林學士，快接旨更衣吧！」

「真的？！」

「哪還有假！這些人都是來接你進宮的！」

今天是回紇使臣交國書的第三天，李白隨內侍進了丹鳳門，登上龍尾道，巍峨的含元殿就在眼前。李白在龍尾道上停了一停，衣裾在微風中飄飛。深藍色的寶頂，綠色的琉璃鴟尾，在藍天下閃光。這是他多年嚮往的地方，他終於來到天子面前！他不僅僅要作司馬相如，他要作管仲、樂毅、諸葛亮那樣的輔弼，把他的才識透過皇上變成沐浴蒼生社稷的甘霖，為四海造福，把大唐變成空前強大、空前美好的人間天堂！他隨內侍疾步穿過排列整齊的萬邦使者和文武百官，走上御階，看見了御座之上萬乘之尊的天子。

玄宗看看整齊肅穆的朝班，自信和尊嚴又在他心中倍增，前兩天他想起開元初的那些日子，那時有姚崇、宋璟、蘇頲、張九齡……他們都是大唐的人才，一個個忠勇至誠，勤於政務，理事順如。此時，他看見李白目光炯炯，精神抖擻地向自己走來。他想起了張九齡，不僅才識過人，而且剛正不阿。張九齡的內涵透過他的外表顯露出來，言談舉止，風度殊卓。眼前的李白，氣宇軒昂中透露著瀟灑出塵的飄逸，玄宗不覺從御座上站了起來，口中不自覺地喃喃道：「謫仙人！」迎著李白走了三步……而此時，李白也疾步趨向前去，振衣跪拜：「臣李白參見吾皇萬歲！萬歲！萬萬歲！」

整個朝班都震動了！

李適之、賀知章、崔宗之、張旭、吳道子等一干人，心中一陣陣激動，天子降階以迎，大唐給了李白特別的殊榮！才識在這裡得到肯定和讚賞。

李林甫、高力士、張利貞、張垍、吉溫等一干人也震動了：皇上居然走下御座去趨向一個山野布衣！無疑，李白將來的受寵程度會高於他們，他那縱橫馳騁的思路，那種常人絕不可能具有的敏捷過人的才識，將會給他帶來輝煌的前景。中書省一個一個的高位將會被李白和他的同類占去，其後果不堪設想……

「李卿平身！」玄宗道。

高力士導引李白侍立在皇上的御案前。

「李卿，前日回紇使者，將一紙蕃文國書呈上朝庭。此書文字奇異，為常人所不識。賀老賓客舉薦，李卿能識此種文字，李卿，可為朕當殿辨識！」

高力士將羊皮紙國書雙手遞與李白。經過兩天的折騰，滿朝文武，目不轉睛地望著李白的表情，每一根神經都繃得緊緊的，含元殿裡寂靜無聲，就是落下一根針也聽得見。李白接過羊皮紙，迅速瀏覽，嘴角浮出輕蔑的微笑。

「啟奏陛下，這種文字根本就不是回紇文字！」李白說。

玄宗又緊張起來：「什麼？根本就不是回紇文字？那是什麼？」萬一李白認不出來，就可能再一次丟醜！

李白說：「啟奏陛下，這種文字是摩尼教的經文組成。摩尼教又叫明教，百年前從西亞傳入回紇，現在只有回紇巫祝才使用這種文字。臣雖認得，只是上面寫的內容俚俗至極，臣不敢誦讀於聖皇之前，只恐有汙天聽！」

「蠻野之邦寫俚俗之詞，也是自然，卿可如實對朕譯來！」

「臣遵旨。」李白展開那捲羊皮紙朗聲唸道：「回紇可汗詔諭唐皇——」

李白剛讀出這一句，李林甫就打斷道：「皇上，那回紇乃邊遠蠻夷，怎敢如此口出狂言？分明是李白欺君罔上！」

李適之立即針鋒相對道：「右相大人想必識得此書，前兩日有意不譯給皇上聽？」

李林甫諂笑著說：「林甫無非是對皇上一片忠心而已，請皇上明察。」

玄宗冷冷地對李林甫說：「右相不必多言。李卿，你繼續為朕唸下去。」

玄宗對李白微笑頷首示意，李白又唸道：「爾國稱堂堂文明禮儀之邦，竟派毛狗一般狡猾的邊將，毒殺無辜百姓，指使一夥凶惡的強盜，搶奪我們的馬匹，你們殺滅北方小國，又向我堂堂回紇挑釁。你們像豺狼一樣貪心，何必穿人的衣裳？你們像虎狼一樣凶惡，又何必冒充仁義？今天來爾國遞交國書，就是明白告訴你，我回紇乃北方大國，安能像契丹和奚那等小國，任由爾等欺辱砍殺，如若不然，我回紇將率四十萬鐵騎南下，要爾等出讓東方十郡之地，供中國牧馬；讓南方十郡之地，供中國放牛。爾等立即回覆，勿謂言之不預！」李白一口氣譯出。

安祿山聽了李白譯出的內容，不由膽顫心驚，回紇人在這一紙國書上，分別寫了他在北方製造的邊患，要是皇上追究起來，如何了得！還有吏部尚書河北採訪使張利貞，心中也是一清二楚，只是當日得了安祿山重賄，便對安祿山騙殺無辜以過為功的事假裝視而不見，要是事情敗露，一切都完了，不由得緊緊地捏著一把汗。

此時，御座上發出一陣陣哈哈大笑，玄宗說：「這回紇老兒不自量力，狂妄已極！」

安祿山聽了，立即閃出朝班，伏地奏道：「啟稟皇上，此書已經證明回紇老酋對我大唐，歷來虎視眈眈，懷有野心，回紇老酋小看中國，大唐安能容忍！望陛下准了表章，讓微臣率兵百萬出師回紇，殺他個片甲不留，更可以拓地萬里！」

玄宗聽了嘉許地一笑，轉向李白說：「安將軍的話，不無道理，李卿，你以為如何？」

「啟稟陛下，以臣看來，回紇此書不像無端挑釁，這一紙國書，不過是一顆問路的石子罷了！」李白從容答道。

「一顆問路的石子！」

「是的，回紇此舉，是用來試探大唐是否像消滅北方小國一樣去消滅回紇！如果回紇一心想發起征戰。哪裡會交來國書？早已兵戎相見！」

玄宗與眾臣聽了李白這番闡述，無不以為事理明瞭。

李白又侃侃言道：「兵者凶之器，聖人不得已而用之。依臣之見，一面追查邊將有否搶馬匹殺良民的劣跡，一面賜回紇一紙敕書，表明我朝以禮義教化夷族的一貫立場。視其態度以觀後效，再酌情而定剿撫。如此，也顯示皇上胸懷博大，聖裁英明，更能使萬邦心悅誠服！或許能化干戈為玉帛彰顯國威。」

玄宗點點頭：「李卿之言甚合我意，適之，這明察邊情之事就交付與你。」

李適之：「臣遵旨。」

此時賀知章完全放下心來，皇上嘉許了李白的對策，再次證明自己知人不謬。

「快準備好文房四寶，李卿當殿代朕修寫這封回敕！」玄宗說。李白激動地拜伏在地：「李白深謝皇上知遇之恩，吾皇萬歲，萬萬歲！」

玄宗再次上前，親自扶起了李白。

滿朝文武，萬邦使者的心為之震動了。

含元殿一側，內侍已經將一張書案擺在一張大紅寶相如意紋的絲毯上。這是一種極莊嚴排場的擺法，往往是皇上或元老重臣親自題寫之時顯示一種尊榮。那時到書案上寫字的人，必須先脫掉靴子，然後走上去。李白來自山野，不知道踏上紅絲毯必須脫去靴子，逕自抬腿往富麗的紅絲毯上走去，一眼瞟見高力士和張垍對他投來鄙夷的冷笑。

李白見內侍已經脫了靴子站在紅絲毯上侍候，立即把穿著靴子的腳縮了回來，轉向玄宗：「啟稟皇上，臣有一事相求。」

「李愛卿請講。」

李白言道：「臣乃山野布衣，長年屈居人下，今要代言王命，恐臣氣勢不足，見笑於各國來使。」

「李愛卿想怎麼做。」

「請皇上壯臣以膽。」李白進前一步說。

「怎麼個壯法？李愛卿請講。」

「臣請高力士為我脫靴，請張駟馬為我磨墨捧硯！」

張垍與高力士突如其來捱了當頭一棒，面面相覷說不出話來。

「高力士、張駟馬。」玄宗說。

「臣在。」

「你二人就按李卿所言去做吧！」

高力士與張垍敢怒而不敢言，準確地說，是又不敢怒而又不敢言。高力士滿面羞愧，來到李白面前，內侍早為李白搭好了椅子，李白大大咧咧坐在椅子上，高力士滿臉羞愧，跪下一隻腳，將李白腳上的烏皮長靿靴一隻一隻脫了下來。不到一個時辰，高力士為李白脫靴的新聞傳遍了長安的大街小巷，一直流傳到千百年後的今天。

李白輕鬆地走上紅絲毯。示意張垍過來，張垍十分不情願地走過去。

「駟馬公，這次你不能替我代筆，只好委屈你磨墨捧硯了！」李白說。

張垍正想拂袖作色，只聽皇上說：「愛婿，你為學士公把墨磨得濃濃的啊！」在玄宗看來，張垍為李白磨墨是他的職責所在，最自然不過的事。

李白端立案前，在用一對玉如意鎮紙抻得平平的黃綾上，奮筆疾書，頃刻間筆走龍蛇，輕鬆自如一揮而就寫完，交高力士呈給玄宗。

排列在各國使者中的摩延啜捏著一把汗，本來此次來下國書冒著絕大的風險，但為了回紇的尊嚴，就是冒著被扣留或被殺害的危險也在所不惜。他作為回紇未來的君主，一定要探明唐朝有沒有消滅回紇的意思，況且，絕對不能讓回紇受到如此欺侮。殿上的一切，他看得一清二楚。原來本以為這紙奇異的回紇國書會難倒唐朝，那時他就毫不客氣地將唐皇羞辱一番，在萬國使者對唐皇的嘲笑聲中大搖大擺地離去。而此時，這種可能性完全沒有了，他像被一隻強而有力的手摁住了脖子，他的生死榮辱，完全聽命於寫敕書那人手中的一支筆。先前，他看見此時為大唐書寫國書的那人從他面前走過，他儒雅超逸不同於任何大臣，他不是像去朝見天子，而是像他摩延啜本人在開春時節巡遊烏德犍山腳下的廣闊草原一樣。他覺得他熟悉這種風度，在什麼地方見過。在這人朗聲譯出那摩尼教的羊皮書時，他慶幸已作了應變的安排。他的隨從已有一部分換了便衣在城中等候他的消息，一有變故便潛回邊境發動戰爭。回紇的命運究竟如何？

「傳回紇使臣上殿！」這是前天惶惑和膽怯的高力士在呼叫，但今天的呼叫沉穩而又威嚴，甚至有些趾高氣揚。

「傳回紇使臣上殿！」內侍傳話的聲音也特別響亮。

「好快！」摩延啜心中暗暗吃驚。想到回紇人的尊嚴，想到被搶走的馬匹和被害的邊民，摩延啜定了定神，昂首大踏步走向丹墀。

「回紇使臣聽著，我朝翰林學士李白，向爾等宣讀敕書！」李白，李白這個名字似曾聽說過……

這位翰林學士在哪裡見過？但此刻關係著回紇的安危，摩延啜不敢分心，瞪著李白手中的黃綾敕書，那顆心彷彿被提了起來！只聽那氣度不凡的翰林學士朗聲唸道：「大唐開元天寶聖文神武大皇帝，詔諭回紇懷仁可汗骨力裴羅：本朝上奉昊天之命，下開神州之國，恩被四海，仁撫八荒，萬國臣服，爭結睦好。德聲遠播，天下太平，爾今不自量力，以井蛙之見，妄圖以兵刃流血相挾，焉知汝螳臂安可當車？而今大人不見小人之過，恕爾狂悖無知，立即悔過。勤修歲事，安彼百姓，勿自趨滅亡，為天下作為笑談！爾其三思。欽此。」

「唐皇並沒有怪罪回紇，也沒有消滅回紇的意思！」摩延啜感激之情油然而生，「那麼東北邊陲的搶馬殺人，定是安祿山私自所為！」摩延啜腦海裡飛快地轉著念頭。

李白見摩延啜站住不動，又說：「皇上已命左相察明搶馬殺人一事，爾等快謝恩領旨吧！」說罷將那張黃綾敕書交給高力士。

摩延啜將高力士手中敕書接過，立即畢恭畢敬跪地叫道：「臣等狂悖無知，冒瀆天威，望皇上恕罪！」話一出口，頓時覺得渾身緊繃如弦的神經一下子鬆弛下來。

敕書的威力立竿見影，文武大臣無不驚訝。

萬邦使者見唐皇如此英明寬厚，一齊向玄宗跪下呼道：「皇上恩德無量，萬歲，萬歲！萬萬歲！」

「賜宴！」玄宗捋著龍鬚開心地笑了。

10. 飲中八仙大宴「詩仙閣」，李白大書特書「盛唐」

太陽從中天向西滑下去，變成了金紅。丹鳳門裡陸陸續續有人出來，有各國的使節、文武百官，那在眾人當中顯得特別肥胖的安祿山也出來了！在安祿山後面的不遠處，與一位紫袍的大臣一起走出來臉上掛著微笑的，不是摩延啜是誰！

金陵子狂喜地衝下樓去，快步橫穿過大街，奔到摩延啜面前，兩行熱淚滾滾直流！她提心吊膽地等了一天，丈夫終於安然無恙地回來了！摩延啜拉她上了馬車，親密地說：「一切都比我們想的要好，回去慢慢講給你聽，今夜長安解除宵禁，十分熱鬧，上街玩個痛快。」

當夜，摩延啜和金陵子換了唐裝戴了幃帽來到了東市，依然是當年景象，火樹銀花，舞樂喧天。高大的燈塔燈火輝煌，燈塔上的金蓮花依然在旋轉，只是不再有傾國傾城的美女在上面翩翩起舞。金陵子走向歌臺，悵望良久，那裡也沒有蜀中的詩人在那裡吟詩，只有幾個俳優在那裡演參軍戲。金陵子讓馬車來到北門。那酒樓上連燈火也沒有，門口已換了招牌，招牌上寫作「北門貨棧」幾個大字。烏蘭前去一打聽，店家說是十年前這裡發生了一件涉及內宮的鬥毆，不知何人殺死了十幾個鬥雞小兒，酒樓的主人害怕招禍，不敢再開，賣給了一個藥材商作貨棧，金陵子嘆了一口氣。

摩延啜見她不樂，笑道：「那年，我就是從這條街把妳搶回去的。」

烏蘭看道：「那時候我們都在對門的茶樓上，看王妃殿下好身手，把鬥雞小兒殺得節節敗退。」

金陵子的臉刷的一下子紅了。

「我想，妳救的那人，一定非同尋常。」摩延啜說。

「我早就告訴你了，我從西域到長安，就是為了尋他的。」金陵子說。

「他是妳的長庚哥哥？」摩延啜問。

「他叫李白。」

李白！聽了這個名字，摩延啜腦子裡「嗡」的一聲，驚得目瞪口呆，這不是今天在含元殿上，高力士為其脫靴，張駟馬為之捧硯答寫國書的那位翰林學士麼？摩延啜細細回想，十多年前千秋節燈會上吟詩的青年男子，舉止風度身材相貌與今日的李學士毫無二至，不是他還能是誰？

摩延啜不由背上冷汗冒出，趁金陵子看燈的時候溜到一邊，與烏蘭到一個清靜地方，把今日殿上李白的事一五一十向烏蘭說出後道：「這卻如何是好！」

烏蘭說：「我也看出來了，王妃殿下舊情不忘，我們當年幾乎是把她搶過來的。假如被李白知道，怎會饒得了我們？一定會在皇上面前改變對回紇的態度，那就壞了大事了！」

「我最擔心的也是這個，還有如果金陵子知道了，不跟我回到回紇，那……」摩延啜說話間臉上布滿憂戚之色。

烏蘭道：「殿下不必擔心，明早城門一開，我們全體通通回去，將此行經過向可汗稟告，然後請可汗另派使者帶一份厚禮向皇上謝恩，同時將左相要的情況寫好，一併送到長安來，如何？」

「如此甚好。」摩延啜聽了鬆了一口氣。

摩延啜回到金陵子身邊，對她說：「此次遞交國書，幸好大唐天子英明，認為事出有因，寬恕了我們的不敬，又派左相李適之察明搶馬殺人一事。今日殿上，我已得到大唐天子回敕。本想陪你在長安玩些日子，我們在此多待一天，老父在邊界就多等一天，父母不知怎樣懸心牽掛我們呢！我看明日一早便回，以免再生變故。他日我二人再來長安玩個痛快，如何？」金陵子本是深明大義的人，立即同意。金陵子告訴摩延啜好不容易來一回長安，這次將「工布劍」隨身帶來，想交給自己昔日的弟子如意幫她尋到李白，再把「工布劍」轉交給李白，也算了卻一樁心願。摩延啜陪了金陵子來到如意平康里的住處，將「工布劍」託給如意，回到館驛已是黎明時分。

早晨，李適之帶了隨從趕到回紇使者所住的館驛，已是人去樓空，只有烏蘭和一個親兵在門前等候。烏蘭見左相親自前來，忙向左相呈上連夜趕寫的回紇謝罪表，再三說明因為摩延啜感謝大唐恩典，深怕骨力裴羅可汗等不及在邊界輕舉妄動釀成戰禍，所以一早就出城，回去向可汗傳喻大唐天恩去了。李適之問及搶馬殺人之事，烏蘭將安祿山如何假借交易會毒殺無辜商人百姓、如何搶劫財物馬匹、如何殺人滅口的事一一向李適之陳述。烏蘭還說若不是單于都護府的郭子儀來解救，回紇人死傷的更多。李適之想，果真如烏蘭所述，那安祿山明明是國家的禍患！李適之將烏蘭所言，一一記錄在案，此事關係重大，暗中派人到營州去細細察訪，一邊浪人到單于都護府去找郭子儀了解情況，弄清楚到底燕山腳下的血案是何人所為，然後稟告皇上。

但是安祿山眼下是炙手可熱的人物，皇上為他賜官，賜財物，賜房子，這在朝廷是不多見的。安祿山是怎麼來的？早先在幽州違反軍令，使軍隊幾乎全軍覆沒，因死罪被解押到長安來的。是李林甫、張利貞受了安祿山好處，從刀下保出來的，但結果張九齡卻被謫貶了。因為皇上喜歡李林甫、安祿山的馴服與諂媚。李林甫排擠了張九齡一干人，拉攏異族的邊將，交好安祿山這種野心勃勃的人。皇上喜歡他的甜言蜜語，喜歡他的恭順。他縱然能查出營州大血案的真凶，而皇上已經拒絕接受忠直。他能戰勝那隻狡猾的狐狸嗎？後果又將是如何呢？李適之憂心忡忡，但又轉念一想自己也是大唐宗親，為國效忠應是本分，何必怕他李林甫！

李白醉草〈答蕃書〉的事不脛而走，只兩三個時辰就傳遍了長安的大街小巷。大唐詩仙一紙國書，嚇退了不可一世的回紇人，長安人就把這〈答蕃書〉索性說成〈嚇蠻書〉了。

當年京華大酒樓的掌櫃董糟丘聽了，高興得不得了，連夜從洛陽趕到長安，租下當年的樓房。立即張燈結綵，請草聖張癲出面請客，為李白置酒慶祝。張旭來了對董糟丘說道：「李白今夜是皇上的貴客，你如何請得來？皇上請了皇親國戚請，後面排著三省六部大臣和各書院，加之各國使節也盼望一睹詩仙風采，再過一個春夏秋冬恐怕才輪得到你面前。」董糟丘一聽急了，說：「自從十年前李學士把鬥雞徒從這樓上趕下去，我就打心眼裡感激，這可怎麼辦？癲兄快給我想想法子！我是務必要請到李學士的！」

張旭搔著禿頭想了想說：「我們當年喝酒的那層樓本來應該有名字和匾額的，因為那年鬥雞徒來擾亂，就沒興致寫了。我為這樓想了個好名字！」

「快說出來聽聽。」

「詩仙閣。」

「好響亮的名字！你是說——啊，我明白了，癲哥快幫我寫下來！」立時董糟丘備下文房四寶，張旭在那白麻紙上寫下酣暢淋漓的「詩仙閣」三個大字。董糟丘立即命人作成匾額。

第三天，張旭就告知李白，京華大酒樓的最上層因李白而改名「詩仙閣」，汝陽王、賀老賓客、李適之等都要來參加揭牌儀式，董糟丘請他送來請柬。李白接過請柬，高興得不得了，說好一定來。

金陵子匆匆離去後，如意將金陵子留給她的「工布劍」看了又看，將劍放在劍匣裡放穩妥，又用一塊香色的錦緞將劍匣仔細再包裹了一層，小心放入壁櫃裡。心想，要早點找到李白，把姐姐的劍交給他才好。教坊中流行的李白詩她最愛唱。可李白到底在哪裡卻不得而知。正想間，隔壁的姐妹過來，一進門便嚷道：「大喜了！大喜了！」如意一問原因，姐妹們道：「姐姐平時最愛唱的詩人李白，可給大唐揚威了！」接著把李白如何「醉草嚇蠻書」，如何讓高力士脫靴，叫張駟馬捧硯……繪聲繪色地講了一遍，如意高興得不得了，原來以前金陵子姐姐掛在嘴邊的「長庚哥哥」竟是這樣一位了不起的大英雄！現在李白做了翰林學士，又如何見得了他！

可巧第二天一早，如意就接到董糟丘的邀請，為「詩仙閣」盛典作場。如意喜出望外。小心將「工布劍」從壁櫃取出，放在隨身攜帶的歌舞服裝一起帶到宴會上去，但又轉念一想，金陵子姐姐不遠萬里來到長安將「工布劍」託附給她，一定有重要的原因。今天盛宴有眾多大人在場，不如今天結識了李白，請他改日到紅樓來小飲，慢慢敘談。如意把「工布劍」放回原處，收拾好作場的物件。外面僕婦來稟告說，董糟丘已派人來接她去酒樓。如意出了門，瞧見街邊上停著一輛華麗的馬車，車上已然站著一人，風神清淑文質彬彬，向她微笑招手，叫道：「如意姑娘請上車吧！」如意快步來到車前，那人接過僕婦拎的衣箱，放在車的後方，向如意微微俯身，延手說了聲「請——」。如意猶豫了一下，低聲道：「先生，您是——」

「在下李白。」如意一聽樂了，想了一夜的如何結識李白，卻「踏破鐵鞋無覓處，得來全不費功夫。」親親熱熱的叫了聲：「學士哥哥。」抓著李白遞過來的手，一下子上了馬車。原來董糟丘想得周到，囑咐車伕先接了李白接瞭如意一同去酒樓。

朱雀大街車水馬龍，比前些天還熱鬧。李白和如意正興致勃勃地趕往西樓，突然前面一陣喧譁。一群家丁模樣的惡奴手持棍棒正惡狠狠地在追打一位披麻帶孝的壯年男子和一個小孩，大街上躲閃不及的人們多半捱了打，哭的哭喊的喊，四處奔逃，互相踩踏一片混亂。京華大酒樓的車伕想避開混亂的人群已經來不及了，眼看那個披麻帶孝的兒童在惡奴的追逼下就要被捲入車輪底下，車伕用盡全力勒緊馬韁，那馬一受了驚，高揚前蹄一聲長嘶，馬車劇烈顛簸，差一點將李白和如意顛下車來。李白一躍下車，只見一個惡奴手持大棒，惡狠狠地向帶孝的小孩砸來，那帶孝男子撲上去伸出雙臂護住小孩，肩背被卻被打了個正著。那惡徒的大棒再次砸向那男子，李白大喊一聲「住手！」拔出劍來，嚇得那群惡奴連忙往後退縮。

「大膽狂徒，竟敢在光天化日之下行凶！」李白大喝道，將一柄寒光閃閃的劍橫在惡奴面前。

「我是右相府的家丁，老子打了他又怎樣？」為首的惡奴叫道。「宰相家奴七品官」，右相府的家奴在長安橫行霸道欺壓百姓乃是常事。眼見這一幫惡奴被寶劍鎮住，圍觀的人越來越多。

李白看那帶孝男子，正要問他時，卻認出他不是別人，正是闊別多年的結拜兄弟崔五兄崔成甫！

「崔五兄！」李白驚叫道：「怎麼會是你？！」

「十二弟，為兄去年任了陝縣縣尉，遇到漕運出事，來相府送牒報來了！」崔成甫叫道。李白見崔成甫面目黎黑形容憔悴，兩眼布滿了紅絲，為公務競遭相府惡奴欺辱，氣不打一處來，喝道：「崔大人為了公務，遠道而來，為何遭爾等行凶毆打？！」

那惡奴答道：「這傻子披麻帶孝在我相府門前羅唣，壞了相府風水，我打他是輕的！」其餘惡奴也一齊附合道：「該打！該打！」沒等話落音，說時遲，那時快，李白響亮一耳光，打得那惡奴眼冒金花。頓時，其餘幾個惡奴一擁而上，把李白、崔成甫團團圍住，舉起手中棍棒意欲行凶！

「誰敢打人！他可是醉草嚇蠻書的李白李學士！」如意站在車頭高叫道李學士，大英雄！

圍上來的市民一聽「李白李學士」，連忙鼓掌歡呼道：「李學士，大英雄！李學士，大英雄！」那聲音如浪潮般此起彼伏。

惡奴們見勢不好，急忙擠出人群溜走了。李白拉著崔成甫和那小孩上了車。李白叫車伕拐進一條小巷，停在僻靜處。崔成甫拉著柱兒跳下車來，對李白拱手道：「謝賢弟救命之恩！」，李白道：「仁兄說哪裡話來，今天到底是怎麼回事？」崔成甫一五一十的告訴李白，他是去年才到陝縣任職的。父親崔沔雖是前副相，但崔成甫不會鑽營取巧，所以在邊關一幹就是十年，並未升遷。如今老父多病，才奏請皇上，懇求調任到離家近一點的地方，皇上恩准，讓崔成甫到陝縣去做縣尉。陝縣是漕運的樞紐之地，河難是年年發生的，這次來京城送牒報，就是因為漕船過三門峽遇河難，陝縣漕吏陳永基和同船所有船伕役工三十多人全部遇難。漕船傾覆，此次江南運往長安的物資全部淹沒在黃河的惡浪裡。這幾日打撈遺體，搶救物資，已是筋疲力盡，現場十分慘烈，縣令束手無策，自己才與柱兒披麻戴孝來京城送牒報。哪知到了相府門前，剛上臺階就看見一個鬢髮皆白的老道士揮著拂塵大叫道：「晦氣晦氣，還不快趕走！」

「以前只知道弄刀舞劍，寫寫策論便是報國，這次到了陝縣，才知道民間疾苦！」崔成甫嘆道。「我一進長安便聽說賢弟醉草嚇蠻書的事，叫我好高興。正巧遇見賢弟，不然還不知是落下什麼結果！」

「崔五兄今日所為，實在令小弟敬佩！李白能為兄盡綿薄之呼，實是三生有幸。李白也願像崔兄一樣，為國為民鞠躬盡瘁。這送牒報的事，就交給我吧。今日京華酒樓「詩仙閣」落成盛典，我保證將這份牒報送到皇上手中。快與柱兒換了衣服，跟小弟一起去喝酒吧！」

「太白，愚兄不止是要把牒報送到皇上手中，愚兄想徹底解決漕運的根本問題。」崔成甫說。

「徹底？怎麼個徹底法？」李白問。

「漕運的根本問題是，因為黃河水路艱險，必需開一條新渠用作漕運之用，否則年年都會有死難！我身為縣尉，漕運河難不除，有何面目面對朝廷和百姓。看了黃河中打撈起來罹難者遺體，我死的心都有了！太白，這孩子就是陝縣漕吏陳永基的兒子，陳大人在這次河灘中遇難。柱兒，這是你李伯伯，你過來，給李伯伯磕個頭。」柱兒看了看李白，很乖巧地跪下，叫了聲「李伯伯！」磕了個頭。李白連忙將柱兒扶起。李白說：「從今往後，李伯伯就是你的親人。」崔成甫從柱兒胸前的衣兜裡取出一個油紙包，小心翼翼地把包拆開，說道：「這是柱兒的父親與愚兄繪的開渠新圖，開了這條新渠，漕船便不走險道。」

李白一看圖，心中激動：「崔兄，李白一定要助你建立大唐這一奇功！」

如意在一旁聽著，多年來她雖在教坊頻繁出入豪門和宮廷，對長安官場的狀況也有些見聞，不由說道：「縣尉大人愛國愛民之心，昊天可鑑，但學士公供職翰林院，與大人所言漕運卻無甚關聯，並無決斷之權，這如何是好？」

不等崔成甫回答，李白道：「漕運仍朝廷大事，國家興亡，匹夫有責，右相有權柄，太白有筆墨！只要你二人助我一臂之力，此事必定大功告成！」

如意笑道：「我一個女伶如何幫得了你！」

李白取出筆墨，板過崔成甫的肩來，就著崔成甫的背，在孝巾上龍飛鳳舞地寫了一首詩。李白取下孝巾，雙手交給如意說：「如意姑娘，這首詩算是李白贈妳的見面禮了！詩仙閣盛典那邊，我先行一步，靜候你們的佳音！」說著快步走出小巷。

面臨朱雀大街的京華大酒樓張燈結綵，三樓上新換的匾額上覆蓋著紅緞巾，董糟丘喜孜孜地迎來了今天的貴客：汝陽王、太子賓客賀知章、左相李適之、金吾長史草聖張旭、內教博士畫聖吳道子、起居郎崔宗之。太子賓客賀知章特地請了太子妃兄長安令韋堅。

李白也到了，賀知章與汝陽王叫道：「大唐的詩仙來了，請進吧！」汝陽王李璡拉著李白上了酒樓。

董糟丘問道：「我派車來接你和如意，怎麼如意沒同你一起來？」

李白說：「我今天寫了一首新詩，如意說新樓配新匾，正好為盛典演唱在下的新詩，她稍後就到。」眾人聽說如意姑娘要演唱李白的新詩，自是十分高興。

董糟丘將眾位大人請到三樓，來到掛匾額的欄杆旁，詩仙李白要來揭匾的消息不脛而走，樓下站了好多人在那裡引頸以待。

張旭、李白和汝陽王在匾額兩邊站定，其他的眾嘉賓在二人身後一字兒排開，張旭向著樓下黑壓壓的人群高聲叫道：「諸位，我身旁的這位，就是三日前在含元殿醉草答蕃書的李白李學士，李學士在含元殿宏揚天朝國威，四海拜服。長了我們大唐朝的志氣啦！京華酒樓董掌櫃為了紀念這一壯舉，將酒樓最高層命名為『詩仙閣』，今天由汝陽王和李學士為之揭牌！」話一落音掌聲頓起，汝陽王和李白一人執一角，將覆蓋在匾額上的紅錦緞掀開，那錦緞像一塊紅雲悠悠然飄起，匾額上金光閃閃的「詩仙閣」三個大字亮了出來。樓上樓下歡聲雷動，好不熱鬧！

張旭幫著張羅眾人在詩仙閣坐定，董糟丘見如意姑娘還沒來，便下樓去等候。

賀知章對李白說：「這位是汝陽王，自稱釀部尚書，他家的酒特香醇。這位玉樹臨風的少年是皇上跟前的起居郎崔宗之，這位是太子妃兄長安令韋堅，你都認識了。」

汝陽王道：「我們六人，都是多年酒友，李學士入朝我們又添酒友啦！改日請諸位到我家喝一回！」

張旭道：「這回是我們沾李學士的光啦！」

韋堅說：「李學士醉草答蕃書，我在現場，學士公凜然正氣揚中國威，朝野上下揚眉吐氣，我提議為學士公醉草答蕃書乾一杯！」

酒過三巡，一個銀鈴般的聲音傳來：「我們來遲了！」緊接著村婦打扮的如意娘子拉著小柱兒出現在樓梯口，背後是扮成船伕的男伶和平民打扮的樂師。

崔宗之叫道：「等你們好久了！快來飲酒吧！」吳道子倒了一杯酒，端到如意面前。

如意笑道：「今天先獻唱學士公的新詞，可好！」汝陽王道：「正好。」

如意拉了柱兒，和那位男伶站在大廳中央，隨後兩位伶人一起彈琵琶，一個吹簫。董糟丘想，先前約瞭如意娘子務必盛裝出席唱些喜慶歡樂的，為何眼下只穿百姓衣裳、淡淺著妝，還帶著一位民夫般的男伶和小兒？正疑惑間，只是如意向諸公道了萬福，朗聲說道：「各位嘉賓，今日詩仙閣盛典，小女子奉學士公之請演唱新詞，學士公這首新詩乃古之所無，今亦罕有，這首詩不唱風花雪月，不唱朝臣殿闕，不頌功德不歌福喜，唱的乃是當下漕工的苦情！」說著向彈琵琶的女伎示意，音樂聲如泣如訴地響起。

只聽如意哀聲唱道：「雲陽上徵去，兩岸饒商賈，吳牛喘月時，拖船一何苦！」隨後男伶深厚的男聲響起：「水濁不可飲，壺漿半成土，一唱都護歌，心摧淚如雨！」眾人正驚異男伶的歌聲美妙，又聽三人合唱道：「漕工苦啊，漕工苦！」如意又唱道：「萬人鑿盤石，無由達江滸。」那男伶唱道：「君看石芒碭，悲淚掩千古！」一曲終了，眾人的臉色無不肅然。

汝陽王道：「二位歌喉美妙絕倫，但今日是慶賀詩仙閣掛匾，學士醉草管蕭書，應該高興才對，為何放此悲聲啊？」

李白道：「眾位大人有所不知，我這位朋友不是伶人，他是陝縣縣尉崔成甫！」崔宗之連忙跑上前去，拉著崔成甫的手說道：「崔五兄，我以為你還在單于都護府呢！十多年不見，你怎麼變得這麼老了，我好想你！」賀知章顫顫巍巍走來道：「賢姪，這是怎麼回事呀？你唱的都是真的嗎？」李適之急切地問道。

眾所周知，崔成甫的父親崔沔在十多年前是當朝副相，剛正不阿，在場的嘉賓多是崔沔的同僚和朋友，崔成甫秉承乃父風範埋頭苦幹，從不鑽營取巧，所以父親昔日的朋友們竟不認得他了。

「成甫，請你把漕船失事的情況講給諸位大人聽聽吧！」李白說。於是崔成甫就把漕運如何艱險，前日河難如何慘烈，自己來京城送牒報如何被有司拒之門外，萬般無奈之下和柱兒披麻戴孝在右相門口吶喊……講了一遍。

韋堅聽了，氣得頓腳道：「這不是誤國嗎？哪裡還有官員的樣子！」

李適之道：「韋大人，去年有司衙門就不理事了，各地有了公文就送往李林甫家中。」

韋堅叫道：「這不是政出私門嗎？」

李白拉住崔成甫說：「崔五兄，這位便是太子妃兄韋堅大人，有什麼話你大膽說出來吧！」

崔成甫說：「有人告訴我，應該把牒報送到右相府上，我來到右相府，家奴見我披麻帶孝，還沒進相府便把我打了出來！要不是遇到太白出手相救，還不知是什麼結果呢！」

李適之上前說：「成甫，把牒報給我，我明日一早去至內宮，親呈皇上！」

李白道：「成甫兄還有更重要的事相告。」

崔成甫說：「諸位大人，漕運從來是朝廷供給之命脈，經河陽倉、太原倉由渭河運到關中的運輸線，已經因奸臣亂政而癱瘓，仍然走老路，如果運輸線的問題不解決，以後每年還有河難發生，不斷有人家破人亡，以至於斷了長安物質供給！」

韋堅說：「自古以來就沒有第二條路可走，河難的事如何解決？」

崔成甫說：「我小小一縣尉，既不是有司官員，也不是皇親國戚，我如何辦得了這件大事？」李白忙道：「崔兄，有眾位大人在此為你撐腰，你快把你的辦法說出來吧！」崔成甫從懷中取出那張圖說：「這是陝縣漕吏陳永基設計的〈漕運新渠圖〉，可惜陳大人已在這次河難中罹難，眾位大人你們看！」韋堅接過展開那圖仔細看來，那圖上說明首先治理漢代、隋代的運渠，同時從潼關到長安，引灞水並渭水向東，到達儲糧的永豐倉，又在長樂坡緊靠著望春樓開一大潭，潭邊修築碼頭裝卸貨物。此渠一開，由東到西運輸的貨物就可平安往來疏通無阻。韋堅想此渠一修成，自己就會從長安令擢升，無疑是為日後太子登基打下基礎。

「這真是史無前例的大功一件！」李白道。「這是一件利國利民的大好事！」張旭道。

韋堅高興得滿臉放光，大聲說道：「學士公說得好！我明日一早便與左相面見皇上，呈上牒報並申領租庸轉運使，皇上一定會恩准我們的方案，成甫，你就來作這項工程的總指揮吧！」

汝陽王賀知章歡呼道：「好！為此事喝個痛快！乾！」李白激動得舉起酒杯。

賀知章道：「沒想到今日這酒局，倒促成了利國利民的大事一件，『慨當以慷，憂思難忘』最高境界啊！」

崔宗之來到李白面前，舉杯道：「李學士醉草嚇蠻書，使那回紇使者認錯折服，不戰而退，將一場喋血千里之戰輕輕化解，為此，在座諸公乾一杯！」

眾人舉杯一飲而盡。

崔宗之道：「李十二兄，今日殿上，皇上賞賜你的寶貝，快拿出來看看！」

李白笑道：「癲哥想先用為快呢！癲哥，你拿出來看看。」張癲不好意思地從身後取出一個黃綾包來，打開裡面是一個朱雀紋描金大匣子，打開匣子，裡面整整齊齊排著一方歙硯，錠徽墨，六支毛筆。

筆身都是羊脂美玉製成。

賀知章道：「啊！老夫跟隨皇上多年，還沒有得到過這般賞賜呢！」

李適之心想，根據今天的情形，皇上對李白一定會委以重任。皇上身邊有這樣一位代草王言的大臣，真是朝廷的幸事。有李白在皇上身邊，很多政事都可以進言，大唐的清明吏治就可以實現了。

想到這裡，李適之道：「只有我們興盛的大唐，才有太白這樣天才的詩人，道子、張癲這樣的天才的書畫家！請各位舉起杯來，乾！」。

汝陽王璡著醉眼說：「今天喝的好快活，賽過神仙啦！李白來了又添酒友，一、二、三？四、五、六、七……加上成甫一共是八個人，我們叫『飲中八仙』怎麼樣？說著叫董糟丘把他的酒杯斟滿，大叫一聲各位神仙舉杯，乾！」。不等其他人舉杯，一仰脖子喝了下去！

「好！」韋堅叫道，立即從董糟丘手裡接過酒壺，給在場所有人一一斟滿，高舉酒杯叫道：「為『飲中八仙』乾杯！」

眾人喝了個不亦樂乎，李適之突然想起了什麼，李適之道：「我等既來這詩仙閣今日盛會，不可無詩，不可無書，不可無畫，依你們詩書畫三絕，合作一件大作如何？」

張癲道：「今日是慶賀太白醉草答蕃書的大喜日子，我和道子怎能胡攪，還是太白即興揮毫吧！」

李白一個勁地推辭，眾人都說應當，崔成甫說：「李十二你也不要推辭，就用皇上賜的御筆寫吧！」

僕童早將那筆用溫水沃了，在書案上嘩嘩鋪開一匹白綾。崔成甫、宗之、道子、張癲把李白推到書案前，李白將那三寸羊毫飽蘸了濃墨提起，一時間心潮奔湧；從走進丹鳳門，踏上龍尾道步入含元殿的那一刻起，大唐朝廷接受了他，他不僅要像司馬相如那樣，從筆下表現出一個輝煌興盛的大唐，他要幫助君王締造一個嶄新的世界。他要重仁義、辦學堂、輕徭賦、息邊兵、興水利、驅奸佞、抑權貴。看看眼前的韋堅與崔五，正是這種腳踏實地，為國獻身的忠臣。他也將像他們一樣，不辭艱辛地為國驅馳。如果天子重用，他將要將大唐的興盛推向一個新的高峰。這一腔勢如黃河、揚子般的激情豈是言語可能表達？

千言萬語一齊湧上心頭，此時竟無法下筆，眾人見日草萬言，倚馬可待的李白，不知為何凝立案前沉吟不語。

眾人正等待間，見李白放下玉筆，脫掉紗帽，抖散頭髮，俯身將整個頭在大硯池裡一沒，他以髮代筆，在那匹白綾上寫下兩個遒勁奔放的大字：「盛唐」。

11. 日後，他要為國驅馳，而今天僅僅是開始

正如李林甫所言，知道他的心事的，只有月光和水。今年千秋節的夜晚卻沒有月亮。李林甫下意識地進了月堂。彷彿這裡可以消一消他心中的悶氣。他腦子裡反覆出現的是皇上迎接李白的情景，皇上從龍椅上站起來，向李白走了三步……，李白那昂然的樣子，太像張九齡……這個可惡的酒瘋子，竟叫高力士脫靴，張駟馬磨墨！而皇上居然同意了。令他大失所望的是李白的「嚇蠻書」一宣讀，刁蠻凶悍的回

紇人竟變得又溫順又友善，皇上不與回紇交戰，他那不可告人的心事就難以放下：一旦打起仗來，他就將朝中不依附他的漢人將領派遣到邊關去與凶悍的回紇人作戰，借回紇人的力量消滅他們！

文武百官、萬邦使者享用了皇上千秋節的壽宴之後散去。玄宗三番五次命文武百官給李白敬酒，拉著李白的手說：「李愛卿今日為朕醉答蕃書，朕心甚慰。朕豈能讓他久居人下，朕要封他——」李林甫不願意聽到那句可怕的話，立即說：「皇上千秋聖節，儘管放心玩，來日方長哩，皇上勞頓了幾日，也該好好樂一樂。」皇上聽了說：「愛卿所言極是。」拉了玉環回宮去了。照此看來，李白日後肯定備受重用的了。不管皇上封他什麼官，李白是李適之、賀知章一夥的人，對於他可是一個極大的威脅。他想到了安祿山，胡兒雖然此次進京也給他送了禮物，但是情形已經不同於來京乞求饒命的上次，這個狡猾的蠻夷，已經把他的獻媚更轉向了皇上。但是蠻夷總比朝中的人放心。更可恨太子妃兄韋堅，他的幹練和與太子的親緣關係都使他無法安枕，要是韋堅知道他暗中反對太子，他的相位就岌岌可危了。他木然地對著那碗香茶，一點也沒有要品茶的情趣。只是下意識用三個指頭撳著碗蓋一下一下撇開茶碗上的浮葉。最後索性丟下茶蓋，吹滅了燈，在黑暗中獨自瞪著眼睛，那陰險的思路，像一條蜷伏在黑洞中的毒蛇，在暗中吐出腥紅的信子來。

高力士侍候玄宗和玉環安寢後一直沒有睡，為了表現他對皇上的忠心，每逢節假日他都要親自值夜，在玄宗心目中他不僅僅是一位宦官，而且是一位扶皇上登基的大功臣。他官居顯要列戟於門，諸王公主呼他阿翁，大臣叫他二兄。今天遭受的那種忘不了揮不去的屈辱，像燒紅的烙鐵一般，反覆烙燒著他的內心深處，他二品驃騎大將軍——跪下一隻腳，身體前傾，盡量把頭低到人們看不到他臉上的表情的程度，把李白腳上的烏皮長靴拔了下來！儘管含元殿沒有人發出任何聲音，但是，他感覺渾身不舒服，他覺得連空氣也瀰漫著對他的嘲弄。

當他從紅絲毯旁站起來的時候，一切都起了變化。好像平時最溫順的小內侍的低怯的應聲「遵命」、「是」中，都包含著嘲諷。他在眾目睽睽之下，不再是一位威嚴的將軍，而是一個像狗一樣任人驅使的奴才！本來在選院「與爺脫靴打扇」的話，是一句隨隨便便的玩笑，還未出三天就遭到了報應。他習慣了用這種口氣對人說話，那個可惡的酒瘋子李白，日後會變出什麼法兒來戲弄他呢？要是皇上每次都同意那酒瘋子的話，該怎麼辦呢？

高力士獨自呆想著，沒有辦法能解除他的憤懣與煩惱，宮中雞人報曉的梆子聲把他從沉思中喚醒過來，他覺得渾身疲痛。好在皇上與玉環通宵歡娛此時睡得正酣。他吩咐內侍們仔細值守，他到外間躺一會略事休息。

散朝後章趨應吏部尚書張利貞的邀請被一大群官員簇擁著到酒樓宴飲。開元之治中發達起來的官員，對於長生不老之類的需求也是十分迫切的。安祿山獨自回到館驛，對高尚講了今天在含元殿的情況，不免有些失望。雖然為皇上奉獻了一位神仙，八千人頭，千里疆土，然而在滿朝文武，百邦使者前引起轟動的卻是李白！原來希望與回紇的仗一打起來，便回去喝桑落酒吃大塊肉、坐收漁利的想法也落了空。高尚見他不樂，便道：「將軍，長安城難得不宵禁，今夜城裡一定十分熱鬧，看看京城達官貴人是何等享受！也帶我們弟兄快活一番！」安祿山點頭稱是，於是二人帶了一隊親兵，滿長安亂竄。人說長安城「百千家如圍棋局，七十二街如菜畦」，大街寬五十丈，小街少說也有十七、八丈，個個街口通向四面八方。安祿山只見街街燈火處處笙歌；茶坊酒肆、鬥雞場、賭局、百戲、妓院，好一派富麗景象，在幽州荒寒之地，哪曾見過？走了一街又一街，好似入了孔明的八陣圖，一夜間從東北到西南，叫了幾撥胡姐來陪飲，醉後抱了沉沉睡去。一覺醒來已是日上三竿，安祿山伸個懶腰說道：「昨夜好像神仙一般！」

張垍冷冷清清地坐在燈前。寧親公主一早就上床睡了。從今天下午張垍為李白磨墨的消息傳來開始，寧親公主就不時地摔東西、發脾氣，也不吃喝。下午大明宮中的宴會散去，玄宗似乎察覺到什麼，特意留他秉燭賞花。去年的千秋節之夜，張垍的心情很好，與寧親公主一起陪皇上娛樂，他應對如流妙語聯珠，得了皇上不少賞賜，欣喜若狂。而今夜，他顯得詞鈍意虛，滿腦子都是為李白研磨的墨漿，皇上問話他也懵懵懂懂答非所問。後來皇上說：「賢婿想必累了，早點回去歇息吧！明天，就將封李白為中書舍人的詔命寫好呈來。」張垍再也沒有勇氣向皇上說什麼，含含糊糊地應了一聲「遵命」，就回到家中，獨自坐在燈前一連好幾個時辰。寧親公主是不會放過他的，寧親公主最要的是面子，當「長安第一才子」變成了只能為他人磨墨的書僮，她貴為公主怎能忍受他人鄙薄的目光！

他想起以前對付李白的種種，他作為大唐天子的女婿，對一個布衣草民奚落幾句，有什麼不應該的？而今天以後會與李白在中書省共事，取代他掌封密令代草王言，奪了他幾乎所有的權力，這絕對辦不到！歷經了近三十年宦海風雲的他，怎會束手無策？天亮的時候，他想好了一個主意。張垍就早早梳洗完畢，來到皇上的寢宮。除了龍池上小鳥的啼鳴，到處靜悄悄的。

因為昨天勝利地解決了回紇人的國書，天下又歸復太平；又加之千秋節宮內的慶賀很晚才結束，玄宗與玉環睡得很香。往來宮女都輕手輕腳，沒有一個人高聲說話，張垍只得站在寢宮外的梧桐樹下等著。半晌，高力士虛著一雙瞌睡眼走過來。張垍忙迎上去，低聲叫了聲「阿翁」，高力士見他一臉委屈的樣子，彷彿早已知道他來此的目的，不等他說話，高力士便笑吟吟地說：「皇上還未起床哩，駙馬公你就在這樹下等著，皇上起床後，我叫人來告訴你。」說完便進門裡去了。

張垍一直等到日上三竿，快中午時分，高力士出來示意張垍在梧桐樹跪下。高力士進了裡間，對梳洗完畢的玄宗說：「皇上，今天的陽光很好，皇上要出去看看嗎？」

「好的，玉環跟朕一起去。」玄宗顯得精神很好。拉了玉環出了門，見張垍愁眉苦臉跪在梧桐樹下。

「啊，駙馬，怎麼會跪在這裡？」玄宗問道。

張垍向前膝行幾步，抬起頭來已是眼淚汪汪，叫了聲：「父皇！」已是哽咽不成聲了。

張垍抽抽嗒嗒地說：「兒臣侍奉父皇多年，雖愚昧不才，常願為父皇肝腦塗地。昨日兒臣奉父皇之命，為李白磨墨，兒臣以大唐國事為重，甘居人下，不想兒臣回宮之後，公主得知，便生兒臣的氣，兒臣不妒李白才高，只有自羞自愧而已。昨日父皇又命兒臣草詔命李白為中書舍人，此後李白是中書舍人，兒臣也是中書舍人，李白會說兒臣只是一個為他磨墨的書僮，兒臣哪有面目與李白在中書省共事？」說罷，兩行淚珠從圓胖紅潤的臉上滾滾流下。

玄宗頗受感動，忠心耿耿的「長安第一才子」為了江山社稷的安危，不啻降貴紆尊為一個初入宮廷的布衣草民磨墨，無有非凡的胸懷安能為之？自己嬌女的脾氣他是知道的，這也太難為他了！於是說：「駙馬快快起來，不必難過，詔命授李白中書舍人一事，暫緩些時日，待朕想一個兩全其美的辦法另作安排。駙馬以國事為重，賢婿的忠心朕是知道的，不必難過，與朕一起進膳吧！」

張垍聽罷，心中一塊石頭「咚」地落了地。連忙呼道：「兒臣謝過父皇萬歲，萬萬歲！」李白暫緩授職的事，不多一會兒就傳到了中書省吉溫和張利貞的耳中，吉溫與張利貞立即來到相府，向李林甫告知了一切。

李林甫鼻子裡哼了一聲說：「要把李白給我安插到中書省來，沒那麼容易！什麼經濟之才、文學之才，胡扯！」

張利貞立即諂媚地說：「右相大人的這個才，蓋過李白的那個經濟之才、文學之才，右相大人是圍天圍地的大才！」

在一旁的吉溫聽了，忍不住鄙夷地笑道：「吏部尚書大人，是經天緯地，不是圍天圍地！」

千秋節之後，李白從客棧搬到了翰林院中的學士院。學士院中有南北二廳，是翰林學士集會議事的場所。南北二廳的東西兩側都是廂房，是學士們值班待詔的所在。李白在長安沒有寓所，就住在廂房。翰林的身分很特別，不像朝廷的行政官員甚至梨園和內廷供奉，有一定的級別和俸祿。翰林學士也沒有一定的使命和任務，一般是輪流值班，在皇上需要有文學侍從吟詩作賦，陪吃陪玩一類的事奉詔前往；但又不像宦官在內宮專門侍奉皇上。因此，屬於散之又散的幫閒。在翰林院供職的，一些是有相當造詣和名聲的文學之士，無心求官求職，由各方舉薦而來；一些是有才的退休文官，雖解脫了政務而皇上仍然偶爾顧及的；還有一些是舉薦後因其他原因未放任，權且放在翰林院的。因為翰林學士有機會侍奉皇上，遇到皇上龍顏大悅之時，不須進入銓選直接討個一官半職是輕而易舉的事。再者，因其有機會接觸皇上，雖是大臣也不可不結交翰林，萬一有事，翰林學士在皇上面前為其斡旋成全也是非常必要的，要比學識粗淺的宦官們來得機巧而適宜，往往奏效。所以學士就可以得到豐厚的餽贈，用於在長安或長安附近買田置產，到了一定的時候，不擔風險便可過上豐裕的日子。一旦有了官有了錢，翰林學士們便相繼離去，不會一輩子待在翰林院。

聽說讓高力士脫靴，駙馬捧硯的李白要到翰林院來，翰林們心中各作一番考慮：掌握著翰林們將來命運的是張垍和高力士，俗話說縣官不如現管，雖然李白才華令人生羨，業績也甚傲人，但過分親近了李白，張垍和高力士怎麼看？但明顯地眼下皇上寵著李白，李白也是萬萬不可得罪的。好比是裡巷間公婆與媳婦之間的關係，媳婦終歸是公婆管著，公婆要是不喜歡鄰里某個人，媳婦是一定不能接近的，如其不然，說不定哪天會無端招來一頓打罵，甚至被掃地出門也未可知。所以，「敬鬼神而遠之」，至聖先師孔夫子說的這句話太正確不過。不約而同地，翰林們把這句至理明言拿來作為處理與李白關係的座右銘。源於此，李白一住近翰林院，翰林們一律臉上掛著溫柔的微笑，不遠不近地打個招呼，然後各幹其事。只有退休的大臣們不時到李白的住所來坐坐。

學士院中的古銀杏樹下，有供學士們弈棋的棋枰與石凳，後院種著許多花草，雖然石竹已枯黃，兩棵碧桃的葉子已經落光，一株老梅樹下黃的白的紫的菊花剛剛吐出花蕾，幾盆秋蕙在牆角散發出陣陣幽香，書房特別明朗，雖無豪華的裝飾，倒也清雅宜人。站在古銀杏樹下，可以望見裝飾著琉璃屋脊和簷口的麟德殿。麟德殿南後側，是含元殿翔鸞閣青灰色的剪影。翰林們多數在長安有自己的住宅，不到值班的日子是不到學士院來的，來值班的翰林多數在此飲茶、下棋、聊天，故而平時較為清靜。

千秋節之後，各國使者在離開長安之前，好多人想得到一本李白的詩歌，李白又要安排人抄錄，又要與幾個通師一起切磋翻譯的內容，又要應付各方宴請。還有一件更重要的事情是：李白將幾十年在民間所見的各種朝廷弊病，進行了一番全面的研究，將積年所見所學，從趙蕤的《長短經》，諸子百家，到北壽山書屋的為政祕要，治國典籍；從管仲的理國之要，到陳子昂的諫奏主張，姚崇的治國方略，結合當時政事來了一次融會貫通，寫成一本書，闡述了諫議、治學、息兵、措刑、輕謠賦、抑權幸等各方面的策略，經再三斟刪修訂，名為〈宣唐鴻猷〉。準備在合適的時候獻給皇上，以報皇上的知遇之恩。各國使者視李白為天人，對他詩中展現的情感和智慧甚為崇拜，一個個趨之若鶩，爭相與李白結交。小小的翰林院中的學士院，一反以往冷冷清靜的景象，竟然門庭若市，李白忙得不亦樂乎。絲毫沒有覺察到翰林們對他的態度有什麼蹊蹺，一頭埋在事務中，一心想透過自己的詩歌交好各國，光大天朝在各國的聲譽。

韋堅很快就將陝縣河難的牒報和解決漕運的辦法以及新開漕渠的方案呈送玄宗。有李適之的支持，賀知章的讚許，汝陽王對長安物質短缺的抱怨，韋堅很快就申領到了租庸轉運使。崔成甫不等經費下達便組織了測工對新渠流經的地段進行了勘測。李適之派往營州的人已經回來了，情況與回仡人說的大致相同，派往單于都護府的人也回來了，單于都護府的人眾口一詞說不知道郭子儀到哪兒去了，當天夜裡就有不明身分的人來刺殺李適之派來的人。

好幾天之後，大秦使者因為得不到李白的詩集，找到玄宗訴苦。玄宗猛然記起，這一向與章趨談長生之道，倒把李白忘了，便吩咐高力士叫司經局抄十本李白詩贈與大秦，明日叫李白來太液池侍宴。

李白正送走司經局的錄事，一個內侍笑容可掬地進來說：「請李學士到院裡接旨。」

李白急忙隨了內侍來到前廳，見一個常侍手持黃敕，一內侍手捧金漆螭紋盤，盤中一錦盒，另一內侍牽著一匹白馬。李白振衣下跪，那常侍展開黃敕唸道：「翰林學士李白，才華出眾，文辭超群，為國答寫蕃書有功，特賜珊瑚鞭一支，飛龍馬一匹。欽此。」李白接過錦盒，打開一看，一道紅光直撲眼簾，原來那珊瑚鞭的鞭柄是紅亮的珊瑚雕成，鞭身由百來根韌筋編就。飛龍馬乃是大宛名馬，由西域進貢給大唐的名品。那馬兩耳批竹，毛色渾白似雪，觸控著油光水滑，好似絲絨一般。李白心中好歡喜，深深叩了頭朗聲謝恩。哪知這馬和鞭是皇上兩個月前早就給他的，因為高力士對他不滿，故意拖到今天，如果不是皇上命他明日侍宴，高力士仍不會讓內侍給他。

李白接過飛龍馬的轡繩，將內侍們送出門，一時心中激動，翻身上馬，策馬在翰林院門前兜了一個圈子。李白見翰林院西北空曠，便讓馬掉頭向西北，那馬果然善解人意，樂顛顛地一陣小跑。到了大明宮西邊青霄門前，守門的羽林軍，認得是大名鼎鼎醉草答蕃書的李學士，竟放他去了。李白出了大明宮，想繞宮一圈從東邊銀漢門而進。哪知飛龍馬見城外麗日下廣闊銅人原，跑得更歡。李白將珊瑚鞭輕輕一揮，那馬竟如風馳電掣一般，奔騰起來。李白騎在馬上只覺耳邊風響，索性來一番恣意縱橫。銅人原上的樹木房舍和一側的宮牆飛快地向他迎來，倏忽間又離他遠去，李白感到從未有過的快意，一種縱橫天下叱吒風雲之感油然而生。這種感覺在回紇使者拜伏在丹墀之下時他有過，在奮力行舟在長江的滾滾波濤中他有過，在詩句如江海般從他胸中奔湧而出時他有過……而此時，他前面展開了一個全新的天地，他要像管仲、諸葛、張良那樣走上他輔弼天下的生活，他就是這匹行空的天馬，日後，他要如此這般地為國驅馳，而今天僅僅是開始。

李白騎在馬上浮想聯翩，忽然轉眼就到了大明宮的東門銀漢門，但見一大群人呼喊著向他奔來。

12. 李白把臉一沉，對胡兵說：「你們可認得李老爺這鞭！」

幾個外國使者和大臣，來翰林院尋李白不在，從銀漢門出來，剛好門前遇見他馳馬而過。眾使者攔住李白，說明來意，一個個都是邀李白去赴宴的。

「學士公，我們是波斯國的。已經在此等候好久了！」

「不，我們是第一個比他們先來，我們是高麗國的。」

「李十二，你認得我是集賢殿校書韋子春！我們拜過把兄弟！我是韋六！」

一個日本人把韋子春擠到後面，大叫道：「我們是日本國的，是阿倍仲麻呂的家鄉人！」

「學士公的詩歌配上西域的音樂一定很美，安西節度使大人已經為您準備了上好的高昌葡萄酒！」

「學士公，我們是海邊安南國……」

「獅子國……」

「我是汝陽王府的，你們都走開，學士公一定跟我去！」

幾十個人一個比一個聲高，鬧得不可開交，李白誰也無法拒絕，誰也無法答應。日本國的使者索性跳下馬來，抓住飛龍馬的轡繩。

李白看看飛龍馬，看看廣袤的銅人原，忽然頓生奇想，叫道：「各位大人，李白只有一個，不能全參加你們的宴會，你們一齊上馬，在二百步以外，誰先追上我，今天我就跟誰去，好不好！如果今天沒有追上的，明天由我作東，在京華大酒樓宴請各位，怎麼樣？」

各位使者和大臣想這事真好玩，齊聲叫：「好！」一致同意李白的意見。

李白調整好坐騎，抓緊馬韁，一鞭著先大叫一聲：「跑！」那馬如同風馳電掣一般，疾跑起來。李白只覺得耳邊的風呼呼作響，如同騰雲駕霧一般，好不快活！後面的哪裡跟得上。甚至於像安南國人不善騎馬的，轉眼之間不知道李白等人到哪裡去了，只落了個暈頭轉向。李白馳上大道，遠遠見眾使者落在後面，才鬆了一口氣，剛回頭猛聽見一聲厲喝：「站住！」卻見兩個番將手執銀晃晃的兩把板斧，攔在馬前。

李白不知這些番將為什麼攔他，定了定神，見一隊威風凜凜的胡兵，押著一輛囚車，車中囚著一個囚犯，那囚犯雖然蓬頭垢面，衣衫襤褸，卻魁梧壯實氣宇軒昂，雙目炯炯怒視著胡兵，嘴裡不住地大罵。近處的幾個唐兵，抄著手站在一邊觀看。那些胡兵一個個氣勢洶洶的樣子列隊跟在囚車後面，囚車前面幾個胡兵抬著一柄巨大的板斧，不可一世的樣子向他逼來。

李白一眼認出那囚車旁站著的長著鼠鬚的，正是安祿山的隨從劉副將，李白不由怒從心起，大喝一聲「幹什麼？」

那番將趾高氣揚叫道：「你枉踏京師，竟然認不得安大夫的板斧！在街上瞎跑亂撞！」

李白正在志得意滿之時，見番將如此無禮，把臉一沉，揮動手中珊瑚鞭道：「李老爺不想看你那爛鐵，爾等可認得李老爺這鞭！」

番將胡兵一看這紅亮亮的珊瑚鞭，見李白這等氣勢，一時目瞪口呆。那安祿山的副將見胡兵不敢前

12.　李白把臉一沉，對胡兵說：「你們可認得李老爺這鞭！」

行，向李白喝道：「我等押解朝廷欽犯，快快讓路！」

李白冷笑道：「老爺這珊瑚鞭是皇上所賜，專打那些不仁不義、奸佞不法之徒！你敢放肆！」

囚車中那漢子聽了，高叫道：「大人！郭子儀冤枉！」

他就是郭子儀？李白一驚，心想前幾天聽李適之說單于都護府說郭子儀不知去向，怎麼又會在胡兵手裡？問道：「在下翰林學士李白，不知將軍為何至此？」

郭子儀道：「有人派奸細燒了單于都護府糧草，硬將罪名加在我身上，所以被押解到京師，可嘆我郭子儀堂堂男兒，報國無門，竟要死於奸佞之手！」

原來單于都護府的郝大都護本是一個嫉賢妒能的小人，郭子儀不畏勞苦與部下士卒患難與共，賞罰分明深得部下愛戴。郝大都護深恐郭子儀高升，占了他的職位，於是多次在李林甫面前進讒。李林甫巴不得把不依附自己的人一律消滅，便答應郝都護一旦抓住一點郭子儀的漏子，必將重處。這一次，安祿山派奸細燒了單于都護府的糧草，郝都護不分青紅皂白誣郭子儀縱火，將郭子儀押解京師。安祿山早已探得消息，叫劉副將帶了一隊人馬在通化門外，將押解郭子儀的囚車接來，氣勢洶洶地在長安街上游走一遭，以洩心中之恨。

李白心中奇怪，一個大唐將軍即使犯了軍法，與安祿山的胡兵胡將有何干系？況且安祿山營州血案一事未了，看起來安祿山必置郭子儀於死地而後快，此事確實蹊蹺。便大聲問道：「既是冤枉，有冤狀沒有？」

郭子儀道：「有！在我的靴腰裡！」

李白上前用匕首劃開靴腰，果然有一張白綾上面密密麻麻寫著冤情。那胡兵要來奪時，李白唰地一鞭，胡兵頭上早已著了一下。番將胡兵一下子擁過來便要生事，李白急中生智，將皇上賜予飛龍馬和珊瑚鞭的敕詔從懷裡掏出來，揮舞了幾下，那胡兵番將雖認不得字，但曉得這黃敕是皇帝老兒的東西，亂碰不得，一個個又退了回去。

李白對郭子儀說聲：「壯士，你且等一等！」

便將珊瑚鞭插在當道，翻身騎上飛龍馬，向各國使節與大臣拱手道：「諸位仁兄賢弟都看見了，有人要陷害我朝忠良，李白不得不走一趟，今日實在抱歉，改日歡會吧！」說罷撥轉馬頭，進了通化門，向興慶宮馳去！

劉副將一時不知怎麼辦好，示意胡兵上前將珊瑚鞭拔去。胡兵正要上前，那些派來請客的使節叫道：「拔不得！」

那些胡兵目不識丁，仗恃著主子安祿山在皇上面前得寵，哪裡肯聽旁人制止，將那副將推開，便要拔那珊瑚鞭。這時校書郎韋子春挺身上前，「唰」地拔出劍來，攔住胡兵道：「爾等休得無禮！李學士手裡拿的黃敕，乃是天可汗的手諭，李學士是天可汗的近臣，碰了這鞭就等於碰了天可汗。你們這些混帳，連這個都不懂？竟敢來到長安撒野！」

原來胡人管大唐皇帝叫「天可汗」，所謂「天可汗」，就是統管天下一切可汗的可汗，一時嚇懵了，連連後退不敢輕舉妄動。

原來準備宴請李白的那些外國使者，見有了麻煩，便遠遠退到大路另一旁，只有安西節度使府上的

12.　李白把臉一沉，對胡兵說：「你們可認得李老爺這鞭！」

和韋子春，虎視眈眈地盯著那些胡兵。

劉副將無奈趕緊命令一個胡兵：「去告訴安將軍！」

胡兵馳馬來找安祿山，安祿山卻不在驛館，因為玄宗賞賜為他在親仁里修造將軍府，隔三差五便要急切地去工地上詢問進度。那胡兵找了好半天，才在工地上找到安祿山和高尚。稟告了路上所發生的一切。

「沒想到這酒瘋子在大路上會來這麼一手！」高尚說。心中恨恨地想那細作為什麼不當時燒死了郭子儀。本來與李林甫說好，郭子儀一經解到京師，右相便讓御史臺吉溫問罪。安祿山為什麼讓胡兵押著郭子儀在京城遊街示眾，就是想讓朝野上下都有知道安將軍為國家除掉了一個失職燒掉軍糧的敗類。經李白這樣一鬧，本來萬無一失的事，現在卻有些不可收拾。「要是郭子儀不死，回紇人又出來指證，我們……」高尚喃喃地說，沒有說出那最可怕的後果。

安祿山看他緊張的樣子，反而哈哈一笑說：「郭子儀不死又怎麼啦？燕山腳下搶掠的財物，不都獻給皇上和大臣了嗎？占領的土地，不都歸入大唐的版圖了嗎？如果說俺是強盜，那皇上又是什麼？如果說俺有罪，那皇上大臣就跟俺我一起連坐好了。江湖黑道的規矩：俺們是一根繩上的螞蚱，誰也別想脫得了關係！好兄弟，別擔心那些得利的皇上大臣會對我們下手，又不要他們真刀真槍與奚人和契丹去殺戮，他們還有什麼可說的？」

安祿山這番話倒是讓高尚有石破天驚之感，「我立即去告訴右相大人，把郭子儀給弄回來！」高尚說。

李白喝道：「你們這些混帳，竟敢來到長安撒野！」

李白進了通化門，雙腿夾緊馬鞍，那馬飛馳起來，街上的行人見一人伏在白馬上，箭一般射向皇城，不知發生了什麼事，紛紛閃避。李白馳馬進景風門，在中書省門前下了馬，一口氣跑進左相政署，李適之正在那裡埋頭處理政務。一抬頭見李白氣喘吁吁地闖進來，問道：「李學士，你怎麼來了？」

「你看！安祿山的胡兵，竟然押著單于都護府的副都護郭子儀！」

「真的？竟有這等事？」

「這是郭子儀的冤狀！」

李適之接過李白的狀子，迅速看完。自李林甫進了中書省，排斥打擊有相當業績的漢族將領，已是由來已久。借事搞掉一個郭子儀，說不定什麼時候就安上一個他的心腹走狗。如果此事有李林甫預謀，要救下郭子儀就非要有皇上的恩典不可。

「皇上現在何處？」李白問。

「皇上大概在龍池邊聽章趨講道。太白你可速往龍池懇求皇上開恩。我立即去通化門。」

「好的，我馬上去。」

李白騎上馬，沿崇仁坊和勝業坊的前街，頃刻間又到了興慶宮。進了西邊的金明門，沿著龍池邊向南，果見花萼樓前與龍池間的園林裡，玄宗與貴妃、高力士和一些王子公主們在那裡聽章趨講道。

高力士一眼看見李白過來，忙走過去阻攔，李白一見高力士過來，心想，那日在殿上我羞辱了這老奴才，他必不肯與我方便，不如先發制人，朗聲叫道：「皇上！」

玄宗聽了李白呼喊掉過頭來，高力士見狀，知道再阻攔也是無益，若被皇上看穿自己對李白的不滿，並非一件好事，便停在原地，專看玄宗的臉色行事。

但見玄宗笑容滿面地說：「李愛卿，你為何此時才來，快來聽老神仙講故事吧！有趣！」

高力士即刻斂盡臉上的微慍，向李白躬身含笑說了個「請」。李白來到玄宗近前，見章趨滔滔不絕說道：「……我在堯時，官為侍中，堯皇念我忠心，賜我金子一百斤、美婦三人，那時的金子，乃是青色的。那時夏無烈日，冬無霜雪，年年五穀豐登。堯皇昇天，我辟穀百日，又吃了九百九十九天的蕨葉，吃了九百九十九天的松針，又吃了九百九十九天的柏葉，後來舜皇即位，舜皇是重瞳，那時我的鬚髮還青青的，舜皇念我是前朝老臣，又賞我金子一百斤，那時的金子是藍色的，又將他的妃子賜我……」說話間一雙鼠眼向太真妃瞟了一眼。李白想這個可惡貪心的孱頭，照這樣下去，本朝皇上沒有一百斤金子賞你，今天還下不了臺！再者後來還有夏、商、周、春秋戰國，秦漢，三國兩晉、南北朝……這老殺才說到猴年馬月，才說得完？眼見時不我待，玄宗與太真妃聽得津津有味，李白心中好不焦急！

「……到了漢武帝時，我已隱居蓬萊，漢皇千方百計尋訪到我，賜我一百斤金子，那時的金子……」

「是黃色的，發出黃燦燦的光！」不等章趨說完，李白突然插入，接著李白連珠炮一般說道：「這事臣可以作證，千真萬確！我的前世乃是東方朔，曾有幸與章大夫為同僚，我早已聽說過堯舜賜你金子的事，那時你頭髮才花白，章趨你說是吧？我見漢皇賜了他一百斤金子，六個美女，我對漢皇亦是忠心耿耿，我稟告漢皇說：『皇上呀皇上，這老頭髮已經花白了，美女就不用賜給他了。』漢皇聽了我的話，就收回成命。一定要賜金子給你，對吧！」章趨不知李白為何一個勁兒地順著他的話說，一時插不上嘴，連連點頭。

李白說：「那時東方朔又說，皇上賜金子給他，就是為了讓他傳給你長生之術，但是，堯、舜、禹、商王、周公都沒有活到本朝，甚至連一百歲都不滿，說明你這人，不管你給多少金子給他，也不會將他的長生不老之術外傳。所以，臣李白斗膽建言：皇上可把賞賜他的金子先封存起來，直到皇上活到一萬歲那天，方可賞給，至於妃子麼，老頭兒你鬚髮全白，千百年也沒見你有一兒半女，依臣之見，美女大可不必了！」

玄宗、太真妃及在場的人聽了李白這番話，笑得前俯後仰。玄宗連連道：「好計！好計！」

早在李白醉草〈答蕃書〉的時候，章趨就想起二十多年前，他當江寧小吏時在玄武湖求詩的情景。此次入朝，他最怕的有兩個人，一個是少府監的胡正，一個就是李白。入朝以來，他倒是從未見過胡正，而李白的突然出現，叫章趨倒有些驚惶失措。

李白與文長田雖然見過面，卻從未正眼瞧過這位江寧小吏，此時一心要救郭子儀，更不會注意這位章趨到底是誰。一口氣說完好些話，見章趨臉上紅一陣白一陣，又道：「其實，章趨也還是個大大的好人，那年我親見衛青將軍少年出征，押糧官瀆職失了糧草，漢皇問諸臣應如何處分，章趨說衛將軍一心為國，懲罰瀆職之人即可，小過不必大罰，漢皇聽了，殺了押糧官，仍用衛將軍為帥，後來果然大勝。這都是章趨的功績。」

章趨聽了，心裡樂滋滋的，心知李白沒有認出他來，再也不敢過分張揚，只說：「這都是漢皇英明！這都是漢皇英明！」

12.　李白把臉一沉，對胡兵說：「你們可認得李老爺這鞭！」

李白從懷中取出郭子儀那張冤狀來，長跪在玄宗面前稟道：「皇上，現我朝忠勇邊將一員，在萬里之外的單于都護府戍邊近二十年，近來被奸人陷害，押往長安治罪，望皇上明鑑，若能為之雪冤！日後定能奮其智慧，拼其性命，保國保民！」

高力士上前拿了冤呈上玄宗，玄宗看罷說道：「果真如是，郭子儀確有冤屈！」

李白道：「臣願以身家性命擔保！請皇上恩赦！」

玄宗嘆道：「李愛卿用心良苦，為朕保全一位大將，准卿所奏，現刻你就為朕草詔，放了郭子儀吧！」玄宗立即命高力士拿過黃綾來，李白立時一揮而就。當下用了御璽。李白將聖旨揣入懷中，行大禮拜別玄宗。

玄宗見李白為救一將，一反那日殿上狂傲之態，連忙上前扶起，嘆道：「朕若在二十年前識得李愛卿，愛卿已是朕左右臂也！」

李白聽了玄宗這句話，全身為之一震，一股暖流在心中激盪流遍全身，一眶熱淚在眼眶中直打轉，復又跪了下去。望著玄宗深情地說道：「微臣李白，感激皇上知遇之恩，日後為國驅馳，萬死不辭！」說罷長揖至地，再拜而去。

李白別了玄宗，出了金明門，李適之早已在門口等候。二人快馬加鞭出了通陽門，見那班胡兵進也不敢進，退也不敢退，猶自停在路邊，李白上前拔去珊瑚鞭，揮舞手中黃敕，叫道：「大唐天子有詔！郭子儀接旨！」說著拔出腰間寶劍，「譁」的一聲，將囚車劈了個稀巴爛！

只聽李白高聲唸道：「詔諭單于都護府副都護郭子儀，爾盡職盡責戍邊多年，忠心可鑑，由翰林學士李白擔保，官復原職，糧草被燒一事，著令速速察明，上報兵部。爾須銘記聖恩，忠心為國，不可懈怠！欽此。」

郭子儀聽了喜出望外，立即口呼「萬歲萬歲萬萬歲」謝恩。李白救了郭子儀，圍觀的人都逐漸散去，只有幾個大臣府上和都護府的人在那裡看熱鬧。此時見郭子儀得到赦免，無不讚嘆李白不畏權勢，見義勇為。

郭子儀振衣向李白跪拜道：「郭子儀深謝學士再生之德！」李白急忙扶起郭子儀，還禮道：「將軍為國戍邊，威鎮塞北，如果不是蒙冤，我們哪會有緣見面？在下能為將軍奔走，乃是幸事，將軍何須言謝！這位是左相大人，將軍的事左相大人也非常關切。」

「郭子儀參見左相大人！」

「將軍何必行此大禮？」李適之攙起郭子儀。李白猛想起郭子儀是單于都護府的，便把郭子儀拉到一旁，低聲問道：「郭將軍你可知道今春燕山腳下發生的事？」郭子儀道：「大人可指的是安祿山騙殺東北各部酋長和客商的事？」李白道：「正是。」郭子儀道：「這事在下早已寫上奏章，稟告了河北採訪處置使張利貞，怎麼左相大人還不知道？」隨即便把他到燕山腳下所見所聞大致給李白、李適之講了一遍。李適之心裡一驚：「外面傳言張利貞得了安祿山賄賂，到處為安祿山說好話，又幫安祿山打通李林甫處關節，莫非是他將郭子儀的奏章扣下來，沒有交給中書省？」忙對郭子儀說：「你這就隨我到中書省。」

李適之轉身對李白說：「今日有勞謫仙人為我朝救下一員大將，我此刻與郭將軍一起到中書省去把這事辦一辦，這就告辭。」

當高尚從吉溫那裡搬了御史臺的人，來到通陽門外，大路上只剩下一輛破爛的囚車。幾十個胡兵垂頭喪氣地守著安祿山的板斧發呆。

郭子儀到了中書省，李適之命人拿出紙筆，讓郭子儀把他所知道的安祿山在燕山腳下屠殺無辜的情況一一寫出。郭子儀寫好後交給李適之，李適之一看大驚：其中情形與摩延啜的隨從烏蘭所述大致一樣，而且更全面更詳細。

糧草失火本與郭子儀沒有直接關係，那為什麼有人非要將郭子儀置之死地不可，而且安祿山也這樣起勁地參與其中？最根本的原因是：郭子儀知道燕山腳下安祿山搶馬殺人的真相，安祿山要殺人滅口！

李適之憤怒了。立即向皇上稟報，絕不能讓這些禍國殃民的鼠輩得逞！但轉念一想，近來皇上連連給安祿山升官賜宅，還不是因為安祿山擴大了大唐的版圖，進貢了大量財物！風聞李林甫和大臣內侍們都得了他的好處，單憑自己和剛入朝的李白，又怎能扳倒李林甫這一片盤根錯節的大樹？弄不好適得其反，不但害了郭子儀，還要牽連到李白。不如等到廣運渠竣工後，與韋堅、賀知章、李白商量出一個萬全之策。

13. 掀開五雲車的珠箔，露出美人的嬌面來

李白送走李適之和郭子儀後，圍觀的人都陸續散去，這時，剛才那位拔劍護鞭身穿淺青窄袖長袍，頭戴烏紗幞頭的文官走上前來說：「李學士，你可認得我？我是中書省的校書郎韋子春。」

「原來是金陵結拜的韋六兄。怎不認得？」李白說。韋子春說：「我受朋友之託來請客。我向朋友誇下海口，一定要把學士公請到，我那朋友也是一位大學問家，學士公年輕的時候，還給他寫詩來著。」

李白見他說得這等貼切，便問道：「敢問閣下的朋友是哪一位？」

「北海太守李邕。」韋子春道。

李白叫道：「若是這個人，我不但非去不可，而且是應當登門拜訪的！」

「對極。」韋子春笑道。

李邕年少時便有驚人的學問，因為文章寫得很好，而且為人正直，二十多歲就特進左拾遺。當時武后末年，御史中丞宋璟寫奏章彈劾，張宗昌、張易之等一干小人專橫跋扈，陰謀造反。武后出於對張宗昌、張易之的寵愛，對於宋璟的彈劾置之不理。當時李邕在場，對武后大叫道：「宋璟大人所說，是關係到江山社稷的大事，陛下你應該聽取他的意見！」當時氣氛非常緊張，百官都為這個正直敢言的年輕拾遺捏著一把汗。李邕辦事幹練，切合實際，為民著想，他超人的才華和遠大的抱負以及主張正義的勇氣，在官場中屢屢成為攻擊和誣陷的對象，但同時也成就了他在同僚和百姓中的聲望，得到玄宗的禮遇和文士們的敬仰。李白出蜀之時，李邕在蜀中渝州小作逗留，年輕的李白仰慕李邕的才華和名聲，千里迢迢來到渝州奉上自己的詩作。兩個才華橫溢驕傲自負的人走到一起，難免有些碰撞，李邕看了李白的文章，首先是對李白恣睢縱橫天馬行空的文風感到不適，於是冷言相譏。而年輕的李白並未感到失望，寫了一首〈上李邕〉的詩相贈：

大鵬一日同風起，扶搖直上九萬里，假令風歇時下來，猶能簸卻滄溟水。時人見我恆殊調，見餘大言皆冷笑，宣父猶能畏後生，丈夫未可輕年少。

李邕後來逐漸接受了李白較為客觀的批評，也不斷了解李白的詩作，並且開始喜愛這位豪情滿懷的後生。此次李邕來京，聽說李白奉詔入了翰林院，十分驚喜，託了校書郎韋子春請李白來歡會。

韋子春見李白應允，心中十分高興。便與李白策馬並行。於是二人一邊走一邊聊。「學士賢弟，方才看你騎馬，不知的人還以為你是武舉呢！」韋子春道。

「大丈夫效命朝廷，應有多方面的才能。李白少時在蜀中好學騎射，一向仰慕為國驅馳疆場的英雄，如今天下太平日久，作了多年文士，騎藝倒生疏了！」李白說。

「學士賢弟，在下冒昧說一句，不知學士公怪不怪罪？」

李白聽了笑起來：「韋大人言重了，我們在江寧結拜，韋大人是我六兄，李白雖蒙皇上恩寵，但骨子裡仍是布衣草民一個。韋六兄把李白當成流俗之輩，未免不公！」

韋子春聽了，紅了臉笑著：「我有一個小小的請求，不說出來未免唐突，望乞見諒！」

李白笑道：「韋六你這長鬚漢，怎麼說話如婦道人家羞羞答答，有什麼話直說，何必吞吞吐吐！」

韋子春道：「那在下就明說了吧，愚兄雖是中書省一個小小的校書郎，也與十二弟一樣，心存江海之志，指望有一天建功立業報效朝廷，方才見學士公馭馬如乘風，心中十分羨慕，愚兄也好騎術，如果學士公瞧得起我這個謄文公，在下想與學士公比試一番，不知學士公意下如何？」

李白心想，長安本是藏龍臥虎之地，不可小視了眼前這個校書郎把兄，再說他心存江海之志，也令人敬重。李白本是個率直不過的人，便立即答道：「好！六兄說如何比法？」

「這裡是通化門，我們一直向南到春明門外的大柳樹下，如果你先到，算我輸了。我本是膳文公，沒有別的送你，我為你抄錄一部整整齊齊的李太白文集；如果我先到，你寫十首詩贈我如何？」韋子春道。

「這個賭法倒雅，行！」李白答道，心想這部詩文你是抄定了！

「那就開始吧！」

哪知韋子春盯著李白的飛龍馬，面有難色地說：「十二弟騎的是飛龍馬，而我這匹——算了，誰叫我只是一個膳文公呢？我是輸定了，我們開始吧，在下怎能敗學士公雅興！」

李白卻是一個跟曹孟德相反的「寧肯天下人負我，不可我負天下人」的真性情人。見韋子春這般說話，心想，我若以飛龍馬對他，有仗勢欺人之嫌，這又不是真的馳騁疆場，輸給他也未嘗不可，何必認真。韋六出語不凡，何況是十多年前的把兄弟，便說：「韋六兄不必過慮，我倆將馬互換一下如何？」

韋子春喜出望外：「能騎一番學士公的寶馬，輸贏都無所謂！」

當下二人換了馬，說聲「起！」一齊揚鞭，二馬各自奮蹄跑了起來。李白騎上韋子春的馬雖也不錯，但腳力大大不如飛龍馬。韋子春騎上飛龍馬，心中好不得意，一鞭著先一溜煙的去了，李白只好跟在後面忙忙追趕。

那飛龍馬卻也奇怪，跑在前面見自己主人未趕來，竟自放慢腳步蹀躞不前，眼看李白便要趕上來，韋子春急了狠狠抽上一鞭，飛龍馬發了脾氣高高躍起前蹄昂首長嘶，左右跳躍，差點把韋子春尥下馬來。這時李白卻騎馴了那馬，猶如一朵白雲飄然而至，從容舉鞭將韋子春遠遠甩在後面。李白心想這一下準贏了他個心服口服，興高采烈揚鞭前行。韋子春見馬怎麼也不快跑，急得大叫「李十二、李學士公！等我！」

眼見快到春明門外，遠遠望見那大柳樹，一陣香風撲面而來，前方一路行人車輛擋住去路。那車彩飾十分講究，車窗上垂著華貴的珠箔，是時髦的「五雲車」，車前坐著個趕車的俊僕。車前車後圍繞著十來個騎馬的少年，一邊走一邊嬉戲。那些馬上的年輕人見李白疾馳而來，反而左遮右擋，嬉笑不已，李白又生怕撞了行人只好左右迂迴，韋子春趁機趕了上來。李白見事不妙立即揚起一鞭縱馬向前，哪知情急之中一鞭拂在彩車的珠箔上，那彩車窗上的珠箔從中被鞭梢切斷，嘩嘩散落了一地。嬉戲的男女都圍上來。車中人見珠箔散落，不知出了何事，探頭出來看，李白一望見車中一絕色女子，正嗔怒的看著他，一時怔住了。車中女子見是李白，嬌面上顯出驚訝的神色，頓時一臉烏雲消散。現出明麗春日來，嬌聲叫道：「學士哥哥？忙著到哪裡去？」

李白見那女子明眸皓齒，穿一件粉紅雲錦袍，隱隱看見雲錦袍後低低的綴著寶石，盤著金色剪春蘿的硃紅抹胸，抹胸後是凝脂一般的酥胸，如同一朵出水芙蓉。那女子對他吃吃笑著，李白喜出望外，正想著那日在「詩仙閣」如意演唱〈丁都護歌〉還沒有好好感謝她，今天可不正巧！原來自從如意近日演唱了許多李學士的新詞，長安好多達官貴人王孫公子爭相捧場，一時忙得不可開交。今日碰見遇見李白，金陵子姐姐託付的事一定要辦好。

此時如意笑嘻嘻地說：「學士哥哥上車來，跟我到我家去說吧！平康里的紅樓，就是我家！」

李白猛記起他在與韋子春賽馬，一看，韋子春不知何時已跑到大柳樹下去了。對李白哈哈大笑道：「你輸了，你輸了！」李白到了大柳樹下，與韋子春換了馬，如意方知他們在賽馬，且李白是因她而輸，便笑道：「我誤了學士哥哥的大事了，學士哥哥你輸了什麼？讓我來賠他吧！」

韋子春心想這就奇了，李白到長安為時不久，為何這女子一見他就如此親熱。如意色藝雙絕，往往連王公大臣也不放在眼裡，怎麼一碰見李白，便學士哥哥長學士哥哥短的叫得如此親熱？心想今日李邕宴請李白，有如意是再好不過，便說：「李學士答應了，輸了就讓他妹子陪我們吃酒！」

李白想人家姑娘第一回見面，怎好如此唐突，便道：「不是的，我如果輸了，寫給他十首詩，我寫給他罷了。」

如意聽了，便道：「今日好不容易遇見學士哥哥，我請二位到我家去喝酒，如何？」

韋子春巴不得這一聲，便道：「今日李學士本是北海太守李邕的客人，李學士已經答應我去『鬱金香』酒樓」。

如意道：「有誰一併請來吧！」

說罷一行人到了平康坊紅樓，那紅樓高門大戶猶如公府一般，如意挽了李白進去。韋子春將李邕接到紅樓，李白見李邕鬚髮花白但仍舊精神矍鑠，心中高興，上前高叫一聲：「老兄！別來無恙！」李邕緊緊握住他的手，上下端詳了好久，嘆道：「你這裝束天人一般，老夫差點認不出來了！」李邕又嘆道：「你看我老了不是？都七十出頭了，不行，今日你得改口，叫我李伯父！」李白笑道：「若叫伯父，李白今天就此行過大禮，自個兒與韋校書一班人玩，你獨自去養尊處優。」說著就要躬身下跪，李邕連忙把他拉住道：「跪不得跪不得！這一跪下去老夫一個孤人就不好玩了。你這小子，真真拿你沒辦法。還是叫我——」

「老哥哥！如何？」李白笑道，李邕連連點頭稱是，惹得眾人都笑了。

李邕特別喜歡交朋友，先說道：「今日與李學士、韋賢弟歡聚，各位到此也不必拘泥，各邀一個相好的陪酒吧！今日第一個請客的本來是我，如意你就給老夫一點臉面吧！」

韋子春巴不得這一句，便說：「那李學士你可欠我十首詩哩！」

如意笑道：「韋大人，你說你贏了學士哥哥，可有見證？如意見學士哥哥已到了多時，你才一顛一顛地到來，怎說你贏了，眾姐妹都看見的作個見證。」

原來那一群隨車冶遊的男女，都是紅樓的妓女與其相好，聽如意這樣一說，異口同聲道：「如意說的是。」

如意問道：「韋大人，你可有贏了的見證？」

韋子春一時尷尬笑著向如意道：「在下冤枉，請如意娘子明察。」

眾人一齊哄笑起來。

如意說：「韋大人，你須得抄錄一本《李太白詩文集》，我的姐妹才肯陪你飲酒。」

14. 李白為郭子儀寫下：「彎弓辭漢月，插羽破天驕」

李邕問李白到底是怎麼回事，李白一五一十說了。李邕笑道：「照這樣爭下去，哪兒有個完？依老夫所見不如這樣，李十二本是鬥酒百篇，如意，你好好陪他喝兩杯，酒喝好了，那詩自然而然地出來了，作出詩來，就請你姐妹彈唱。韋校書呢，你也抄一本《李白詩文集》贈與李十二，算是酬答李十二換馬的高義。老夫呢，今天為了答謝如意讓客的面子，待會李十二詩做出來，老夫就一一抄錄贈你姐妹，如何？」

如意沒想到意外地要得到李白的詩和李邕的字，李邕的一幅字當時就值錢成千上萬，真是感到意外的驚喜。韋子春說將郭子儀請過來吃杯花酒壓壓驚，眾人都說韋校書想的周到。少時，郭子儀乘李適之的馬車到來，李白、李邕都到門口迎接。李白見郭子儀氣宇軒昂，英姿勃勃，身板如鐵塔一般結實，與先前囚車中判若兩人。郭子儀說：「感謝學士公救命之恩！」正要躬身下拜時，李白一把擋住，說：「郭將軍為國戍邊，理應受到吾輩景仰！說哪裡話來，何須言謝！」與郭子儀手拉手進了紅樓入席。

如意的姐妹伊梅陪李邕，柔雲陪郭子儀，花雨陪韋子春，團團坐了。

李邕舉杯道：「太白奉詔進京，沐恩翰林，一紙宏文，退卻回紇四十萬鐵騎，實是可喜可賀。來，諸位乾了此杯！」說罷一飲而盡。

李白舉杯道：「郭將軍不畏艱險為國戍邊，為郭將軍乾一杯！」

眾人一一斟滿一飲而盡。

如意、柔雲和花雨早已端過酒杯，美目盼兮巧笑倩兮送到李白面前，李白見如意一雙眼裡充滿了柔情蜜意向著他一笑，心裡樂滋滋的，接過那杯酒一飲而盡。

李白雖已屆不惑之年，在如意眼裡，還彷彿是當年千秋節金蓮花下光景，如意當時還是個孩子，多麼希望李白矚目的不是金陵子姐姐而是她啊！及至年齡一天天長大，每每演唱李白的詩歌，她一次次細細地咀嚼那詩中的韻味，那是一個真性情人的至味。而今天，這個男人奇蹟般地來到她車前，此時就坐在她身邊，這就是緣。幸福使如意臉上流光溢彩，她待李白飲了，自己也端起酒一飲而盡，然後提起那鐫著百合紋樣的仿羅馬銀酒壺，給李白的銀屈卮滿滿斟上。然後起身道：「今天李學士與眾大人光臨，如意為各位嘉賓獻上一曲。」於是眾樂妓奏起絲竹。如意唱道：

> 愛君芙蓉嬋娟之豔色，若可餐兮難再得。憐君冰玉清迥之明心，情不極兮意已深。朝共琅玕之綺食，夜共鴛鴦之錦衾。恩情婉孌忽為別，使人莫錯亂愁心。亂愁心，涕如雪，寒燈厭夢魂欲絕。覺來相思生白髮，盈盈漢水若可越。可惜凌波步羅襪，美人美人兮歸去來，莫作朝雲暮雨兮飛陽臺。

這首詩本來是李白在金陵所作，寫情狀物無不精妙。男女間的濃情深愛寫得真切動人，如意的演唱，有別於一般樂伎，一般的做到嗓音圓潤，字正腔圓已是不錯。而如意，非但嗓音婉麗，而且字句之間，更灌輸了對詩中情趣的理解，拿如意的話說是用「心」在唱，加之如意對李白的愛慕，將一首情歌唱得如同清亮的泉水從人心田中緩緩流過，已是酒不醉人人自醉了。

李邕雖年逾古稀，聽了如意這番演唱，臉上也流露出滿足的微笑，讚道：「如意的歌喉唱盡了李學士詩中的情意！」

韋子春此時更是心花怒放，只因為與李林甫的爪牙意氣不合，一直在中書省當了十來年的校書，從未有像李白這樣揚眉吐氣的機會，傳聞李白要當中書舍人，這個職位離宰相只有一步之遙，日後更須用心結交。於是給李白斟了滿滿一杯，自己也端了個滿杯道：「風聞皇上將授學士公中書舍人一職，小弟這裡先賀喜了！」

李白道：「哪有此事？李白不求高官厚祿，只求為皇上效勞！」

「原來學士公還矇在鼓裡！那我也不便多嘴，不過，眼下皇上對學士公恩寵有加，學士公要抓緊機會，謀一個有實權的職位才好。」韋子春以他多年做官的經驗，誠懇告誡李白。

李邕見李白對韋子春的話不甚在意，便道：「子春說的是，翰林學士是皇上近臣，太白要做一番事業的話，還是要有實際的權力才好。翰林學士雖有機會向皇上進言，但名不正，則言不順，言不順則令不行。」

李白見年高德劭的李邕如是說，便道：「多謝二位仁兄美意。」

「哎，太白，直截了當地說吧，有了皇上的寵信，就有了官職，有了官職就有了權力。掌了大權才可以做大事，待你掌大權做大事之時，可不要忘記了我韋子春！」

李白本來是不善鑽營的人，聽了韋子春這赤裸裸的一番話，礙著李邕的面卻又不好駁他，便道：「韋大人說哪裡話來，李白深蒙聖恩，敢不效犬馬之力，如此而已！為諸公與我共為朝廷效力乾杯！」說著一飲而盡。

如意忙向李白道：「說了半天你們男人的事，學士公與李大人還沒給我寫詩呢！」

李白一聽作詩，笑道：「那有何難！本學士酒還沒喝到三成呢！」如意一聽大喜，便叫侍女另取一套酒具來，那是一套紅瑪瑙雕琢成的流霞高足杯，那杯質地細膩顏色雪白飄灑著硃紅的流霞紋，足足有小碗大小，如意提起酒壺，倒了多半杯，然後端起來，但見杯外隱隱透出葡萄酒的琥珀紅，的確十分薄，更顯出杯的精緻。如意含笑伸出玉筍般的手指護住酒杯，雙手捧往李白嘴邊。

李邕笑道：「這美酒喝下去，頃刻就該變一首好詩！」

李白感激地向如意一笑，將嘴伸過去，喝完了這杯酒，高吟道：「駿馬驕行踏落花，垂鞭直拂五雲車，美人一笑褰珠箔，遙指紅樓是妾家。」

「這不就是在通化門外我們相見時的情景麼？」如意叫道。「好快！酒還沒流到腸子裡呢！」伊梅笑道：「如意妹妹，讓我也來為李學士斟一杯！」接過如意手中的酒杯，滿滿地斟了一杯，雙手遞給李白。李白一飲而盡，興高采烈轉眼間十首詩脫口而出。

伊梅吩咐侍女備好文房四寶，請李邕揮毫。

李邕一揮而就，將字幅分別贈與如意、伊梅與韋子春，柔雲與花雨也纏著李邕寫字，韋子春道：「你二人且等一等，我想請李學士為郭子儀將軍書寫一幅如何？」便向李邕把李白救郭子儀的事情說了一遍。

李邕笑道：「甚好，只是在郭子儀行伍出身，難於領略風花雪月之情——老夫為他寫一首王昌齡的邊塞詩〈塞下曲〉怎麼樣？」李邕道。李白道：「妙極。」

李邕正要提筆，李白道：「等等，我來吟〈塞下曲〉，您老來揮毫，贈與郭將軍，以示我們兄弟二人對郭將軍的情誼，如何？」

「如此甚好。」李邕提起筆來。

「駿馬如風飇，鳴鞭出渭橋。」李白吟道。

李邕提起筆又停下道：「老夫記得王昌齡的詩是『紛紛幾萬人，去者無全生，臣願節宮廄，分以賜邊城。』怎麼變成了『駿馬如風飇』呢？」

李白哈哈大笑道：「老哥，你這就不明白了，王昌齡寫的是石堡城大敗，本學士救下的郭將軍忠心耿耿，安邊衛國十多年，百戰百勝，怎麼會搞得『紛紛幾萬人，去者無全生』呢？剛才吟的，是在下為郭將軍寫的〈塞下曲〉！」李邕提起筆來，心中暗暗吃驚，想這李白真乃奇人，剛才一口氣做了十首詩，這時換了題材，又立能成韻，便道：「我這是孔夫子面前賣《四書》了，快把下面的念出來吧！」

只聽李白唸道：「駿馬如風飇，鳴鞭出渭橋，彎弓辭漢月，插羽破天驕。陣解星雲盡，營空海霧消。功成畫麟閣，獨有霍嫖姚。」

「等等！這首詩豈在王昌齡之下！」李邕叫道：「老夫雖年逾古稀，豪氣不減當年，君不聞『太公八十釣渭濱』倘有一日天子徵召，老夫也能『彎弓辭漢月，插羽破天驕』！來來來，給我與子春斟上，我等共乾此杯吧！」

李邕與李白、郭子儀飲了酒，已覺身子疲倦，伊梅吩咐侍女扶他到臥室休息，花雨把韋子春拉入自家房裡去了。如意叫侍女收好李邕寫的字，交給郭子儀，郭子儀將詩再唸了一遍，感動得不得了，說道：「學士公這首詩，真是說到在下心裡去了！」如意見他二人情投意合，便道：「二位大人，我這裡有一件寶貝，是我師傅託我交給學士哥哥的，今日正好完成了我師傅的心願！」李白道：「你師傅是誰？」

如意道：「你們隨我來，見了寶貝就知道了。」

如意叫柔雲帶了李白、郭子儀隨如意到了紅樓的後院，院裡點綴著亭臺樓閣。園中菊花盛開，幾叢修竹擁著一座樓閣，樓上掛一匾額上書「浣香」二字。李白隨如意上了浣香閣，早已有侍女侍立門首，掀開珠簾讓如意和李白進去。迎面是一道六折雲母山水屏風，一般異香撲面而來。李白進去，見茜幔低垂，博山爐中檀香正在靜靜燃燒，香煙裊裊。另一邊圓圓的窗外掛著幾片蕉葉，博古架上擺著一具青銅爵杯和一柄蟬形玉如意。牆上掛著一具古琴，另一邊牆上掛著吳道子的〈女仙圖〉，好一個鬧中取靜的清雅所在。

如意安排李白和郭子儀坐下，從壁櫥裡取出那個劍匣來，解開香色的外包打開劍匣，像一條臥龍般靜靜地蜇伏在劍匣中的正是那柄「工布劍」！正在茫然間，郭子儀驚奇得張大了嘴巴，叫道：「工布劍！」李白拿起那柄劍，「唰」地拔出劍身來，只見那劍映著燭光，劍身周圍彩虹繚繞，真是一件冠絕古今的寶貝！只見寒光閃閃，劍氣逼人，正是《周書》、《隋書》所記載的李將軍的殺敵之劍。

李白問道：「妳師傅是誰？」如意笑道：「你連我師傅是誰都不知道？你猜！」郭子儀不假思索道：「難道妳師傅是金陵子？」李白問郭子儀道：「你怎麼知道這劍是『工布劍』？」郭子儀說：「我還知道，金陵子就是李月圓。」接著把當年在西州酒市的所見所聞一一講給李白聽了。李白捧著那劍，驚訝得說不出話來。郭子儀說：「金陵子乃我拜把兄弟，人生飄泊四方，動如參商，今日見到小兄弟的『長庚哥哥』，又是『工布劍』物歸原主，乃平生一大喜事，愚兄心中甚慰，日後請到單于都護府慢慢敘談。」當下告辭，上了左相派來的馬車去了。

李白和如意送走郭子儀回到「浣香」樓，李白問：「妳師傅她在哪裡？」如意說：「她在回紇。十多年前她嫁了回紇王子摩延啜。」

「摩延啜？」不就是那用羊皮紙在含元殿生事的人麼？「她怎麼會嫁給回紇人呢？」李白百思不得其解。

如意道：「都十多年了，你當真不知道回紇人是怎樣把她弄走的？」

「妳快說，是怎麼回事？」李白問。

如意把當年北門酒樓李白出事以後，金陵子和回紇人殺了鬥雞徒，犯了人命案，回紇人帶走了金陵子的事一一講給李白聽。

「今年千秋節後一個深夜，金陵子姐姐戴著帷帽，身後跟著兩個女僕和幾個回紇衛士，來到我這裡。將一柄寶劍放在我這裡，託我交給你。」

「學士哥哥，你師傅既把劍交我贈你，也把我交給你了，你可知道我是誰？」

李白道：「妳不就是金陵子的徒弟麼？」如意又道：「我這裡還有一件藏品，要請你鑑賞一番，不知學士公可識得？」說著見如意拿了鑰匙，打開了硃色雕漆櫥，從櫥中取出一個六角銀飾捧盒來，如意將捧盒放在床邊坐下來，拎起盒上的銀蓋鈕，裡邊是一個十分精緻的嵌著珍珠八寶如意圖案的小金盒。李白見她一層又一層的取，心想這裡不知是什麼珍稀寶貝？李白盯著如意的纖纖玉手打開寶盒，裡面是猩紅綾襯裡，上面托著一朵小小的發黃的絹製桃花。如意將那朵桃花輕輕拈起，放到自己的手心裡，伸到李白面前，另一隻手挽著李白頸項顫聲問道：「這件藏品，你可認得？」

李白雖有些醉意，卻還記得一清二楚，這朵絹花，與自己書籍裡的那一朵卻是一模一樣的。只是自己書中壓的那朵，已是扁扁的，這朵卻絲毫沒有折摺的痕跡。李白仔細看著，當年的光景歷歷湧上心來：那一個千秋節的夜晚，燈塔下面人去市空，被踐踏過的花兒星星點點。他抬起頭來，身旁站著一位戴帷帽的女子，向他伸出一隻纖纖素手，手心裡放著兩朵淡紅色的小小的桃花，她拈起一朵沒有說話，將花給了李白就上車走了，李白只覺得她帷帽下動人的紅唇和珍珠般的皓齒十分可愛。難道眼前的如意就是當年的送給他桃花的女子？一朵絹桃花竟讓她如此珍藏，使李白大為震動。李白再看如意，如意醉紅嬌美的面容就在眼前……

白綾抹胸下如水蓮花瓣般的酥胸一起一伏，李白覺得渾身燥熱，一下子脫掉錦袍，將如意緊緊地摟在懷裡。如意的身體柔軟而清涼，剎那間，天地一片混沌，一切都不復存在……

李白與如意一夜歡愛，第二天一早離開紅樓。打算請李適之、張癲、吳道子等一干朋友與郭子儀一聚。李白打聽到郭子儀的住處，來見郭子儀。郭子儀穿一件胡服窄袖長袍，腳登烏皮長靿靴，像一棵挺直的大樹精神煥發。李白拿出今天一早託李邕抄的〈塞下曲〉，贈給郭子儀。郭子儀喜出望外，看這首詩，迴腸蕩氣，豪雄坦蕩，將那從單于都護府解押到長安的一路陰霾之氣一掃而光。郭子儀用他那雙粗糙有力的大手小心將詩篇收好，朗聲說道：「深謝李學士贈詩，大丈夫應如學士詩中所言，為國破敵建功！」李白說：「贈將軍詩中所言，其實也是李白夙願。李白與仁兄共勉吧！」郭子儀道：「恩公救我知我，郭子儀感激不盡，今日便『鳴鞭出渭橋』回單于都護府戍邊，『插羽破天驕』正是平生所願。子儀定不負恩公厚望，日後『功成畫麟閣』之時，定當好好報答。恩公的酒留著來日再喝吧！」

李白見他去意已決，不好挽留。只好將郭子儀送到春明門外長樂坡，目送郭子儀往西北去了，才轉身往回走。

15. 依了你，那些蠅營苟且之輩只能沿街乞討

長安是消息靈通地方，李白到平康坊紅樓會如意的消息一兩個時辰之內就傳到了珞薇的閨閣之中。正在用黍米餵鸚鵡的珞薇大吃一驚，差一點將黍米灑得遍地都是。

其實，十年前的千秋節之夜，當李白離開她走下茶樓的時候，她就後悔了。那時候，珞薇見李白兩眼直盯著金蓮花上的金陵子，心中一股妒火熊熊燃燒。一個浪子，一個出入於茶坊酒肆的浪子逐之不惜！但是，只要她當時衝上去，攔住門口，拉著他的衣襟，含淚叫一聲「李郎」，他也可能會留下來。但她怎能去挽留一個連功名都沒有的文人？十年來東河縣君的她眼前也過過不少聰明乖巧的男人，千篇一律的討好使她發膩。世人多本無趣，又有許多道貌岸然假正經的人會令她發嘔，人生真的太乏味了。不知為什麼，她在睡夢中有時突然驚起，獨自點起燈來，一次又一次地翻閱李白那些令她魂悸魄動的詩句。

當李白醉草〈答蕃書〉的消息傳來，她一連好幾個夜晚沒睡著覺。在皇上的宴會上，她和公主命婦們坐在一起，遠遠地望見李白，自己在心中說：「這一次再也不能錯過！」她正設計怎樣用一種新穎的形式見到李白，卻沒想到這麼快如意就把李白拉進了她的紅樓！她恨不得立即命人把李白從坊紅樓弄出來，但自己堂堂縣君怎好和一個妓女爭風吃醋。於是這一夜特別長，珞薇聽完了每次打更的梆子聲，好不容

易熬到五更時分，便早早地起來梳洗。

李白別了郭子儀，有一個俊僕拉了他的飛龍馬來到他面前，後面跟著一個「內侍」。對李白說：「學士公請上馬，我家主人在那邊等你。」

「你家主人是誰？」李白問。看看那俊僕的模樣，李白心想：天底下哪有這樣俏麗的小童？「你跟我去了就是了」，那俊僕答道。帶著李白在朱雀大街走了好長一段路，從旁邊的一條小街拐進去。內侍帶李白從一個朱漆側門進去。裡面是一個寬闊的花園，皇家氣派樓閣高聳，這地方好眼熟！兩個「內侍」帶著李白上了樓，走到門口，躬身向李白作了個請進的姿勢，便止步不前。

李白進了閣樓，見羅幃高掛珠簾低垂，靜靜地，李白遲疑了一下，想既是讓我進來，豈有把我擋在外面的道理？便大著膽子掀開珠簾輕輕地走了進去。珠簾內是一個極其豪華的世界，一側是一張掛著紅羅帳的床，上面陳列著盤金繡銀的被褥，比起昨天如意素雅溫馨的臥室來顯得十分富麗。臨窗放著一盆金黃的崖菊，盛開的花朵瀑布般地傾瀉下來，窗外幾葉綠蕉彷彿要探伸進來。金碧輝煌的梳妝檯前，一個穿白衣的婦人伏在臺前嚶嚶啜泣。

那婦人體態豐腴，沒有抬起頭來，看不清是誰。李白心中一下子明白了：除了她還有誰？

「珞薇！」李白低低地叫了一聲。

那婦人抬起頭來，果然是珞薇，珞薇足足梳洗了兩個時辰，梳了又拆，拆了又梳，最後還是決定如十年前的那次，穿一件白紗低領長袍，將烏黑的長髮用一串珍珠束在腦後。十年的歲月流逝在臉上刻下痕跡，臉上不施脂粉是不行的了。她一邊梳妝一邊忍不住流淚，直到使臉上的脂粉形成一片片汙漬，她又傷心又絕望，伏在妝臺前哭泣，這時候，聽見了李白的呼叫。

「你終於還是來了！」珞薇站起來。快步走向李白。「你還記得我？」珞薇問。

「記得。」李白看見她滿臉淚光，想起十年前不辭而別，早已心存內疚。「對不起，我……」

珞薇早已忍不住，一下子撲在李白的肩頭，放聲大哭起來。「『自伯之東，首如飛蓬，豈無膏沐，誰適為容』我等了你好久。」珞薇說。

「從我走進大明宮含元殿的那天起嗎？」李白說。不知為什麼，見了這個貴婦人李白總想調侃一下。

珞薇抬起頭來，細細咀嚼話中的意思。「是從千秋節你走下茶樓的時候，不，是在蜀中錦江邊杜鵑花開的時候起……」

「二十年了。」李白說。二十年此時想起來是短短的一瞬，二十年來所遇見的女子一一從心中掠過，李白抬起她的臉放浪地笑笑：「二十年的時光，忘掉一個人，綽綽有餘，妳為什麼沒有忘掉我？」

「沒良心的。」珞薇用婦人特有的語調說，心中稍平靜了下來，恢復了逢場作戲的勇氣：「李郎，你這次到長安來，是為了金蓮花上的那人或者她的弟子如意吧？」珞薇想只要不是為了那金蓮花上的女人，她就有希望將李白留在身邊。

「不單是。」李白說，這樣的回答多少有些讓珞薇失望。

「這一回，我怎麼也不讓你離開了！」珞薇勾著李白的脖子說。「我要與你一起，出現在皇上面前，讓長安所有的女人，都羨慕我，讓整個長安詩壇都是太白的詩句。我陪你到最好的御苑球場去打馬球，到曲江去泛舟賞月，到太液池去看荷花……」

「哎喲，怎麼好事都讓我給趕上了！」李白說。

「還有你意想不到的呢！你知不知道，那天在大明宮含元殿上陪伴皇上的太真妃是誰？」珞薇挽著李白的手問。

「不就是請我師父為她授籙的女道士嗎？」李白說，那天在含元殿倒是瞧見皇上身邊有一位年輕的絕色女子。「外面傳言說是壽王的妃子。」

「那是我的小姪女玉環呀！」珞薇洋洋自得地說。「就是我倆在錦江邊第一次見面的時候，拿著野花招呼你的那個小女孩。」珞薇把她認為最成功的事告訴李白。

「是嗎？是妳把她弄到皇上那裡去的？」李白問。

「你肯定是我？」珞薇洋洋得意地說。

「不是妳還能有誰？」

「知我者，李太白也。為什麼？」

「如果不是妳，為什麼妳說起來很得意的樣子？好像文人在誇讚自己的作品中！還有，妳好像常常在做什麼交易。」

「不完全對，是遊戲。」

「我是妳遊戲的籌碼嗎？」李白說。

珞薇沒有回答，老實說她從來沒想過這個問題。李白說：「我們還是說點正事好不好？這是我寫的〈宣唐鴻猷〉開篇，我將要上書皇上，請皇上採納我的意見。使吏治清明，國泰民安。」李白又把他救郭子儀的事講了一遍。

珞薇翻了翻李白的〈宣唐鴻猷〉開篇，把它摺好放到李白手中說：「原來翰林學士想直接參與政事。其實你大可不必將這個交給皇上。」

「為什麼？」

「你是翰林學士，沒有必要去談論政事，沒有權力去指教皇上和大臣怎樣治理國家。」珞薇說話的神氣不像婦人，而像宣旨的內侍。

「皇上已經有意授我中書舍人之職，我上〈宣唐鴻猷〉的意思是闡明我的見解，這對治理國家是有好處的。妳是婦道，妳不懂。」李白道。

「哼，」珞薇冷笑了一聲，用食指按了一下李白的額頭，像逗孩子似的說：「我看你是書讀得太多，越來越笨了。連婦道都看得一清二楚的事你倒糊塗了，你才不懂呢！」

珞薇的工於心計，李白倒是有幾分知曉，訕笑著說：「士別三日當刮目相看，何況我們分別十年呢，君夫人有何見教？」

「你知道朝中有多少人想當中書舍人嗎？」

「不知道。」

「你知道中書舍人的位置至關重要，離宰相只有一步之遙嗎？」

「當然知道。」

「官職越重要，權力就越大，權力越大，得到的錢財也就越多，想謀這個位置的人也就越多。」珞薇用她蔥管似的手指敲著深青鶴紋革絲冊頁說：「你在這個時候上書，無異於讓眾人知道你的目標，俗話說『出頭椽子先爛』，沒等你成為中書舍人，你早就被人搞掉了，這一步之遙中布滿各式各樣的羅網和陷阱，你作為文學侍從，有什麼不好呢？做做詩，喝喝酒，有我陪著你，又清高，又舒適。你不看看章趨，因為他並不干預政事，所以他的位置會節節高升……」

「原來妳找我來是想跟我談這個，妳喜歡上了那個裝神弄鬼的老頭兒！那我恭喜您了，什麼時候吃妳們的喜酒啊？」李白譏諷道。

珞薇急了，自己也不知為什麼會把話頭引到章趨身上去，叫道：「你這個油嘴滑舌的文人！竟編排起我來了！」

李白見珞薇急得滿面通紅，便將珞薇的手握在自己手中，盯著她說道：「我沒有想做一個單純的文學侍從。」

「你不安於本份，而想爬上參與政事的高位，直接成為李林甫、張垍的對頭……」

「是這樣。」李白說。

「好一個胸懷大志的詩人！」

「珞薇，妳不能把我與李林甫、張垍等量齊觀，李白一介布衣，來到君王身邊，受到君王看重，我要竭誠盡智為皇上建功立業，像諸葛亮、管仲、樂毅那樣，為國家興利除弊，為蒼生社稷造福！我把我自己獻給大唐的社稷百姓，等到治定功成那一天，我就退隱山林，那時候，妳能陪伴我嗎？」

珞薇沒有回答，這個問題對她來說，實在是太突然了，她想都沒有想過，要跟一個文人到山林去過清苦的生活。

李白接著說：「我鄙夷那些自命清高的人，比如伯夷、叔齊，他們過份地愛自己，卻不愛天下百姓，還有那些泥古不化，不懂經濟之策的腐儒，那些喋喋不休的空話對國家百姓毫無益處。我要盡我的努力報效國家，哪怕是肝腦塗地！我自己會把〈宣唐鴻猷〉獻交給皇上的。」

珞薇突然大笑起來，笑得直不起腰來，從李白的懷抱中脫開了身子。

「有什麼好笑的？」

「你說的全都是夢話！我早就告訴你，夢想是有害的，皇上要照了你的辦，那一切都亂套了！那些皇親國戚，包括我在內，全都要成為喪家之犬。那些恃功邀寵的邊將，那些蠅營苟且庸碌之輩只能沿街乞討。你想皇上會按你的辦嗎？」

「只有這樣，才對國家和百姓有益。」

不知為什麼，珞薇一下子覺得李白很陌生，十年的時光是會令人有些改變的，她用細嫩的手撫摸著李白的臉，說：「我不能看你去捅馬蜂窩，不能看那些為了保住權力和錢財的人把你撕得粉碎。長安的男人，像一群老奸巨滑的狼，又像點頭哈腰的兔子。要是你哪一天跌得粉身碎骨，我會心碎的，我實在捨不得你，才對你說這些。」

面對神色黯然的珞薇，李白有些憐憫她。笑笑說：「妳不用擔心我會跌得粉身碎骨，當我粉身碎骨的時候，我不會連累妳，妳會安然無恙的。二十年了，妳還不知道李白是何等樣人？把妳的話告訴妳真正的心上人吧，那是會大有裨益的。」

李白想推開珞薇，但珞薇抱緊了他說：「我的心上人就是你。」珞薇說著，把頭靠在李白胸前，像十年間投入她若干情人的懷抱一樣。

16. 老神仙將太上老君請下凡界

摩延啜懷揣〈答蕃書〉出了長安飛報回紇可汗。懷仁可汗得知玄宗意旨感激涕零。連忙率四十萬鐵騎望長安方向跪下，高呼：「天可汗萬歲萬萬歲！」又聽說大唐有神仙般的翰林學士李太白，公正賢明寫得好詩，便立即下命倡導舉國上下學習漢族文字，並讓烏蘭馬上起程給大唐獻上良馬千匹。玄宗收了良馬龍顏大悅，特地在太液池邊設宴款待烏蘭，並把回紇人視為天神的李白請來與他們見面。烏蘭聽了梨園演唱的李白詩歌，佩服得五體投地。為了表達對大唐的敬重，當下賦詩一首吟道：「古來漢人為吾師，我輩學字不倦疲，李白詩歌吾欣賞，從今皆應通習之。」玄宗聽了大喜，命李白當下草詔，賜回紇《李太白詩抄》一本，財帛珍寶若干，烏蘭再拜謝過。玄宗見李白為大唐大振國威，又賜李白金銀珠寶。命李白伴駕到驪山華清宮。

李白得了皇上賞賜，每天陪伴玄宗夫婦，晚上下榻在宏文館。他覺得無論如何要「奮其智慧」爭作輔弼，使中興的大唐像太陽那樣蒸蒸日上。於是將〈宣唐鴻猷〉反覆推敲恭楷抄錄好。此時已是下半夜，李白步出戶外，一彎新月正掛在朝元閣的老松樹上。李白浮想連翩，一種肅穆的情感油然而生，這樣的夜裡，他曾經效法古聖先賢，姜尚、孔丘、管仲、諸葛亮……為大唐江山社稷的將來設計了一幅宏偉壯麗的圖畫。如果皇上採納他的建議，不久的將來不斷對外發動的征戰就會停止，百姓也隨之安居樂業；兒童就會普遍得到教育，知書識禮，沒有遊手好閒的人；權貴和豪強不敢再放縱施暴，狡猾的官吏也變得淳和仁厚。那時候皇上就像堯舜，政治清明，官清民勤，人人都奉行仁義……想到這裡，他熱血奔湧，他要用他的智慧和力量來實現這幅自古以來人皆嚮往的圖畫！李林甫和安祿山之流肯定是不甘心的，但他絕不示弱。他不是凡庸的匹夫，他生來便是大鵬，他要去周旋天綱，跨躡地絡，搏擊風雲！

李林甫命令奴僕關上月堂臨湖的窗戶，因為月光太亮。在黑暗中他的雙眼盯住從窗櫺射進來落到書案上的月光，腦子裡一團亂麻。李白在通化門外從安祿山手下救走郭子儀，足見皇上對李白的信任，遲早中書省是李適之、李白的天下！韋堅為什麼突然申領了那個吃力不討好的「租庸轉運使」？那天披麻帶孝在相府門口鬧事的崔成甫已經在著手勘測了！而這一切都跟那個酒瘋子李白有關，尤其搞不懂的是，他堂堂右相加上張駟馬，吏部張利貞，四鎮節度使安祿山，還有銀青光祿大夫老神仙章趨，怎麼就就讓酒瘋子李白攪亂了場面？想了一陣，叫奴僕請「老神仙」章趨過來敘談。

長生殿裡，紅紗燈照著銷金紅羅帳，貼在紅羅帳的金箔星星點點，像夜空裡的星星。洗浴過溫泉後玉環的肌膚散發出奇異的芬芳。玄宗撫著她的頭髮，將那團溫柔和嬌美擁進自己的懷裡，按章趨祕傳的

「房中術」施行了一番，只覺身子從虛空中飄了起來，欲仙欲死，然後疲憊不堪急待休息。他迷迷糊糊地睡去，一個白髮老人在向他微笑，迎面來了兩個手執拂塵的青衣童兒引他走向雲端。他在雲裡霧裡走了很久，前面是仙山瓊閣，青鳥在奇異的花叢中悠然散步，彩雲間隱隱有人走動。他急忙奔過去，那個白髮的老人看著他，忽然天上下起雪來，雪蓋滿了樹木花草，青鳥和老人身上都是雪，老人的臉變得煞白，一動不動直直的站在那裡，臉白得發紫又由紫變灰，好可怕！那殭屍直朝他壓過來，他喘不過氣。到底發生了什麼事？他大聲喊叫「來人啦！」沒人理他，他一驚醒來，好冷！他覺得肚子上壓著什麼很沉，伸手摸去原來是玉環的一隻腿，頑皮的玉環把被子蹭在一邊，他半個身子晾著。他將身子輕輕地從玉環的腿下挪出來，蓋好被子。睜開眼，燭光透過銷金帳照到玉環甜甜熟睡的臉上，分外惹人憐愛。他心裡浮出一絲遲暮的悲涼，比起玉環來說他實在是年歲大了，所以噩夢，所以冷……。要像章趨那樣就好了，紅潤的臉，雖千百歲而猶如壯年。眼下要緊的是盡快把長生之術學到手，那樣就可以千秋萬歲地貴為天子，與玉環朝夕相伴。今夜那個像章趨的白髮老人變成雪人變成石像，是不是跟太上老君有關係？那兩個青衣童子定是仙童了，還有瓊樓玉宇天上宮闕，在天宮出現的不是太上老君還有誰？但是那樣子的確有些怕人……想著想著，又昏昏睡去。第二天一早，把章趨召來，把夢中情形向他講了。章趨聽後高興得拍手道：「陛下果然是個誠心誠意的人！您夢中所見乃是色界十八天的玄明天，在下昨晚正在色界十八天值夜，忽見一人直往裡闖，把我嚇壞了，沒想到是皇上駕到！」

「真的？」玄宗問。

「皇上有所不知，上有三十六天，下為三十六地。大羅天之下有三清天、種民天、無色界四天、色界十八天、欲界六天。在下是無色界妙成天中一個走卒。因玄明天帝外出，託我照看門戶，所以我昨晚在玄明天值夜。皇上撞見的人正是在下。照理說一般的凡人是不能到色界天來的，陛下肯定是有仙根的了！再上一層天，真仙便可傳長生之術給陛下！」

玄宗道：「愛卿說的是，朕今日誠心請愛卿到此，正是一心求長生哩！」

章趨正色道：「長生之道即是精誠之道，精誠所至金石為開。皇上若一心求長生，首先要一處清靜宮觀，使微臣日夜祈禱上感神靈。同時，臣乃傳授皇上心法，皇上潛心修煉不可三心二意。因長生修煉，世人一般難於達到應有境界，所以世上長生之人極為稀少。貧道的辦法亦不可以速成，成與不成全在皇上修煉的程度。微臣好比是一隻小船，皇上渡不渡得過去，全靠皇上掌舵划船之功。」

玄宗聽了深信不疑，立即道：「朕立即為愛卿修一處清靜道觀。專為老神仙對寡人傳授長生之用。老神仙，請為這新觀取名字吧！」

章趨聽了心中大喜道：「老子一氣化三清，上清、玉清、太清，其中太清為最高，依微臣陋見，命名為『太清宮』，不知皇上尊意如何？」

玄宗喜形於色道：「章愛卿快教朕，朕與太真如何能見真仙？」

章趨道：「你二人需焚香沐浴，齋戒七日，心中念著老君聖名，想著老君形象，你既已到玄明天，有緣份到無色界是一定的了！微臣在這七日之中，為皇上虔誠祈禱。老君是陛下祖宗，陛下又是一位大聖大明的君主，太上老君一定會見你，到時候臣一定引見成全。」

玄宗喜不自勝，老神仙章趨指點的方法，真是福壽雙全的妙經！於是，玄宗與太真妃沐浴齋戒，天天望著老君像，樂悠悠想著自己早日飄向無色界神仙境。玄宗與玉環齋戒了幾天，奇怪的是並沒有什麼動靜，因為渴望反而失眠，有時迷迷糊糊睡著不知夢見了些什麼稀奇古怪的東西，一次也沒有夢見什麼玄明天無色界。到了第六天，玄宗焦急起來。

「皇上千萬不要操之過急，凡事有個緣份，機緣可遇不可求，皇上是太上老君的子孫，只要平心靜氣，清靜無為合於大道，太上老君自然就會降臨。」章趨說。

於是玄宗與玉環繼續齋戒。

章趨嘴上這麼說，心裡可有些著急了，連忙祕密派人前往相府告知李林甫。

夜晚，李林甫到了華清宮求見皇上。李林甫在高力士耳邊嘀咕了幾句，高力士驚奇得瞪大了眼睛：「真有此事？」接著連忙將李林甫帶到玄宗面前。李林甫低聲向玄宗說了些什麼，玄宗臉上露出笑容。

「老神仙今夜在朝元閣老君殿作祕法，要將太上老君請下凡界。」李林甫說。

「真的？」玄宗問。

「千真萬確，為了皇上長生的事。」「太上老君真要下凡？」

「這可是千載難逢的機會，皇上帶我們去看看好嗎？」高力士說。

李林甫心裡冷笑道：「這個狡猾的閹奴，怕的就是你不去哩！」

「朕當然想去拜見太上老君，李愛卿，不會給老神仙帶來什麼麻煩吧？」玄宗說。

「這事極其祕密，千萬不要讓任何人知道。」李林甫說。

玄宗隨即與李林甫高力士乘步輦從長生殿不聲不響來到朝元閣玉清殿外，只見殿前秩序井然地侍立著九個手提燈籠的道士，李林甫上前向道士們做個手勢，叫他們不要吱聲。道士們會意悄然讓開了一條通道，李林甫高力士陪著玄宗走上臺階來到殿門外，小心翼翼拉著玄宗透過窗欞往裡看。

玉清殿裡老君像的神龕前，三十六個燭臺銀燭高燒燈火輝煌，神龕前三十六個銅香爐裡香煙繚繞，有赤橙黃綠青藍紫七色香煙，地上八十一個銅香爐擺成北斗七星的樣子，章趨身著羽衣手執拂塵，時而下拜，時而起立，時而遊走，踏星步斗口中唸唸有詞，極其鄭重虔誠地作法事。

高力士心想，「不知太上老君什麼時候出來。」看見皇上專注的樣子，高力士把想說的話又嚥了下去。折騰了好一陣子，玄宗覺得腿站得有些發酸了。只見章趨大禮跪拜一番之後，五體投地跪下，高聲說道：「太上老君在上，下跪弟子章趨，受開元天寶神武聖文皇帝重託，禱祝七天七夜，懇請太上老君允許弟子將長生不老之術，傳給大唐英主！」

神龕後面傳來重濁的聲音：「章趨！念爾一片誠心，准爾所求！」

「請太上老君現身，給弟子明示！」章趨大聲喊道。

高力士目不轉睛地看著神龕，神龕左側的帷幔，輕輕動了一下，高力士注意看那香煙，直直的向上，殿內並沒有風。章趨不停地叩拜呼喊，虔誠的樣子真是令人感動。高力士回頭看玄宗，玄宗異常激動，因為他已經親耳聽到了老君的聲音！

此時，李林甫已拉了玄宗奔進殿內，一齊跪倒在地上。玄宗高聲呼叫：「太上老君在上，受寡人一拜！」高力士緊緊尾隨他們奔過去，一齊跪下叩頭。

章趨驚異地看著他們，連忙向玄宗跪下道：「微臣章趨不知皇上駕到，迎接來遲，望乞恕罪！」又說：「太上老君已經走啦！皇上不必多禮！」

章趨和高力士將玄宗扶起來，章趨說：「皇上親耳聽見太上老君言說。准許我將長生之道傳給皇上，皇上一萬個放心，微臣一定盡力，為皇上效勞！」

玄宗與高力士回到宮中，已是深夜，玄宗興奮地將今夜所見所聞一一告訴玉環，並告訴她一學到長生之術就立即傳授給她。

高力士照常守護在外間，老君像旁帷幔晃動的事一直縈繞在他心頭，他親耳所聞「老君」的聲音是人聲，神的聲音究竟是怎樣的？他不得而知。如果沒有老君出現，要是李林甫和章趨串通一氣蠱惑皇上……但是，如果有神靈呢？從太祖皇帝起，都堅定地認為太上老君是李氏的先祖……皇上沉迷於仙道，正如沉迷於他為皇上精心奉獻的玉環的美豔姿色中一樣。戳穿他？戳穿了章趨，就戳穿了老君，等於戳穿了幾代大唐皇帝自編自演自吹自唱的把戲，他不敢去捋虎鬚……但是權柄一旦落入那個貌似忠順，實則奸惡的李林甫手中……後果不堪設想，他思慮再三，決定明日一早只等皇上醒來，他就要旁敲側擊地向皇上提醒朝元閣玉清殿的蹊蹺。

這天早晨，皇上遲遲沒有醒來。先醒來的是玉環，想起皇上昨晚給她說的「神仙伴侶」的話，玉環覺得又新鮮又甜蜜。玉環看著玄宗睡得又香又甜的樣子，如果成了神仙就會返老還童，臉上就沒有鬍鬚了，沒有鬍鬚的皇上是個什麼樣子呢？玉環用纖纖玉手將那些鬍鬚輕輕梳理伸，然後把他辮成小辮，又將小辮繞在自己的無名指上然後鬆開，鬍鬚辮兒像牛角那樣彎彎的翹著。玉環看著玄宗的怪樣子，吃吃的笑了起來。

李白起了個大早，懷揣著〈宣唐鴻猷〉在寢宮外足足等了三個時辰。只見內侍們輕手輕腳的出進，不見裡面有什麼動靜，好不容易看見高力士從裡面走出來，李白忙迎上去，叫了聲：「高將軍！」

高力士鬆弛的眼瞼因為失眠而耷拉著，斜乜著李白，心裡嘀咕著這酒瘋子一大早就在這裡候著，討厭！鼻子裡哼哼著：「李學士早哇，皇上還在睡覺呢！你好好待在這裡等著。」說完又進去了。

玉環悄悄從龍床上溜下來，吩咐侍女為自己梳洗。玉環將頭髮梳成望仙髻，頭上插著金鳳步搖，臉上貼好星月花黃，戴上繡金攢花抹胸，穿上大紅雲錦團花衫。梳洗完畢來到床前，故意拉長聲音，輕聲叫道：「李三郎！李三郎！」

「誰在叫我？」玄宗揉了揉眼睛，嘴裡嘟囔著說。

「是我——我是天上的神仙——是王母娘娘派我來——接引皇上成仙的——」玉環還拉長了聲音裝著異樣的腔調說，同時俯身下去給了玄宗一個響響的親吻。

「啊，原來是你！頑皮的玉環！」玄宗終於明白了面前是誰，隨即支起身子。

高力士立即吩咐內侍侍候玄宗梳洗，玄宗剛披上衣服把腳伸進靴鞋，李林甫風風火火地進來，李白也跟了進來。

「什麼事？」高力士轉身問道。

李林甫「撲」地一下子跪在地上：「皇上大喜！出了天大的喜事啦！」

「愛卿請起！有話起來說吧！出了什麼喜事？」玄宗問道。「老神仙昨夜得到太上老君的明示。」李林甫一邊從地上爬起來一邊說。

「太上老君明示？」玄宗只覺全身一震。

「太上老君今日將現身丹鳳門。請皇上前去觀看，臣已經在那邊一切張羅妥貼。」李林甫笑得臉上開了花。

「朕這就去，這就去。」玄宗說，牛角一樣彎翹的鬍鬚小辮，一上一下動著。李白越看越覺得滑稽可笑，李林甫的到來，使高力士感到措手不及，巴不得此時有什麼事把這個鬼東西岔開才好，高力士一眼看見了站在外面的李白，忙道：「李學士，你不是一大早有要事等著給皇上稟報嗎？快說呀！」高力士此時，但願這位靈敏有才的李學士說出些別的什麼來吸引皇上才好。

「啟稟皇上，臣李白著〈宣唐鴻猷〉一本，闡治亂之道，宣我朝威儀，請皇上御覽！」李白雙手將〈宣唐鴻猷〉呈給玄宗。

「哦，李愛卿為朕寫了一本書？」玄宗說，伸手去拿那本〈宣唐鴻猷〉。

「皇上，眼下最最要緊的是去丹鳳門，機不可失呀！晚了太上老君就回天上去啦！」李林甫叫道。

「是呀，李學士，你先收起來，待朕有空再來閱看，沒有比迎見太上老君更要緊的事了！」玄宗一邊讓內侍為他穿好衣服一邊說：「學士就陪朕一起去參與此事吧！」

玉環從內侍手中拿過一面鏡子，對著玄宗的臉，玄宗從鏡子裡看見了自己滑稽的樣子。「快，把我的鬍鬚梳理一下！」

17. 李林甫運作大規模的造神運動

玄宗在高力士與李白的陪同下坐上馬車，駛入皇上專用的復道，一陣疾馳，很快就來到大明宮丹鳳門。玄宗登上城樓，見丹鳳門東邊，已經搭起一座高臺，臺上香煙裊裊旌旗飄飄。安祿山和文武百官大都在此守候，見玄宗到來，紛紛俯伏下拜。玄宗道了平身，章趨道：「啟稟皇上，微臣向太上老君懇求七天七夜，太上老君念聖上一片至誠之心，與微臣言說，今日當駕五彩祥雲現身於丹鳳門，凡是有仙根的，都能一睹老君真容。故爾驚動皇上！」

竟有這樣忠心耿耿的臣子，為自己生命的延長通宵達旦地禱祝！玄宗連忙上前扶起章趨道：「老神仙精誠所至感動上天！朕該如何感謝呢？」

李林甫連忙拉了章趨跪下說：「皇上澤被四海，臣等就是肝腦塗地，也無法報答聖恩之萬一！」

「皇上請看，」章趨指著正東天邊說：「太上老君就要從那邊駕著五彩祥雲過來！」章趨說完，指著正東方方向，哪知東邊天上先前還有幾片雲彩，此時卻被風吹散，此時一絲風也沒有了，不由得心中連連叫苦。李林甫和安祿山也捏著一把汗，李林甫心中罵道：「這老殺才，自稱上知天文下知地理，為什麼偏偏選這樣一個晴天來作事！」章趨卻道貌岸然的說：「眼下時辰未到，待微臣先呈上綠章，再請皇上與百官拈香祈禱。」

一個道士端過一個紫檀木匣來，章趨命道士們鳴放爆竹，自己朝東邊天上三拜九叩行過大禮，然後從檀木匣中取出「綠章」來。這「綠章」通常是道士們對上天神靈的告白或禱祝，寫在綠色的紙上或絹綢上，故而叫「綠章」。章趨展開「綠章」，望著天上南腔北調地唱唸道：「綠章奏請太上君，乞准章趨伴明君，恩佑聖皇永不老，常在洞玄煉黃金。」讀罷，章趨隨即命觀中道士，演奏起〈紫微八卦樂來〉，玄宗在前，文武百官隨後，一個個地拈香祝拜。李白手裡拿著香，眼睛卻看著天上，自己雖在青城山學道多年，卻從來未曾見過白日出神仙的事。況且這「綠章」的文字半通不通，除非太上老君沒發過蒙不識文字，才會接受他這種東西。

一直等到下午，脖子都望酸了，刮來一陣西風，天上漸漸起了雲團。這時章趨手揮拂塵高聲叫道：「皇上請看，太上老君他來了！」

李白朝章趨所指西方看去，果然陰雲滾滾，哪有什麼太上老君的影子？心想，章趨先前說的是太上老君從東方駕五彩祥雲而來，這時卻是西方天上陰雲滾滾。李白心中浮起一團團疑雲，再看其他多數官員臉上也是一片茫然。高力士見李白在看他，立即顯出專心看天的樣子。這時站在頂後面的著作郎韋子春，向李白狡黠地一笑。

「皇上，您仔細瞧瞧！太上老君在雲端裡哪！皇上是有仙根的人，一定能看得見！」章趨大聲說。

這時李林甫仰面向天，伸開雙手，雙眼飽含著激動的淚水，一下子跪在地上，口裡叫道：「我看見了！看見了！就在那兒！白髮的太上……老君！」

李白故意退後幾步，看著將要發生什麼情況。

安祿山激動得肥厚的胸脯一起一伏：「我的天，我看見了！是太上老君向我們過來了！」接著五體投地的一拜！

緊接著，張利貞、吉溫等等都誠惶誠恐地跪下了，張利貞叫道：「啊！太上老君……白頭髮……手裡拿著一根馬尾巴！」

「是拂塵！拂塵！」吉溫低聲提醒他。

「對對……拂塵！拂塵！」張利貞尖叫道。

李白聽見一個低低的聲音從百官的最後一排傳來：「這真是不說不像，越說越像了！」

這是比秦時趙高指鹿為馬更加惡劣的把戲！

趙高還牽了一匹馬來扯謊，而李林甫和章趨，憑空就能造出神仙來！李白向玄宗注目，希望從他臉上看到內心真實感情的流露。但是他失望了！玄宗一雙渴求的眼睛在雲團中搜尋，他太希望長生了！也許那些虛幻的雲團裡就有太上老君，只是他老眼昏花而已。他揉揉眼睛，夢囈般地喃喃道：「我看見了！我……看見了！太上老君，站在雲端裡！」隨著，玄宗向天跪了下去。

一大批官員拜伏下去。李白一下子感到百無聊賴，這時他身旁，李林甫正在感激涕零地向上天一次又一次的跪拜。李白忽然竊笑了，他自己不正是道教大師太玄的弟子嗎？聞名天下的太玄不是說他有仙風道骨，可以神遊八極之表嗎？長安的人不都知道他是「謫仙人」嗎？此時不裝逼，更待何時？

「我也看見啦！太上老君在雲端裡，過來了！——」李白高叫道。

「太上老君乘著鸞鳥拉的車子，有龍和鳳在前面引路，後面跟著乘鶴的仙人赤松子，葛洪，還有吹簫的弄玉……」

「對，對！」章趨立即附合說。

「太上老君在向皇上招手呢！」李林甫說。

李白見章趨和李林甫果然中計，立即說：「皇上，太上老君在跟你說話呢？」

「跟我說話？我耳朵不太靈便，李愛卿，你聽太上老君給我說些什麼？」玄宗說。

李白心中好笑，做出一副煞有介事的樣子說：「太上老君言道：皇上是英明之主，望皇上勤政愛民，愛護祖先基業，老君將佑大唐千秋萬代繁榮昌盛！」

玄宗聽得明白，忙下跪向天道：「隆基叩謝太上老君大恩大德！」

李白滿面祥光，對章趨說：「太上老君又說——此次奏請的綠章，不知何人所為？」

章趨以為李白既聲稱看見了太上老君，自己必受褒獎無疑，連忙膝行幾步上前諂笑著說：「是章趨所為，是章趨所為。」

「太上老君發怒，說綠章的文理不通，以後不可任意胡為！」李白說。

章趨心中罵道，李白狂徒，竟敢來挑我的漏子，這太上老君本來是假的，貧道怕你何來！於是憤憤然叫道：「這〈綠章〉是貧道精心寫出，又經右相大人審閱毫無紕漏，怎道文理不通？」

李林甫聽把他抬出來，心裡一驚，腋下汗出，別的事情他倒是應付自如，唯獨他自己便是個錯別字大王。章趨此話一出，百官行列中就有人竊笑。

李白拿過那〈綠章〉來，指點著說：「請問老神仙，這常在洞玄煉黃金，該如何講解？請老神仙說明。」

章趨隨口便道：「皇上得了長生之術，在神仙洞府煉製黃金，請教學士公有什麼不通？」

李白道：「我告訴你，這『洞玄』二字並不是指神仙洞府，而是指一種清靜無為的真人修煉法門。此『洞』不同於『山洞』，而是『洞察』的洞，再則，皇上向太上老君求長生，求的是聖體安康，國祚綿長。就你所言，皇上竟是去鍊金發財去了！你在〈綠章〉上如是寫，究竟是何道理？」

先前章趨南腔北調唱唸〈綠章〉，玄宗聽得不甚真切，聽李白這樣一說，不由皺了皺眉頭，問道：「老神仙，是這樣的嗎？」

章趨不敢再辯，忙說：「貧道該死，貧道該死！」

玄宗又道：「朕讓李學士即刻再寫一份〈綠章〉，向太上老君呈上。」

李白忙上前稟道：「李白尊命，現太上老君還在雲端裡，章趨，你快向太上老君賠罪呀！」

高力士忙說：「老神仙，你快照李學士所言去做呀！」

章趨一聽，連忙向東「撲通」一聲跪下去向天喊道：「太上老君在上，弟子不慎寫錯〈綠章〉，弟子該死，弟子該死，望乞恕罪呀！」說罷叩頭如搗蒜一般。

「老神仙，你仔細看看，剛才你說太上老君在西方，怎麼你向東方謝罪呀？」李白叫道。

章趨又無可奈何，只得忙忙趕向西方，又叩了一番頭。

「老君向南方去了！還不快趕上！」李白叫道。章趨心中氣惱，一抬頭接觸到李白的目光，雙膝一軟只有跪下，又磕了不少響頭。

李林甫、吉溫、安祿山等此時心中暗暗詫異，不知為何章趨見了李白，猶如耗子見了老貓一般？見了章趨這般模樣，李白不由心中好笑，叫道：「算了，算了，老君已經去遠了！」

李白返身向玄宗道：「啟稟皇上，太上老君說，請老神仙章趨再率道眾，鄭重其事做六六三十六天法事，要寫錯綠章的人每天叩拜七七四十九次，每次叩頭七七四十九個，再將臣寫的〈綠章〉，補奏老君！」

玄宗見此事終於有一個補救的方法，口氣和緩起來，言道：「李卿之言甚是，老神仙，就照此辦理吧！」

「臣遵旨。」章趨忙說，幾乎沒有力氣從地上爬起來。章趨的弟子連忙過來扶他下去。

當天晚上，章趨就被祕密地帶到李林甫月堂裡。見李林甫坐在窗前閉目養神，見章趨進來李林甫也不看他。只是薄薄的嘴唇翕動著，吐出幾個字來：「今天，怎麼回事？」章趨看李林甫與在丹鳳門皇上面前點頭哈腰的右相判若兩人，章趨素知李林甫狠毒，不由打了個寒戰，猛一抬頭，見侍立在一旁的人竟是少府監胡正，一臉冰霜，不由一陣眩暈倒了下去。此次右相召他談話，極其祕密，月堂裡沒有別的人。胡正連忙上前把章趨扶起來，放到椅子上。章趨下巴的白鬍鬚垂向一側，頷下一顆大墨痣赫然躍入他的眼簾，胡正心中一驚，立即明白了他是誰，難怪這個白鬍子的老頭兒這樣面熟！

「右相大人！」胡正叫道。胡正想立即揭穿這個騙子的把戲，他感覺到「老神仙」在瑟瑟發抖，與他對視的眼神驚駭已極，好像見了活鬼一般！

「胡少府，老神仙怎麼樣了？」李林甫的話裡隱含著對章趨的擔心。

胡正忽然轉念一想，今天丹鳳門被唱砸了的這場大戲——主角是皇上，揭露了文長田等於揭露了皇上、李林甫和文武百官。胡正剛冒出喉嚨的話又嚥了下去。

章趨聽出李林甫語氣中對他的關切，幽幽地對扶著他的胡少府說：「我還好，大人，不礙事的。」一下子提起精神在椅子上坐正了。

「想必白天太勞累了。」胡正說。

章趨鬆了一口氣，扶著椅子站起來，躬了身，顫顫巍巍對李林甫說：「今天，今天……，相爺，我……我實在是沒有法子呀！」。章趨明白，李林甫所指正是〈綠章〉的事。本來在驪山朝元閣就是他事先與李林甫商量好的。而在丹鳳門，天公不作美還在其次，偏偏被李白抓住了〈綠章〉中的錯別字，他在慌亂中萬不該將責任推到李林甫身上，使李林甫遭到滿朝大臣的恥笑。

他偷偷瞟了一眼胡正，不知胡正是否認出他就是江寧小吏文長田？如果……章趨越想越可怕，掩面「撲通」一下子跪地，膝行到李林甫面前哀號道：「相爺！相爺饒命呀！小人再也不敢了！」

「蠢貨！哭什麼呀，沒用的東西！」李林甫睜開眼。

「下次再出漏子，你就別想活命了。」李林甫說。章趨的號哭戛然而止。

李林甫這才從椅子上欠起身來，慢吞吞地說：「今天的事，本相已經想好了一個補救的法子，這次你不准出任何漏子。起來吧。」

「小人肝腦塗地，也要辦好！」章趨從地上爬起來。

「今晚的事，誰也不准洩露出去，」李林甫說：「明天你仍然是活了三千歲的老神仙，老老實實地去做三十六天法事。」

「是，是。」章趨連聲答應。

「胡正，那件東西你弄到手沒有？我看看。」

胡正畢恭畢敬地拿出一幅畫來。將那軸畫徐徐展開。李林甫只覺眼前一亮，那畫上畫的是一位鬚髮斑白的古稀老者，超然出塵昂首遠眺的樣子，衣袂在風中飄飛，騎著一匹青牛，踏著秋風中的落葉緩緩前行，畫家的筆法精妙出神入化，觀者只覺栩栩如生，青牛在秋風中快要走出畫面而去。這正是吳道子的傑作〈老子出關圖〉。李林甫如此這般地給胡正說了些什麼，胡正連忙稱「是」。

從月堂出來，胡正眼前就閃出章趨下巴的那顆黑痣和「老神仙」與他對視時驚恐的眼神。想起使他發跡的「冊水溺壺」和江寧小吏文長田。如果文長田繼續得勢，絕不可能放過自己，想到這裡胡正背上冷汗冒出。好在這老殺才還要關起門來做三十六天法事。突然心裡一亮，是誰把「老神仙」帶到坑裡的？是李白，李白是韋堅、賀知章、李適之的酒友。按照他多年的官場經驗，要眼觀四路耳聽八方，注意各方面的動靜。

這一年的秋天，長安有了很多變化，李學士的詩詞風靡了整個長安城，一大批文士和文士出身的官吏們都顯得特別活躍。彷彿李詩的陽剛之氣使人的精神為之一振，長安文壇上的這股清新剛勁之風占了主導地位。李學士醉答蕃書的事像神話一般地在長安市井中傳開，長安人感覺很提神，很自豪。除此之外，街上的胡兵漸漸多了起來，胡兵們各自屬於不同的節度使，他們常常喝醉了酒誇耀各自的軍功或為爭奪妓女而發生鬥毆。

皇上喜歡長生，皇親國戚，大臣們，官吏們，也爭相仿效，一時間蔚然成風。更多的「異人」出現在長安，他們透過不同管道，將自己的各種「法術」表演給王公大臣們。有使掃帚自動走路的，有使石塊飛起互相撞擊的，有使魚變鱉的，……有自言可使白髮變黑的，有隱身術、飛騰術的……甚至帶了婦女給玄宗和權貴們祕密表演房中術的各種動作的。有的找不到人推薦，索性在街頭裡巷扯開場子，如同江湖賣藝的人一般，招徠觀眾，一時間長安街頭五花八門無奇不有十分熱鬧。人們堅信世間有神仙鬼怪，並可以隨之到達一個永不消滅的世界。

八百里秦川，史記中稱為「金城千里」，滋潤這塊土地的是黃河。黃河水系有渭、涇、灃、澇、潏、滈、浐、灞八條河流，如果關中平原像一片樹葉，這八條河流就像樹葉上的葉脈。冬天到了，凜冽的北風從八百里秦川刮過，鳥獸絕跡，樹木凋零。人很少出門，灰黃的山河沉寂靜默，只有幾隻螞蟻般的人在葉脈上爬行。他們是崔成甫一行人，他們要治理漢代、隋代的運渠，同時從潼關到長安引灞水並渭水向東到達儲糧的永豐倉，

並在長樂坡開一大潭，修築碼頭裝卸貨物。天寒地凍，勘測和施工、徵召民夫、開鑿管道，搬遷管道上的民民警和墳墓，八百里秦川的凍土又冷又硬，每挖一鎬手掌都震得發麻，每項工作都要付出艱辛的勞動。

李適之呈遞的關於懲治安祿山搶馬殺人的奏摺玄宗看了，玄宗卻說安祿山為大唐開拓了大片國土，哪有一個都不誤殺的道理？回紇人故意將一紙摩尼教文字來戲弄大唐，顯然有犯上作亂的野心，從此擱

下不提。李適之氣憤不過，找來飲中八仙傾訴。崔成甫和韋堅在廣運渠上忙不過來，其他人都來了。一邊飲酒一邊談天，李白把丹鳳門懲罰章趨的事講了一通，眾人笑了個前俯後仰。

「想不到謫仙人還會裝神弄鬼！」汝陽王笑道。

李適之將彈劾安祿山一事說出，崔宗之道：「皇上眼下最擔心的是作不了神仙，你想，章趨是安祿山帶來的，要是懲治了安祿山，章趨不傳長生之道，皇上怎麼辦？」

賀知章說：「李林甫也拉攏安祿山，安祿山向皇上推薦的章趨又很快地為李林甫所用，這當中，到底有些什麼見不得人的勾當？」

李白拿出〈宣唐鴻猷〉交給酒友們傳觀說：「不管怎麼說，我們要把我們的主張拿出來，皇上總不能對利國利民的事不聞不問。」眾人看了交口稱讚。

「皇上要是看了，那就太好了。」張旭說。「誰能讓皇上不沉溺女色，又能不沉迷於仙道呢？」

「哈哈，要是皇上依了李十二的意思，那些奸佞小人，得通通滾出長安去！那些烏煙瘴氣的東西，就會被一掃而光啦！」吳道子叫道。

汝陽王問：「太白你不怕那些陰險小人報復嗎？張九齡就是前車之鑑啊！」

「不怕，文死諫，武死戰，是自古以來的至理。我怎能為了榮華富貴而包容奸惡、眼看奸佞禍國殃民而坐視不管呢？」李白說。

李適之說：「對，只有實實在在的幹事，大唐才會一天比一天更富強。勇於私鬥而怯於公仇，就會給天下帶來災難。廣運渠修好之後，但願皇上看見了我們從江南運來的實實在在的財富，對虛幻的東西疏遠。」

「但願如此。」賀知章說：「有了〈宣唐鴻猷〉，有了廣運渠，有了許多像適之、太白、成甫這樣的忠直之士，正氣就得以伸張，邪氣不得不消退，大唐就會國運昌盛！」

每個人都為玄宗的情況存著疑慮，每個人都為大唐的前途感到憂慮。李白心裡明白，對李林甫、章趨之流，光是戲弄一番是不夠的。此時章趨是在規規矩矩做法事，以後他們還會緊鑼密鼓地再編造謊言，毒化大唐的朝政和國風，直到從玄宗的手中分取到所有的權利。而李林甫的黨羽遍布朝野，李適之在等待廣運渠修成韋堅回朝，抓住安祿山的罪證，那時時機成熟……

李白預料的一點不錯，當章趨的第三十六天法事一結束。李林甫就給玄宗稟報說，太上老君將在寶仙洞現身，把「萬壽無疆」帶給玄宗，把「國泰民安」帶給大唐。

內侍到翰林院來，叫李白隨行，李白連忙趕到興慶宮。

冒著寒風，玄宗十萬火急地趕到寶仙洞前，京都所有道士黑壓壓地站了一片，道士後面站著文武百官。

章趨與李林甫把玄宗引入洞內，到了洞的深處，章趨向玄宗說：「皇上您請看，前面有紫光一團！在洞右的第三塊巨石旁邊！」玄宗睜大了眼，只覺火把的火光閃爍，看不清哪是紫光，那是火光。「啊，是了，好大一團紫光。」道士附合說。

「皇上你看見了沒有？」章趨激動地問。

「好像……有……是紫光……」玄宗怕章趨說自己肉眼凡胎，含糊不清地說。

侍立在一旁的李白確信自己什麼也沒有看見。章趨自己舉起火把，向洞的深處東瞧西瞧，然後說：「凡是有紫光的地方，定有神物出現，紫光一直聚在這裡，快拿鋤頭來刨！」

羽林軍舉著火把，道士們用鋤頭、鐵鎬挖的挖，刨的刨，甚是賣力。約摸挖了三尺深下去，下面是一層五彩的石子。

「慢著，朝這裡刨，心要誠，要仔細！」章趨說。「把彩石用手撿起來。」道士們放下挖掘的工具，蹲下來將五彩的石子撿在籮筐裡。

玄宗的心裡一直沒有平靜，在他看來洞中出現五彩的石子也是奇蹟。

「老神仙！您看！」一個道士驚呼道。

那道士刨開土石，白色的堅硬的露出來了，那是一隻手！隨即其他的道士也很快地撿完了上面的石子，一具白玉的，栩栩如生的真人般大小的老子玉像，靜靜地躺著。李白吃驚了，這與吳道子畫的老子真容一模一樣。

「太上老君真容！」不知誰驚嘆了一聲。

立即，章趨、玄宗、李林甫及隨行人等誠惶誠恐地匍匐下拜。玄宗吩咐以極其隆重的儀式將太上老君玉像迎回興唐觀。

挖出了老君玉像第二天早上，李林甫帶領百官為寶仙洞老君玉像的出現獻上賀表，一時間，三省六部九寺五監的賀表雪片一般飛來，玄宗天天設宴慶賀，好不熱鬧！章趨為皇上祈長生感動上蒼，因而天降老君真容和玉像，因此被封為銀青光祿大夫，從三品，同時供奉集賢院。

雖然長安冬天時有風雪天氣很冷，但因為老君玉像的出現，宮廷、道觀和市井呈現出一派熱火朝天的勢頭。因為皇上親眼看到了並迎回了神靈，有了神靈，人們的靈魂便有了依託。人們爭先恐後地拜神求神，尾隨皇上走上長生不老的道路。皇上長生不老，大唐的國運就千秋萬代永遠昌盛。這是多麼激動人心的事！

在這些日子裡，李林甫在皇上面前鞍前馬後的侍候，親自安排各種朝神事宜，在他的策動下，追大尊聖祖高上大道金闕玄元天皇大帝，玄元皇帝父周上御史大夫為先天太上皇，母益壽氏為先天太后，玄宗皇帝宣布在長安和洛陽各置玄元皇帝廟一所，天下各州縣都設定玄元皇帝廟。過了不久，又把長安的玄元皇帝廟改為太清宮，洛陽的改為太微宮，天下諸郡的玄元皇帝廟為紫極宮。不少地方都有了神的感應。有的地方出現靈符，有的地方出現聖蹟，有的地方出現老君石像……一時間沸沸揚揚。玄宗又專門設定崇玄學，培養崇玄學生，興道舉，學習老子、莊子、文子、列子，學生們像國子學一樣進入科舉。沒有人敢懷疑太上老君的神威。誰懷疑就是動搖了大唐的根基，誰懷疑就是否認大唐的天命。

18. 把這杯酒喝下去，不死的就是神仙

李白跟隨眾人把老子玉像送進興唐觀，忙乎了一天，卻不想回翰林院，他心中的結，怎麼想也解不開。

忽然老君現身，忽然又挖出了老君玉像，但是，太上老君怎麼會因為章趨這樣灌滿銅臭的俗人來顯

靈呢？那個見了他的目光就躲躲閃閃的章趨，到底是個什麼人呢？

李白到勝業坊叩開了吳道子的大門。吳道子正在作畫，崔宗之在一旁觀看。吳道子見李白進來，放下畫筆，問道：「李十二，你怎麼來了？」

「寶仙洞出現了太上老君玉像的事，你知不知道？」李白問。「我剛知道，宗之剛才給我講的。」吳道子回答說。「你看見過了？」

「看見過了。這玉像眼下在興唐觀裡。這像與吳博士大有關係。」李白道。

「為什麼？」崔宗之問。

「依我看，這太上老君的神情、衣紋，與道子兄的畫風十分相近呢！」李白道。

「竟有這等事？我畫的太上老君，是以凡人為粉本的，可太上老君是神仙呀？」吳道子驚訝地說。「可是，經我的手畫的菩薩神仙倒是不少，工匠們常常拿去雕琢出來供在寺觀裡，善男信女就來頂禮膜拜，倒是挺好玩的。」

李白把寶仙洞的事講了一遍，吳道子大吃一驚。次日就到興唐觀去看了，前些日子胡正買了那張新畫的〈老子出關圖〉，這老君玉像正是依照圖中的樣式雕琢的。很快韋堅、李適之、賀知章也知道了其中的蹊蹺。

「怎麼辦？皇上已經相信了他們。」李適之說，要是這時用奏章去參劾他們，就要連帶皇上一起，皇上正在興頭上，結果只能適得其反。賀知章、韋堅也感到為難。

正在眾人一籌莫展的時候，忽然韋府的一個錄事帶著崔成甫手下的一個衙役飛也似的進來，一進來便跪倒在地叫道：「韋大人不好了！運渠工地上出事了！」韋堅忙問道：「怎麼回事？」那錄事上氣不接下氣地說：「韋大人，這幾天運渠挖到張家村這一段，忽然有道士來渠邊作法，說是挖渠的人放出了妖魔，要禍害周圍百姓。道士們在那裡唸咒燒紙錢捉妖降魔，道士們說，挖渠的人一定不得好死。嚇得那些民夫嚷嚷著不幹了，崔縣尉正在那裡勸阻，挖渠的人跑了一半！」李適之道：「這可如何是好？」韋堅說：「馬上派人去把那些道士抓起來！」韋堅說著立即告辭了各位酒友回府。

韋堅回到府上，錄事來稟說已將那些妖言惑眾的道士抓獲，審問之下，發現那些「道士」並非來於長安寺觀，而是長安西北門一帶地痞。嚴刑拷打之後，那些地痞供出皆受一人指使，那幕後指使者居然是一個胡餅鋪的掌櫃。羽林軍前去抓捕那掌櫃時，掌櫃跳在自家後院深井裡死了。韋堅聽了好一陣不言語。韋堅正在納悶，門子來報說胡少府來送韋府訂製的鎏金銅果盤樣本，韋堅心不在焉地說了聲「進來」，胡少府請韋堅屏退左右，從懷中取出一小冊頁來，那冊頁上畫的並不是果盤圖樣，卻密密麻麻記錄著章趨和他的親信親子每日的行蹤。韋堅順著胡正手指仔細檢視，卻見章趨的大弟子多次到胡餅店找過掌櫃，有一次還是章趨親自去的。原來胡正為了防範章趨，在章趨身旁安插了一個乖巧的小道士，隔三岔五地將章趨的行蹤暗中記下，祕密送達胡正。韋堅對對正說了些感謝的話，叮囑胡正繼續對章趨進行暗中監視，韋堅要留下那本冊頁，胡正說：「還是我拿回去儲存吧，以後有了新的消息我再寫上。」說罷高興地去了。

李白與眾酒友喝了酒，放心不下崔成甫，便到韋府上來探聽消息。韋堅將胡餅店掌櫃之死講給李白聽了，並把胡正留下的冊頁交給李白看了，李白說：「那還不將那妖道抓起來！」韋堅說：「死無對證，我們憑什麼去抓道士？」李白說：「倒也是，我倒不信治不了這隻狡猾的老狐狸！」韋堅說：「依學士之見，怎麼個治法？我恨不得把這老賊的頭割下來！」李白大大咧咧一笑：「瞧你，快拿一壺好酒來，讓我喝了，定能給賢弟想出一個妙法來！」韋堅無奈只得叫下人捧出一壺「劍南燒春」來，說：「這可不是董糟丘的那種，這是太子送給哥老倌的。你這人乘人之危騙我酒喝。」李白笑道：「韋大人大方得好，你這罈酒我跟你開心慢慢喝，你聽好了。我有一法，既不觸犯皇上，又可使妖道收斂。」李白將他所想一一說出。喜得韋堅滿臉烏雲一掃而盡，立刻給兩個銀製鎏金曼陀羅杯滿滿斟上。

「乾！」

過了些日子，李白與章趨陪玄宗觀看即將落成的太清宮。但見太清宮規模宏大氣勢雄偉窮極壯麗，比昊天觀、太平觀、金仙觀、玉真觀有過之而無不及，章趨心花怒放。

章趨送走玄宗，樂顛顛地從太清宮出來，已是黃昏時分，正要與李白道別，起居郎崔宗之迎上來道：「老神仙請慢。」章趨問：「有何見教？」崔宗之笑吟吟地上前，拉著章趨的手說：「老神仙，今日我受了一位貴人的委託，務必請您老人家賞光，你是皇上尊敬的人，請一定與我同去。」

章趨聽了心裡比熨斗熨了還舒坦，道：「貧道敢問是哪位貴人！」

崔宗之故作神祕地湊到章趨耳邊輕輕地說：「你跟我去，見了就知道了，那位大人還有重要的事情向你請教呢。」說著挽著章趨的手上了車。

章趨坐上崔宗之的車，穿過大街小巷來到一個朱漆門前，門口掛著燈籠，只見朱漆門上的獸形門環和銅釘錚明發亮，門上卻沒有匾額。章趨下了車隨崔宗之進了門，早已有僕人來迎接。左繞右繞，盡是亭臺樓閣，來到一個湖邊，只見黑黝黝的湖上波瀾不興，遠處樓閣燈火輝煌。

一隻遊船在面前停下來，遊船上下來兩個侍女挽章趨上船，便向那燈火輝煌的樓閣划去。章趨坐在船上，心想不知是哪位王公大臣著意相邀，又想自己從幽州到長安真像一步登天，有如一片鵝毛隨風直上青雲，大有悠悠然之感。

船近樓閣，靠湖的這面側門洞開，門下面是十來級石階，兩小童打著燈籠站在石階上迎接，船上的侍女把章趨扶下船，兩個小童在前面引路，上了石階，進了側門，穿過長廊來到前廳。

章趨隨李白崔宗之進了大廳，見大廳中眾多人等，一個挨著一個坐著的，竟是著便服的幾位大臣。後面一側，是一些樂工歌妓，面前擺著酒餚，正在奏樂彈唱，上方正中的正是韋堅！韋堅見章趨進來卻好似沒有看見他一般，繼續飲酒作樂。章趨但見韋堅愛理不理的樣子，心中頗不高興，只把兩眼看著崔宗之。崔宗之給僕人使個眼色，僕人走上前，向韋堅畢恭畢敬深施一禮道：「稟告大人，已將章趨帶到。」韋堅揮揮手說：「諸位大人，在下有一點小事要辦，有擾諸公雅興，改日再歡會吧！」說話之間，樂聲戛然而止，樂工歌妓各位大臣魚貫而出，崔宗之也跟著各位大臣出去了，家奴們頃刻間將宴席撤得乾乾淨淨，大廳空蕩蕩的只剩下韋堅、章趨兩個人。韋堅仍不理會章趨，伸手拍了兩下，從側廳進來三個人，一個李白，還有崔成甫、張旭。站在章趨身後。章趨回頭看看這兩個人如黑煞神般站在他身後，不由心中發毛。剛才在湖中的心境已蕩然無存，一團疑雲湧上心來，冷眼看此時的李白，板著臉站在那裡，一點兒也沒有先前與他道別的和氣。為什麼韋堅如此對他擺譜，崔宗之把他弄這裡來到底為什麼？

破壞挖渠的胡餅店掌櫃已死，章趨絞盡腦汁也想不出自己最近有什麼紕漏，只是後悔自己因為看太清宮樂昏了頭，竟忘了帶隨從一起來。但章趨畢竟是出生入死過的人，經過多年磨練，既已來了長安，作了皇上的上賓，不管前面吉凶禍福，只有硬著頭皮一闖。於是輕輕一笑，高聲問道：「大人命貧道至此，有何見教？」韋堅這才說：「老神仙請入座。」

章趨與李白分兩邊坐下來，崔成甫和張旭各執一個酒壺，崔成甫給韋堅和李白斟酒，張旭給章趨斟酒。

韋堅端起酒杯說：「老神仙從恆山來京城作官，可知本大人是誰？」韋堅並不喝，復又將酒杯放下。章趨見摸不透葫蘆裡賣的是什麼藥，便不卑不亢答道：「大人是太子妃兄，榮任租庸轉運使，官高爵顯，貧道自山野而來，疏於問候，多有得罪，還望韋大人多多原諒。」

韋堅又說：「本使深蒙聖恩，皇上將大事委託於本使，公卿大臣對本使尊敬有加——」說到這裡，故意拖長了聲音不再往下說。

章趨心想，好一個喜好阿諛的太子妃兄！故意留下一個空檔，觀我是否與他同流，待我略事吹拍以觀後效。便道：「大人威儀赫然，朝野敬仰，那是自然。」

韋堅微微一笑道：「老神仙既明瞭本使，本使也對神仙一事，有所了解，老神仙，你可願聽本使言說？」

章趨弄不清他東一榔頭西一棒子到底要說什麼，便道：「貧道有緣聆聽大人教誨，乃是三生有幸，請大人賜教。」

韋堅說：「神仙有別於凡人。」章趨想，廢話！哪個不曉得神仙與凡人是不同的！

「凡人有七情六慾，生老病死，神仙沒有，神仙可以不老、不病、不死——」

章趨將韋堅獅子鼻下的厚唇中吐出的字眼一個字一個字咀嚼：不老、不病、不死——他莫非——

韋堅突然高聲快語說道：「老神仙，你我共事皇上，無不為皇上效犬馬之勞，你可知道欺君之罪是什麼罪？」

「彌天大罪，當死！」章趨一驚脫口而出。

「本使受皇上恩澤，披肝瀝膽以報，絕不許任何人欺騙皇上，你既是神仙，便可長生不死。本使今日要驗證你是否真是神仙，你面前的這杯酒，乃是一杯毒酒，你把他喝下去不死，我就相信你真的是神仙！」

章趨一聽猶如晴天霹靂，驚得魂飛魄散，只見韋堅兩片嘴唇在歙動，不理會他說的什麼。本能地，用那從三品銀青光祿大夫紫袍的寬大的袍袖一下子將那八楞鏤銀金盃橫掃於地！

韋堅哈哈大笑，揮手指著章趨道：「他不喝，給我灌！」

崔成甫和張旭立即衝到他面前，一個雙手像鐵鉗般將他按住，一個提起酒壺灌酒。章趨掙扎著，感覺到那酒滴已經灑在他臉上，喉嚨裡擠出一聲絕望恐怖的嘶叫：「饒命！」

韋堅冷笑道：「要饒你性命不難，那胡餅店老闆的事——」章趨把頭搖得像拔浪鼓似的，叫道：「那不關我的事，是他自己尋短見！」

「他一個賣胡餅的，好好的怎麼會尋短見？」張旭吼道：「灌！」「我說，我說，饒命呀！」章趨哀嚎著，然後一五一十地將在李林甫指使下如何用錢收賣胡餅的掌櫃組織無業遊民和地痞假扮道士到工地造謠生事、導致開渠停工，事發之後如何威脅賣胡餅的掌櫃，嚇得掌櫃投井自殺的情形和盤托出。

韋堅示意張旭和李白放下毒酒。冷言問道：「本使奉皇命開新渠，爾竟從中作梗，我看留你不得！」，章趨便如爛泥一般癱倒在地。

韋堅和李白相視而笑，韋堅一擺手，崔成甫和張旭放開章趨。李白走過去，接過張旭灌章趨的那壺「毒酒」，斟在自己杯子裡，蹺起二郎腿，將身子往雕花靠背椅上一仰，看著癱在地下瑟瑟發抖的章趨，將那八稜金盃舉到自己唇邊，悠悠然一口一口呷著。

章趨只覺得一顆心快要跳出胸膛外，喘息著，掙扎著想爬起來，可腿怎麼也不聽使喚。沒想到用了近十八年的功夫來裝扮的神仙，一下子就露了餡。他奮力支起上半個身子，向著韋堅磕頭如搗蒜。

「哼，韋大人料事如神，你這等伎倆，怎逃得過他的眼睛！」李白說。

章趨見韋堅的面孔仍然沒有表情，輾轉爬到韋堅腳下，哀哀求告道：「饒命——韋大人饒命——」然後又一下子爬在李白腳前：「學士公大人，饒命呀！替我在韋爺面前……說句好話吧！」此時已是聲淚俱下。

「你欺世盜名，矇騙皇上，就是我饒了你，皇上也未必能饒你。」韋堅慢吞吞地說。

「只要大人饒了在下，在下就是變牛變馬也行，一切由大人作主！」

韋堅從牙縫裡擠出幾個字：「此番饒你不死，再敢作亂，我要叫你碎屍萬段！」

「謝大人不殺之恩。」章趨又叩頭說。掙扎著想站起來，哪知兩腿被嚇得痠軟了，好一會起不來。

「拉他一把吧。」

張旭走到章趨面前，抓住他的膀子拽了一把，章趨才站了起來。

「你老實告訴我，寶仙洞的老君玉像是怎麼回事？」

「我……我不知道哇！」章趨帶著哭聲說。

「你不老實，我叫你不得好死！」崔成甫吼道。

章趨嚇得「撲通」一聲跪下，忙說：「那不干我的事，是李右相叫我到寶仙洞，把玉像挖出來的。別的我什麼都不知道了！」

果然這一切都是李林甫指使的。

「看在學士公的面子上，今天饒了你。從今往後，你再搞這些裝神弄鬼的事，本大人可饒不了你！還不快滾！」

章趨像一條喪家之犬夾著尾巴逃出了韋府。

章趨從此有所收斂，但是李林甫的造神運動已經在全國普及，並一發不可收拾。因為，沒有人能把痴迷於成仙的皇上從長生不老的美夢中打撈出來。

19. 鄭虔的柿葉書上記載著大唐的盛事、豔事、奇事

天陰沉沉的，朔風夾著雪花。李白騎上馬出了含光門，將身上那件寶蘭革絲團花披風緊了緊。今日戶部郎中派人過來請他去吃酒賞梅，司農少卿昨日也下了帖子請去題畫，此時卻哪裡也沒有心緒去，不如自己找個清靜地方喝兩杯。

「李學士！」李白聽有人在叫他，回頭一看，韋子春在太平坊廊下站著向他招手，李白過去，韋子春說：「好久不見，想煞我也！」

李白下了馬，說：「校書休要說得這等誇誕，想吃酒就說想死酒了，為何要說想死李白？」

「哪裡哪裡！好久不見學士公，心裡悶得慌，學士公難道忘了，我還欠學士公一本詩抄！正想找你痛飲三杯，說說話，洩洩悶兒。」韋子春道。

「是了，你還差著我一本詩抄呢？今日可得給我！」

「今日正要給你，只是你得跟我一起去取。學士本來是大書家，在下怕字寫得不好，汙了方家法眼，所以特地用心託了一個大書家替我抄一本。」韋子春說。

「哪個大書家？」李白問。

「學士一定聽過這個人——鄭虔。」

「是他！那年我在太玄大師那裡看見過他寫的〈南華經〉，清秀娟麗字字珠璣，人說他是太常寺的協律

郎，聽說他為人怪癖，性情倔強。他果真肯為我寫一部詩抄？」

「學士公放心，這事包在我身上！今日我請你與我一起到他那裡去暢飲一番如何？」韋子春說。

「行！」李白說。

韋子春一邊走，一邊說：「這鄭老頭怪癖是有些怪癖，倔強倒也不見得倔強。自從張九齡被李林甫擠出朝廷，倔強的人都先後被趕走了，剩下的官兒只是立仗馬，應應景兒罷了。」

「官兒是立仗馬？什麼立仗馬？」李白問。

「學士公你這就叫孤陋寡聞了，連『立仗馬』都不知道？待會兒到鄭老兄那裡去你就知道了，他什麼都會告訴你。」

「啊？」

李白道：「真的？」韋子春說。「第一，你不要跟他提起錢。第二，他再窮你不能說他窮。第三……」

「鄭虔的字畫，除奉詔製作外，大多是友情奉贈。老頭酒癮大，三朋四友匯聚一堂，喝得興酣耳熱之際，縱情揮灑，識得其中真趣者往往可以得到他的佳作。如果被他視為俗流，就是千金相求，不但難買到他的字畫，還要受他的奚落。今日學士隨我去也不能提起這個『錢』字，你若與他說「錢」，他便以為你看他是俗人，少不了要領教幾句。」

李白心想這老頭敢情是有些恃才傲物也未可知，一想到自己見過的太玄那幅〈南華經〉精美可愛，便道：「行，這我知道了，還有他再窮我也不能說他窮，這我也辦得到。這第三……」

「你一定不能與他下棋。」韋子春說。「為什麼?」

「鄭虔的棋下得極好，但很少有人與他下。你與他下棋時，你只要走差一步，他便嘮叨指正，也有很多人跟他下過，最後不是他贏，就是把對方氣跑了。」

李白說：「我這人最喜歡有人跟我抬摃，再說，下錯了他就罵也是好事。」

「好事?」

「他不就逼著我下贏他嗎?」李白說罷二人大笑起來。兩人一邊說著話，不知不覺繞過延壽門，穿過幾條清冷的街巷，來到一座半掩的柴門前，柴門兩旁是殘缺的土牆，枯黃的野草和落葉中，有一條小路，像是從來沒有打掃過。「就是這裡了!」韋子春說。

簡陋的屋簷下居然掛著一塊三尺長一尺寬的木匾，匾上寫著清俊秀雅的三個字「聽潮居」。

「太常寺協律郎的舍下，竟這等清寒。」李白心中嘆道。幾株槐樹葉子落得光光的，槐樹後幾間青瓦房一股馨香隨著夾雪的冷風飄過來，原來牆角一叢臘梅怒放，天氣愈冷，愈見芳冽。正思想間，忽聽裡面清脆的一聲「啪」，不一會又是一聲「啪」，李白忙拉住正要敲門的韋子春說：「鄭先生正與友人下棋呢?怎好驚動?」。韋子春也不答話，把李白拉到窗下說：「你看!」那窗紙本是破的，李白往裡一瞧，見一個紅鼻子瘦老頭，穿著一件舊夾袍，外套一件玄色棉半臂，一個人對著炕上的棋枰出神。一隻手執著一顆白子，一隻手把花白鬍鬚捋了又捋，猛然眼睛一亮，面帶喜色把手中的棋子「啪」地往下一放，又忙忙膝行繞過棋盤然後猛地一跳，便到了另一頭，舉起一顆黑子，凝神閉目，苦苦思索，原來他是自己與自己一個人在下棋。

韋子春與李白推門進去，鄭虔從炕上溜下來，有些尷尬地說：「不知韋大人光臨……」

韋子春哈哈大笑道：「什麼大人不大人，我今天是來拿詩抄的，您瞧是誰來了？」

鄭虔一愣，見韋子春帶來這人豐神瀟灑氣度不凡，卻想不起在哪裡見過。韋子春猛想起鄭虔極少機會進宮，可能不認識大名鼎鼎的李白，忙說：「鄭兄認識一下，這位便是醉草〈答蕃書〉的李白李學士！」

「啊，學士公幸會，幸會！」

「我前次託你抄的詩，確實是為李學士抄的，我把學士公帶來了，這下你該相信了吧！」韋子春說。

鄭虔的臉笑成一朵菊花，每片花瓣都向紅鼻子靠攏：「相信！相信！韋大人領學士到書房小坐，我這就去取了來！」說著鄭虔去到裡屋。李白看鄭虔這間臥室，只好寫「空空如也」四個字，連炕上那床棉被，也是舊得看不出到底是何顏色。臥室隔壁是書房，書桌上經籍橫陳，壁上掛著一具古琴兩張畫。李白看見那不由渾身一震，那竟是一張東晉大畫家顧愷之的〈望五老峰圖〉，畫中煙霞飄渺雲水飛動，十分精美，紙色古舊，想必是真品無疑。這張古畫旁是一張新畫〈嵩嶽圖〉，圖中嵩嶽壁立，野樹縱橫，筆墨酣暢，給人一種興致淋漓超逸之感，嵩嶽之上的天際，以清秀奔放的行草題詩一首，下面落款是滎陽鄭虔。李白在宮內，曾見過玄宗收藏王維的〈江山雪霽圖〉，李白看來鄭虔的畫作並不亞於王維。

少時，鄭虔捧著一個纈花布包袱過來放在書案上，用那鳥爪似的手小心翼翼打開包袱，現出一厚疊寫著蠅頭小楷的白絹。李白眼睛一亮，那小楷寫得字字清雅，個個純熟娟麗，李白輕輕地一層層揭開看來，愛不釋手。李白道：「拙作經鄭大人大筆一書，便成了寶物了！」

鄭虔忙說：「哪裡的話，學士公過獎了！」

李白向韋子春笑道：「韋老弟，我可是真贏得一件寶物了！不知你怎樣重酬鄭先生！」

韋子春道：「我酬謝鄭先生的，定是鄭先生喜愛的東西。」

「那在下就笑納了！」李白仔細地將那些抄詩的絹整理好，仔細把它包起來。又說：「在下有一事，務必請先生賜教。」

鄭虔見李白盯著牆上的畫心裡早明白了七八分，笑道：「學士公不用這樣客氣，有什麼不明白的地方請儘管說。」

李白指著那幅顧愷之的〈望五老峰圖〉，沒等李白再說，鄭虔笑道：「學士公，請再仔細看。」

李白湊近那軸畫，看了好一會，那畫的染法、筆意、紙色、印章、題跋看不出什麼破綻來，只從鄭虔和韋子春的神色中，猜到可能是一幅贗品。

鄭虔看著李白臉上疑惑的神色哈哈大笑：「學士公果然被老夫騙了！」。

「這是鄭先生臨摹的！」韋子春道。

「能造假到如此亂真的境界，瞞過李白的眼睛，真神筆也！」

李白叫道。

「今日來到你這『聽潮居』真令我開眼界了！鄭兄還有什麼驚得李白咂舌的物事，快讓李白見識，今日請您定要賞光與李白暢飲一通才好！」

「請學士公跟我來。」鄭虔說著領李白穿過臥室，來到後一間屋子，屋裡光線較暗，李白見地下放著幾個柳條筐，筐裡盛著平整乾淨的柿葉，靠牆立著幾個大櫥，裡面整齊放著一疊一疊的柿葉，都用麻絲捆著。除此以外，這屋裡別無它物。

「這些是什麼？」李白問。

「你看看就知道了。」鄭虔說。從幾個櫃裡分別取下幾捆柿葉，小心解開上面的麻繩，遞給李白。

「這上面都寫的是大唐的盛事、豔事、奇事。」韋子春說。

李白看那柿葉，是趁尚未枯焦的時候，一片片乾燥壓平的，上面密密麻麻寫著許多小字，正是鄭虔的筆跡。見上面寫道：「皇上少時被罷去潞州別駕，來到京師，陰聚才勇之士，謀匡復社稷……」下面便是玄宗起兵用計殺韋后、安樂公主，誅太平公主的故事。李白一葉一葉地看下去，覺得文筆流暢情節生動，好似身臨其境一般。李白將這捆柿葉讀完，又讀另一捆。這一捆卻寫的是太真妃如何與皇上歡愛的故事，寫得曲折細膩，纏綿繾綣。再翻幾捆，有寫皇上封禪泰山的，有寫大宦官楊思勖征討南詔剝剮人皮的，有西域的風土人情，各地奇貨、土產商貿的……在奇貨篇中有一則寫道：「山水溺壺，種類有四，一為金，一為銀，一為越瓷，一為三彩，上有山水人物亦有名人書畫……」下面接著就是將作少府少監胡正在封禪泰山的過程如何表現突出，因此而升官的事寫得繪聲繪色。李白見後不覺「撲哧」一笑，心想這鄭先生真是有心人了。

韋子春從裡屋又拿出一大捆說：「學士公你看，這就是關於『立仗馬』的記載。」李白看後大吃一驚，這一捆寫的是李林甫如何排擠張九齡，有許多事是自己聞所未聞，見所未見的。

李林甫想方設法將張九齡排斥出京之後，為了阻塞言路，公然召集所有諫官對他們說：「現在明主在上，我們為臣子的，順應還來不及，哪裡用得著多說！你們沒看見那些『立仗馬』嗎，吃的是最高級的草料，只要叫一聲，就被撤下去，再後悔也晚了！」所謂「立仗馬」，就是在朝會時正殿側宮門外分左右廂陳列的儀仗用馬，是一種擺設。李林甫用種種辦法將群臣變成朝堂上的擺設，其用心何其險惡！李白見鄭虔直筆奮書一腔正氣，寫得忠憤淋漓。李白拍案道：「真是太史公的直筆！」難怪自己在京城沒有見到王昌齡和王維，原來李林甫早就在張九齡離開朝廷後不久將他們調離，王昌齡到江寧，王維到涼州。

李白再看下去竟是寫的李林甫與章趨如何攛掇皇上造神求仙的事，篇頭皆寫「聞說」。再翻閱其他的柿葉，有關於天文地理的，有關於琴棋書畫，音律樂理甚至於醫藥物的。有實錄亦有傳聞，音律樂理皆為專著，詩文書畫獨樹一幟；居然還有一大摞《胡本草》，寫的是濟世救人的藥物和單方。李白口中說道：「先生這一部書，何以如此廣博？」

心中卻想這鄭先生真正是個奇人，其多才多藝並不在自己之下，但看眼前這個老先生，兩隻手籠在夾袍袖子裡抱在胸前，玄色棉半臂胸前隱隱有油光一片，皺巴巴的夾袍下邊，露出穿著盤錦軟靴的雙足，盤錦軟靴已看不出是什麼花色，兩足因寒冷而不停的在地下交替地踮著。渾身上下除了大紅鼻子之外沒有一點喜色，活脫脫是鄉下的教書先生，既有真才實學，且多才多藝，不知為何清寒至此？

韋子春聽李白誇鄭虔博學，臉上頗為得意，一邊幫著鄭虔清理那些柿葉，一邊說：「學士公，如果是一般俗人，我怎會帶你到這裡來結識，這位鄭仁兄才藝之中，你只問他有何不會便是了，除了不會的便是會的。照韋某看來，鄭兄只有一樣不會——」

「哪一樣？」李白問。

「乏鑽營之術。」韋子春道。

「在下鑽營仕途也欠功夫，看來這點與鄭兄一樣啊。」李白不覺從內心喜歡起這個博學多才的老先生來。「不過，像先生這樣好的文章為何寫在柿葉上，是不是有特別的用途？」

「哪裡有什麼別的用途？只是為了省紙。」鄭虔笑道，兩腳不住交替地踮著。

「省紙？」李白詫異如此一位大才竟連寫文章的紙也沒有。鄭虔嘆了一口氣道：「學士如不見笑，在下將實情相告：人言『文死諫，武死戰』，虔雖為文士，少壯時也學至理，思經綸。哪知中了進士後，皇上只用在下的末技，太常寺的協律郎，只不過是個督察撞鐘敲磬的勾當。在宦海之中，在下只好『聽潮』，加之性情疏散，懶於結交權貴，當了幾十年協律郎，薪俸微薄——」

「還有多一半變成酒喝到肚子裡去了，喝下去的酒，又變成文字——」韋子春道。

「我與慈恩寺僧人是棋友，長安紙貴，僧人給我拾了柿葉一一壓扁送我，我每隔十來天要去慈恩寺下棋，僧人便把柿葉給我寫書，我也覺柿葉寫起來又別有一番逸趣，幾個寒暑過去，這柿葉書就集了幾大櫃子了。老夫雖貧寒，酒友卻不少，再說我這人口德好，從不說三道四，搬弄是非，所以學士公剛才所見，都是在下耳聞目睹。」鄭虔說。

「難怪好多篇目都有『聞說』二字」。李白說：「平心而論，鄭先生若有功夫將柿葉書分門別類整理出來，乃是資政濟世的宏章，可了不起啦！」

「學士公快別這樣說，這些柿葉若能有一天得見天日，老夫也不虛度此生了！」

「鄭先生，李白一定要想辦法進言，讓先生得到大用！」李白這人也沒想自己辦不辦得到，一句話脫口而出。

鄭虔聽了，閉眼沉吟片刻，用他那鳥爪似的瘦骨嶙峋的手拉著李白說：「學士公，你的心意我領了，鄭虔今日求你一件事，卻不是為了這個，而是為了——」

「為了什麼？」李白問。

韋子春說：「為了宮中的奇事！」

「你是說老君玉像的事？你要把它寫在柿葉書上？」

「不錯。此事鬧得沸沸揚揚，這關係著大唐的國運，不可小看了這些裝神弄鬼的事，我設立了一個『子不語』專集來記載這件事。事情總有發生、進行和結束的過程，聽著這些鬧得烏煙瘴氣的事，連皇上都稀裡糊塗地捲進去，好多人都迷狂得不知其所以。我們敬神，是因為神明代表著天地間的正理，要人們棄惡從善，光憑敬神唸咒，田裡能長出莊稼來嗎？國庫裡能生出金銀來嗎？」

「這種事，過分了就會蠱惑人心，滋生禍亂。」李白沒想到這個老儒原來並不迂腐，和自己一樣有一顆熱切用世之心。如果他是一位大臣，那麼朝廷那些怪事、奇事就會發生得少一些。而他僅僅是一個協律郎。

「這事目前正在進行，說不定還有很多花樣，我無法阻止這些狂熱的浪潮，誰要阻止他們就是螳臂當車，天意難違呀！我只有在陋室裡聽聽，記錄下來，以後還要記錄下事情的結束，留給我死後的人們作為政的借鑑罷了。」說著仰面朝天，閉著眼睛長吁了一口氣。

李白的眼睛溼潤了，鄭虔的擔心正和他的〈宣唐鴻猷〉不謀而合，不由憂心忡忡地順口說了一句：「那時候，不知大唐會變成什麼樣子。為了成全鄭兄的願望，小弟就把這些日子所見所聞，一一告訴鄭兄吧！」

鄭虔又拿出一摞柿葉來，李白一邊講，鄭虔一邊往柿葉上寫，李白見他臉色鐵青，手不住地哆嗦，想必是寒冷所致，忙把進門時搭在椅背上的那件寶藺櫻草紋團花革絲披風取來，對鄭虔說：「這件披風，是吏部周大人送給小弟的，就送給鄭兄禦寒吧！」鄭虔堅持不受。正推讓時，忽聽門外面有人叫：「太常寺的鄭大人在哪裡？」

「在下便是。」鄭虔答道，忙開了門出去。李白從窗戶望去見一個夥計模樣的人，背著一個大大的包袱站在院子裡。望著鄭虔遲疑地說：「我打聽的是太常寺的鄭大人，你是誰？」

韋子春見了，忙奔出去說：「就是這家，快送進來吧！」

「原來韋大人在這裡。」夥計說著進了屋，把包袱望桌上一放說：「叫我好找。」

韋子春打開包袱，裡面是一床嶄新的棉被和一件青色夾纈棉袍，一雙玄色軟棉錦靴，還有一罈「西市腔」酒。

「鄭兄，這是在下為你抄詩的一點酬勞，想必你需用，請笑納吧。」韋子春說。

「好咧！」鄭虔揭開酒罈子上的蓋子聞了聞：「今中午，咱哥兒仨把這罈酒喝了吧！」

李白說：「韋大人也特小氣了，鄭兄的大作怎才值這點？這樣，煩這位夥計再去買一箱白麻紙來，還是送到這個地方，這罈酒就留在這裡鄭兄日後再喝。今日我作東，西市有一家胡人開的酒店，賣葡萄酒、烤羊肉和畢羅大餅，羊雜湯，斟酒用的是和田的玉碗——」

「還有漂亮的胡女把盞對不對？」韋子春說。「那再好也不過，我來與長安大名士更衣！」說著不由分說把鄭虔的玄色舊棉半臂脫了，換上青夾纈棉袍和新棉靴，拉了鄭虔出門。

剛出門，李白忽然站住說：「在下有一件事不明，還要請教鄭兄。」

「什麼事，請講。」鄭虔說。

「先前來時，我隔著窗子，看見先生一個人在下棋，從炕的一頭跳到另一頭，這裡面有什麼奧妙？」李白說。

鄭虔卻紅了臉，只笑不說話。韋子春說：「我來告訴你。什麼奧妙也沒有，有了這雙棉靴，鄭兄就不用在炕上跳來跳去了。」

20. 楊玉環夢遊月宮觀賞〈霓裳羽衣曲〉

自韋趨的綠章出錯後，李白三天兩頭奉命為皇上起草檔案，心中記住鄭虔所託，將宮中奇聞異事默記於心。皇上夢見寶仙洞有老君玉像後，宮裡接二連三發生的事更為奇特。一日內侍來傳詔，命李白到東苑暖閣為皇上寫近日修行的心得。李白隨內侍出了翰林院，見雪霽初晴，天地間一片皎潔，暖閣的重簷上積著厚厚的一層雪，一樹老梅在閣前怒放，嫣紅萬朵，直襯得冬暖閣如瓊樓玉宇一般。閣前雪地上，一個穿著紅錦襖的美少女，端著一個笸籮，將笸籮裡的點心碎末餵鳥。玄宗與太真妃穿著繡錦堆花貂裘，站在閣樓上看，幾隻寒鴉與一群麻雀飛下來爭食，甚是有趣。

內侍在前面走著，剛繞過假山石忽然「砰」的一聲，一塊點心撒在烏紗幞頭上打個正著，內侍叫道：「怎麼搞的？莫非瞎了眼！」露兒叫聲「不好」一個趔趄跌倒在地，笸籮遠遠地掉在一邊，驚得鳥兒們一下子飛走了，待掙扎著爬起來時，兩手在空中亂晃，站立不穩一頭撞在梅樹上，雙腿一軟臥倒在地。別的宮女見她連連跌倒，忙跑過來將她扶起。露兒揉揉眼，哭道：「我怎麼看不見了！我得罪了神靈，看不見了！」李白心中奇怪，先前這宮女還好好的，在雪地上跑來跑去的撒食物餵鳥，為何一下子就失明瞭？玄宗在樓上說：「快去看看！」一個年齡大一點的宮女說：「她眼睛看不見了！」玄宗說：「你們把她扶上來，說說是怎麼一回事。」宮女們忙把露兒連拉帶曳扶上暖閣。

玄宗認得這露兒，是去年新進宮的，不僅姿色出眾，而且能詩會文，在宮女裡頭算得上一位才女，玄宗靜修仙道每每由她侍候，頗得玄宗歡心。上個月，玄宗想封她為才人。卻被太真妃岔開。這時宮女們扶了露兒上來，露兒嬌不自持，跪在玄宗面前嚶嚶啼哭道：「露兒得罪了神靈，皇上救我！」玄宗說：「到底是怎麼回事，慢慢講來！」

露兒說：「昨天晚上，婢子睡夢中夢見一位老人，像是太上老君的樣子，為婢子講解道法。太上老君講的十分玄妙，婢子似懂非懂。太上老君拿出一本書來，叫婢子念，婢子有好幾個字都不認識。太上老君生氣了，喝斥婢子說：『連字都不認得，要這雙眼睛作什麼？』果然今天眼就瞎了。」玄宗道：「抬起頭來。」露兒擦了擦眼淚，抬起頭來，半閉著眼。玄宗看嬌豔如桃花的臉上，修長的柳葉眉下長長的濃密的睫毛，一雙鳳眼，可憐只有一片空茫。露兒這一雙美目，往日何等的水靈！何等的流盼生姿！於是伸出手來，撫摸著露兒的額頭嘆道：「好一雙美目，可惜瞎了！」

太真妃見玄宗對露兒愛憐的樣子，心中早已有十二分醋意，便也悠悠地嘆道：「唉，可憐呀可憐！再水靈也不中用了。」

露兒聽見皇上對她十分憐憫，俯伏在玄宗腳下大哭道：「皇上救我！皇上救我！」

玄宗道：「太上老君讓你的眼睛失明，我怎能救得了你！」露兒頭也不抬地說：「救得了的！救得了的！皇上是天子，是老君的子孫，求皇上為我求求太上老君，饒了婢子吧！」說著一邊不住地磕頭痛哭。

玄宗見她哭得可憐，便道：「你先別哭，待今晚，朕讓老神仙為你在太上老君面前上香禱祝便是了。」

露兒破涕為笑道：「謝皇上隆恩，婢子生生世世不忘皇上大恩大德！」

「扶她下去歇著吧！」玄宗說。

李白目送宮女扶露兒下樓，心中納悶，天下哪有這等奇事？倒被自己今日瞧見了，少不了明日到鄭虔那裡述說一番，讓他寫在柿葉書中，也算一件罕見的奇聞。正想間，太真妃說：「今天東苑的雪景十分宜人，請學士過來作幾首新詩，被她這一哭，一點興致也沒有了！」

玄宗見太真妃不高興便說：「愛妃沒興致便算了吧！太液池那邊雪景更好！湖上結了冰，過幾天叫梨園為我們演百戲。」

過了幾天，玄宗在太液池邊的蔚春樓與眾皇親國戚、文武大臣賞雪看戲，李白也奉詔前往。玄宗與貴妃正看得津津有味，只見章趨拄著枴杖，匆匆地上樓走到玄宗面前一頭磕下去，口裡連連說：「皇上聖明，天降吉兆！罕見！罕見！」

玄宗說：「老神仙快快請起，快講給朕聽聽！」

內侍忙將章趨扶起來，章趨回頭說：「露兒，還是你自己向皇上說吧！」

兩個宮女扶著露兒向玄宗跪下，露兒膝行幾步稟道：「婢子昨夜夢見太上老君來到東暖閣，太上老君對婢子說，吾神的孫兒大唐天子，已向吾神祈請，求吾神饒了你的罪過，既是吾孫求情，便饒了你這一次。」婢子連忙謝恩說：「倘若婢子能見光明，一定潛心學道，再也不敢唸錯字了！」太上老君說：「你明日去見吾孫大唐天子，讓他用清水將你的兩眼噴洗，你便能看得了！」說完便連連叩頭道：「皇上救我！皇上救我！」

玄宗聽她說得真切，心想不妨試一試，如果應驗了自己果真是神人，長生不老就是一定的了。便說：「那好，果真如你所言，朕就為你治療吧！」內侍端上一個金漆托盤，盤裡放一個翡翠蓮葉碗，碗裡盛著清水。高力士端起那碗，雙手遞給玄宗。玄宗說：「你抬起頭來。」露兒仰面朝天，玄宗含了一口水，「撲」的一聲噴在露兒的左眼上，再含了一口噴在露兒右眼上，露兒眨了眨眼，叫道：「皇上，婢子看得見了！」高力士道：「果真看得見了？」露兒道：「果真看得見了！皇上手中拿的是一個翡翠蓮葉碗，碗上還有雙魚戲水的花紋呢！」

真叫神了！一時間在場的貴戚百官、宮女內侍、梨園優伶無不震驚：皇上真正是太上老君真神的孫子！神仙把神通傳給了皇上，這可是曠古未有的大事，真神皇上就在眼前，怎不令人景仰備至。於是在場眾人以至於玉環太真妃一齊跪在塵埃，戰戰兢兢高呼「聖文神武大皇帝萬歲萬歲萬萬歲！」一時間歡聲雷動，個個激動得熱淚盈眶，露兒更是拜倒在玄宗腳下連連叩頭謝恩。玄宗見露兒激動得渾身顫動，便俯身扶起露兒道：「不必謝了，朕受命於太上老君來救你，你應謝太上老君才是。你且起來吧！」那露兒抬起頭來，但見眉凝春山目橫秋水，一雙鳳眼忽閃忽閃含著淚光，像會說話似的，不勝嬌羞。勾得玄宗魂飛天外，痴痴地瞧著露兒，竟有些按捺不住伸手去撫摸露兒的額頭，從額頭摸到靨頰再往下摸到平滑光潔的頸項，太真妃在一旁見了臉一下子變得煞白，當年自己在花萼樓前的凌霄花叢邊踢毽兒時，皇上何曾不是這樣將她扶起？頓時心中醋海騰波。但玉環是個極聰慧的女子，此時此刻人們都把皇上看成真神一般，自己怎能當面阻攔？便將烘手的二龍搶寶鎏金銅暖手爐推到露兒腳下，「哐啷」一聲手爐蓋子摔開，灰煙迷漫，暖爐中的火炭直滾到露兒裙邊，又立即燒著了地上的提花紅線毯。內侍們忙用拂塵撲滅，哪知那火已燒進棉裙裡，燒傷露兒腿部，疼得露兒珠淚滾滾。這一團煙火，玄宗心中極其明白，回頭看太真妃時，太真妃望著他頑皮地笑道：「哎呀，光顧著看妹妹，怎麼不小心倒地上了！」玄宗不好意思地笑了笑，正了正衣冠端坐，命宮女將露兒扶下去醫治。

此時李林甫從旁閃出奏道：「皇上乃真命天子，盛德無邊澤被四海，致使盲女得見天日，宜專設盛典，隆重慶祝。此事應永載史冊，光耀千年。」

玄宗點頭稱是，迴向李白說道：「李學士，朕命你為此事寫一賀表，在慶典上向群臣宣讀。」

李白此時正在想那日東暖閣前，露兒好端端的忽然眼睛瞎了，今日經玄宗兩口水一噴又立即復明，露兒向皇上獻媚，玉環吃醋被他全看在眼裡，天子一下子變成了「活神仙」，心中一團疑雲越來越濃重，猛聽得玄宗叫他作文章，便怔怔地答了句：「臣李白……遵命。」

李白的話剛落聲，從人叢中閃出一位官員「撲」地一聲跪下，奏道：「臣有賀表！」

玄宗心想，難道這人比李學士文思還敏捷？上賀表的人不是別人，正是常為李林甫代筆的左拾遺集賢院修撰孫逖，他善於在達官貴戚中周旋，窺測方向，尤其擅長為人代言。當時李林甫專權，孫逖審時度勢，認定投靠李林甫才是升官發財的萬全之策，便隻身到右相私宅，表達自己的一片忠心。昨夜李林甫派人授意他寫一篇為皇上歌功頌德的文章，他連夜準備，當露兒高叫看見了的時候，李林甫向他使個眼色，孫逖便立即拔下簪在頭上的筆，忙忙地在象笏上寫出賀表。當玄宗命李白作文慶賀，李白還在驚疑之中時，孫逖便瞅準時機，跪奏道：「臣有賀表！」

玄宗見下面跪的孫逖一張激動的臉，心想朕自有了李白以來，倒是把這些舊時的文章高手疏遠了，難得他一片忠心，便不等李白開口，立即道：「孫卿奏來！」

孫逖站起身來，清了清喉嚨，大聲唸道：〈為宰相賀宮人夢玄元皇帝應見表〉在場的百官心中已明白，這孫逖必是先與李林甫勾結好了的，不然哪有如此快速的文章，而且是代宰相作賀表。只聽孫逖先敘述了露兒由失明到復明的經過，然後道：「玄元闡其教，眾妙難名，陛下光其業，二聖表德，千古葉符，將告天休。遂憑宮女，乘恍忽而為夢，在希微而有聲。不因其言，孰報飴孫之慶，不開其目，何彰救物之慈。法事既陳，靈經果驗，能使病者，復歸其明。當聖躬本命之時，合烈祖元通之契。事既符於久視，理仍葉於常存。殊尤之祥，載跡未有……」玄宗聽了大喜，以為孫逖這賀表將神靈、天命、功德說得清楚明白，對自己讚譽非常，當下重賞孫逖。

李林甫又奏道：「銀青光祿大夫章趨，代皇上祈禱有勞，請給章趨繪像於集賢院，以便眾學士效尤。」

玄宗想將畫像畫在牆壁上，算個什麼賞賜？右相說「效尤」，是讓那些恃才傲物的文人學學章趨的恭順和乖巧，當下就准奏，又重賞了章趨金銀錦緞若干，命吳道子擇日到集賢院去畫。又封露兒為才人，侍奉左右。

玉環吩咐宮女叫太醫為露兒治傷，傷好後再到興慶宮來，然後偕玄宗回到興慶宮，已是黃昏時分。

雪還在紛紛揚揚地下，寢宮裡燒著幾個金獸大銅火爐，室內溫暖如春。高力士侍候皇上和太真妃睡下，自己倚在外間值寢，想著白天的事，心想沒看出這露兒來了這樣一手，李林甫與章趨密切配合，皇上看露兒的眼神竟是忘情的樣子，心裡越來越放不下。到了半夜後，雪下得越來越大，聽得見雪團不時打在屋頂上的沉悶的聲音，高力士怕皇上和太真妃凍著，起來檢查銅火爐的火炭是否加夠。高力士披上裘衣，剛走到門邊。忽聽得太真妃「格格」的笑聲，高力士通過茜紅灑金蟬翼紗的紗帳，見皇上支起半個身子，搖著睡夢中的玉環：「你醒醒，玉環，你醒醒！」原來是太真妃在做夢。

只聽太真妃笑聲沒了，含含糊糊地「嗯」了一聲，半晌才嬌聲說：「三郎，我做了一個好夢。」玄宗問：「夢見了什麼？」玉環說：「我不告訴你。全被你攪亂了！」

高力士又見被浪翻動，是玄宗摟著玉環的樣子。玄宗說：「你不告訴我，我也猜得到。」玉環捏著玄宗的鼻子說：「你猜！」，玄宗說：「我猜到了，是露兒的足燒壞成了瘸子了吧！」玉環「吃吃」一笑：「虧你想得出來，我是吃那種醋的人麼？再說她不過一個宮女，哪一點比我強。」說著將溫軟玉臂伸過玄宗的頸項，倆人臉緊緊地貼在一起，輕聲說：「我夢見了我們倆在天上！」

「在天上？」

「是的，在月宮遊玩行樂。」玉環說。

「快講給朕聽。」

「我夢見到了一處地方，花草芬芳，樹木毓秀，月亮又大又圓，照得整個世界像水晶宮一般。遠遠地從雲中馳來一輛華麗的鸞車，金龍和綵鳳在前面引路，仙女們侍立在鸞車兩旁。一個仙女從車旁飛到我的面前，告訴我她的主人請我去月宮。我問她你的主人是誰，她回答說是嫦娥，說著就拉我上車。我走了幾步忽然覺得像少了什麼，就停下來——」玉環用她特有的溫柔的聲音對玄宗娓娓而談，玄宗為她講的夢幻中的情景著迷了。

「少了點什麼？你為何不隨她而去？」玄宗問。

「少了……我的三郎，我怎麼能隨她而去？」玉環用發澀的顫抖的聲音說，彷彿那夢中的情景就是真正的別離。

玄宗用他有力的手臂摟過玉環的腰，讓她的肌膚體貼到他胸膛的熱氣。低聲說：「傻妞，那是夢。」

玉環格格地笑起來：「別摟緊了，我透不過氣兒。」玉環說著，接著講下去：「仙女問我為什麼不走，我說，還有我的三郎，我們發過誓生生世世永不分離的！仙女說快把三郎找來吧。我回頭在花叢中找到了你，拉著你一起上了鸞車。」

玄宗聽她說著，在玉環臉上狠狠地親了一口。

「我們坐在車中，鸞車在雲中飛馳，你就像現在這樣緊緊摟著我。身邊是滾滾的煙雲，不一會我們到了月宮前，美麗的嫦娥出來迎接我們。月宮好大好大，有銀色的桂樹和玉兔，到處是玉宇瓊閣。嫦娥說我是瑤池的鯉魚仙，是她的好朋友，今晚請我們一起去參加西王母的宴會。嫦娥引我們走過廣寒宮，一直來到白雲深處，那裡有雲霧飄渺的仙山，有壯麗的宮殿，西王母高高在上坐在寶座上。嫦娥讓我們換上彩虹般顏色的羽衣，讓我扮作舞女，你扮作鼓手，與她們一起起舞。我走到大廳中央，見你在樂工的佇列裡，穿著天竺人的服裝，神采奕奕，就像當年你讓我跳婆羅門舞的時候一樣……」

說到這裡，玉環的聲音哽咽了，玄宗覺得玉環的淚水順著他緊貼著玉環的臉往下流淌。不知為什麼，白天扶起露兒的情景在他心頭掠過，玄宗隱隱覺得有些內疚，他沒有說話，伸出手來，揩去她臉上的淚，然後像安慰一隻小貓一樣，輕輕地撫摸她的身體。玉環把手從玄宗的頸下抽出來把臉埋在玄宗的胸前，聽見玄宗心跳的聲音，玉環突然「格格」地笑起來。

「往下講呀，傻笑什麼？」玄宗說。

「後來，我與嫦娥一起，翩翩起舞，那個曲子美極了，我跳得快活極了，西王母賞賜了我們，我記得賞給我們的是一些閃光的星星，我倆高興得像小孩子！」

「所以你就格格地笑，直到我把你叫醒？」玄宗說。

「是了，你為什麼把我叫醒？讓我回到人間？」玉環搖著玄宗嬌聲說。

「人間有什麼不好？朕是皇上，能讓你得到一切。」

「我要天上的仙樂，伴我翩翩起舞，三郎你辦得到嗎？」

「傻妞，妳怎麼忘了，朕就是一流的樂師呢？嫦娥跳的是什麼舞曲？」玄宗一向對自己的音樂才能頗為自信。

「我想想……叫〈霓裳羽衣曲〉。」

「妳能記起來曲中的旋律嗎？」

「能。」

「朕要為妳把〈霓裳羽衣曲〉記下來，整理加工之後，在梨園選一批上等的樂工演奏，那時朕再為傻妞擊鼓指揮樂隊。妳呢就去選一批舞伎，好好訓練，到時候一定讓你跳個痛快，跟今晚在夢裡一樣。」

「外面雪下得好大。」玉環聽見雪塊落在屋頂上的聲音。

「妳冷嗎？」玄宗問。沒等玉環回答，他就把玉環壓在他熱氣騰騰的身體下面，在玉環嬌美的臉上狂吻起來

高力士從門邊走開的時候，覺得自己的雙腿已經凍僵了，他好不容易移動沉重的腿足回到他值寢的外間，此時刻他的心情卻十分輕鬆，玉環不愧是他為皇上看中的人，聰明靈透非一般女子可比，李林甫派來的那雙美目已經被玉環的月宮之遊抹去了。他活動著自己的腿腳，猜想裡間那陣風暴停息下來之後，才叫來內侍把皇上寢宮內銅火盆裡的炭添足燒旺，然後自己美美地睡上了一覺。

第二天玄宗與太真妃玉環乘暖車到梨園去選樂工和舞伎。由太真妃口述，玄宗親自記譜，把太真妃

夢遊月宮所聽到的〈霓裳羽衣曲〉整理成章。李白推薦了協律郎鄭虔來指導抄錄樂譜，配器協調，練習演奏，鄭虔做得乾淨俐落十分稱職。

玄宗拿起鄭虔整理騰清過的樂章，其中旋律彆扭音符錯漏節拍失律之處一一被鄭虔不聲不響改過理順，玄宗吟唱一番只覺比自己先前整理的更好，到了〈霓裳羽衣曲〉演出的那天，一定不忘封賞這個協律郎鄭虔。

自從玄宗噴沃使露兒復明，太真妃與玄宗夢遊月宮後，朝野上下販夫走卒窮人乞丐乃至皇親國戚後宮佳麗都參加了這場史無前例的崇神狂潮。長安的這個冬天不停地下雪，太真妃的心中卻熱氣騰騰，她一直都與玄宗出入於梨園和道觀。經過四個月緊張的排練，終於在二月底排練完畢。這一個冬天，忙壞了太常寺和少府監的官員，少府監按照太真妃的要求，命織染署和掌治署上千人趕製演員的服裝道具，太真妃對舞蹈的服裝特別挑剔，舞衣是用江南道的輕容綴著大秦進貢的奇特的鳥毛製成，這種輕容，輕薄如霧，一件舞衣才一兩多重。演出時間安排在晚上，太真妃中午就在暖閣開始梳頭畫妝試舞衣，侍女將假髮和太真妃的頭髮巧妙地梳理在一起，然後細心地將它梳成如烏雲般的驚鴻髻。當侍女為太真妃梳理完畢，玄宗親自捧出一個金釵鈿盒來。太真妃打開，見裡面五彩燦爛，照得人眼花撩亂，鈿盒裡不是別的，是一枝麗水滇紫庫磨金琢成的金步搖。玄宗將金步搖輕輕地插在玉環頭上，又逐一將絹花珠翠一一插戴妥貼，裝扮得太真妃猶如天人一般。

演出的地點選在興慶宮大同殿，幾百支宮燈照得大廳如同白晝。大廳的一邊井然有序地排列著演奏各種樂曲的幾百名立部伎、坐部伎，一邊排列著幾百名歌舞伎，唐代的君主自太宗開始就非常喜歡藝術，皇親國戚中不乏才藝超人者，到了玄宗更是如此，玄宗在芙蓉苑的梨園設專門機構教授音樂歌舞，讓諸王子、公主中的愛好者參加學習。玄宗有意把各種各國樂器全都使用上，按各自的特色奏出不同的樂音巧妙配合，使整個樂曲顯得既婉約而又雄渾，層次清楚，內容豐富。

玄宗在〈霓裳羽衣曲〉中扮演一位吹簫的樂工，玄宗穿著仙人的服裝，顯得分外瀟灑，他站在立部伎隊首。他將玉簫拿在唇邊，吹了一段悠揚的引子，大廳裡全被皇上的玉簫聲吸引住了。簫聲吹出的音符像只只仙鶴，在五彩祥雲中盤旋……緊接著立部伎坐部伎一齊奏響，好像一樹早梅引來百花競放。美麗的舞女們眾星捧月般地簇擁著太真妃走出帷幕。

太真妃穿著彩虹一樣的衣裳雲霞一樣的披肩，身上戴著精美的玉珮和瓔珞，嬌美的身軀好像承受不起羅綺的衣裳。演奏的樂聲和諧地升起，開始的散序曲奏過了六遍，舞女們像靜止的雲彩一動不動。突然第七遍奏出清脆的節拍像秋竹驟裂春冰突坼，舞女們飄然迴旋像飛雪那樣輕盈，太真妃微笑著舞姿美如游龍，柔軟的手臂垂下好似春風吹拂楊柳，斜曳裙裾像天邊生出的雲霞，只聽歌伎們唱道：

步虛步虛瑤臺上啊，飛觴引興狂，弄玉弄玉秦臺上啊，吹簫也自忙。凡情仙意兩參詳，銀蟾亮，玉漏長，千秋一曲舞霓裳。

隨著音樂節拍，幾百名舞伎不停地變換隊形，動時如大海波濤翻滾，靜時若霞綺滿天。太真妃本來天姿國色，技藝超群，此時，翩翩起舞，神采飛揚，顧盼生姿，更像一朵牡丹盛開在百花園中獨領風騷。

玄宗沉浸在自己和太真妃一手造就的盛大的場面裡。他為自己製造了這種仙境般的場面而自豪，因為太真妃在排練時就告訴過他，西王母盛典中的歌舞也不過如此。他痴迷地看著仙女般的太真妃，她舞姿輕盈得好像沒有體重，如同暮春中飄搖的柳絮揚花，又像雲霞中的一輪皓月，莊嚴皎潔無與倫比。玄宗沉醉在自己的簫聲裡，他這悠長的一聲，引來了整個樂隊的眾鳥和鳴。他瞟了一眼觀舞的大臣和貴戚們，他們的臉上無一不露出專注著迷的神色和極大的滿足。為首的李林甫，本來很恭順的臉上，眼裡竟洋溢著激動的淚花，快速的節拍奏到十二遍，樂聲像跳動的珍珠敲響美玉一樣鏗鏘，全體舞女像飛舞的鸞鳥舞罷一齊收翅，鶴唳似的一聲長吟終結了全部樂曲。緊接著是陣陣雷鳴般的掌聲，然後李林甫首先匍匐在地，不停地叩頭大呼道：「吾皇萬歲！萬歲！萬萬歲！」似乎只有這樣才能表達他對皇上的尊崇。皇上就是天上的神仙，此起彼伏的叩拜，如同八百里秦川的麥浪！玄宗的心醉了，這種對他天神般的崇拜使他心中產生從來未有的快感。有天仙一般的太真妃，有忠誠恭順的李林甫，有富庶安泰的太平盛世，才有這盛大宏偉美麗的〈霓裳羽衣曲〉，真是「千秋一曲舞霓裳」啊！

接著是盛大的酒宴，豐盛的菜餚和美酒，一直歡樂到通宵達旦。玄宗和太真妃飲了很多酒，直到趴在桌子上抬不起頭來。高力士吩咐內侍們將皇上和太真妃扶上步輦抬回寢宮。

雷動的掌聲和迷狂歡呼使李白有些沮喪，這種迷狂已經成了氣候。他不得不呼吸著迷狂的空氣，聽聞著迷狂的聲音，承受著迷狂的風雨。滿朝文武走火入魔，竟沒有一個人指出這是一種欺騙。他突然可憐起玄宗來了，他欺騙自己，也受滿朝文武的欺騙，沒有任何一個人道破他追求的全是一團泡影。

章趨被韋堅驚嚇後不敢繼續搗亂，開運渠的工程得以順利進展。「假道士」被韋堅嚴懲，新渠沿線的道士、巫祝們為了避嫌，沒有人敢對開渠說三道四，反而和鄉民給工地送水送食。沿渠的百姓明白了新渠修好後，交通比以前改善多了，大大利於本地貨物糧食的流通，所以幹得特別起勁。儘管這個冬天風大雪猛，崔成甫卻感覺不到寒冷。韋堅慶幸自己沒有選錯人，以後將會對崔成甫更加重用。

看了令人眼花撩亂的〈霓裳羽衣曲〉之後。韋堅找了李白、鄭虔、崔成甫商量了一件大事，並且將新渠的名字定為「廣運渠」。

21. 集賢書院的章趨畫像呈現「神仙變化」

自從丹鳳門出現了太上老君，玄宗詔令天下各州都必須修道觀時起，吳道子就忙得不亦樂乎，整整一個冬天他帶著他的學生們在長安各宮觀繪畫。皇家道觀的裝飾，及壁畫都要由他親自動手，他本不願意為章趨畫像，這事一推再推就推到了春天。經李林甫再三催促吳道子才磨磨蹭蹭地到了集賢院。

為何李林甫要將章趨的像畫在集賢院？原來集賢院是隸屬中書省的書院。書院中的人都是深諳墳典的飽學文士，是張說、張九齡的老下屬，左相李適之與他們也很相熟。李林甫這人從小不認真讀書，出言粗鄙，集賢院這幫人多數對他瞧之不起，連一個小小的校書郎也在下面說三道四，文士們不管平時文人相輕也好，見地不同也好，對付章趨的到來，倒是不約而同，心照不宣的一至反對。李林甫屢次設計報復，無奈有玄宗護維在前，李適之扶持在後，掌管集賢院的張垍，又是皇上的乘龍佳婿，李林甫無法插手。好不容易弄進去一個章趨，好比在鶴群中扔進一隻野雞，野雞雖愛啄咬，在鶴群中卻無法施展。章趨到了集賢院遭到異常冷淡，一連幾天，並沒有人搭理。李林甫對此一直耿耿於懷，於是在孫逖上賀表之後，不失時機的提出了要將章趨之像畫在集賢院的牆壁上。

中書省的文人們——李適之及張垍都明白：中書省是李林甫的天下，他安插進來的章趨，非要讓儒生們崇拜不可。為皇上崇神通道奔忙了一冬天的張垍，萬沒想到李林甫會來這一著，這事看起來荒誕不經，但卻無法抗拒。

將章趨像畫在這裡，集賢院的儒生們雖心懷不滿，但因是皇上的詔命，儒生們雖一個個學富五車，文章滿腹，卻拿李林甫的歪點子一點辦法也沒有。

「這集賢院，本是天下人文薈萃的地方，豈能讓那裝神弄鬼的老殺才得逞！」韋子春說。

「讓這老狐狸在牆上天天瞅著我們，豈不違背了孔夫子的教訓？」

「哼，他要是敢在這裡畫像，我們一起把他轟出去！」學士們義憤填膺地說。

文士們嘴上是這麼說，又怕一旦得罪了李林甫，被削職減俸，一介書生肩不能挑手不能提，不做官又去做什麼？所以到了吳道子來畫像那天，集賢院的文士們不僅沒有半點慍怒之色，反而滿面春風地把章趨迎進了集賢書院。

韋子春氣得無話可說，逕自來到翰林院來找李白下棋。李白正想出門散心解悶，見韋子春來發了一通牢騷，李白樂得呵呵大笑。

韋子春說：「你笑什麼？」

「我笑你偌大一個集賢院，找不出一個醫治神漢的人才？」李白笑道。

「你能行。」韋子春問。

「你給我準備拿一壺好酒，我就行。」

韋子春與李白到了集賢院，見章趨正端坐在那裡，吳道子正為他畫著粉本，集賢書院的學士們在一旁觀看。

李白上前叫聲：「吳兄！好久不見。」吳道子見是李白，忙放下手中粉本，來迎李白。李白忙將吳道子按在座位上說：「吳兄為老神仙畫像，乃皇上詔命，是本朝大事一件，你千萬要用心從事！」說罷，背著章趨，向道子使了個眼色，吳道子會意，忙說：「太白兄所言極是。」

章趨見李白進來，不知他要生什麼事，心裡一下子緊張起來，又聽李白如此這般說，才稍稍放下心來。

李白又說：「吳兄，章趨老神仙乃本朝神人，如果你畫成正襟危坐的樣子，豈不與凡人相同？」

吳道子道：「依李學士高見，應畫成什麼樣好？」

李白道：「當然是畫章趨老神仙最引人注目的姿態，要人一看就覺得是神仙。」

「對，不能老畫成正襟危坐的樣子。那麼……」

「應該多擺一些姿勢，諸位學士大人，為了這幅畫的成功都來參謀參謀吧！」李白向圍觀的集賢學士說道。

李白自己拿起道子的一枝筆，右手高舉，左手作劍指，側身蹲下作「臥魚」的姿態。「怎麼樣？」

「好！」學士們鼓掌道。

「老神仙，你試試看。」吳道子說。

章趨將拂塵高高揚起，側身下蹲，哪知沒等道子畫完，章趨早已兩腿痠軟，「撲」的一下子坐在地上。

「這樣衰弱的樣子，站都站不穩，哪能長生不老呢？」不知是誰在後面陰陽怪氣說了一句。

章趨特別怕人捅他的漏子，忙說：「剛才是在下不小心，重來，重來！」慌忙從地上起來，站好姿勢。

「熱心的」集賢學士們，一個個按自己的意思指點了章趨的姿勢，章趨橫下一條心來，任學士們如何要求，都要咬牙做到。可憐年屆半百的章趨，只好將摸爬滾打十八般「武藝」一一展示，早已累散架了。一天畫下來，而吳道子的粉本猶如一本武林祕笈。

吳道子覺得十分好玩，當晚請李白與韋子春到舍下喝酒，三杯下肚，韋子春又提起集賢院的學士們極不願看到章趨畫像的事，李白一拍韋子春的肩膀說：「這事包在我身上！」韋子春但不知明日用什麼妙法兒，讓章趨像畫不成。

李白下午來到集賢院，見吳道子已將章趨像畫好，章趨手執拂塵撅著屁股騰雲駕霧，雖不雅觀但筆法精妙，果然不愧是畫聖！

韋子春等正要看李白如何行事時，外面有人叫道：「御使吉大人到！」

李白一驚，李林甫果然不達目的絕不罷休，派吉溫來監工來了！急忙在吳道子耳邊說了些什麼，便迎了出去。

吉溫見迎出來的不是張垍，心中大為不快。但見李白一反倨傲的常態笑容可掬的樣子，吉溫想，張垍妒忌李白是眾所周知的事，準是李白支持畫像，要是李白不與集賢殿書院這些儒生們沆瀣一氣，自己便可拉攏李白，將集賢殿書院的一班人通通換掉，那時張垍還有何話說？

「吉溫聽右相大人說，吳博士畫的章趨神仙圖快畫好了，吉溫趕來道喜呀！」吉溫臉上堆著笑，他知道，只要吳道子肯下筆畫，李適之和張垍手下那些儒生就輸定了。吳道子眼下已經畫在牆上，那些妄自尊大自詡滿腹文章的學士們，天天進入集賢殿書院時，一抬頭就望見章趨，殺殺他們的傲氣。

「吉大人，這像，我畫不下去啦！」吳道子苦著一張臉說。「他們都說，我畫的章趨沒有書卷氣。」

「對，對，堂堂銀青光祿大夫，應該有學識一點。」幾個學士附合著，你一言我一語「再添上一點儒雅之風！」

吉溫心裡明白，這些話背後的意思是：像章趨這樣不學無術的妖道，怎能登上集賢殿書院的大雅之堂！明明是刁難，看著一籌莫展的吳道子，吉溫自己也不知道怎樣用筆墨來表達章趨的「學識」和「儒雅之風」。

這時李白說話了：「依我看，按皇上說的畫沒錯，章趨老神仙是神仙，駕著五彩祥雲，要有一點仙氣，要超凡脫俗，吉大人，您說是吧？」

面對著眾多冷面的儒生，吉溫再也不能失去李白這個「臨時同盟」，忙點頭笑道：「還是李學士有見地。」

「這叫英雄所見略同。」李白洋洋得意地說。聽見皇上寵信的李學士把自己引以為同類，吉溫心裡美滋滋的。集賢殿學士們不知李白唱的哪出戲，你看看我，我看看你，不敢苟同。

吳道子對李白冷笑一聲，把頭掉向一邊。

「博士，你不要生氣嘛！古人云，從善如流，三人行，必有我師焉，我本是出自一番好意，目的是為了使這幅畫更加精美動人，方不愧是吳博士的大手筆……」李白做出熱誠公正的樣子娓娓動聽地勸誘道。

「對，對呀！」吉溫說。

吳道子把臉一沉：「哼，別說那麼多好聽的了，什麼神仙之氣啊，什麼儒雅之風啊，諸公誰有能耐，誰拿起筆來畫，光耍嘴皮子不行！你說我畫的到底有什麼不對？」

哪知李白一點兒也不生氣，一把拉著吳道子將他按在座椅上說：「吳兄，你可不能生氣，我這點見解說出來，你還得服。」

「你說。」吳道子氣呼呼地說。

「在下不說那些風呀，氣呀的玄乎其玄的空話，章趨老神仙自稱活了三千多歲，但他的面容只有五六十歲的光景，這個是沒法用筆墨畫出來了，但章趨老神仙說他有三十六般變化，你連一種也沒有畫出來。人家章趨老神仙是銀青光祿大夫，論官位，不知人家比我們高多少級呢？你說是不是？」章趨聽了這話，覺得心中十分受用。

「張大人、吉大人你說，應該把變化畫出來，否則就是美中不足。是不是？」李白說。

章趨忙說：「是，是。」

吉溫看了看吳道子不屑一顧的樣子說：「學士公講的頗有道理。」

哪知吳道子一下子站起來，氣憤地將手中的筆往地下一摔，筆上的顏料濺得四處都是，吉溫和章趨連連後退。吳道子瞪著吉溫和李白道：「我奉旨行事，這幫人還橫挑鼻子豎挑眼，本人在大同殿作畫，皇上讚不絕口，怎麼伺候你們這些人就有這麼麻煩呢？你們會畫，你們自己來畫！」說著就朝外走。

李白一下子攔住吳道子叫道：「吳道子，你休要不識抬舉，御使大人在此，怎可放肆無禮！」

章趨見李白如是說，也叫道：「真是欺人太甚！」章趨早就對吳道子畫他撅著屁股大為不滿，好不容易找到個發洩的時候。

吉溫見吳道子離開，心裡更不是滋味，叫道：「吳道子，你敢違抗聖旨！」

哪知吳道子回頭恨恨地說：「在下正要找皇上為我作主！」說完便揚長而去。

李白指著吳道子的後背罵道：「死了張屠夫，不吃混毛豬！這有什麼了不起的，畫就畫！」

李白從地上拾起筆來說：「本來畫神仙就要有仙氣，有變化，像張大夫這樣，應畫作天馬行空的樣子，對不對？」

章趨想，李白這傢伙果然狡猾，見我升了銀青光祿大夫，便來巴結，天下人哪有不愛官不愛權的！便應聲道：「對！對！」

吉溫見李白拿起筆，調了調顏色，正想叫李白不要畫，又轉念一想，滿朝文武都知道李白是文武全才，多才多藝，又焉知李白不能畫？李白醉草「答番書」之前，誰也不知道李白會回紇摩尼教文字。假若此時不准他畫，而吳道子又不畫了，這幅畫不知擱置到猴年馬月才能完成！右相知道一定要怪罪於我。假如李白畫了出來，自己豈不留給他人作笑談。也罷，若畫得好時，自己便到右相處為他請賞，若畫得不好時再與他理論，便道：「既然吳道子不識抬舉，學士公請動筆吧！」

李白巴不得這一聲，三腳兩步爬上畫畫的腳手架，一手執筆，一手端顏料碗濃濃地蘸了些赭石和墨，大筆一揮「唰唰」在章趨撅著的屁股上畫了一條高高揚起的尾巴！

滿場的人都驚呆了！一時間沒有任何人說話。李白轉過身來，笑著對下面觀看的人們說：「怎麼樣？天馬行空，是這個味兒吧！」

學士們才恍然大悟，忍住不笑憋著，於是一位老學究捋著花白鬍鬚，一本正經地說：「唔，不錯，不錯！」

「是要有點變化才行！」有人說。

「變成天馬，日行萬里，有飛黃騰達之兆，大吉呀大吉！」吉溫正要發作，聽集賢殿的學士們你一言我一語，似乎也有點道理。

李白從腳手架上下來，從懷中掏出酒壺「咕咕」喝了一通，酒氣熏天地對吉溫說：「感謝吉大人給我這個機會，在下的畫藝……可以和吳博士媲美啦！」說著將畫筆往地下一扔，歪歪倒倒地出了集賢殿。

吉溫回頭看看章趨，章趨哭喪著臉，望著那壁畫發愣。

吉溫後悔自己不該自告奮勇地來看壁畫，以至於搞得自己進退兩難無法下臺，要是李林甫知道又會怎麼樣呢？右相大人是一定要親臨現場來觀看的，因為右相一向自詡是丹青裡手，他的評價具有權威性，想到此吉溫頭上的汗水一下子冒出來。不過吉溫不愧是官場中鑽營的能手，他終於想出了一個辦法。若無其事地對在場的學士們說：「這幅畫是吳博士與李學士的合璧，是難得的精品，要妥善保護，免受損傷，不要動不動就交給人看。明天，我將吩咐匠人來安裝保護設施。」

第二天，將作監來了兩個工匠，將一幅寬大的紅綾帷幕安在牆壁上，帷幕只能拉到章趨畫像的屁股部份為止。

過了幾天，李林甫來到集賢殿書院。吉溫叫一個差役拉開帷幕，李林甫見章趨像已經畫上了集賢院的牆壁，心中十分高興，連連稱讚：「好！好！」差役拉到章趨屁股上那一部份時突然遇到死結，再也拉不動了，吉溫怒罵道：「不中用的狗奴才！怎麼連帷幕也拉不動？掃了相爺的雅興，拉下去打！」

吉溫的手下將那差役拉到門外，一頓拳腳，打得那差役喊爹叫娘。李林甫聽得不耐煩，說：「不必再看了。」便打道回府。可憐那差役，哪裡知道是吉溫有意讓帷幕遮住李白為章趨畫的那根尾巴，故意叫匠人在繩子上挽了死結。

集賢殿學士們巴不得永遠不掀開帷幕，免得他們天天面對李林甫的淫威。章趨也巴不得永遠不掀開帷幕，免得人們看到那根可笑的尾巴。

學究們感謝李白為他們出了一口惡氣，張垍知道這件事後，反而對李白更加嫉妒。因為李白居然愚弄了李林甫，只要李白進了中書省，自己哪裡是他的對手？

22. 皇上已經沒有治理好國家的意思了

玄宗醒來的時候已經是下午，春日和煦的陽光將寬敞的寢宮照得十分明亮。隔床不遠的三彩花盆裡，一樹硃砂春梅散發著幽香，不知從哪裡來的幾隻燕子，居然飛進室內，站在九芯瑞獸銅宮燈上，向著紅羅帳裡的一雙美眷鳴叫。玄宗掉過頭看太真妃，濃密的秀髮散在蜀錦鴛鴦枕上，更襯出那白裡透紅的肌膚，腮邊淺淺的酒窩裝飾著迷人的笑容。就這樣與心愛的女人長相廝守，不負擔任何責任，透過求仙學道把這種快樂延續到永遠，才是人生的真諦。江山社稷、蒼生百姓對他來說是累贅，實在太沉重了！幸好有了李林甫，幫他把帝王的江山社稷挑著。他對李林甫的感覺是「順心」，他喜歡李林甫感激涕零的姿態，以及忠厚而淺薄的笑容。李林甫為了他能天天陪伴太真妃而代他把朝中政務處理得完美無缺。他不知也不想知道李林甫用什麼辦法將那些好事的大臣的嘴塞得無聲無息，讓他們服服貼貼，於是他認為是最恰當最切合實際的辦法產生了。

太真妃才醒來，梳洗穿戴完畢已是日落時分，玄宗拉著太真妃步出寢宮，夕陽的光輝將天邊的晚霞染成玫瑰色並鑲上金邊，將龍池邊吐露新芽的絲絲垂柳染成金色，龍池邊的花草已經吐芽，平靜的龍池水底是映照著美麗人間的另一個多彩虛幻的世界，由金色的絲絲垂柳連繫著。玄宗和太真妃並肩站在龍池邊，陶醉在美麗的夕陽中，彷彿一對天人。高力士在不遠的柳樹下侍立著，心想，世間的一切都永遠這般靜謐和煦該是多麼好！

此刻，玄宗轉過身來，對高力士說：「愛卿，眼下國泰民安，海內無事，朕將與太真妃求仙修吐納導引長生之術，想把下大事交付與宰相李林甫，你覺得怎樣！」

高力士聽了這話，好似晴天霹靂，他感到一陣心悸：李林甫用盡心機求取的，不是一隅之權，一角之利，而是整個天下！從此以後，李林甫將和他分庭抗禮，分去他權力的一半，那些達官貴人的笑臉和賄賂也不再專送給他，他將遭到莫大的損失。這是高力士無論如何也無法接受的，於是高力士稟道：「人說天下之大權柄，不可以託人代理，代理的人一旦樹起了權威，誰還敢說不對呢？」

力士一邊說一邊觀看玄宗皇帝眼色，只見滿天晴霞變成了陰雲密布，和玄宗相處很多年的高力士知道，再說下去風暴雷霆就要來臨！力士有些龍鍾的身軀忙跪下去，叩頭不止，一邊絕望地喊道：「在下發瘋了，亂說話該死！該死！」高力士在叩頭的時候，烏紗幞頭掉在地上，蒼蒼散亂的髮髻猶如一團枯草，玄宗心中憐憫之情油然而生，這個曾經隨自己在奪權鬥爭中出生入死的老人，豈能讓他如此悲愴？於是，上前扶起高力士，安慰道：「愛卿何必如此！」高力士抬起頭來，半晌，哀哀地望著玄宗，老淚縱橫。

為了安慰高力士，玄宗為他舉辦了盛大的宴會，加封高力士為驃騎大將軍和渤海郡公，滿朝文武都為皇恩浩蕩而歡呼。高力士十分得意，雖然李林甫得以代天子行權，但皇上對他也給足了面子。他在來廷坊建了一所佛寺，在興寧坊建了一所道觀，規模宏偉窮極壯麗，陳列著奇珍異寶的樓閣，富麗得皇宮都沒法比。高力士特別鑄造了長安最大的大鐘，撞擊大鐘所發出的聲音，可傳到三十里外，落成那天，高力士設宴款待前來祝賀的官員們。來賓撞擊一下鍾，送給高力士禮錢十萬。有的官員一心要討好高力士，竟有連撞二十下，送禮錢二百多萬的。京城官員，以此競誇豪富，一時間鬧得沸沸揚揚。

皇上和權貴們各忙各的，李白閒來無事約了韋子春來到鄭虔的「聽潮居」，將近月來集賢殿書院的趣事講給鄭虔聽。一起來到春明門外胡人開的蘭陵酒家，酒保端上新釀的李花酒，三人一邊飲酒，一邊談天。酒酣耳熱之際，李白問起鄭虔：「鄭兄為皇上整理了〈霓裳羽衣曲〉，皇上偏偏怎麼就沒賞賜你？」鄭虔道：「這事就別提了，為樂工上的事，跟皇上發生了一點爭執，我頂撞了皇上，皇上雖採納了我的意見但當場面子上下不來，皇上很不高興，所以我就退出了。」韋子春說：「現在百官對皇上巴結都來不及呢，你怎敢與皇上頂撞？」

鄭虔將自己的酒斟滿，喝了一口笑道：「我不頂撞他，可有今日的〈霓裳羽衣曲〉？」李白道：「你說說看，是怎麼回事？」鄭虔道：「這〈霓裳羽衣曲〉本是一首大曲，有序曲，有程式，有收尾的終曲，猶如一篇文章，啟承轉合各有法度。按皇上的意思，要使用多種樂器，有舒緩悠揚的旋律，有急驟飛揚的旋律，輕重緩急須巧妙配合。因此，指揮這樣一支龐大的樂隊，演奏內容如此豐富的樂曲，皇上自任鼓手，這問題就來了——」韋子春問道：「聽說皇上是位出色的鼓手，有什麼問題；敢情是你老先生挑剔吧？」鄭虔道：「這你就不明白了，所謂鼓點，是樂曲中的句逗，整個演奏的進行，要靠鼓點來指揮，即鼓手就是樂曲的總指揮。」

「那麼皇上就是總指揮羅？」韋子春問。

「是的，皇上修仙學道，存神煉氣，排練時三天打魚兩天晒網，一到排演的時候，眼睛只盯著太真妃，這樣練了幾天，我聽鼓點散亂，樂工們也提不起興致來，哪能表現出樂曲中的精神？因此，在下提議皇上不作鼓手，而吹洞簫，皇上一聽，就氣得吹鬍子瞪眼，斥責了在下一通。」

鄭虔說得十分沉重，正要端起酒壺續酒，被韋子春按住，韋子春說：「你老先生也太多管閒事了，皇上與太真妃要演出〈霓裳羽衣曲〉那是他們夫妻的事，你又何必認真？你看，那些成天討好皇上不幹事的，哪一個不升官發財？唸到這層上你也該學乖點才是。」

李白接過壺來，給鄭虔續上酒，鄭虔說道：「我們作協律郎的人，總希望有一件好作品，不是光寫在紙上，而是臻於至善地獻給觀眾看。既是皇上和太真妃參加演出，又是在下親自在安排排練的事，我更應該竭誠盡智，使之流芳百世。我若昧了良心，以次充好，不是欺君麼？」鄭虔越說越激動，端起酒杯一飲而盡，又接著說：「你們二位可知道，我向皇上說了些什麼？」

「說了什麼？」李白問。

「我向皇上說：作鼓手指揮全域性，務必全心全意，心無旁騖，比如治國，振朝綱率大臣，統六合，重任在肩，若三心二意怎能澤被萬邦，有益於江山社稷？皇上聽了，半晌說不出話來，後來只是低聲向我說了一句『協律郎不必多言，朕不作鼓手，吹簫便是。』」說到這裡，鄭虔已是滿眼淚光。

「嗨，你這人，你教訓了皇上，皇上已經依了你，你還有什麼難過的？」韋子春問。

「皇上不再作鼓手，只是吹簫，吹簫只在序曲的前一段才有，由皇上領吹，吹完這段，皇上就可以悠閒地去欣賞太真妃的舞姿。此後，整個〈霓裳羽衣曲〉的演奏水準果然大大提高。直到你們看到的那樣，真是一件舉世無雙的藝術精品。我看皇上的臉色，他是聽懂了我話中的更深一層意思的，那就是我這個一文不名的協律郎，也希望他一心一意的去管理國家，而不是沉溺於美色和仙道。而他卻選擇了吹簫，他已經沒有治理好國家的意思了！〈霓裳羽衣曲〉的排演一天比一天精彩，而我越看越難過，我越看大唐越沒有希望，我心如刀絞。別人看得津津有味的時候，我只覺得慘不忍睹，因此在排練後期，我稱病離開了梨園。」

鄭虔說罷，喟然長嘆。韋子春見勾起鄭虔傷心，便給鄭虔斟上酒說：「鄭兄，快莫如此傷感了，天要下雨，娘要嫁人，你我有什麼辦法？今日約你出來找樂事，沒想到倒讓你傷心了。算了，我們不說這個了，學士公近來可有佳作，拿出來讓在下拜讀一番吧！」

李白嘆道：「前些年還寫了不少詩，進得長安，倒覺得不知寫什麼好了，有時話到嘴邊又縮了回去。」說著拿出幾張詩稿說：「鄭兄喜歡李白的詩，這些正是抄來送給鄭兄的。」

鄭虔和韋子春翻看那些詩稿，見上面寫道：

小小生金屋，盈盈在紫微。山花插寶髻，石竹繡羅衣。每出深宮裡，常隨步輦歸。只愁歌舞散，化作彩雲飛。

柳色黃金嫩，梨花白雪香。玉樓巢翡翠，珠殿鎖鴛鴦。選妓隨雕輦，徵歌出洞房。宮中誰第一，飛燕在朝陽。

鄭虔看後嘆道：「太白，楊玉環這個蕩婦，一定會將國運引向衰微的。我們這些儒生，有什麼用啊！」

韋子春說：「太白，我看你不寫這些東西也罷，以你現在的情況和才智，為什麼不趁機去求取更高的官位和實際的權力呢？人說爭名於場，爭利於市，宮廷就是天下第一名利大市場，現在你來到市場中心，你為什麼要白白地失去機會呢？不管皇上好色也罷，好仙也罷，跟你獲取功名有什麼關係呢？連孫遜、王維這些文人，還有皇室宗親都知道寫些頌揚老君的賀表去取悅於皇上，難道你李白筆下無文章麼？」

李白說：「看來韋校書是不了解我的了，我到長安來，哪裡是為了功名利祿！這是我最近寫的詩，你看。」李白翻過一頁白麻紙，見上面寫著〈駕去溫泉宮後贈楊山人〉：

少年落魄楚漢間，風塵蕭瑟多苦顏。自言管葛竟誰許，長吁莫錯還閉關。一朝君王垂拂拭，剖心輸丹雪胸臆。忽蒙白日回景光，直上青雲生羽翼。幸陪鑾輦出鴻都，身騎飛龍天馬駒。王公大人借顏色，金章紫綬來相趨。當時結交何紛紛，片言道合唯有君。待吾盡節報明主，然後相攜臥白雲。

韋子春看了仰面朝天，半晌沒吭聲，良久嘆道：「看來我真的是看錯你了，學士公這樣的胸懷，值得我韋子春景仰。不過，我們結交一場，我還是要勸你一句：機不可失，時不再來，這官場好比戰場，要麼飛黃騰達，名利雙收，要麼你只有像鄭老夫子一樣窮困終生，如果遇到不測……非但不得志，恐怕『相攜臥白雲』也不能了！」

李白哈哈笑道：「休得危言聳聽……」李白話未落音，忽聽大路上人喧馬嘶，鼓樂陣陣。李白、韋子春、鄭虔來到樓口看去，見白鹿原大道上站滿了儀仗隊，還有排列整齊的舞馬和大象，皇親國戚公卿大臣皆列隊兩旁。楊釗兄妹簇擁著一胖大胡人，正是安祿山，雄糾糾地帶著一隊胡兵，走在歡迎的人群中。李林甫、吉溫、張利貞、張垍以及楊珞薇及楊氏姐妹虢國夫人、秦國夫人、韓國夫人，都爭先恐後地下車迎接，一時間歡聲雷動，冠蓋蔽野。

23. 沉香亭李白醉寫〈清平調三章〉

玄宗在望春樓等待安祿山，為他接風。玄宗忘不了這位大肚子的胡人為他在東北方開拓的千里疆土，長北山的老參王，渤海的珍珠，松遼的鹿茸、熊掌、麝香源源不斷地運往宮中。玄宗特意詔命安祿山回朝，因為安祿山在親仁里修建的宅院已經落成。為了進一步顯示為大唐開拓廣闊疆土的武將的優寵，玄宗要安祿山在京城美美地過一個春天，讓安祿山更為他感激效力。

春天是長安最美麗的日子，經歷過漫長的寒冷的冬季，桃花、李花、杏花早早地開了，嫩綠的柳條在和風中搖曳，萬物呈現出一派勃勃生機。然而春天的高潮還沒有到來，春天的高潮是三月，長安最美麗的牡丹花盛開的時節。長安在很早以前就有人培育牡丹，牡丹的花型碩大色澤豔麗，在隋朝就大量進入宮廷，在唐朝從農家小院到皇宮內苑，寺院道觀，富豪庭院都種這種奇美的花。慈恩寺與西明寺有兩處最大牡丹苑，那裡種花的僧人們將智慧和年華都交付給了那些花圃，使牡丹花生出神奇的顏色和變化，像天上的雲霞般燦爛的「洛陽紅」，有典雅溫柔的「姚黃」，有雍容沉靜的「魏紫」，有皎潔如雪的「賽雪」，有白裡透著美玉般色澤的「崑山夜光」……其餘如「墨魁」、「大金粉」、「赤英紅霞」、「蘭田玉」、「狀元紅」、「煙籠紫」、「二喬」……更是千姿百態美不勝收。穀雨時節前後二十多天，達到萬人空巷的看花盛況。滿城看花的人如狂潮，賣花買花的人都如醉如痴。人們享受著大自然神奇的賜予，長安和洛陽的人都歡騰起來，男人和婦女們，老人和小孩們都穿上節日的盛裝慶祝春天帶來的更新的氣象。到各個牡丹苑去看花，買花，西市和各街道都有買花的人。

唐宮的奇花異草也在溫暖的春天競相開放了，最美麗的牡丹花自然是在興慶宮。穀雨前夕花工們將最美的牡丹運到了興慶宮龍池旁的沉香亭。一大清早，侍女便將各色的牡丹插滿了翡翠荷葉盆，灑上清水。太真妃的心情很好，穿上銀紅繡石竹花的羅衣配著淡黃飄帶，侍女為她特摘取了一朵「燦英赤霞」給她插在頭上。梳洗和早餐完畢，就與玄宗坐步輦前往龍池邊的沉香亭。公主駙馬命婦和太真妃的三個姐姐虢國夫人、韓國夫人和秦國夫人都盛裝在閣中等候，今天的來賓特別增加了開邊有功的安祿山。安祿山一走進興慶宮時就陶醉在皇家林苑的美景之中，龍池的碧波蕩漾珍奇樹木掩映著精緻的亭臺樓閣。安祿山的心快樂得像一隻在草原上奔跑的麋鹿，當他看到與玄宗一起走下步輦的太真妃，一步一步向他越走越近時，他的心激動得快要蹦出胸膛，他努力屏住氣息，目不轉睛地賞玩她美麗的面龐，雍容的身姿，精雅的步態和她華貴的衣飾。她離他越來越近，他清楚地看到她細膩平滑和雪白的頸項，低領衫後粉嫩的酥胸，他貪婪的目光彷彿要刺透那薄紗長裙，看到他最想看的地方……

安祿山沉迷在一片興奮之中，忘了自己身處何時何地。就像飢餓的人看見了一桌豐美的宴席，他本能地張開兩手，做出要捕捉的樣子，不由自主地向太真妃邁出一步。看見安祿山無禮大膽的舉動，不知誰低低地發出一聲驚叫。安祿山在這一瞬間突然明白了自己的處境，巨大的恐懼像黑雲壓頂般地向他心頭襲來。他兩腿一軟「撲」地一聲跪在地下，剛才伸出作捕捉狀的雙手與頭一起「叭」地一聲落地，喉嚨裡發出重濁的聲音：「雜胡安祿山拜見國母！」說話的時候，身子在微微顫動。

安祿山突然下拜，把玉環嚇得向後退了一步，這一瞬間玉環的感覺是一匹碩大的動物向她撲來，而後又蟄伏不動了。與太真妃並行的玄宗，發現了安祿山這一奇異的舉動，叫道：「你這雜胡，為何不先拜朕而先拜妃子！」安祿山在短短的一瞬間回過神來，連忙膝行過去張開雙手「叭叭叭」向玄宗叩了三個響頭，口中叫道：「俺雜胡拜見皇上！俺只知道有媽媽，不知道有爸爸。」說著緊緊地把頭埋在臂彎裡，蜷著身子，看上去像一個裝飾著金銀紋飾的五彩肉球。這一切都被跟隨在玄宗身後的李白看得一清二楚。

太真妃覺得很有趣，說：「為什麼？」

「好個雜胡小子，那你的爸爸是誰，你不知道嗎？」玄宗問。

在中原作為父母都有明確夫妻關係，沒有父親是很恥辱的事情，而這個胖大胡人竟把這事當作家常便飯一樣說出來，真是有趣。

安祿山向玄宗爬了一步，鄭重其事地說：「雜胡不知道誰是俺的爸爸，俺媽說，有好多男人都跟她睡過覺，她肚子裡有了我，就沒有男人來了，所以俺雜胡的確不知道爸爸是誰。」

公主命婦的行列裡發出一聲聲竊笑，但是安祿山沒有笑，一本正經地仰頭看著玄宗，好像還等他問類似的問題。

「那麼，這雜胡的雜，就是雜種的雜啊？」玄宗問。

「是雜種的雜，雜種的雜。」玄宗腳下那個五彩肉球笑得一顫一顫的。

玄宗似乎覺得自己說得有點過份，便躬身作了個扶的姿勢道：「雜胡小子，快起來吧，朕今日宴請的都是皇親國戚，讓你來參加宴樂也就是沒把你當成外人的意思。」

安祿山嘴裡說著：「雜胡感恩，雜胡感恩！」敏捷地從地上一躍而起。剛才心裡緊繃得快要斷的弦，一下子鬆弛了下來。

待坐定，樂工們奏了燕樂，玄宗讓梨園的舞伎上來表演了〈綠腰舞〉。玄宗為了讓北方的安祿山開開眼界，又命表演南詔的舞蹈〈柘枝舞〉。體態輕盈的舞伎頭戴卷簷帽身著紅紫的寬袖孔雀羅衫，腰繫金銀鏤花錦帶，手腕和腳踝上帶著金鈴，手持木蓮花，踏著鼓點，振袖拋拂，歡樂跳躍，更裝點得沉香亭春意盎然。

安祿山一邊看歌舞一邊喝著玄宗賜的酴醿酒，只覺瓊漿玉液一般。那酴醿酒本是一種重釀的米酒，釀酒人「三日釀，一直釀滿九斛米為上」，故酒味濃冽，不同於一般的清酒，又以江南宣城釀的為佳，玄宗以此酒賜新進進士及宰臣。安祿山飲了酴醿酒看了〈柘枝舞〉，興致勃發，說道：「俺雜胡也會跳舞，俺獻上一曲醜舞為皇上助酒興，給諸位兄弟姐妹逗個樂子。俺跳個胡旋舞！」說罷下場。

〈胡旋舞〉是當時的流行舞蹈，以鼓伴奏，跳舞的人急速旋轉，長安的士人，官宦，百姓不少都會轉那麼幾轉。然而，三百多斤重的大肚子一閃一閃的安祿山也能跳〈胡旋舞〉？這真是令人驚訝！安祿山躬身向玄宗和貴妃行禮，然後合著鼓點旋轉，踢踏，動作卻是十分輕捷，安祿山隨著鼓點越轉越快，像一個金銀的綵球，頭顱和氈帽上的珠飾也隨著飛揚旋轉，好像撥浪鼓。連哪是衣服，哪是衣帶上的金銀紋飾也分不清了，像一隻碩大的陀螺被鞭子抽動似的旋轉，簡直是令人不可思議！

一時間在場的觀眾們都鼓起掌來！安祿山隨著掌聲放慢了節奏，最後停下來，將右手放在胸前，腳躬身下去向玄宗和太真妃行了個胡禮。

好勝的太真妃激動地起來：「我也為皇上獻舞一曲！」說罷走下臺階，走上臨水的寬闊的平台。慣於與太真妃配合的樂工們奏起音樂來，太真妃站在一片盛開的奇異的牡丹花叢中，無疑是一枝傾國傾城的花中之王。她如楊柳般的迎風招展，又如鴻鵠般掠水驚飛，然後輕舒玉臂緩緩旋轉眉飛色舞，彷彿酣醉在大好春光之中，拋開廣闊的雙袖，曳地長裙像傘蓋一樣張開。太真妃旋轉著，向玄宗拋去一個媚眼，甜甜一笑，然後合著音樂飛速地旋轉起來，猶如暮春時節蒲公英種子的飛蓬，又像風中的迴雪般飄搖。玄宗從來沒見妃子如此興奮過，忽兒向左，一忽兒向右，姿態如沖霄而起的飛燕，又像扶搖直上的柳絮不知落向誰邊，掌聲和喝采聲一陣又一陣的響起，太真妃好像永不知疲倦地飛舞著。玄宗生怕有什麼閃失，忘情之間走下御座，張開雙臂，口中叫著：「玉環！玉環！小心摔倒！」前後左右的衛護著，玉環嬌豔的轉著，笑著，終於慢慢停下來，倒在玄宗的懷抱裡，撞擊出一串銀鈴般的笑聲。

「三郎，我好累！」玉環一半倚在玉石欄杆前，一半靠在玄宗身上，嬌喘著，因跳舞臉色更顯得紅潤，千嬌百媚的樣子勝過牡丹花。年近花甲的大唐最高統治者的心沉浸在幸福之中，彷彿他又回到了少年，享受著青春的熱戀，他想起了玉環給他講的那個月宮裡的夢。

「玉環，你就是月裡的嫦娥，下凡來陪伴三郎的吧！」玄宗溫情脈脈的說。

「不，玉環不要做月宮裡的嫦娥，玉環要做沉香亭的牡丹花。」玉環想到她編造的天上的舞姬嫦娥與〈霓裳羽衣曲〉的故事，覺得沐浴在明媚春光中的牡丹，要比清冷的廣寒宮中的嫦娥要好。夢中的仙境，哪有如此燦爛的陽光呢？

「是我美，還是花美？」玉環說。

玄宗目不轉睛地賞玩著懷中美麗的玉環說：「是玉環美，不，你就是一朵花，一朵鑽到三郎心中的解語花。」說完之後，慷慨的君王立即想到應該用賞賜的方式來報答美人，賞什麼？宮中有價的珍寶哪能與玉環的美色匹敵？於是，玄宗心中一亮：「玉環，我要讓大唐第一位傑出的詩人，寫詩讚頌我的解語花。」

「李學士？」玉環驚喜地問。那在大明宮含元殿睥睨萬物傲然作態醉草〈答蕃書〉的李白！那姑媽念念不忘的狂傲的詩國仙人，早使玉環心儀已久。能夠寫詩來讚頌她的舞姿，是多麼令人高興的事！

「是嗎？」

「是的。」玄宗說。

這時張垍從一旁閃出稟道：「皇上，李學士已經醉了，恐怕寫出不雅的話來冒犯太真妃！」

「對愛妃，賞名花，不可無詩！」玄宗好像沒有聽見張垍的話似的：「快鋪開紙，請李學士為太真妃寫詩呀！」

「皇上，太常寺協律郎鄭虔，整理出一種名叫〈清平調〉的樂曲，已交李龜年供奉練習過，請以〈清平調〉之曲配臣的辭章，如何？」李白醉意闌珊地說。

「依學士之見。」玄宗走到書案前李白一側，期待著新詩。太真妃正要隨玄宗走過去，忽見公主命婦叢中的珞薇，向她使個眼色。玉環會意，忙叫了一聲：「學士請慢！」來在御案前，移過七寶玻璃盞，將玄宗飲用的西涼進貢的葡萄酒滿滿斟了一盞，捧到李白面前，笑道：「學士飲下此杯，定有好詩！」「啊！朕怎麼忘了？還是愛妃精明！」玄宗嚷道。

李白接過七寶玻璃盞，將琥珀色的濃酒一飲而盡，好像沒有思索，提筆寫下：

雲想衣裳花想容，春風拂檻露華濃。若非群玉山頭見，會向瑤臺月下逢。
一枝紅豔露凝香，雲雨巫山枉斷腸。借問漢宮誰得似，可憐飛燕倚新妝。
名花傾國兩相歡，長得君王帶笑看。解釋東風無限恨，沉香亭北倚闌干。

李白下筆龍飛鳳舞一揮而就，玄宗道：「果然好詩，讓朕來吟誦一遍。」於是高聲朗。在座無不驚嘆叫絕。安祿山聽了似懂非懂只在一旁咂舌。

這〈清平調三章〉寫花也寫人，花人合一風流旖旎，豐神絕世，千百年來傳唱不息。

第一章寫名花美人，時而將名花喻美人，時而將美人比花，詠花時暗喻美人，詠美人時又隱比名花。將花與美人合寫，既詠太真妃，又詠牡丹。第一句開篇「雲想衣裳花想容」出語脫俗，意為雲想變成太真妃美麗的衣裳，花想變成她美麗的容貌。第二句「春風得意露華濃」極寫牡丹之美豔，其實暗寫太真妃在玄宗的恩澤寵愛中千嬌百媚，猶如帶露盛開的牡丹。「若非群玉山頭見，會向瑤臺月下逢」這兩句渾而寫之，既是寫花又是寫人，此花此人，只應仙境中才有。第二章「一枝紅豔露凝香」仍以花喻人，「雲雨巫山枉斷腸」意為巫山神女見了太真妃的美豔而自愧不如枉自腸斷，只有漢宮的皇后趙飛燕，穿上新衣，才可與太真妃比美。第三章「名花傾國兩相歡，長得君王帶笑看」寫的是如名花般的美人太真妃，得到君王的寵愛和呵護，君王斜倚沉香亭北的欄杆，沉湎在此情此景之中，心中無限春恨閒愁，都消逝得無影無蹤。

玄宗吟誦完畢，只覺得此詩綺麗高華，寫花寫人都有極為傳神，堪稱生花妙筆，自古以來詠花寫人無出其右。對妃子賞名花，又有天下首屈一指的詩人為此情此景寫詩讚頌，豈非賞心樂事，於是稱道：

「寫得好！寫得好！寫得好！」

聽玄宗這一讚賞，皇親國戚一齊鼓掌，只有一人不言不語，這人便是張垍。自李白進了翰林院，張垍便少有陪玄宗出行的機會，玄宗有了李白這支又快又好的筆桿子，代草王言制誥書詔這類事情基本上由李白包辦，張垍自然感到冷清。李白本是直爽人，代草王命不徇私情，所以到張垍那裡來窺測方向暗通曲款的人就大大為之減少。如果皇上有朝一日讓李白作了中書舍人，那麼在入相的問題上，他又怎能是李白的對手？依張垍看來，此詩不但不是頌揚太真妃與玄宗的歡愛，反而是侮辱諷刺！李白竟敢把太真妃比作穢亂後宮的淫婦趙飛燕，無疑玄宗就是荒淫誤國的漢成帝！至於「雲雨巫山枉斷腸」影射得更為惡毒，他瞟了一眼壽王，這個被父親褫奪了愛妻的可憐的人已經醉得趴在桌案上。自從壽王妃被納入後宮，壽王盡量逃避這些宴會，但他又不得不出席這些宴會，以免引起父皇的冷落與猜疑。看到眼前美麗的太真妃與父皇歡愛，想起過去甜美的夫妻生活永去不返，壽王心都碎了，李白寫的「雲雨巫山枉斷腸」寫得是再貼切不過。只是這個酒瘋子竟敢把父皇暗喻成楚懷王、襄王父子共事一女聚麀於陽臺的故事，真是別有用心，膽大包天！不過在當時，將美人比作漢宮飛燕，在唐詩中屢見不鮮。父子同事一女，太宗、高宗與武則天已作下前科，國人並未驚詫，玄宗父納子媳，亦無可指責。「雲雨巫山」本是男女生情作愛的典故，用在此也不足為奇，張垍見一臉歡悅的皇上，想到揭穿李白的時機尚不成熟，唯苦笑而已。此詩的弦外之音，千百年來為學者文人所揣測，其說不一，不唯張垍作如是想。

倒是玄宗本人認為自己與玉環的愛情，將附著在李白這首詩裡流芳千古，心裡特別舒坦。

「學士仙才出眾，才有如此好詩！」玄宗讚道。

皇親國戚們交口稱讚。這豈不是天賜良機！李白上前一步跪地，掏出了懷中揣了許久的〈宣唐鴻猷〉高高地舉過頭頂道：「謝皇上隆恩，不過臣有要事向皇上稟奏！」

「學士這是為何？」玄宗問。

「臣自進京以來，深蒙皇上恩寵，臣肝腦塗地也無以報答。故臣晝夜思之，察天人之道，闡經濟之策，習治理之法，竭誠盡智為皇上研寫這〈宣唐鴻猷〉，旨在興唐大業宣唐國威，恭請皇上御覽，或許於江山社稷有所裨益！」

玄宗心情很好地接過那本〈宣唐鴻猷〉哈哈大笑道：「想不到謫仙人竟有如此忠心，學士，你放心陪朕遊樂，天下大事自有朕作安排！你就在朕身邊喝好酒，做好詩，我們君君臣臣過神仙一樣的快樂日子！高將軍，學士愛喝酒，去把那壇益州進貢的美酒挖出來，朕今日與學士縱情一醉！」

少時，高力士已經叫內侍將一個蟠龍琉金大酒罈抬過來。一啟封，整個沉香亭裡瀰漫了濃濃的酒香。內侍拿著酒鐺將酒盛到一個嵌寶蟠龍金壺裡，呈給高力士，高力士又交給玄宗。

「學士，你猜，這是什麼酒？」玄宗將酒壺捧到李白的鼻子底下問。李白揭開壺蓋聳聳鼻子聞了聞，只覺得異香撲鼻。只見那酒狀如清露，比之喝過的錦江春、九醞酒、梨花酒、葡萄酒、酴醿酒、阿婆清……更濃烈，那香醇是從未見過的。李白搖搖頭笑道：「臣孤陋寡聞，怎猜得出皇上祕藏的美酒？」

「叫不出來了吧！虧你還是蜀人呢！」玄宗笑道。移過玻璃盞來滿滿地斟了兩盞，一盞遞給李白，說：「這是西蜀陳年的劍南燒春啊！這酒出在劍南道綿州綿竹縣，開元初年，劍南道益州長史特意進了三壇，一罈朕自己飲了，一罈賜給朕的弟兄，一罈捨不得喝，埋在地下，已經整三十年了！益州長史說這酒是雙料重釀，而且埋在地下越陳越香。絕非一般的酒可比。今日開壇，果然如此！」

「皇上所言極是，臣的家鄉離綿竹不遠，年輕時就聽說過有雒水、綿水橫貫南北，清澈美麗，更有數百眼清泉星羅棋布，相傳是蜀王玉妃撒下的明珠。其中有一眼叫玉妃泉的特別甘甜清洌，終年流水不斷，用於釀酒最佳。沒想到今日喝到蜀中的極品！」

李白接過七寶玻璃盞，飲了一口，果然芳醇濃烈無與倫比！原來唐代，只有蜀中有燒酒，世人喝的清酒、玉浮粱都是米酒，甜而不烈，而燒酒又以劍南燒春、沱春、錦江春為佳妙之品。安祿山聞到劍南燒春的香味，不由聳鼻咋舌，見玄宗讓太真妃一盞一盞遞給李白喝，對他並不理睬，禁不住口中饞涎直流，流到嘴邊只好伸出舌頭舔了，伸長脖子嚥下去。終於忍不住向前跪下對玄宗求道：「雜胡請求皇上賜給俺您喝的那種酒！」

玄宗和太真妃看見安祿山那可憐巴巴的樣子，笑得不可開交。玄宗道：「雜胡小子，你想喝酒，可會品酒？」

安祿山有生以來猛吃猛喝哪會品酒？怎麼也想不到皇上會問到這上頭來，一下子被問了個大張口，紅著臉直眨眼，諸王公主樂了個滿堂花。

「雜胡小子，你既然不會品酒，我看這酒你就別喝了吧！你喝起酒來，像大水牛喝水一樣，這一大罈酒骨碌骨碌進了肚子，你還不知道是什麼滋味，不是白糟蹋了麼？快起來吧！」玄宗這麼一說，惹得全場哈哈大笑。

要是別人，一定被臊得下不了臺，安祿山卻不然，他並不起立，憨笑著對玄宗說：「皇上的酒太香了！誰叫俺雜胡聞到這要命的酒香呢？皇上給俺嘗一點兒總可以吧？」說著作出可憐兮兮的樣子叭嘰著嘴向玄宗夫婦膝行過去。

玄宗夫婦有生以來哪裡見過這種活寶！樂得閉不上嘴。玄宗笑得上氣不接下氣地說：「力士，給他倒一杯吧，看他可憐的！」

高力士提起酒壺去拿過安祿山的酒杯倒一杯遞給他，安祿山向玄宗磕了個響頭，接過酒杯站起來，向眾人作了個鬼臉回到座位上，逗得滿堂皆樂。

玉環心情特別好，向玄宗道：「〈清平調〉我也會唱，李龜年供奉，奏樂吧！」玉環說著走下玉階。「讓我來吹簫。」玄宗說著加入了樂工的行列。

太真妃命人滿滿地斟了一盞劍南燒春，一邊飲酒，一邊唱歌，歌聲悠揚婉轉含情脈脈，醉倒了沉香亭的滿園牡丹……

〈清平調〉三章，無疑給玄宗和太真妃帶來了極大的歡喜，玄宗命內侍一再將李白的酒盞斟滿，李白見玄宗將他的〈宣唐鴻猷〉放在青玉案上的酒樽旁，只是一味的與太真妃娛樂，一股難以名狀的愁緒湧上心來，只喝了兩三盞，倒臥在玉階下，連烏紗幞頭也歪斜在一邊，頹頹然醉了。

「這是上等的烈酒，學士哪裡喝過！他上朕的當啦！朕今天把酒仙也灌醉了！」玄宗笑著說。

「快拿點醒酒湯來，看他醉成這樣！」太真妃說。「學士寫了詩，還沒給他賞賜呢！」

內侍端來醒酒湯，玄宗招手示意內侍過來，拿起玉碗裡的調羹，在碗裡攪了一下，舀起一勺來，放在嘴邊嘗了一下酸酸的只是有些燙，玄宗吹了一口，將調羹遞給內侍說：「不燙了，給他餵吧！」

內侍給李白餵了幾口。無奈李白沉醉不醒。

「把他移到七寶床上去，」玄宗喝了兩盞劍南燒春，不覺也有些醉意了。

「拿江南進貢的繡金盤銀宮錦袍來，給他披上，朕這就悄悄回去，讓他醒來以為是做夢呢！真有意思！」

內侍將宮錦袍給李白披在身上，然後扶醉醺醺的玄宗和太真妃回宮。走到沉香亭的門前，玄宗突然記起了什麼，轉過身子，指著酒案上放著的〈宣唐鴻猷〉，對高力士說：「把……那個……交給右相。」然後與一行人離開了沉香亭。

24. 李林甫讓李白的〈宣唐鴻猷〉消失在無聲無息之中

沉香亭賞花的第二天，李林甫正在後院玩鳥，〈宣唐鴻猷〉一書便由內侍送過來了。由皇上交辦的事，李林甫一向不敢掉以輕心，必須辦得周到又妥貼。一個冬天，皇上將朝中事務交他辦理，百官照例將奏章往中書省一送了事，李林甫見奏章中多言祥瑞等，無關緊要只管按常例擇其要者向皇上通稟完事。而李白這本書，為何皇上要交自己親自辦？李林甫心中狐疑，便派了心腹到宮中的內侍那裡打聽背景。稍晚派去的回來了，向李林甫稟報說沉香亭盛筵如何如何，李白寫了〈清平調三章〉，太真妃如何唱歌起舞，皇上如何賜酒調羹，賜官錦袍等等。又說皇上待自己兄弟不過如此，李林甫聽了心中一愣。

李林甫叫人將御史臺那邊的吉溫叫過來。將那本〈宣唐鴻猷〉扔到桌子上說：「吉七，你先看看吧！」

「相公，像李白這種人，何必對他這樣客氣？」吉溫大惑不解地說。「他不過是個文人，與舞伎歌伶一般罷了。」

「你說對了一半，他是與舞伎歌伶一個樣，但又不同於舞伎歌伶，倡優叫『供奉』，而學士公也叫『供奉』，倡優們不干預朝政，而文人要干預朝政。眼下皇上愛聽個什麼曲兒，吟幾首詩甩幾句文，還少不了跟前有這麼個人兒。」想到這裡對吉溫說：「你先拿去看看，裡面寫的什麼再說。把孫逖叫來。」

孫逖到了月堂，把李林甫交給他的〈宣唐鴻猷〉細細讀了一遍。隨即將書中內容一一向李林甫講鮮。李林甫聽了，猶如當頭一盆冷水潑來，心頭涼了半截。

在自己緊密封鎖的朝中竟然出了這種事？李白這個可惡的酒瘋子，竟然出其不意，將這份〈宣唐鴻猷〉直接送到了皇上手中！被他用死亡、刑罰、削職、減俸嚇得緘口不言的滿朝文武中，居然出了一個不要命的李白！將歷代治國的道理闡述得井然有序，皇上如果採納了李白的意見，那他李林甫垮台的那一天也就來了！

「照此辦理，日後宰相大人就無法專權了。」孫逖說。為了順順宰相大人的氣，又說：「這傢伙，吃朝廷俸祿，寫出這等文字，真是吃飽了撐的。」

李林甫後悔自己當初小看了這個李白，後悔當初在選院為什麼就沒有命張利貞將他打死，弄到眼下與皇上親如兄弟一般。他沒精打采地倒在太師椅上，半晌說不出話來。

「相爺不必過慮。李白不過是書生之見，依在下看，這書中的意思，十有八九是實現不了的。而且……」

「而且什麼？」李林甫問。

「各位大臣知道了，一定會反對。如果皇上要整飭吏治，就有一批在任的官員要下臺，到時候不知皇上的刀子落到誰的頭上，相爺您說他們會不反對嗎？」孫逖說。

李林甫聽了孫逖的話心情沒有轉好，立即召來張利貞和吉溫，商量對策。商量的結果是：如果皇上真的要整飭吏治，重振朝綱，他們這一干人就該連繫各道、州、縣以及各節度使一齊來反對。

「各節度使是萬萬不會贊成這個意見的。」張利貞敲了敲〈宣唐鴻猷〉的封面說。

「就是內宮那位阿翁知道了，還不知怎樣生氣呢！」吉溫說。

但是天心難測，要是皇上因寵信李白而重視這本書中的意思呢？幾天之後去各方面探測的消息很快地回饋回來了。皇上與太真妃贈送給東平郡王安祿山在親仁里的郡王府，親自檢視了送給安祿山的金銀器皿，奇珍異寶。皇上與太真妃帶安祿山去驪山溫泉沐浴，還帶了李白隨行。皇上與太真妃從驪山回宮之後的次日，又到了興唐觀向玄元皇帝焚香祝願。這些天皇上並沒有提及一件國事，也沒有召見任何一位大臣，歌舞昇平，聖體康樂一切依舊。李林甫懸著的心一下子放了下來，長長地鬆了一口氣。吉溫連忙說：「要是這樣，在下立即參李白一本，說他擾亂朝綱，把他趕出宮廷，重重地治他的罪。」

「不必。」李林甫說。為了一個沒有實職的不入流的翰林學士，犯不著為此大動干戈。

「那麼，就讓他如此跋扈麼？簡直是太令人氣憤了！」張利貞義憤填膺地說。

李林甫輕輕一笑，他的心情已經與前天剛接到〈宣唐鴻猷〉時完全兩樣了：「這本書，就讓它放在這裡，日後還有用得著的時候呢，眼下，讓它消失在無聲無息中。」

其實真正令李林甫惱火的是，昨天他安插在內宮的眼線來報，說是皇上又叫李白侍宴為太真妃寫詩。李白寫完詩後龍顏大悅，當即就要給李白封賞。哪知李白說目前開的新渠乃是大唐偉業一件，請皇上為之題名，這渠名和皇上的墨寶將萬古流芳。這皇上好像被李白牽了魂似的，當下就焚龍香、展黃綾精神抖擻地提了三個大字「廣運渠」，用了玉璽交給李白。李林甫聽了心中一震，前一段時間有人來報，不知韋堅用了什麼法子讓停下的修渠工程又復工了。現在李白又得到了皇上的題字，韋堅更是如虎添翼。章趨這老江湖，卻蠢笨如牛，拿修渠的事一點辦法都沒有。算了，還是自己親自上陣吧！叫僕人拉上窗簾，擋住射進來的月光。

一連好幾天，玄宗和太真妃都沉浸在李白的詩意中，李白分身乏術，「廣運渠」的題字也無法送達到韋堅手中。正巧太真妃的姐妹相約要到華清池去泡溫泉，李白才得以脫身。今天天氣晴朗，李白心情很好，約了韋子春一起去接鄭虔，說是韋堅今天到廣運渠工地視察，他倆拉上鄭老頭兒去工地上，向韋堅「討酒」吃。韋子春問現在皇親國戚們請你吃酒還要排隊，為何還要跑到荒野工地去「討酒」吃？李白說你去了就知道。二人來到「聽潮居」來尋，只見門緊鎖著，鄰居說搬走好久了。

李白找不到鄭虔，便向集賢殿書院走去，心想也許韋子春知道。正想著突然聽得一個響亮的聲音高叫道：「李十二！好久不見！」李白回頭一看，驚喜得叫了起來：「崔五兄，原來是你！」一個冬天不見，崔成甫又黑又瘦，穿一件樸素的窄袖胡服，戴一頂席帽，但精神矍鑠。「今天碰到你太好了，隨我到望春門去看看！今天韋大人也在那裡。我們的廣運渠已經快修成了，下個月就可以竣工。」

「你好像在找什麼人？」崔成甫說。

李白把找鄭虔的事說了一遍，崔成甫笑道：「真是湊巧，我也是為鄭虔而來，我打聽了好幾個人才知道他現在任廣文館主事，我知道廣文館在什麼地方，隨我來。」

原來沉香亭賞牡丹那日，李白向皇上提出將鄭虔整理的〈清平調〉交李龜年在沉香亭演奏，後來玄宗才想起整理〈霓裳羽衣曲〉的鄭虔來。玄宗認為鄭虔是個人才，次日便命李林甫給他安排個合適的位置，李林甫心中自有個原則，不管是什麼官，如果不當面來求他，是斷不會安排的，公卿大臣必需出自他的門下。但鄭老爺子也有個脾氣，公事公辦不討好上司，乃至於李林甫根本認不得這個搞音樂的協律郎。

李林甫可不含糊，既然皇上將他的事與李白的〈宣唐鴻猷〉一起交辦，說不定這人大有來頭，這後面的背景不可不知，於是就把吏部尚書張利貞叫來問個明白。張利貞想了半天，也想不出「鄭虔」是何許人也，便把孫逖叫來問，孫逖說：「其實這人相爺是見過的。」李林甫想不起在哪裡見過。孫逖說：「相爺還說過『不順眼』呢！別人沒聽見，在下倒是聽見了，在梨園排演〈霓裳羽衣曲〉的時候，還有貴公子李岫同行。」

李林甫想了想：「對了，是不是瘦得猴樣的那老頭兒，爬樓梯的那個。」

「對了，相爺好記性！」孫逖說。李林甫記起來了，那日是〈霓裳羽衣曲〉排演練的第三天，李林甫親自帶了自己的兒子將作監李岫，少府少監胡正和孫逖到梨園來，親自安排〈霓裳羽衣曲〉用的服裝道具化妝等事宜。李林甫到了排練現場，偏偏皇上生了鄭虔的氣拂袖而去。鄭虔此時到樓上去拿樂譜，李林甫進來的時候，鄭虔正爬到樓梯當中，只聽見樓下人山呼跪拜，不知為何，回頭看了李林甫一眼，就又繼續往上爬。李林甫見這人在樓梯上對他的到來不予理睬，心裡很不是滋味，口中說了句「不順眼」，見皇上不在，與梨園掌教供奉閒聊了幾句就打道回府。

「這人好像腦子有什麼毛病。」李林甫向孫逖說。

鄭虔的文章精妙，治學嚴謹，多才多藝與世無爭是朝中儒生中有名的，對此孫逖卻不敢貿然順著李林甫說話，只答道：「這人脾氣是倔強一點。」如果玄宗讓他安排別人也便順水推舟安排了，偏是這個看不順眼的窮儒鄭虔！

李林甫想了想說：「就讓他去廣文館主事吧！」便叫張利貞把任命書發下去。鄭虔捧著黃綾書寫蓋著御璽的詔命，心中激動非常，他感激涕零當場五體投地跪拜下去，以至於花白的鬍鬚都沾滿了塵埃。來人告訴他廣文館從資格上來說與弘文館、集賢書院並列，集賢書院原來是宰相張說親領，可見廣文館的責任之重大。這一夜鄭虔沒有喝酒，悔恨自己虛度年華枉叨國恩多年，竟沒有正正經經的向皇上諫言獻策，悔恨自己嗜酒成性儀表不像大唐的臣子，悔恨自己荒誕不經，落拓潦倒只潛心於自己的詩書畫……現在當了廣文館主事，一定要痛改前非，振奮精神為大唐的宏圖偉業鞠躬盡瘁，死而後已。直到天明，鄭虔猛然想起，既是新任了廣文館主事，就應該去上任，但從未聽說過廣文館司曹何在，於是一打早向中書省走來，到了朱雀門前遇見了孫逖。

「鄭兄，好久不見聽說你高升了。」孫逖親親熱熱地與鄭虔招呼。

「哪裡，哪裡，不敢說高升。在下才疏學淺，還望孫大人多指教！」鄭虔怕自己受寵若驚的心情表露出來，因此顯得特別謙虛。

「鄭兄這是到哪裡去？」

「不瞞賢弟說，昨天接到詔命，命我到廣文館主事。在下尚不知廣文館司曹何在，正想到中書省去問個明白。」鄭虔說。

官升廣文館主事尚不知司曹何在？孫逖瞪大了眼睛。「那好，是該去問問。」孫逖邊走邊說，心裡嘀咕不知右相大人葫蘆裡賣的什麼藥。

過了個多月，鄭虔跑了許多衙門，都不知廣文館在哪裡。一天宰相府來了一個差人，將鄭虔帶到務本坊的國子監後園的一處空房前說：「這裡便是廣文館。」鄭虔看時，有十來間瓦房，房前一處空地，雜草叢生。鄭虔穿過那片空地，春日的草叢撲楞楞飛出一群麻雀來。正房已坍了一角，蛛網密布，鄭虔發愁說：「這房屋快垮坍了來怎能做廣文館？」那差人說：「鄭大人莫愁，既是右相大人讓你來這裡，你先住下，慢慢稟明右相大人撥些款項來修葺也是可以的。」鄭虔想也有道理。這院落，乃是太宗貞觀年間修的。是專為國外如新羅、日本、大食等國的學子住宿。到了開元末，外國留學生逐漸多起來，玄宗又另修了館舍，於是這院落就空著五六年了。鄭虔請人打掃一番往下，一邊向右相上條陳請求修繕。哪知條陳上到中書省，如石沉大海。好在長安春天風和日麗沒有大雨，「廣文館」裡甚是清靜，並無有人要求鄭虔一定要辦什麼公務或修撰什麼書志，鄭虔除了讀書、寫字、畫畫之外，偶爾有幾個好奇的太學生來閒聊下棋，倒也樂得自在。

一日，鄭虔在中書省去稟告修葺廣文館之事，一頭碰見崔成甫。崔成甫天生一副好嗓子，常愛唱鄭虔譜的歌曲，兩人十分合得來。鄭虔廣文館一事道出，崔成甫聽了笑得喘不過氣來道：「鄭兄，你真是天下第一老好人。」鄭虔只是苦笑無可奈何。崔成甫道：「你反正無事可幹，你不如幫我寫一首歌，在廣運渠落成那天，我對著新渠唱了，豈不美哉！我請韋堅大人給你找一點款項，幫你修座新館。」所以，崔成甫有時到「廣文館」來，將歌詞都拿來交鄭虔譜寫，李白便隨了崔成甫往「廣文館」而來。

鄭虔見了李白喜出望外說：「好久不見學士，柿葉書沒有故事了！」李白笑道：「聽說鄭大人升官了，怎的連官邸也沒有，叫我好找！」鄭虔道：「你快別挖苦我了，快給我說說新聞吧！」

韋子春道：「你這鄉巴佬，經月不見來到這裡光叫說新聞，連涼水也無一杯，今日晴好，太白約我們到廣運潭工地討酒吃，走，一起去喝一盅！」

25. 老神仙夜觀天象妖星犯帝闕

李白一行還沒到新渠工地，只是柱兒飛也似的跑過來，親親熱熱叫了聲「李伯伯」便拉著李白往工地上走。「哎呀！是什麼風把學士公吹來了！」緊接著韋堅也過來了。

「韋大人好久不見，是興慶宮的好風給吹來了！」李白迎上去笑道。

「學士公定有喜事！」韋堅說。

「被你猜中了！大喜事！特來向韋大人討酒吃！」李白道。

「有什麼大喜事，快說出來讓我們樂樂，是學士公來了，我這裡美酒也是備好的。」韋堅道。

「光有美酒不行，你們眾人須給我跪下，我才肯喝你們的酒！」李白說。柱兒不明就裡嚷嚷道：「李伯伯蠻不講理，喝人家的酒還要人家下跪！」

李白呵呵笑道：「小子，變個戲法給你看看！」說罷從懷中掏出那半幅黃綾望風一抖，「廣運渠」三個大字金光閃閃展示在眾人面前。只見眼前的那些人以韋堅為首紛紛跪下。柱兒覺得好玩，拍手歡笑「下跪咯！下跪咯！」，崔成甫低聲道：「還不跪下！」柱兒也嚇得連忙跪下了。只聽李白朗聲說道：「大唐聖文神武大皇帝為新渠題寫『廣運渠』，命我轉贈韋大人，墨寶珍貴，韋大人快來收禮吧！」韋堅和眾人齊聲說道：「謝主龍恩，吾皇萬歲、萬歲、萬萬歲！」韋堅上前收了墨寶喜不自勝，說道：「有了皇上御題這三個金光閃閃的大字，不愁籌不到資金，召不到民夫，再也不怕有人搗亂，太白兄，請受我一拜！」李白哈哈大笑說：「免禮免禮！還是先把酒端上來說！」

韋堅笑道：「那還用說，酒早準備好了！」李白說：「你早知道我們要來？」韋堅說：「你來的趕巧了，我派去請你的人，已經一早來了。」李白說：「真的有事？」韋堅說：「真有事」。說著安排車馬，將李白一行人帶到廣運渠邊，附近有個小酒店，一面「八里香」的酒旗兒在春風中飄揚，站在酒旗兒下向李白招手下的，並不是掌櫃娘子而是如意。韋堅說：「我沒騙你吧？酒早備好了。」店家把桌椅搬到門前的壩子裡，眾人來到酒店坐下，崔成甫叫了梨花酒，店家見是崔成甫來了，用大陶罐盛了來，用一支舒州杓分盛在紫霞杯裡。那紫霞杯盛了雪白的梨花酒，更別有一番情趣。

韋堅說：「再過些日子，廣運渠就竣工了，今天請諸位來為我們寫些歌詞，譜了曲，在民間傳唱，可好？」韋子春道：「韋大人想得周到，我敬韋大人一杯！」韋堅說：「今日請諸位在這鄉野之地來喝酒，一是這酒有別於城裡宮裡的酒，別有一番風味。二是我與諸位情誼如兄弟，我們就喝個隨意，不講敬酒那些俗套。還有今天只管喝酒，那些個詞呀、曲呀，回去再弄，可好！」鄭虔巴不得這一聲，一邊哼著「哩格龍的冬」的民間小調，給眾人一一斟滿，然後說：「譜曲算我的，我包了！」然後自斟自飲起來。李白飲下一杯，突然叫道：「這酒絕了！你們是如何找到的？」韋堅說：「崔五告訴我的，你問他！」崔成甫說：「這是去年初冬，我們到這一帶來勘測，天氣很冷，見路邊有個小酒館，便進來喝兩盅，兩杯下肚便覺得身上暖和，細品一下覺得此酒品味不俗，我想你們肯定沒喝過，所以今天便安排你們到這裡來聚飲一回。」崔成甫見李白仍不解，忙叫小二把掌櫃喚出來問話。掌櫃姓馬，端著一大盤烤羊肉出來，李白端詳這人其貌不揚，瞇瞇眼塌鼻梁，怎麼看都屬於引車賣漿市井之流如何能釀出這出類拔萃的酒來？

崔成甫拉著李白向馬掌櫃說：「我這位老弟對你的酒讚不絕口，你能告訴他你是怎麼做到的嗎？」馬掌櫃笑笑說：「這簡單，就是用料時，把那些黴變的、蛀蝕骯髒的、未成熟的通通去除，用好水好釉，老老實實按工藝流程一步一步來，釀出來的定是真酒。城裡的酒兌了水，加了香料，哪能跟咱的『八里香』比。」李白說：「照你這麼說，連什麼訣竅都沒有？」馬掌櫃說：「剛才給您講的就是訣竅，去年冬天，我看見崔大人幾個在雪風中測量管道，我心疼了，立即給斟上好酒給他喝，昨天崔大人告訴我那個醉草嚇蠻書的李學士要來，我還不把最真最好的酒拿出來？」說得眾人都樂了，你一杯，我一盞，雖了個不亦樂乎。李白再看他的瞇瞇眼塌鼻子，只覺得洋溢著真誠善良，酒也特別的香醇。

不一會，韋堅、韋子春、如意都醉了，鄭虔拉著馬掌櫃要筆墨，要給馬掌櫃題寫一張上等級的酒招兒。崔成甫喝得醉醺醺，一把抓住李白說：「李十二你隨我來，我給你看一樣東西。」李白跟著他去了，二人跌跌撞撞約摸走了半裡路，來到渠邊，崔成甫指著挖開的運渠說：「李十二，你來看，這就是崔五獻給大唐的詩篇！」

李白順著崔成甫的指引望去，見一望無際的三秦大地中間被分開，新的管道筆直伸向東北，上游尚未放水。渠面寬闊平坦猶如一條大道一般，渠首是一個大潭，廣闊一片，有石條碼得整整齊齊猶如階梯的想必是碼頭了。如果放了水，會像一條長長的緞帶往遠處飄飛，渠水不僅滋潤兩岸的莊稼和人畜，而且運輸的船隻會大量增加，大地就會因此生機勃勃。崔成甫道：「有了這渠，運輸交通就方便多了。江淮、齊魯、河南的物產可源源不斷的運往京師，關中的貨物也可運往各地。這渠滔滔不絕，奔流不息，像我們大唐的國運！……」

無疑，這一項工程有功於朝廷，造福於百姓，猶如一場戰役，規模是空前的，功勞是巨大的。不管皇上如何沉湎於酒色仙道，不管朝中權貴如何專橫跋扈，大唐有韋堅、崔成甫這樣的臣子，開鑿了規模如此宏偉的廣運渠，使李白心中為之熱血沸騰。

韋堅自從得了御題「廣運渠」，頓覺精神大漲，這一段時間不管籌款、徵民伕，無不順風順水。崔成甫也更加賣力，工地上乾的熱火朝天，再有一個月，新渠就完成了。自從在京華酒樓聽了崔成甫和如意演唱之後，韋堅就讓自己的養女韋瀟瀟在如意姑娘那裡學唱。這一日院裡的硃砂梅開了，韋堅便吩咐僕婦折了幾枝，叫瀟瀟帶給她師傅如意。順便請如意過韋府來看新的演出服裝。瀟瀟走後，僕從們已經把演出服裝和各種頭飾擺滿了過廳。

下個月「廣運渠」竣工，這些五顏六色的服飾都得用上。瀟瀟剛走，李白來了，韋堅迎上去問李白：

「今天可有什麼喜事？」李白道：「哪有天天有喜的呀，我倒想了一個好主意，特來告訴韋大人。」韋堅說：「請講，有好主意還不是喜事？」李白說：「廣運渠修成，乃是大唐的一件大事呀！為了慶祝廣運渠竣工，幾支小曲似乎簡單了點，應該舉辦一個隆重的盛典，請皇上親自來剪綵，讓滿朝文武萬邦使者都來觀禮，讓他們親眼看到大唐各地豐富的物產源源不斷地運往長安」。韋堅一聽，大喜道：「學士你跟我想到一塊去了！這樣就可以彰顯我大唐的國力，讓萬邦使者看到大唐無比的聲威，真是好辦法！皇上肯定會高興的！」

韋堅叫僕從：「快把新進的『汾河清』開一罈弄到花園去，今天我要跟學士公好好喝一通！」李白隨韋堅來到花園，在硃砂梅下的石桌旁落坐，一邊飲酒一邊為廣運渠竣工大典策劃，歌隊的組織、船隊遊走的路線，每隻船的裝飾、樂隊、歌舞一攬子都要一一安排算計……二人越喝越高興，韋堅給李白滿滿斟了一大碗酒說：「我們要以最新穎的形式，給皇上和天下百姓一個特別的驚喜！」

酒酣耳熟二人正喝得興起，忽見門子慌慌張張跑過來叫道：「大人不好了！」韋堅道：「出了什麼事？」門子道：「高公公來了！」韋堅道：「高公公來了有什麼大驚小怪的？」門子道：「他面帶殺氣！」韋堅想：「難道朝廷有急事？」連忙示意李白隱避到假山石後面，自己快步趨向前廳。剛走到過廳，高力士帶著兩個內侍面色陰沉已經進來了。韋堅像往常見面的一聲「阿翁好」還沒說出口，高力士後聲叫道：「韋堅接旨！」韋堅急忙俯首跪下，只聽高力士唸道：「奉天承運皇帝旨曰：老神仙夜觀天象，見東方魔星作怪危犯帝闕，經查，租庸轉運使韋堅在京東開挖漕渠，挖斷龍脈罪莫大焉！命開渠工程立即停止，免去韋堅租庸轉運使一職，查辦相關人等，聽候發落，欽此！」

韋堅只覺得一顆心快要蹦出胸膛，顫抖的低聲說了「吾皇萬歲，萬萬歲！」抬起頭來。高力士將聖旨摔在韋堅面前，從鼻子裡哼一一聲「好自為之！」便拂袖而去。韋堅望著高力士遠去的背影癱坐在地，半晌說不出話來。

李白在花園等了好久沒見動靜，便輕手輕腳來到過廳，見韋堅坐在地上發呆，心知大事不好，李白上前撿起地上的聖旨一看：這準是章趨老賊搗的鬼！李白和家奴將韋堅扶起，韋堅面色灰白捶胸頓腳大叫道：「挖斷龍脈，罪莫大焉！」李白見他痛心疾首的樣子，生怕他急出個好歹來，忙道：「韋大人你甭著急！甭著急！」韋堅顫著道：「那些造謠誣陷的狗東西！我恨不得吃他的肉，剝他的皮！」李白道：「那些狗東西不是人，是狗，急有什麼用，難道你也變成一條狗，去咬他一口？」韋堅更急了：「都什麼時候了，你還在開我的玩笑！」李白說：「韋賢弟，我只是想幫你。」

「你幫我？！——」韋堅苦笑道。在韋堅看來，這翰林學士，是個不入流的官，皇上呼之即來揮之即去，以官場而言，是個很邊緣的幫閒。像李白這樣從山野民間來的哪裡曉得什麼是官場？官場就是屠場，只有錦上添花的沒有雪中送炭的。韋堅內心有些感動，此刻自己已經成了「挖斷龍脈」的妖孽，好多人落井下石還來不及呢，而李白還在安慰他。不由對李白說：「太白，你如何幫得了我？」聲音有些哽咽。

李白倒坦然地說：「韋賢弟，是李白慫恿你去開渠的，有難同當，我一定要幫你。」

「我已經被免職了，接下來說不定就是抄家治罪，還可能要連累太子，你不怕皇上連你一塊治罪？」韋堅悽然地說。李白道：「開新渠是利國利民的一件大好事，這幾個月來，你們的辛苦我看在眼裡記在心裡，我不怕受連累。再說，為兄無家，就在翰林院，隨便他抄，要治我的罪，討口子貶成叫化子，不過是換個地方喝酒，有什麼關係？」

正在此時，柱兒飛跑進來喊道：「韋叔叔、李伯伯，不好了！剛才工地上來了一夥官兵，強迫我們停工，還把崔叔叔和他的幾個兄弟打傷了！」

「這如何是好！」韋堅急了。李白說「等等，我想一下。」韋堅說：「事態危急，你快回你的翰林院去，這裡有我！」李白卻笑道：「看你急的，韋賢弟，我若捉住那條狗，你是要烤著吃，還是要燉著吃？」「看人挑擔不腰疼！快走吧！」韋堅推了李白一把。李白正色說：「韋大人，章趨妖言惑眾，迷惑當今聖上，是可忍，孰不可忍？太白雖是一介書生，也能化筆作刀，以唇為劍，韋大人，你太小看我了！我要與你立即面見皇上，去與那鼠輩權奸玩一玩！」李白一席話感動了韋堅，韋堅向李白躬了身道：「學士兄受我一拜！」李白連忙將韋堅扶起道：「韋大人不必多禮！」李白把柱兒拉到一邊，在柱兒耳邊悄悄叮囑了些什麼，柱兒立即回工地去了。

26. 殺了李太白，血祭龍脈！

不好了！不好了！龍脈斷了！

不好了！不好了！天要塌了！大唐的末日到了，國將不國了！

聽說韋堅開渠「斷了龍脈」，滿朝文武奔走相告，立即進緊急狀態。玄宗已經好久沒有舉行朝會了，玄宗一早上朝，一臉怒氣坐在龍椅上，空氣十分緊張。勤政樓的大殿裡，下面站著以李林甫、章趨為首全體官員，一個個憂心忡忡，李林甫事先作了安排，平時與李適之、韋堅靠近的官員一個也不通知，就在這次朝會上就要把韋堅等人永遠趕出朝廷，貶斥定罪，下獄殺頭！

李林甫閃出朝班奏道：「啟稟皇上，自修渠挖斷龍脈之後，老神仙日夜禱祝，方得太上老君示下，要得大唐國運延綿，必需血祭龍脈！」

血祭龍脈！？玄宗和滿朝文武都打了個寒戰！

章趨緊接著上前奏道：「皇上，殺了那禍國之人血祭龍脈，請求祖宗在天之靈將龍脈接通，讓大唐皇上永坐龍庭，萬歲萬歲萬萬歲！」

玄宗鬆了一口氣，這場滅頂之災終於有了化解的辦法。於是說道：「准卿所奏。二位愛卿，快說怎樣施行吧。」

正在這時李白拉著韋堅風風火火闖了進來，在丹墀前跪下，口稱「微臣叩見吾皇萬歲萬萬歲！」便匍匐在地。

李林甫小聲對章趨說：「那滾刀肉，他來了……」

玄宗見了韋堅心生怨恨，厲聲道：「韋堅，你可知罪？」

韋堅頭也不敢抬地稟道：「皇上，下官修渠，是為了大唐漕運通暢……

沒等韋堅說完，李林甫喝道：「你修渠挖斷龍脈，該當何罪？」

章趨立刻接著說：「挖斷龍脈，乃滔天大罪！不准狡辯！」

韋堅道：「微臣實實不知龍脈之所在，望皇上恕罪！」

李白抬起頭來說：「微臣敢問右相大人，那『龍脈』究竟在何處？」

章趨冷笑道：「哼，明知故問，修渠挖斷了那個地兒，就是『龍脈』嘛！皇上在問韋大人，你來打岔，你算哪把夜壺，牛圈裡伸出馬嘴來了！」

李白並不與章趨爭執，對玄宗說：「啟稟皇上，微臣以為老神仙為國分憂可敬可佩，若要祭祀，則地方要找準，如果沒有準確地點，血祭之後不能奏效，後患無窮。」李林甫立即想到李白在丹鳳門愚弄章趨磕頭的事，忙說：「住口！老神仙是從太上老君那裡得到消息的，只有他說的可靠！」李白說道：「右相大人，方才李白是在對皇上稟告。」玄宗說：「讓學士說說無妨。」

李白不慌不忙地說：「老神仙所說「龍脈」就是大唐的國脈，是萬萬斷不得的，挖斷了確實有罪。不過……」李白說到這裡停頓了一下。

「不過什麼？快說！」章趨叫道，料想李白也說不出個所以然來。李白並不理會章趨，而是朝著玄宗微微一笑道：「不過這龍脈並不在地上……」

「在哪裡？」玄宗囁嚅著說。「未必在天上？」

李白從地上站起來，朗聲說道：「啟稟皇上，那龍脈他在人的心中——，太宗皇帝借用荀子的話說『君子，舟也。庶人，水也。水能載舟亦能覆舟，可見一國之命脈在於民心。民心連繫著君臣百姓山川社稷，聖人言道『民為重，社稷次之，君為輕』皇上明鑑，此次開渠是為了暢通樞紐，方便糧食貨物流通，杜絕河難，為民為國造福。修了此渠，順了民心，開了國運，通了國脈，何災之有？皇上御題『廣運渠』三個大字，就是妖魔鬼怪見了也膽寒！」

「這……李愛卿……」玄宗覺得有些道理。

章趨搶先幾步跪在地上叫道：「皇上，天象赫然，豈有差錯！」

「叩請聖皇，叩請聖皇！憐憫漕吏體諒百姓的苦衷吧！重開運渠國脈暢通！」韋堅一邊叫喊一邊膝行叩首。

「一派胡言！」李林甫尖利的聲音叫道：「啟稟皇上，李白他分明是欺君罔上！」

欺君罔上？玄宗正在思考李白和韋堅是否欺君罔上的時候，李林甫大聲說：「李白，你方才言講『君子，舟也。庶人，水也。水能載舟亦能覆舟』是何人所言？」

李白答道：「是太宗皇帝所言。」

李林甫振振有辭地說：「當今皇上乃是一代英明之主，難道他不知太宗皇帝教誨？你分明是以先皇壓制當今皇上，難道你比當今皇上還要高明？」章趨瞟了一眼，玄宗微微點頭臉上浮起陣陣陰雲，自從他登上皇位，就自認為是英明之主，沒有自己駕馭不了的臣子。章趨看玄宗臉色變化心裡說不出的高興。章趨想：李白這個書呆子，笨！哪個皇帝不喜歡聽說自己英明？連這個都不曉得還想在官場上混！

不等李白開口，李林甫不失時機地繼續說下去：「皇上，李學士以為太宗皇帝比當今皇上英明，學士天資英特聰明過人，微臣以為請學士公去侍候太宗皇帝豈不更好？乞皇上恩准。」

「這……」玄宗有些猶豫。

章趨立即說：「啟稟皇上，連太上老君都告訴我，皇上是從古至今第一位英明之主，李白所說真是一派胡言呀！」

玄宗說：「為了接通龍脈，准卿所奏。」

韋堅大吃一驚：「皇上！」

高力士在玄宗的目光投向韋堅的一瞬間對皇上說：「皇上為了接龍脈熬了個通宵，想必有些累了，請皇上先去歇歇吧。」說完陪著皇上去了隔壁小廳休息。

李白眼裡露出惶恐的神色，對李林甫叫道：「右、右、右相大人！你說叫我去伺候太宗皇帝，不就是讓我去、去死嗎？」

「送你上西天，陪伴先皇！」李林甫和章趨異口同聲地說道。

章趨回頭看李白和韋堅驚恐的樣子，心裡別提有多高興了。李林甫把李白拉到廊下一邊陰險地說：

「學士，事到如今，你可害怕？」

李白故作鎮靜說：「不怕。」

「學士真英雄漢也！不怕就好，不怕就好。」李林甫接著說：「學士常在皇上面前口口聲聲要為大唐建功立業，眼下有大功一件需要你去建，你可願意？」

「願聞其詳。」

「想必你已經知道，韋堅開渠挖斷龍脈，李氏祖宗震怒，傳下神旨要血祭龍脈！」李林甫從牙縫裡傳出一句話來。

「血祭龍脈？用豬血嗎？狗血啊？」李白假裝不明就裡。李林甫凶相畢露：「它要的是人血！」

李白裝作懵懂的樣子說：「大唐人多，好辦！右相大人隨便找一個，就把問題解決了嘛！」

章趨道：「哼哼，血祭龍脈乃關係江山社稷之大事，不可草率。」

「你是說……」

李林甫拍著李白的肩膀說：「學士公尚若能為江山社稷作犧牲，定然光照史冊，名傳千秋！」

「啊！就砍個頭還要光耀史冊？」中獎了？李白想來想去恍然大悟，點頭盤算道：「本來我陪伴先皇也是死，作刀頭祭龍脈也是死……」

「你兩死並一死，還要光照史冊，名傳千秋，你算撿到大便宜啊！」章趨說「你若主動請死血祭龍脈，我給你打包票，皇上一定把你看作大唐的功臣，封妻蔭子，流芳百代無比榮耀！」

「有這麼划算的呀？」李白很有興趣地問道。

「你們文人不是就想出名嗎？這可是千載難逢的好機會，機不可失，失不再來啊！」

「要是我不幹呢？」

「哼，你不幹？你不幹就把你五花大綁，把腦殼砍下來當蝴蝶豬頭，擱放在太宗皇帝的靈前，過幾天就臭了，扔進垃圾堆。」

李白恍然大悟：「啊……我明白了，左也是死，右也是死，遇到你兩個狗殺才，李老爺今天非死不可！」章趨此時心中特別佩服李林甫的手段，把李白套得牢牢的拖向屠場絕非易事。

章趨低聲說：「就算我兩個是狗殺才，你今天難逃一死！」

一直在旁邊揪心的韋堅不知李白葫蘆裡賣的什麼藥，聽到李白答應犧牲生命祭龍脈，拉著李白搖撼著他的肩膀悲切地說：「太白呀太白，我先前就勸你，莫管我的閒事！就是廣運渠不開了，我是皇室宗親，也罪不至死。你為了開渠斷送性命，又何苦啊？又何苦啊！」

這時李林甫已將玄宗請了出來，韋堅衝上前擋住章趨和李林甫說：「李右相、老神仙，你二人有好生之德，大發慈悲啊！」李白看著韋堅難過的樣子說：「韋大人，莫求他。腦殼砍了不過碗大個疤。死就死嘛。」

不等韋堅阻攔，李白已經衝到大殿中央，向高坐在龍椅上的玄宗高聲叫道：「啟稟皇上，經右相開導，李白茅塞頓開，願為血祭龍脈，獻上項上人頭！……望皇上恩准！」

韋堅撲向玄宗悲憤地叫道：「啟稟皇上，李白乃一猖狂酒徒。酒後胡言，望皇上放他一條生路！」

李白哈哈大笑：「知我者，韋賢弟也，猖狂酒徒……說得好！我百年之後，人人都會這樣叫我。大丈夫處世兮立功名，好不容易遇上為國立功的良機。何不死個痛痛快快！風風光光！我沒有喝酒，沒發酒瘋，李白為國捐軀就在今日！」

27. 這掉腦袋的差事——李老爺要讓賢！

李白說完之後，滿朝文武震撼得說不出話來，有幾個熱愛李白詩文的，感動得熱淚盈眶。

玄宗見李白說的慷慨，便道：「既是李愛卿定要為國捐軀，血祭龍脈，孤王就准卿所奏！」

李白連忙匐匍在地口稱：「謝主隆恩！吾皇萬歲！萬歲！萬萬歲！」

韋堅扶起李白，眼淚汪汪對李白說：「太白兄，我叫你不要跟我來，你非要來，你為了我才走到這條絕路上，事已至此，你叫我怎麼面對我們的酒友？我對不起你！對不起！你有什麼要對我交代的，快跟我說吧！」

李白答道：「賢弟，我既為朝廷捐軀，我自會向皇上說明我的訴求，你別難過。」說罷轉身向玄宗跪下哭道：「皇上！微臣即將赴死，有話要向皇上稟告！」

李林甫見李白哀哭，心中暗喜自己的妙計得逞，章趨在他耳邊說：「這酒瘋子才這會兒才曉得糟了！」

玄宗說：「李愛卿請起來說話，愛卿臨危受命，孤王十分嘉許，為何又放悲聲？」

李林甫連忙把李白扶起來，李白對玄宗說：「皇上，想我先前進京之時，醉草〈答蕃書〉，皇上叫高將軍為臣脫靴，張駟馬為臣磨墨，那時微臣心中好不得意。今日要微臣要為皇上去死，皇上你只說了『准卿所奏』四個字就把微臣打發了，故爾心頭悲苦！」

玄宗想，李白說的有些道理，他既然為我赴死，孤王豈可虧待了他！忙說：「李愛卿意欲如何，快與朕言說！」

韋堅不等李白開口，搶先稟道：「啟稟皇上，接龍脈意義重大，請皇上慎定時間，讓學士告別了妻兒老小同僚朋友，從容上路。」

這分明是緩兵計！把李白的妻兒老小接到京城來告別，起碼也得十天半月，原本今天上朝是把李白和韋堅的朋友排除在外，如果讓他告別，把李白趕進殺場的一切努力就會泡湯。於是李林甫忙上前稟道：「韋大人所言甚是，接龍脈一事至關重要，微臣想應盡快把時間定下來要緊。」

玄宗言道：「愛卿所言甚是，老神仙，你快算算，何時祭龍脈最好？」

章趨立即道：「皇上稍等，待臣掐指一算。」說罷閉上雙眼扳著手指，口中唸唸有詞。大殿裡鴉雀無聲，靜的連落一根針都聽得見，大唐的國運都擔在這個白髮老頭兒身上。

突然，「老神仙」大叫一聲：「有了！」連忙向玄宗跪下叫道：「啟稟皇上：良辰吉日，就在今天！」

韋堅打了個冷戰，心知形勢凶險，向四下張望想找一個人向李適之通風報信，但他立刻失望了，所有官員的眼睛都不接觸他的目光，這裡有他曾經親密無間的同僚、有他曾經提拔起來的下級、有因為他的關係入仕做官的親戚，此時都以大局為重，不需理會韋堅的焦慮更不考量李白的生死存亡。只有李林甫在跟他對視的一剎那，眼中射出獵人捕獲野獸的的驚喜。李林甫的陰險的眼光告訴他：別看了，今天這裡都是我的人！

李林甫立即言道：「啟稟皇上，老神仙言之有理，機不可失，請皇上抓緊時機！」

章趨道：「右相大人言之有理，我們馬上……」

李白道：「別急，時間定了，還有地點未定。馬上，馬上到哪兒去？」

「到哪兒去，到哪兒……」章趨有點慌張，「不就是新渠堤岸東邊墳地那塊嗎？」

李林甫道：「對，對，就是新渠堤岸東邊墳地那塊。」

李白上前向玄宗稟道：「皇上，李白為國捐軀，有一個不請之請！」

玄宗道：「愛卿請講。」

李白道「微臣本是一酒仙，來到這世間瀟灑一回，此次為祭龍脈斷頭歸去，請皇上賜美酒，千杯萬盞遂我心願，令微臣盡興而歸。」

玄宗道：「准卿所奏。力士，快叫內宮為朕儲存的最好的美酒拿出來請李愛卿盡情享用！」李白大喜道：「謝主隆恩！微臣此次能為國捐軀，全仗李右相和老神仙的成全。臣感恩不盡，人之將死，其情彌深，臣想讓李右相和老神仙代表眾同僚，一壺酒一叩拜來為臣送別，也免得臣戀戀不捨在陰間牽掛他們。」章趨嘟嘟噥噥地說：「硬是麻煩！」李白靠近章趨說：「是啊！要我的命當然有條件，要不然這掉腦袋的差事——李老爺要讓賢！」李白說著將章趨和李林甫推向前去，嚇得二人連連後退。

玄宗見狀接著說：「愛卿是國之棟梁，為國捐軀功勞巨大，有何心願，儘管言說！」李白道：「皇上對臣體恤入微，微臣感激涕零，臣一人飲酒未免冷清，微臣請求韋堅大人陪飲。」

玄宗立刻應允：「李愛卿快人快語，准卿所奏。」

李林甫和章趨想到要給李白敬酒和跪拜，二人你看我我看你，章趨道：「他好像把我們兩個當成傻兒在耍玩。」李林甫道：「什麼好像？就是在耍我們！」章趨道：「那怎麼辦？」

「不怎麼辦，反正他今天不得活！」

李白見他二人膩膩歪歪，又道：「剛才我說『人之將死，其情彌深』，我們是好朋友，為了我們的友誼，我死都死得起，叫你磕個頭，就這麼艱難哪！皇上坐在上頭看著，來爽快點！要不……」李白突然轉身叫道：「啟稟……」李林甫怕他再生妖蛾子，連忙拉住李白，捂住他的嘴，向玄宗連連叩頭道：「微臣遵命、微臣遵命！」

李白說：「這還差不多。」

玄宗道：「右相、老神仙，血祭龍脈事關重大，要隆重莊嚴設定祭壇。你二人抓緊時間火速去辦！」

李林甫、章趨巴不得玄宗這一聲，迅疾地去了。幹這種搭臺殺人的事情，李林甫一向是雷厲風行。等李白一行人出了春明門，李林甫和章趨已在郊外等候。李白下了車，李林甫告訴李白沿途酒肆都為他準備好了皇上賜的酒食。李白端坐在桌前，李林甫和章趨按皇上吩咐行三拜九叩大禮，奉上御酒。李白拉了韋堅，給韋堅滿滿斟上道：「多謝賢弟，修了廣運渠利國利民，你平日開渠辛苦，今日難得清閒，陪兄把酒喝好，為兄敬你一杯！先乾為敬！」韋堅悲從中來，說道：「都是小弟不好，連累了仁兄，我不該讓你跟我一起進宮，不該把你攪進修渠這件事中，事到如今，我怎樣面對賀監、適之他們這些酒友，又怎麼向遠在江南的你的女兒交待啊！這杯酒……你叫我如何下嚥？」李白卻笑道：「賢弟休要悲傷，我此去為國捐軀無上榮光。功成畫圖淩煙閣，你要為我高興才是，你莫要老哥走得不熱鬧，快乾！」李白舉起韋堅的酒杯送到他唇邊，讓韋堅一飲而盡。李白說：「味道怎麼樣？」李白細品那酒其味芬芳，便道：「皇上的酒不錯，快多飲幾杯！」韋堅不語，李白又道：「為兄今日仙去九天，讓賢弟與我同入醉鄉，太白此生無憾也！」復又給韋堅斟滿。韋堅飲罷問道：「仁兄當真仙去？」李白答道：「我本是天上的太白金星，怎不是仙去？我若不是神仙，怎會冒冒失失的去求死？」韋堅方稍稍釋懷，道：「仁兄捨命救小弟於危難之中，謝仁兄！」於是舉杯一飲而盡。二人喝完繼續前行。就這樣一路飲，一路拜，遠遠地看著旌旗飄揚，鼓樂聲聲，祭臺就要到了。

一個內侍過來傳話，帶了二位宮中的嬤嬤，為李白梳理頭髮整衣冠步上祭壇。李白剛被二位嬤嬤服侍完畢，突然聽到一聲淒厲的叫聲：「太白兄！」李白回頭一看，原來是如意！

「你怎麼來了？」李白問。

「我是聽梨園的樂師告訴我的。你為什麼不告訴我一聲？」還不等李白回答，如意已經珠淚滾滾。

「好妹妹，今日是我昇天之日，快不要悲傷，妹妹來得正好，拿酒來，陪兄喝一杯。」內侍擺好酒，李白給如意斟上道：「妹妹，你是我李白最值得記掛的人，我的新詩都是經過你的口傳遍長安的。日後太白的新作還是要由你傳唱——」如意哭道：「你看皇上都坐在那邊等你死，你還有什麼日後——」李白道：「那些都不說，與兄共飲喝酒，為我壯行！」如意不言語，也不接李白遞過來的酒。李白湊近如意，在她耳邊說道：「你聞聞，好香，這可是為兄拿命換為的酒啊，你下次想喝那個吝嗇的皇帝老兒他就捨不得了啊！過了這個村，就沒了那個店呢！」惹得如意「撲哧」一聲笑了。如意飲了，李白又為韋堅斟滿一杯道：「我料定廣運渠乃大唐一座豐碑，早晚會因我們三人而成就，舉杯！喝！乾了！」。

三人一杯一杯又一杯，喝了個痛快！

李林甫、章趨早已不耐煩，跑過來說：「時辰已到！」李白只好與如意和韋堅飲了告別酒，拱手作別，隨李林甫來到祭壇。

祭壇設在新運渠的工地邊，工地上的民伕和官吏已經被官兵趕走。祭壇周圍的旌旗在早春的風中招展，高高的祭壇上，三牲酒禮擺放整齊一應俱全。祭臺中央放置一個鋪著紅布的斷頭臺，為了皇上的安全，羽林軍層層站崗戒備森嚴，不允許任何人圍觀，祭壇下，捧著酒具酒罈的內侍們站了一大片，如太常侍祭祀的規矩，梨園樂師緊隨其後，文武百官冠蓋雲集，儀仗整齊。李白在一隊雄糾糾的羽林軍「護送」下入場，緊接著玄宗登上

祭壇一側的高座，樂師們春天起樂來，煞是風光。玄宗剛坐下，章趨便上前跪稟：「啟稟皇上，吉時已到！」玄宗向高力士示意，高力士喊道：「傳李白！」李白快步上前向玄宗振衣跪拜。玄宗道：「愛卿一路飲來，身心可安泰？」不等玄宗說完，李白道：「微臣飲了御賜美酒，身心大爽，只是他二人一路催促，酒還沒喝夠。」李白指著李林甫、章趨道。玄宗把臉一沉：「右相，老神仙，這就是你們的不是了，朕命你二人侍候學士飲酒，你們為何催促？」嚇得李林甫、章趨連連叩首道：「微臣有罪，罪該萬死！」高力士叫道：「給學士們拿酒來！」幾個內侍捧著美酒和酒具魚貫而來。李林甫待要起身給李白斟酒時，高力士低聲喝道：「還不站一邊去！」李林甫和章趨只好站到邊上。

「謝皇上美酒。」李白接過酒杯一飲而盡，說：「換大碗來！」內侍們每人手端一個描金紅漆盤，每個盤中承著一個盛滿美酒的鎏金鑲銀寶相花紋大碗，李白逐一從盤中端過美酒一碗又一碗地喝下，少時玉

山倒非人推，醉倒在祭壇之下。

「吉時已到——」章趨尖聲叫道。

28. 天無二日，國無二主，焉容二龍？

附近的村民來圍觀的人越來越多。

李林甫見李白醉去，厲聲道：「抬上斷頭臺！」立刻來了四個羽林軍要將李白抬走。韋堅見狀立即撲上去拉住李林甫的衣裾叫道：「右相大人！太白此時還在醉夢之中，下官求你，等他醒了再殺！」因為韋堅明白，如意的到來，說明長安城中已經知道了殺李白祭龍脈的消息，只要把時間拖延下去，李白的生命就會有希望。李林甫對韋堅道：「祭龍脈乃是國事，君臣上下都在等他死，君要臣死，臣不得不死。吉時已到，與我送上祭臺！」羽林軍正要抬起李白，韋堅衝上去站在李白旁邊，哭道：「右相大人，殺人不過頭點地，容下官把他叫醒，問他對兒女有何交代，我回去也好為他料理後事。那時你再殺不遲！」李林甫冷笑一聲：「如果叫不醒……」

韋堅咬了咬牙說：「我與他一同去死！」

「還有我！」如意叫道。

「如此甚好，韋大人大仁大義！你快快把他叫醒！」李林甫冷笑說。

韋堅俯身跪在李白身旁，叫道：「太白兄！李學士！你醒醒呀！」已是聲淚俱下。此時李白雙目緊閉鬚髮散亂臥倒在塵埃，韋堅想起李白第一次走上大明宮含元殿的情景，那時太白是何等的英姿勃發，醉草〈答蕃書〉是何等的豪雄英邁！長安、大秦、回紇、日本、高麗……舞榭歌臺茶坊酒肆到處都在傳唱太白的靈性的詩歌，而此時，被權奸陷害，被自己連累，眼睜睜就要被權奸送上斷頭臺，再叫一聲「太白兄！」時，已經哽咽不成聲。

「太白兄，你醒醒！」接著是如意淒厲的叫聲。「如意和韋大人與你同去！」

現場文武百官見這酒瘋子竟有兩個人陪死，有感嘆也有驚訝。章趨想萬一有更多的人陪死或代死，今天與右相的心願就可能落空。於是走到三人面前大聲叫道：「現在吉時已到，你三個到陰曹地府去慢慢商量！快上斷頭臺！」

「慢，他醒了！在動，在動！」如意叫道。

突然，躺在地上的李白打個呵欠，動了動身子，口中唱歌一樣地叫道：「樂乎哉，樂甚也！」

高力士一直注意著，向韋堅問道：「學士說的什麼？」韋堅答道：「學士說：樂乎哉，樂甚也！」

李白伸了個懶腰，一覺睡得好舒坦！問道：「我正做好夢，誰把我叫醒了？」

玄宗問道：「李學士他說些什麼？」

「皇上，他說他做了個好夢。」韋堅答道死到臨頭還做夢，真是奇了。玄宗也曾聽聞「謫仙人」一說，饒有興趣地問道：「愛卿您夢見了什麼？講來聽聽。」

李白支起身子，微微一笑道：「我醉夢中在青天遨遊，恍惚間見到了李家的先人。」

「啊？可是真的？快講給孤王聽！」玄宗道。

李白說：「皇上我已經把夢中所見撰入詩文，皇上請聽：「夢中拜先祖，攜吾化飛仙，遨遊青天中，其樂不可言！飄行海水上，乃有蓬萊山，玉樹生綠葉，太白隨登攀。先人授寶決，清真保終然。囑我拋名利，羽化出囂煩。」

「還有嗎？」

「沒了。不是被這人吵醒了嗎？」李白指著章趨說。

玄宗說：「愛卿如此說，此去必登仙界，孤王的心也安定了。那……」

李林甫想，看來皇上是被李白這首詩迷住了，再往下去，極有可能叫李白主持祭祀，這酒瘋子要殺誰獻祭，也猜不準，連忙說道：「學士別光繞彎子，皇上想知道祖宗說這龍脈斷了如何連線？」

玄宗才覺得剛才光說神仙跑題了，便問道：「李愛卿，祖宗如何言說？」

章趨也趕上說：「那祖宗有沒有提龍脈的事呢？快說！」

李白說：「當然說了，你別急。啟稟皇上祖宗言說祭龍脈不是一件簡單的事，要高規格從事，有等級限制。我是翰林從六品，連邊都沾不上，真正解決問題，還是要高等級的官員，祖宗叫我回來回話，如果拿我這樣的小官作祭品，大有敷衍塞責之嫌！」

玄宗一聽，這問題大了去了，該怎麼辦？還沒等他回過神來，李白稟道：「皇上我一聽事情嚴重了，我便向祖先仍解釋，我是自告奮勇來為國捐軀，並非皇上差遣，這事責任在我，與皇上無關。」玄宗鬆了一口氣想，李愛卿不愧是我朝才俊，應對得好機靈。李白接著說：「我立刻徵求祖先的意見，並熱心推薦了二位位極人臣、德高望重的尊長李右相和老神仙，與我共祭龍脈，為國捐軀！永保大唐江山萬萬年！」

玄宗正愁想不出法子，聽李白這一說，忙說：「愛卿推薦得好！推薦得好呀！」

李林甫、章趨一聽，嚇得魂飛魄散，李林甫一下子衝到李白面前說：「你胡說！」章趨忙說：「這跟我有什麼關係？你把我也拉上？」高力士心中暗暗得慶幸：「幸好我沒多嘴。不然連我也算一個」李白樂了，拍拍李林甫的肩膀笑道：「哎喲，二位，我是邀你兩個位列仙班，我不給你牽線搭橋，你如何去得到？」李林甫這才意識到已經掉進了李白設定的陷阱。李林甫咬牙切齒的抓住李白的衣領，咆哮道：「你……你，你這不是你明明是要我死呀！」李白說：「你這個人怎麼這樣娘態呢？你說叫我血祭龍脈，我立刻就答應了。不是說獻上人頭是為國捐軀功勞巨大麼？這會兒我熱心推薦，請你位列仙班，你就做出一副畏縮不前的樣子，你如何對得起皇上？如何對得起朝廷？我瞧得起你，我才推薦呀？其他沒有發言權的小官，我還不向神仙推薦呢！再說我不過是敲敲邊鼓，拿主意定奪，還是皇上！」

李白一番話，說的在場所有官員偷著樂，從來沒有見過這樣精彩的場面。

李林甫和章趨已經嚇得三魂丟了兩魂，連忙向皇上五體投地跪下，哀求道：「皇上！皇上！」玄宗聽了李白的建議，並不理會二人的惶恐，因為只要他們的腦袋放在祭臺上，等程式一步步走結束。大唐的江山就算穩妥了，所以面無表情的坐在那裡。韋堅倒是看出了李白的道道，向玄宗道：「啟稟皇上，學士言之有理，望皇上恩准！」李林甫急紅了眼，狠狠地向韋堅叫道：「你是大官，也與我們同去！」

韋堅笑道：「我的租庸轉運使，不是已經免了嗎？」李林甫一個「你」字出口，兩腿一軟癱倒在地。李白見李林甫章趨二人嚇得面無人色，說：「你二人別這麼可憐兮兮的，不就是砍個頭嗎？嚇死了不好做祭文！啟稟皇上，眼看時間不早太陽都要落坡了，祭龍脈的時辰早就到了，我先走一步去通報，免得祖先人發脾氣，你們慢慢開會討論後面的人啥時來。」膠著的事態終於有李白化解，玄宗道：「准卿所奏。」聽了玄宗皇帝的這四個字，李林甫和章趨一個鯉魚打挺從地上躍起，只要李白一死，後面的事情還不是由他們擺布？頓時精神百倍向李白說：「對對，你先走，我們先送你呀。」

李林甫恢復了常態，啟稟皇上說：「時辰已到！」與章趨擁著李白上了祭臺，韋堅、如意緊緊跟隨。李白說：「好！來的爽性！」章趨說：「你先把腦袋放在砧板上。」李白說：「好的，我試一下。」李白把頭把腦袋放在斷頭臺上，李林甫一揮手示意劊子手砍頭，如意上前把劊子手往後面一推說：「這就要殺人吶啦，太沒規矩了！」李白把頭一抬往後一退，把李林甫嚇了個趔趄。韋堅說：「要殺頭，得按規矩辦。」章趨想把李白的腦袋砍下來越快越好，故意裝作不知道說：「這砍個頭還要什麼規矩？不是砍下來放在祭臺上就行了嗎？」韋堅說：「你們先前向皇上稟告過，祭龍脈乃關係江山社稷的大事不可草率！」章趨說：「那你說該怎麼辦？李白說：「你必須先三拜九叩，念一篇通白文章，說明今天李老爺為接大唐龍脈甘願灑熱血拋頭顱，忠心耿耿，義薄雲天！」

李林甫慌了說：「哎呀不好，學士公，今天走得匆忙，忘記準備。」

李白抱怨道：「先不向祖先人說清楚，要是我腦袋砍下來祖先人不曉得，龍脈還是接不上，我不是白死了？你既如此敷衍塞責，我立即回稟皇上說你草率行事，我不死了！」說著便往臺下走。

李林甫大驚，攔住李白說：「莫，莫，莫，你先死著，你死之後，我再擬美文一篇，通白李氏先祖，一樣地奏效。」

李白怒氣沖沖地罵道：「狗東西！我死了你才念通白文章，那我咋知道你文詞通不通，斷句對不對？本學士是人稱『大唐詩酒無雙士』，本學士今天腦袋當刀頭擺到那兒，你弄些爛文來臊我！」

說起做文章李林甫心虛了，忙說：「這，這，這……那我立即撰寫美文一篇，立即撰寫，立即撰寫！」

李白冷笑一聲說：「美文一篇——你撰寫？錯！這篇至關大唐龍脈的重要文章，未必你兩個狗才做得出來？萬一祖先人說你文詞不通，疏忽錯漏，心生惱怒，斥罵一聲：無用的蠢才！既而降禍於大唐——龍脈還是接不上，問題就嚴重了啊！」

李林甫急得團團轉，轉念一想，向李白哀求道：「學士公，事已至此，學士公是國手，這篇通白文章，還請學士公代勞！」

李白笑道：「算你機靈！此時寫文章哪個有我日草萬言，倚馬可待的李太白來得快，非我莫屬，拿紙筆來！」

李林甫叫內侍拿紙筆過來。但見李白接過紙筆一揮而就：「好了！」交給李林甫。

章趨急不可待拿過文稿，咳了一聲嗽清清嗓子說：「我來唸！」被韋堅一把奪過，問道：「你念？我問你，這龍脈是哪家的龍脈？」「自然是李家天子的龍脈！」

「你姓甚？你連你姓啥你都不知道嗎？」

「我，我只想幫下忙——」

「幫忙？你算哪把夜壺？牛圈裡伸出馬嘴來了！那麼，這詩該誰去唸？」

「自然請皇上唸誦。」李林甫說著奪過詩稿。下了祭臺跪在玄宗面前把文稿呈高高舉過頭頂，稟道：「請皇上向先祖通白。」

高力士接過李林甫遞過來的詩稿交給玄宗。

李林甫交了文稿急忙回到祭臺上，給劊子手說：「只等皇上一唸完你們就乾！」

劊子手會意點頭。

玄宗莊嚴地拿起那篇文稿朗聲唸道：「大唐李氏子孫聖文神武大皇帝李隆基向列祖列宗通白！隆基唐葉第六聖，祭拜祖宗在天之靈，孫兒開渠不慎挖斷龍脈，懇請接通——」

兩衛士將李白按倒在祭臺上，劊子手舉起刀斧。玄宗突然大喝一聲：「住手！」

「皇上，又怎麼啦？」李白叫道。

「大膽李白！」

李白一縱身翹二郎腿坐在砧板上，說道：「我膽小就不敢來祭龍脈。」

玄宗大發脾氣叫道：「李……李白……你……你你寫的什麼？」說著把那文稿擲於地下。高力士連忙上前拾起。

「這不一刀下去就完事啦！」李白在祭臺上向玄宗喊道。

李林甫、章趨湊上去看，李林甫稟道：「學士喝醉了酒，這是筆誤，這本來應該是「李家墳」，只一字之差。學士，你寫改一個字就對了，莫關係，沒關係。」

韋堅上前稟道：「皇上，想太白醉草〈嚇蠻書〉之時，洋洋千言文不加點一氣呵成，剛才這篇通白文章，豈會錯漏？定有隱情，望皇上明察。」

高力士將文稿交給韋堅，韋堅看了叫道：「這上面寫的是『楊家墳』！」

李白說：「對頭！楊家墳！我寫的是楊家墳！」

「這究竟是怎麼一回事呀？」玄宗問道。

李白道：「我只知道這地方叫楊家墳。右相，家門兒，你把那個字改了，我好死快點！」

玄宗大怒：「到底是什麼地方？有人知道不？」李林甫、章趨，面面相覷誰也不敢吱聲。

這時，人群中響起一個稚嫩的聲音：「楊家墳！」是柱兒的聲音！李白不由微微笑了，好小子！

高力士大聲說道：「各位當地百姓，皇上問這個地方是何地名？」

圍觀的百姓一齊回答：「楊家墳！」

韋堅在人群中看到了小柱和崔成甫，韋堅揮揮手讓羽林軍讓開了一條路，叫崔成甫上前。

崔成甫說：「啟稟皇上，此地叫楊家墳由來已久，有史可考，隋朝末年，暴隋的王侯在長安城東與李唐軍隊交戰，隋軍全軍覆沒，大部葬在此地，故爾叫楊家墳。」

玄宗大吃一驚：「啊？」

拜錯了祖宗上錯了墳，這玩笑可開大了！

高力士見大事不好，忙說：「快將祭壇拆下來！速回長安！」慌亂中玄宗正要隨高力士離開。

李白上前攔住，說：「皇上且慢！微臣有話說！」

李林甫怕李白再鬧下去局面無法收拾，陰狠地說：「李學士，現在明主在上，我們為臣子的，順應還來不及，哪裡用得著多說！你們沒看見那些『立仗馬』嗎，吃的是最高級的草料，只要叫一聲，就遭斥退，再後悔也晚了！」

李白發怒了，說：「在右相大人看來，臣子們不過是一些做擺設的立仗馬，我既是一匹做擺設的馬，右相大人怕我開口嗎？啟稟皇上！」

玄宗說：「愛卿請講。」

李白給玄宗講了一件事：開元中，是右相李林甫率李淳風道長親自實地勘查，認準了龍脈在華山無疑。朝廷還給了李林甫重賞。

「微臣偶爾在翰林院查閱資料，上面記載著當年的情況。」李白說。

李林甫得意地說：「確有此事。」

李白說：「既然大唐的龍脈在華山，廣運渠首先要治理的是漢渠和隋渠，離華山路程很遠，諸脈匯流何來龍脈？皇上，臣敢問天下之大，真龍天子有幾個？」

李林甫喝道：「大膽，真龍天子只有皇上一人！」

李白步步逼近道：「然也，那為何廣運渠工地又出現龍脈呢？老神仙，你的依據何在？」

李林甫、章趨回答不出來，只好連連後退。

李白朗聲道：「天無二日，國無二主，焉容二龍？臣斷言，有人居心叵測，捏造廣運渠工地又添新龍，趁機作亂！」

李林甫和章趨已經嚇得魂飛魄散，連忙下跪叩頭如搗蒜。

李白上前道：「皇上，即使廣運渠有龍脈，那也是一條假龍孽龍妖龍，皇上宜速速斬斷之，以保華山真正龍脈無虞。」

李白的話正中玄宗下懷，說：「愛卿所言甚是，就照李愛卿所言辦吧！」

「還有，對於妖言惑眾者，速速明察，嚴懲不怠。」韋堅道。玄宗首先想到的是要把那條假龍孽龍妖龍解決掉，立即說：「李愛卿文思敏捷，這就為朕草詔，撥給韋堅款項，把那條妄圖作亂的假龍，孽龍，妖龍，速速剷除！」

李白振衣下拜：「臣遵旨！」

後來朝廷稱「老神仙」章趨夢中了解在廣運渠的工地上藏有一條妄圖作亂的孽龍，皇上親自帶領文武百官，來到廣運渠工地部署了令租庸轉運使韋堅大人斬除孽龍的工作。一場腥風血雨的宮鬥就此劃上圓滿句號。

29. 盛典空前，天門啟兮萬國來

廣運渠竣工大典如期舉行。

漕運在唐代是一件重大的事情，關係著京城長安的糧食、布匹、日用各方面的供給。長安雖坐落在號稱沃野的關中，但是出產有限，無法滿足京城特別是皇室的需求。因此，遇到有自然災害的年頭，務必轉運東南的糧食來供給。江南山東的糧食物產到長安，必須經過黃河三門峽，三門峽地勢險要，水流湍急，逆向行駛的運糧船常常遇到不測之禍，整條船翻到黃河裡，運糧人往往不得生還，一百條船中有八十條船順利到達京師，就算是莫大的功勞了。

或者由陸地從洛陽、陜縣轉運到京城，運到京城的糧價已是起點價的一倍。從唐代開國以來，每個皇帝一次次地移居東都洛陽，就是為了開夥食，這就是皇上歷次「幸東都」的實質。開元二十一年，玄宗採納了京兆尹裴耀卿的建議，把江淮水運而來的糧食，通過河陰倉、太原倉由渭河運到關中，三年之中為長安運糧七百萬石，節省陸運勞務費三十萬緡錢。裴耀卿因此被晉升為黃門侍郎，同中書門下平章事。然而李林甫當權之時，裴耀卿的成功也是他失敗的開始。三年之後，裴耀卿與張九齡同時被罷免，於是這條運輸線也陷於癱瘓。由於宮中用度增大，京都的糧食和貨物供應又開始緊張。太子妃兄長安令韋堅就在此時受命作了租庸轉運使，韋堅讓崔成甫為之出謀策劃，首先治理了漢代、隋代的運渠。從潼關起到長安，引水，灞水並渭水而向東，到儲糧的永豐倉。又在長樂坡緊靠望春樓的地方開鑿了一個大潭，潭邊修築碼頭，便利裝卸貨物，這就是廣運渠。韋堅猜想，廣運渠修好之後，先是山東的租賦運到長安每年就可達四百萬擔左右，比裴耀卿要多一倍。來往商船運翰也要便利得多，這件事於國於民乃是一件大好事。

大典上一整套的表演由崔成甫和鄭虔策劃，如意連繫梨園教坊以及官司吏船伕都來參加表演，為了眾多的人接受，為了這次大典崔成甫熬了很多夜，船隊的數目排列，遊走的路線，每隻船的裝飾、樂隊、歌舞、儀式是一攬子麻煩事，崔成甫一一算計安排，要以最新穎的形式給皇上和天下人一個驚喜。

大典這天是個春光明媚的日子，玄宗與太真妃攜手上瞭望春樓，諸王公主、外國使節都來觀光。為了表示對安祿山的恩寵，皇上特地為他設了金雞坐帳，特許他坐在帳下。隴右節度使皇甫唯明，最近在青海與吐蕃作戰中立了戰功，回朝述職，此時也應邀在望春樓上觀禮。

一江春水順著新修的管道潺緩流淌，長安城裡的紅男綠女中外遊人潮水般地湧向廣運渠兩旁。管道兩旁人山人海，更使長樂坡的春色特別熱鬧。

「開船啦！」隨著崔成甫一聲嘹亮的呼喊，八百里秦川喜悅的浪潮騰空而起。遠遠地一行顏色斑斕的船隊緩緩從渠中向樓下的潭中開過來。

「來了，來了！」太真妃歡呼道。

為首的是一隻大船，船上裝飾的五彩旌旗迎風飄揚，大船後面連線著看不盡數不清的小船，船上的篙工舵師都穿著江南吳楚之地的寬袖袍服，戴著大笠，腳穿芒鞋。大船的船頭站著崔成甫，穿著綠色的缺袴衫，錦半臂，頭上包著紅錦緞抹額，其他官吏也穿著色彩鮮豔的服裝。更有幾百美麗的盛妝女子立於船上。

船駛入廣運潭，崔成甫揮舞著一面紅旗，引吭高歌唱道：「得寶弘農野，弘農得寶耶，潭裡舟船鬧，揚州銅器多，三郎當殿坐，聽唱得寶歌，得體紇那耶，得體紇那耶……」

崔成甫一領唱，其他官吏和盛裝女子一齊和起歌來，音調整齊，節奏明快，十分動聽。「得體紇那耶」本是俗語，相當於現代的「呼兒嗨喲」之類的語氣助詞，加之鄭虔用心整理，節奏明快活潑新穎，人人都會和。所以上至王公大臣，下至市井百姓一同和了起來。一時間歡聲雷動此起彼伏，玄宗笑得臉開了花。崔成甫將十段歌詞一段段唱下去，綵船繞著潭整齊有序地進行，船的甲板上陳列著東南各郡的物產，每艘船船頭豎著出產貨物的郡名。大船後面第一艘便是「揚州」，船上堆積如山，陳列著黃澄澄、明亮亮的金色的銅鼎、銅鏡、銅香爐、銅盆、銅鑼、鐃、鈸……數不勝數，緊接著是絢麗彩霞一樣的蜀錦，飛雪般的吳地繚綾、絳紗、會稽的絲羅，南海的玳瑁、象牙、珍珠、沉香，豫章的酒具、茶具，宣城的文房四寶，始安的蕉葛、蛇膽、華麗的鳥毛，吳郡的方紋綾……一艘接著一艘迤邐在幾十里以外，一艘艘各有特色看得人眼花撩亂。長安人哪見過江南的連檣櫓，更不知道大唐的南邊竟有如此豐富的物產，空前宏大的場面更不用說了，一個個驚異不已。不僅是長安人沒有見過，來看熱鬧的外國人更沒有見過。

望春樓上的玄宗夫婦更是特別高興，玄宗不時瞟一眼站在前側的外國使節，看到他們豔羨不已的神情，歡呼雀躍的姿態，玄宗感覺到他站在世界的頂峰！天底下那一個國家、哪一個君王能有如此風光！世界各地的人都會向他頂禮膜拜！正如李白詩中寫到的「天門啟兮萬國來」，他李隆基做到了！玄宗心花怒放，索性就隨著掌聲和著節奏也唱起「得體紇那耶」來。緊接著李林甫跳到玄宗夫婦面前，踏歌般地跳躍著和著節奏跳起來，看著他那已經不年輕而躬著腰背的樣子，太真妃笑得前俯後仰。更有甚者安祿山也跳出來湊熱鬧。人說李林甫高興的時候，就是心中詭計想好的時候，此時的歡呼跳躍，他心中的詭計又是針對誰呢？

「看這哥奴！看這哥奴！像隻猴子！」皇甫唯明說，哥奴是李林甫的小名。

忽然安祿山聳聳鼻子說道：「你們聞聞看，好香！」

諸人不再看李林甫，果然覺得一陣香風飄來，順著香味望去，一艘標著「劍南道」名號的船向岸邊駛來，船上整齊排列著幾百個青瓷的寶相花紋的酒罈，酒罈上層又陳列著酒樽、酒壺，那酒香就是從這條船上飄過的。此時幾百隻船一隻隻魚貫進入潭中，黑壓壓停泊了一大片。鼓樂喧天，旌旗飛揚十分熱鬧。只見兩個帶大斗笠的人帶著船伕把船上的酒一罈罈送上望春樓。那個戴大斗笠穿芒鞋的船工，抱著一罈酒，走到玄宗面前，俯伏跪拜，口稱：「小人獻上蜀中佳釀『劍南燒春』請皇上飲用！」玄宗見百姓來獻美酒，笑容滿面，叫：「抬起頭來，平身！爾是何方人氏？」

玄宗正要問下跪是江南什麼人時，見來人一下子除下頭上笠帽，不是別人正是太子妃兄韋堅和縣尉崔成甫。玄宗大喜，韋堅從崔成甫盤中取過兩個金樽滿滿斟上，雙手遞給玄宗，玄宗又遞給太真妃一樽，二人飲了十分歡喜。韋堅又進上百牙盤食，盤中所盛盡是江南佳餚。玄宗將韋堅所進船上的各州特產、器皿、美酒佳餚一一分賞給諸王與百官。安祿山吃了一盤，又嚷著向皇上討要第二盤，惹得百官和諸王公主哈哈大笑。

玄宗用罷百牙盤食，宣布：「封韋堅為左散騎常侍，兼江南租庸、轉運、處置等使，又兼御史中丞，封韋城縣男。」

「謝皇上隆恩，吾皇萬歲！萬歲！萬萬歲！」韋堅沒想到皇上的恩典來得如此隆重又快捷。

「皇上，小臣這就草詔吧！」鑒於失去中書舍人的教訓，李白向玄宗說。

李林甫哈哈笑著：「學士公，快飲酒吧！眼下正是歡宴的時候，哥奴還要給學士公敬酒呢，為了慶賀韋大人的榮升，本相還該給韋大人唱一遍『得體紇那耶』，明天再寫不遲呀。」

李白滿臉堆笑道：「謝宰相大人！」說著接過李林甫伸過來的酒杯一飲而盡道：「李白這就乘著酒興草詔，一點兒也不會耽誤了右相唱歌呢！」說著從錦囊裡取出筆和墨盒，一個內侍遞過一卷黃綾來鋪在酒案上，李白一揮而就，隨手將黃敕遞給高力士。高力士立即將黃敕捧到玄宗面前，用了御璽，又轉呈給韋堅。李林甫舉杯向韋堅緻賀，環視了一下周圍文武百官，發現在御史中丞吉溫後面站著一個人，這人身材頎長，儀表秀偉，臉上沒有笑容，他是侍御史楊慎矜。

盛大的宴會進行了一整天，宴會結束後，楊慎矜向自己的車走去時，身後響起一個熟悉的聲音：「楊侍御且慢。」楊慎矜回頭一看，不是別人，正是當朝宰相李林甫，一反宴會上獻醜調笑的姿態，溫和沉穩地向他笑著走來。

30. 李林甫好像要把楊氏先祖的靈魂召喚出來聽他回話

「慎矜，我最近得到一件寶物，你可有雅興來老夫家中共賞？」李林甫對楊慎矜說。

平時，官員們爭相趨奉的宰相，此時邀請自己到府上作客，對於楊慎矜是求之不得的事情。楊慎矜連忙上前拱手作揖笑答道：「宰相大人召喚，慎矜敢不從命？」

「好，那就大後天吧？」李林甫說罷上車回府。

楊慎矜不知李林甫叫他究竟為何事，只見周圍的大臣向他投來羡慕的眼光。到了大後天，楊慎矜備了一份禮物，是他吩咐底下人從東市集雅齋買來的從江南進貨的一箱磬絹。因為李林甫以畫家自詡，朝中不少人對此嗤之以鼻，慎矜這樣做，既暗中迎合了李林甫的虛榮心，又不張揚。楊慎矜以為自己拍馬屁恰到好處，便帶了那箱磬絹來到李府。僕人把他帶到後院，李林甫與御史中丞吉溫正在後院下棋。

「相爺，楊大人來了。」僕人說。

「啊，是慎矜來了！」說著站起身來。

「侍御史楊慎矜參拜宰相大人！」

李林甫呵呵一笑說：「快起來！快起來！你是我請來的貴客，哪有這麼多禮數，吉七，你看你的部下對我見外了！」

「楊大人不必多禮。」說話之間吉溫已經將楊慎矜扶起。

「吉七，慎矜來了，我們就此打住吧！改日再戰！還是進去談吧！」說完一同來到月堂。楊慎矜從未到過月堂，只風聞月堂是李林甫祕密議事的地方，一進月堂，只覺十分清雅，不像是祕密議事的所在，倒像詩禮大家的書房。

廣運渠一開始修建，李林甫就下決心對韋堅動手了，如果不因為他在廣運渠修造期間，不斷暗中唆使皇親國戚們在皇上面前說韋堅崔成甫的壞話，否則，比黃門侍郎同中書門下平章事的裴耀卿的功勞大一倍多的韋堅，起碼會被皇上詔封更大的官位，那就是宰相。

幾年前，當楊慎矜作為京畿採訪使、太府出納時，時常向皇上貢獻大宗財物。皇上正對楊慎矜十分賞識的時候，李林甫將與自己十分親暱的韋堅取代了楊慎矜。慎矜升為侍御使，執掌臺院大權，當從升官的喜悅中清醒過來的時候，才發覺他與生俱來的理財能力不適合在臺院施展。他眼睜睜地看著韋堅從祕書丞、長安令、陝郡太守節節高升到左散騎常侍。他無法怨恨李林甫，因為李林甫使他得到了更高的官位，儘管不適合他。

李林甫前幾天就得到吉溫派人打聽到的消息，李適之和韋堅往來頻繁，太子賓客賀知章常常到東宮去，太子的侍讀寫了一首詩，題為《斥豬狗鷹犬》，裡面的句子影射李林甫和安祿山。正在這節骨眼上，章趨這個蠢才自以為是地給皇上配製了一種「仙丹」，皇上服了拉肚子，最近已經不去太清宮了，李林甫把章趨臭罵一頓。章趨只得哭喪著臉說他能用的法子都用了。李林甫心中明白：再這樣下去一小步，他的末日就到了。他不能坐以待斃，依他看，這朝廷好比一個有很多雞的鬥雞場，他就是其中一隻雄雞，必須用種種辦法將其他的啄死了、啄怕了，自己才好活，否則一旦敗下陣來，其他的雞就會你一嘴他一嘴地將自己的眼睛啄瞎，將羽毛啄掉。安祿山殺奚人獻俘八千、拓地千里是一種啄法，韋堅修廣運渠也是一種啄法。而李林甫的啄法不是自己上陣親自去啄，他要用有力氣有辦法的雞去啄他的敵人，或者設定陷阱，讓敵人掉進陷阱裡，然後徹底將他們消滅，他對付張九齡和裴耀卿就是設定陷阱。而這一次，他選中了楊慎矜去啄太子妃兄韋堅。

楊慎矜是隋朝皇室的宗親，兄弟三人慎餘、慎矜、慎名，都有聚財理財的能力。

「今天讓你來，有一件東西要你過目。」李林甫說：「吉七，你過來，把那件東西拿出來，交給楊大人看看。」

吉溫捧出一個紅緞六稜錦盒，打開裡面是一個極其精美的盤金錯銀博山爐。

「楊大人可認得這件東西？」吉溫問。

楊慎矜搖搖頭，他從來沒有見過這個博山爐。

吉溫將博山爐倒過來，爐的底部鐫刻著幾行小字「隋齊王府，大業元年」然後遞給楊慎矜。「哈哈……你這個侍御史，只管給別人打官司，連自己家裡的事也不理一理。」李林甫笑著說，笑得那麼坦率，那樣親切，那口氣像對多年的老朋友在說話。

楊慎矜拿過那個博山爐來，看看爐底下鐫刻的字樣，記起了前幾個月發生的一件事。那天他剛從御史臺回來，碰到弟弟楊慎名氣急敗壞地對他說：「不得了！天下竟有這等欺負人的事！這豈不逼人造反嗎？」

慎矜忙捂住弟弟嘴巴說：「這話怎能亂說？到底為了什麼事？把你氣成這樣？」

「韋堅那個殺千刀的，帶人把我們祖墳給挖了！」

「我家祖墳不是好好的在王屋山嗎？我怎麼沒聽說過有人挖呢？再說，祖墳還有莊戶人家給守著的，怎麼會有事呢？」

「韋堅修廣運渠，河工挖了的，人說是我們楊家的祖墳。」慎名說：「不是我家祖父的，也是曾祖父的兄弟的。」

慎矜立即派人去打聽，河邊是有好大一片楊家墳。但人傳說那是隋末太祖皇帝李淵抄殺敵軍的亂葬崗子。事情過了一百多年，誰也不知那裡埋的是些什麼人。楊慎矜是個謹慎的人，派人到王屋山祖墳去看了，什麼事情也沒發生，就找來兄長慎餘，一起把兄弟教訓了一頓。慎名不服氣地說：「你的上司御史中丞吉溫都說，我寫狀子保證能告倒韋堅。哥，你這個沒志氣的人，人家韋堅奪了你的京畿採訪使、太府出納，你只有忍著！」

弟弟的話沒錯，兩年前被調任到御史臺作侍御史，京畿採訪使換了韋堅，慎矜沒有吭聲。勤政，謹慎，順從，是父親戶部尚書楊隆禮留下的家訓，子孫後輩不得違反。原因是他們是隋朝皇室的宗親，改朝換代的時候楊家死的死，亡的亡，沒死沒亡的也淪落潦倒。而他的父親居然在李唐由歷州刺史而後官居戶部尚書，活到九十多歲壽終正寢，且有三個相貌堂堂才幹出眾的兒子，靠的就是一生謹慎穩重，忠於職守，不冒昧與人爭鬥這種家風。

三個兒子中，以慎矜最有才幹，所以慎矜把父親的教誨牢記在心。所以慎矜在太府出納、採訪使任上認真辦事，皇上對他頗有好感。慎矜任侍御使，並不是對韋堅一點兒成見都沒有，他內心深深埋藏著的是不平與憤懣。以他的才幹，他自以為也可以勝任修廣運渠那樣的工程，比韋堅幹得更好，但是朝廷不給他這個機會。韋堅的兩個姊妹都嫁給皇上的兒子，姐姐是宣惠太子妃，妹妹是皇太子妃。韋堅的妻子又是李林甫舅舅的女兒。而隋朝皇室宗親出身的楊慎矜怎能與韋堅爭鋒？

「這是開渠時挖掘墳墓的當天，我派人去把這件遺物重金買下來的。」吉溫看見楊慎矜臉上猶疑的神色道。

「想必是先祖的朋友或遠親的墳塋吧，如果這些墳墓成了無主墳墓，真是可憐呀！」楊慎矜口中故意不直接接觸吉溫希望談到的範圍，心裡卻充滿了淒涼之感。那是一種難以消釋的亡國之恨，正因為無從宣洩，隱埋愈深，那悲涼也愈濃烈。看來自己的上司說的是真話，若是在自己的臥室裡，面對這個像隋代的楊氏一樣金碧輝煌的博山爐，準會潸然淚下。但此刻，他必須表面上對李林甫恭敬而實際保持一段距離，內心卻是瞧不起李林甫這種挑撥是非而無任何實績的人，李林甫的陰險是他素知的，他到此必須慎之又慎。

慎之又慎……

「我記得你的父親當司農少卿的時候送給我的翡翠蕉葉盤，真是精美極了。那時候我還是黃門侍郎，你在京畿出納任上幹得不錯呀！長安的商賈百工，井然有序，萬歲賞賜給我的白麻紙和石青、石綠顏色極好了，泥金還是你從江南運來的，我記得你們是三兄弟，兄弟們現在怎麼樣啦？」在儼然是一位忠厚長者的李林甫面前，楊慎矜覺得自己的謹慎是多餘的了，這些話聽起來很溫暖，於是恭敬地站起來說：「深謝宰相大人惦記著我們兄弟，我兄長慎餘現任太子舍人，兄弟慎名是大理寺評事。」

李林甫笑著說：「看見老朋友的兒子這樣出息，我心裡真高興呀！」

「宰相大人對慎矜兄弟的厚愛，在下一定銘記在心。」楊慎矜說。但他從未聽父親說過李林甫是他的「老朋友」。

「老夫記得，慎矜的祖上，在隋朝曾是風雲人物，幹起事來轟轟烈烈。」

「慎矜先祖有罪於大唐，怎麼敢承受大人的溢美之辭。」楊慎矜低下頭來，做出手腳無措的樣子，但心裡卻對以李唐宗室宰相李林甫不計前仇的寬廣胸懷感到十分慰藉。

「以你們兄弟的年齡才幹，正好為大唐作一番事業。」李林甫說。

這句話可謂是正中楊慎矜的下懷，他立即說：「慎矜任憑宰相大人差遣，願效犬馬之勞。」李林甫不再說這個話題，挪過那個博山爐，沉重地說：「作為人，哪一個能忘了祖宗根本、孝悌忠信？老夫最恨的是拆毀人家房屋，挖掘人家的祖墳，這是最令子孫後代痛心的事。」說著話鋒一轉：「慎矜，你怎麼看？」說著將手放在博山爐上輕輕地拍著，好像要把楊氏先祖的靈魂召喚出來聽慎矜回話。

「宰相大人說得對極了。」楊慎矜已經隱隱感到，李林甫把叫來不是專門為請他鑑賞古玩的，他已經把談話的中心轉移到了「挖掘墳墓的人」——這兩天時時浮上他心頭的韋堅。

「至於修廣運渠，不過是借修渠拆房毀墳，張揚韋家威勢，不過是盤剝百姓討好皇上罷了！」李林甫一下子站起來憤憤地說。「吉七，慎矜，你說呢？」

「宰相大人說的極是，在下很有同感。」吉溫即說並且盯住楊慎矜的臉。

楊慎矜驚奇地看著李林甫，奇怪他為什麼說出這樣的話來，先前他不是在宴會上和唱崔成甫的「得體紇那耶」嗎？不是為韋堅的晉升而舉杯祝賀嗎？面對著這種反覆無常的人楊慎矜不得不有所防範。但是他的目光一接觸到他的上司吉溫的目光，便立即含糊地回說了一句：「是的……宰相大人。」

「韋堅仗著他是太子妃兄，想幹什麼就幹什麼。慎矜，老實告訴你，兩年前，正是韋堅向皇上要去了你的太府出納、京畿採訪使！」李林甫看著楊慎矜驚愕的臉說：「這些內情老夫倒是知道得一清二楚，慎矜當然是矇在鼓裡。現任太府出納和京畿採訪使都是韋堅一黨。」

「是他！」

楊慎矜只覺得「嗡」的一聲，全身的血液都湧到了頭上，果然不出他的意料之外。京畿採訪使、太府出納是從八品的官員，品味低下但是肥缺。朝廷的財貨、稟藏貿易、四方貢賦、百官俸祿、祭祀幣帛都要從他手中過。而從六品的侍御使楊慎矜，雖然執掌彈劾檢舉百官不法者的大權，卻常常想起太府。

一個在內宮沒有眼線的從六品侍御是無法知道內情的。龐大的宮廷就像一個黑箱，只有李林甫等少數人能進入黑箱運作，聽了李林甫透露的「內情」，楊慎矜心裡又憤怒又哀傷。他望著李林甫的臉，那臉上寫滿了對他的關懷和鼓勵。

「宰相大人，你說在下該怎麼辦？」

李林甫聲音低低的、甚至是慈愛的：「老夫正是為此事叫你來這裡的，有人向老夫告密，說韋堅結黨成奸，最近又與邊關將領往來頻繁，皇上年事已高，聽說他們私下商議要太子登位，取而代之！」

「有這等事？」楊慎矜屏住氣息，緊張得心砰砰直跳，侍御史的職能使他立即問道：「有證據嗎？」

「眼下還沒有證據，告密的人膽小，不肯說出姓名，這事只能你我知道。現在要緊的是，抓住韋堅的把柄，為大唐江山除害！」

「在下該作些什麼，請宰相大人吩咐。」楊慎矜說。

「因為你是侍御使，司掌彈劾檢舉不法官員的職責，你應盡快取得證據，彈劾韋堅！」李林甫義正詞嚴地說，彷彿韋堅真正是亂臣賊子。

「宰相大人放心，卑職一定盡快取得證據。」楊慎矜說，有了宰相的支持，他還怕什麼？

「事成之後老夫一定向皇上說明前因，以慎矜的才幹，取韋堅而代之有何不可？」

李林甫堅決地說。

「謝宰相大人。」楊慎矜一揖到地，幾乎要說感激李林甫的知遇之恩了。

楊慎矜從相府出來，覺得自己已經像一隻鷙鷹伸出了爪子，向凶猛的狼群撲出。

31. 誣陷！剎那間李白心中陰雲密布

廣運渠修成之後，韋堅大宴賓客，汝陽王李璡、左相李適之、翰林學士李白、太子賓客賀知章、金吾長史張旭、吳道子、起居郎崔宗之都來了。韋堅向皇上奏報了崔成甫在修廣運渠中的功績，皇上將陝尉崔成甫升為監察御史，這無疑是給李林甫把持的御史臺栽了一根眼中釘。朝中文武百官們都來祝賀，眾人飲宴到下午，盡歡而散。皇甫唯明沒有來參加宴會，韋堅心中過意不去，韋堅知道皇甫唯明這人質樸，不喜歡這種花花場合。自己專門為他設一小宴，一來與久別重逢的老友無拘無束地談話，二來顯得對他的特殊禮遇，實際上是代表目前不能隨便會客的太子連繫過去的情感。

韋堅走進景龍觀，讓侍衛在前院休息。觀中的道士把他引向設宴的地方景龍觀，道觀後院的雲臺。

景龍觀地處崇仁坊繁華地段，有很幽美的園林，開元初改成道觀，後苑綠樹蔥郁有名貴的花草，和漢白玉欄杆圍繞的雲臺，是一個鬧中取靜的好地方。在這裡飲宴賞月，乃是王公大臣們的一件雅事。

道士領韋堅走進紫薇枝纏繞形成的門，一眼就看見了皓月之下白玉欄旁皇甫唯明英武挺拔的身影。

「唯明！」韋堅叫道。

皇甫唯明回過頭來，看見了韋堅：「韋兄！」

「對不起讓你久等了，我正要到這裡來，途中遇見太子，我送太子回宮，來晚了一步！」

小道士端上酒菜來，二人一邊喝酒一邊說話。

「太子深夜出宮有什麼事嗎？」皇甫唯明說，太子自入主東宮以來，皇甫唯明就為他捏著一把汗。

「還不是安祿山那個混蛋，前幾個月在廣運潭大典上他居然不拜太子，皇上還為他設金雞坐帳。太子侍讀李泌認為安祿山有大逆不道的跡象，氣憤之下寫了一首罵安祿山的詩，被太子斥責，一氣之下離開京城。太子不忍，親自送李泌出城，回來時碰上我，我才將太子送回東宮。」韋堅說。

皇甫唯明給韋堅斟上酒，說：「我這次回京很想和韋兄敘一敘，我久在邊關聽到很多謠傳，聽你這一說，十有八九是真的，不知為何皇上要寵信安祿山這種外表愚魯，內心奸詐的人。」

儘管空曠寬闊的園子裡只有面對面兩個人，韋堅還是壓低了聲音說：「皇上成天修仙學道，和太真妃……」

「那可怎麼好？一旦危及大唐江山社稷……」皇甫唯明說。兩個老朋友一邊喝酒，一邊敘談。

突然後苑的樹叢中衝出幾十個羽林軍，把兩人團團圍住叫道：「抓住他們，別讓他們跑了！」

「你們是什麼人，膽大包天！」皇甫唯明拔出了腰間的長劍。

韋堅用手勢止住了皇甫唯明，叫道：「我是韋堅，爾等不得無禮！」韋堅看了看羽林軍中幾個熟識的面孔。

從羽林軍中走出一個人來：「韋大人，你二人隨我到御史臺說話。」

韋堅看這個身材頎長面目端正的中年男子好面熟，一時想不起他是誰。

「我是侍御史楊慎矜，韋大人。」

對著小小的侍御使，韋堅冷笑一聲：「大膽！」

楊慎矜從懷中掏出一張黃敕來：「這是皇上的命令。」

「我不信！」韋堅大吃一驚。

「請韋大人過目。」

韋堅接過黃敕，黃綾上的字跡還是潤潤的。韋堅頓時好像被雷劈了一般怔在那裡：在他們慶祝勝利的時候，一張黑暗的大網已經把他們包圍了！

這天晚上，像伺守獵物一樣，尾隨了韋堅一個多月的楊慎矜手下發現了韋堅送太子回宮，跟蹤到景龍觀，從景龍觀的後苑翻牆進去，又發現了韋堅和皇甫唯明在交談。李林甫與楊慎矜連夜進宮告密，說太子有取皇上而代之的嫌疑，玄宗命令立即逮捕韋堅和皇甫唯明。

早在二十年前，玄宗的朝廷還不很鞏固的時候，因為宗室與外戚往來密切，生出事端干擾朝政，玄宗詔命「宗室、外戚、駙馬等非至親不得往來。」事隔二十年，天下太平四境平安，這條詔書漸漸地廢弛了。劍南節度使鮮於仲通來京時，是楊國舅家中的嘉賓，嶺南刺史到京城也拜謁過太真妃的姐姐，更不消說安祿山與張利貞等過從甚密，李林甫乾脆把朝廷從宮中搬到家裡……楊慎矜正是撿起二十年前的這條詔命，作為拘捕韋堅和皇甫唯明的理由。

因為景龍觀事件突發，李適之與韋堅原來打算揭穿安祿山在燕山腳下屠殺無辜掠地劫財的計畫落空了。

廣運渠大典之後，崔成甫升了監察御史，韋堅表示要給鄭虔修繕廣文館，李適之再次向皇上提出授予李白中書舍人一職。李白去了一趟終南山，想把這個好消息告訴磣磴兒，十年前從玉真公主別館告別後，一直都沒有見到磣磝兒，假如有了一官半職，自己也好「衣錦榮歸」，告慰年邁的父母。那時他一定帶上磣磝兒回去看看，磣磝兒是近五十歲的人了，一定兒女成行了吧？李白想著來到當年的玉真公主別館，用朱漆新漆過的大門半掩著，見釘著錚亮的黃銅門釘，周圍的樹木蓊鬱，比當年長高了許多。李白進去，見裡面不少工人正在維修，一些人正在清理花圃掃地。大門一側當年磣磝兒住的小屋已粉刷一新，沒有人住。

這時走過來一個管事模樣的人，見李白衣飾鮮明，恭恭敬敬問道：「請問大人找誰？」李白道：「原來在這裡看門的父子倆，你可知道？」那人道：「倒是聽說這裡從前有過兩父子在這裡看門，兩年前不知到哪兒去了。」李白進去，前前後後轉悠了一回，自己與丹砂當年住的地方早已重新起了樓閣，正在裝修已經快完工了。當年情景歷歷在心，沒有找到磉磤兒，只覺丟了什麼似的，好在這地方清靜，玩了幾天悵然而歸。

原來上月約好，這天飲中八仙到曲江畔賞心亭會齊，僱一隻樓船飲酒做詩。李白從終南山下來，早早地來到曲江畔賞心亭，只有一人，一雙赤腳蹺著二郎腿仰面朝天躺在石桌上，臉上蓋著一把蒲扇，不是張癲還是誰？李白悄悄上前，拿開張癲臉上的蒲扇，張癲躍起身來說：「原來是你！」臉上並無半點喜色。李白問道：「個把月不見，怎麼變成餓馬似的？」張旭道：「你可知道韋堅出事了？」

「韋堅？他會出什麼事？」李白自見了如意和珞薇之後，有時在紅樓，有時在珞薇那裡，好多時間不在翰林院住了。

「聽說是與邊將勾結，夥同謀立太子，要皇上禪位。」張旭低聲說，一臉陰雲。

「真的？這可不是小事，韋堅剛升任左散騎常侍，怎麼會？怕是謠言吧？」

「你小聲點，待會兒左相他們來了再打聽打聽。」

一會兒吳道子也來了，卻不見汝陽王、李適之和崔宗之等。李白在附近酒家要了一罈石凍春和幾碟小菜，三人一邊飲酒一邊等著，說起韋堅的事吳道子也有風聞。日上三竿，還不見人來。

張旭說：「怎麼搞的？左相不是說他作東麼？要是以前，適之早就來了，今天是怎麼回事？」

莫不是左相出了什麼事？李白心裡一驚，但嘴上沒說出來，這時遠遠馳來一匹馬，一個人在岸邊下馬，將馬系在柳樹上，向賞心亭奔來，正是崔宗之。

「你們怎麼還在這裡？」崔宗之神色緊張地上氣不接下氣地說：「御史臺稟報說，韋堅暗中勾結太子陰謀篡位，東宮已被抄查，牽連到不少人。」

「牽涉到東宮？我看太子不是那種搞陰謀的人。」吳道子說。

「依我看，皇上剛升了韋堅的官，他是太子妃兄，怎麼陰謀篡位呢？這事一定有別的陰謀。」李白說。

「我的好大哥們，千……千萬不要這樣說。」崔宗之急得頓腳，連說話也有些結巴起來。「我是特意來告訴你們的，」崔宗之壓低了聲音說：「在查抄韋府時，搜出了李適之彈劾李林甫安祿山相互勾結的奏摺。今天早上李林甫的暗探已經在暗中監視左相了！」

「安祿山在東北邊陲掠財殺人是事實，難道不該彈劾？左相作得對。」李白說。

張旭拉他坐下，李白給他斟上一杯酒，崔宗之喝下，情緒略略平穩了些。崔宗之說：「這哪裡是講道理的時候？李林甫讓御史臺查辦韋堅一案，已經牽連到很多人，凡跟韋堅有過交往的都要到御史臺去陳述，以脫關係。」

「那崔成甫怎麼樣？」李白立即想到與韋堅很好的崔成甫。「崔五兄已被牽連進去，眼下關在牢裡。」崔宗之說。

「啊？！」李白大吃一驚。

「現在已經每天有人家破人亡，你們還不知道，我也列在到御史臺陳述之列。為了不失約，我趕著來告訴你們。我到翰林院找過李十二兄，聽翰林院的人說，你到終南山去了，我才稍微放心。汝陽王和賀老賓客今天身體不適，他們不會來了。出了這種事，你想左相——」

「他與韋堅很好，為了不把我們牽扯進去，也許他不會來了。」張旭說。

「有證據證實確是謀反嗎？」李白問。

「聽說皇甫唯明和韋堅在景龍觀密謀時，被楊慎矜當場拿獲，現在這兩個人被關在御史臺的監獄裡，沒有聽說供出什麼來。」崔宗之說。

「那憑什麼說他們謀反？」張旭問。

「沒有證據，可是皇上已經相信了他們是有陰謀的。」崔宗之惴惴不安地說。

韋堅剛升任左散騎常侍，怎麼會謀反？廣運渠正源源不斷地為長安和宮廷供給財貨，跟謀反這事風馬牛不相及。韋堅要謀反，為什麼不謀取兵權而採取修廣運渠的路子？誣陷，一定是誣陷！剎那間李白的心中陰雲密布，歷代朝廷最陰險最殘酷的爭鬥從他心頭掠過。皇上最怕最恨的是臣子謀反奪取帝位。一旦皇上認定是謀反，韋堅與他的親友們就在劫難逃。

崔宗之不敢洩漏那天晚上他看見的情況，當晚，李林甫與楊慎矜深夜向皇上誣告韋堅與皇甫唯明密謀擁立太子登位的時候，他正在值班，看見了整個誣衊的過程，他祕密地告訴了李適之。但面對平時大而化之的三位酒兄，說不定哪天就會栽入李林甫的陷阱而身首異處。崔宗之憂心忡忡看著他們說：「篡位這種事情，如果有，也是祕密的。人心隔肚皮，誰知道誰心裡想的什麼？這真太可怕了，太可怕了！」崔宗之接連說了兩個「太可怕了」端著酒杯的手顫抖著，幾乎要掉下眼淚：「我這就去御史臺。還不知道……」說著將杯中的酒一飲而盡，帶著異樣的神色看看三人，站起來就要離開。

「等等。」李白感到事態的嚴重，「宗之，你這樣去是不行的。你冷靜一下，你是不是已經知道了什麼？」

「沒……沒有哇。」崔宗之俊美的臉上布滿了倉惶。

「宗之，不管你看沒看見什麼？你想想，你曾經看過韋堅做過什麼奸惡的事麼？」李白說。

「沒有。」

「你與韋堅的交往中，有沒有做過危害皇上、朝廷、社稷百姓的事？」

「沒有。」

「那麼，不要怕。我們的心可以坦白地面對上天和人世，成敗得失此刻並不重要。雖然歷代都有忠而見疑的事，要緊的是我們心中有對皇上、國家的忠信，就不怕險惡小人製造的一時的混亂。」李白握著崔宗之的手，盯著他的汪汪淚眼說。

崔宗之聽完李白的話，一下子跪在李白面前，撲在李白懷裡，「哇」地哭出聲來，自從那一夜之後，他一直處於惶惶不安的境地。他不斷地目擊一個又一個的大臣家破人亡，他從來沒有想到他會被牽扯進去，他感到孤立無助恐懼不安。看著撲在李白懷裡抽泣的崔宗之，張旭和吳道子嘆息著，這個還帶著稚氣的年輕人，對於充滿詭詐和陰謀的朝廷來說，畢竟是太年輕了呀！崔宗之從李白膝下抬起頭來時，雖然兩眼紅紅的，但先前的驚惶已經從臉上消失了。李白扶他起來，道子摸出一方手絹給他揩去臉上的淚痕，抖去衣衫上的塵土，張旭遞給他一杯酒，崔宗之徐徐飲下。

「我走了。」臉上露出一絲微笑，崔宗之整了整衣衫，正了正幞頭，向三人拱手道。

「你要好好的，癲叔、道子、李十二在這裡等你。」李白說。「我會好好的。」崔宗之說。

李白張開雙臂，將崔宗之抱在懷裡。「我不會有事的。」

張旭、吳道子將崔宗之分別擁抱了一次。

崔宗之走出賞心亭，解下柳樹下的坐騎從容跨上，回頭向三人拱了拱手，向皇城方向去了。三個人目送崔宗之遠去都無言，李白不再喝酒，對張旭和吳道子說：「我要去看看賀老賓客。這裡一定有陰謀。這事牽連到太子，賀老賓客怎能脫得了關係？」

「我們一起去。」道子和張旭說。

「不，我一個人去，以免再生出什麼不測來。」

李白上馬從曲江向北路過修政坊，發現好多店鋪和官邸都關著門，顯得比較冷清。路上遇到一隊羽林軍押著一行人扶老攜幼，悲悲切切地走著，聽說原是韋堅手下的倉部員外郎鄭章一門，要將他們流放到滄州去。一些羽林軍從鄭章府邸裡抬出箱籠財物，一個鬢髮蒼白的老者嚎哭著，拉著箱子不放，那羽林軍惡狠狠地一腳，將老者踢翻在地，頓時老者口中湧出鮮血而死。婦孺們拚命奔過去呼號慟哭，李白不忍再看下去，連忙從永寧坊那邊繞過去。李白穿過東市向北，又遇到兩家同樣的情形，只是比鄭員外家的更慘，走過平康坊連妓院也緊閉著門。

李白剛走到崇仁坊口，只見這條街空空的，只有幾個羽林軍在那裡巡邏。李白正猶豫間，突然覺得有人在背上拍了一下，回頭看不是別人正是韋子春。

「都什麼時候了，你還走這條街。」韋子春低聲說道，拉了李白向興慶宮方向走去。「好不容易找到你。」

「我剛從終南山回來，發生了什麼事？」李白問。

韋子春的消息準確而明白，韋堅一案几十個官員的家遭到抄沒，幾十個官員被流放，波及到幾百人，甚至參加廣運渠大典的船伕和民工。關於李林甫一夥的陰謀，韋子春也把正式和非正式的傳聞告訴了他。春夏之交溫暖的陽光照在長安大街上，李白心中卻感到一陣陣寒噤。

「鄭虔呢？」李白立即想起了那古板而倔強的老頭，他是為廣運渠大典寫曲子的人。

「還不知道。」韋子春說：「你怎麼老問別人，不想想你自己！」

「我得去看看鄭虔。」李白說。

「不行，現刻哪裡也不要去，免得招惹麻煩。」

「那你為什麼來找我？」李白苦笑了一聲。

「因為你剛進宮一年，不可能與什麼人深交，以你在皇上心中的位置和詩名，他們也不會輕易在你頭上動刀子。還有李十二，我們不是一般的朋友，我……我不希望你遭到不測。」韋子春聲音哽咽了。

韋子春在此時遍街來找他，使李白很感動。「你放心，我會去看鄭虔的，我會小心，不要多說話，就此分手吧！」韋子春說。

「多保重。」

「多保重。」

不知為什麼，此時刻除了這三個字別無他言，而這三個字說起來特別沉重。

32. 至人無己，神人無功，聖人無名

李白沒有回翰林院，而是直奔監察御史崔成甫的府上。李白還沒走近，從旁邊小巷裡竄出一個漂亮小廝來將他一把拉住，兩人到了僻靜處。

「我的爺，可把你給等來了！」那小廝說。李白細看，原來是如意的貼身丫頭蕊兒。

「學士公是來找崔成甫的兒子吧？」

「他在哪兒？」李白問道。

原來吉溫抓捕崔成甫那天，在太學唸書的崔季在太學生的幫助下從後門逃出。崔季人小，只認得瀟瀟的老師如意，便悄悄跑到了紅樓。在韋堅出事的前幾天，瀟瀟一直在如意這裡學歌舞。韋堅入獄，如意把瀟瀟藏在自己的閣樓上。好在崔季初到長安沒人認得，如意便把他兩個藏在一塊，等李白來拿個主意。哪知李白一連好幾天都不見，如意便叫蕊兒在李白常去的地方尋找。

李白隨蕊兒到了紅樓，見兩個孩子像失巢的小鳥一樣望著他。

「柱兒呢？」李白問。那孩子機靈，出事那天，崔五兄叫他快跑，他就跑到「八里香」店家那裡，那店

主是個好人，收留了他，昨天他還穿著夥計的衣服，藉著幫店主送酒來我這店報平安。聽說連民伕船伕都抓了，柱兒說他和馬店主連夜搬走了，大概是到河北親戚家。

「瀟瀟倒可以留在這裡，沒有人知道他是韋堅的養女，就是季兒——」

李白立即想起了在河北有位友人何判官，此人對他十分仰慕也是崔成甫的好友，正在長安辦事。李白立即來到何判官住的館驛，何判官慨然承諾。李白將崔季打扮成小廝的樣子，帶他上了一輛有竹簾的牛車。何判官早已等在那裡，接了小崔季立即出城已是黃昏時分。

李白走進翰林院，學士們沒有一個人與他打招呼，互相也不說話，連棋也沒人下。人們像風暴來臨時的鳥兒，各自躲到自己的巢中，避免災難。

三分鐘熱風將牆外的塵土捲起吹進來。李白看看天空，黑沉沉的雲團在大明宮頂上聚集，像李林甫製造的恐怖和陰謀，李白彷彿聞到了陰風中的陣陣血腥。

第二天一早，李白來到賀知章的府邸。門前冷冷清清空無一人，幾隻麻雀飛來飛去地在門前的空地啄食玩耍，門是半掩半開的，李白推開門就看見了門房緊繃著一張臉，好像李白就是一頭猛獸。

「在下翰林院的李白，來向賀老賓客問安。」儘管李白的口氣異常平和，但門房臉上的肌肉仍然沒有鬆弛，疑懼的眼光在李白臉上瞅了好久，才說：「請等一等，我去通報一聲。」轉身到裡面好一陣才出來，叫一個小廝領李白進去。

賀知章僵臥在床上，蒼白散亂的頭髮遮蓋了灰白面容的一半，更顯得憔悴衰老。景龍觀事發，他直接感覺到，這次事變的最終結果對太子極為不利。「謀反」是最可怕的罪名，這件事牽涉到太子妃、太子、李適之、崔成甫……和他賀知章本人，一旦罪名成立，他們就會被趕盡殺絕，最終的結果是動搖大唐的根基。他已經八十五歲，死不足惜，可恨的是，李林甫挖掘了這個可怕的陷阱，把大唐的忠直正義推了下去！怎樣保全太子？他苦思苦想，想不出辦法來，他憂憤交加疲倦極了。他感到渾身每一塊肌肉每一根骨頭都僵硬而疼痛，他腦子裡一片昏亂。賀知章已經對身後的事進行了安排，穿上年輕時從剡溪來到京華的一身布衣，然後閉目昏睡，等待著皇上賜死的詔命。一般是宮裡來人賜給一段白綾或一瓶毒酒落個全屍，以他這樣的身分，避免了在西市砍下頭顱遭到世人恥笑的下場。他疲憊到極點，身後的事，讓世人去評說吧！

「賀老賓客，我看你來了！」看見賀知章垂死的樣子李白心中一陣悸痛。在這乾枯昏亂疲憊的軀體上，哪裡還找得出談笑風生的賀老酒仙的痕跡？

「太白……」賀知章顫抖的聲音叫道，認出了李白，不知為什麼渾濁的淚水從昏花的老眼裡溢位，流淌在布滿皺紋的臉上。

「這種時候，你怎麼能……來看我呢？」賀知章的聲音沙啞而淒涼。

「老爺子，瞧你說的，怎麼就不能來看您了，我堂堂正正一個人，有什麼不敢來看您的？怕再來一回金龜換酒？」李白雙手撐著床沿俯身向賀知章說。

「都什麼時候了？還有心思說這些話。」賀知章有氣無力地說。「我想問你，為什麼會發生景龍觀的事？」李白問。

「韋堅是太子妃兄，李林甫嫉妒韋堅，進一步危害太子。」賀知章說。

「我也是這樣想，怎麼辦？」

「皇上相信讒言，沒人有回天之力。」

「我要去向皇上進言，說明太子和韋堅不會謀反！」

「不！」賀知章猛地抓住李白的衣襟，生怕他立即就去宮裡，「不成，誰也說不清景龍觀夜裡發生了什麼，你貿然進宮，是自投羅網啊。」

「那……難道讓那些奸險小人陰謀得逞不成？避開禍患而保全生命，而人生在世上，除了生命還有正義，為了主張正義，還有『殺身成仁，捨生取義』之說，人非草木，豈能容忍邪惡，一味保全自己！」

「太白，我沒有看錯你，但是現在更重要的是保全太子。」

「奸人已經得手，韋堅和皇甫唯明在御史臺獄中……要保全太子……」李白思索著。

「我打聽到雖然東宮被查抄，沒有證據能說明太子與韋堅有什麼必然的連繫。不管韋堅與皇甫唯明有沒有陰謀，一定要保全太子，保全了太子，奸人最終沒有好下場。不能讓李林甫的陰謀得逞！」李白說。

「保全太子……」賀知章絞盡腦汁想著，李林甫當年陷害張九齡，張九齡最終還是被削去相位貶謫出朝，何況這次是在謀反的可怕罪名之下。

「捨車馬，保將帥。」李白說。

「你說是捨棄韋堅他們？讓太子與太子妃脫離關係？」

「皇上對傳位於太子一事深惡痛絕，一旦李林甫抓到韋堅的一點點紕漏，就會在皇上面前說得活靈活現，皇上現在將朝廷整個地交給李林甫，韋堅和皇甫唯明就是沒有陰謀也難倖免於難。」

「現在怎樣才能告訴太子呢？東宮到處都是李林甫布下的耳目。」賀知章犯難了。

李白望了望窗外那樹火紅的海石榴花說：「我去。」說著到外面摘了一把海石榴花來，選出幾枝並蒂的，用棕絲束了，裝在一個白瓷花瓶裡，去至東宮。

李白來到東宮，只見四周增添了不少武衛士兵，李白只裝著沒看見直接往裡走，一個衛士伸出長矛攔住了他。

「怎麼？連我也不認識了嗎？」李白說。

「皇上有命，不……不讓閒雜人等進去。」衛士吞吞吐吐地說。

「今天怎麼哪？本學士是閒雜人等嗎？」李白故意問道。

衛士認得是翰林院醉草〈答蕃書〉的李學士，猶豫了一下說：「讓我為學士代勞吧。」

李白不以為然地笑笑說：「老弟真會開玩笑，你可知這海石榴本不是大唐的，而是從波斯國引種的，好不容易才開花。本學士拿這麼新鮮的石榴花送給太子，你倒想占我的人情！皇上叫我常去東宮坐坐，給太子講講詩文，從沒聽說過東宮不許我進去。」說著就往裡走，那衛士只得跟著他進去，看他到底與太子說些什麼，如有嫌疑立即拿下綁送御史臺。

李白到了裡面，見太子正在書房捧著一本《論語》愁眉不展。李白叫道：「太子殿下，你看我給你帶來了什麼？」說著將那一瓶火紅的海石榴花遞給太子。

「啊！好美的石榴花，學士從哪兒得到的？」

李白道：「這花是興慶宮園裡的，十年前一個外國人送的一棵樹苗，今年好不容易開花，我特意採摘了這一大瓶來送給太子。」

李白見那衛士探頭探腦在門前看，便道：「你看這位兄弟也愛這花，一直把我跟著到太子這裡，」說著索性將那花從瓶中取出，交給衛士道：「你既喜歡，也好好看看吧。」那衛士哪裡敢接。李白又道：「只是養這花的水要好水，東宮醴泉的水養花極好，煩這位兄弟把瓶中的水給換一換。」

李白將白瓷瓶遞給衛士，那衛士見李白把花和瓶都交給他看了個遍，不再懷疑其中有詐，自個兒捧著瓶去換水去了。

李白指著石榴花對太子說：「這花好不容易開一回，賀老賓客特意託我大老遠地送進東宮，望太子好好賞一賞。」說著扳起那枝並蒂花向太子使了個眼色，將連理枝一撕兩半。又道：「連理遭牽連，終不成連理，與其同遭難，不如去一枝。此是賀老賓客詠海石榴詩意，殿下可要仔細體會其中韻味啊！」

太子聽了頓時雙眼一亮：「拆開連理？」李白點了點頭。

衛士換了水立即返回，太子移過那瓶石榴花，將那束花中的並蒂花一一分離，並蒂花的其中一朵墜落地上。李白見太子會意便告辭出了東宮。

李白回到賀知章府上，傍晚，宮中傳來太子與太子妃韋氏斷絕關係的消息。李白說：「韋堅和皇甫唯明都是國家的大臣，我想他們行事，不會是誰想編什麼就能編出什麼來的。再說『取而代之』的事，並不是兩三個人突然碰在一起就能成功的。再說太子已經與妃子韋氏斷絕關係，只要太子得以保全，事情總會有水落石出的一天。」賀知章鬆了一口氣。

李白看見賀知章衰病的樣子想，只有昏聵的君主，才會聽信奸人的讒言，把忠直之士趕盡殺絕。這樣的朝廷，這樣的君主……賀老爺子就是氣死，也無濟於事。於是對躺在床上的賀知章說：「老爺子，大不了丟官罷了，丟了官酒是有得喝的，詩是有得做的，你怕什麼？」李白在床沿坐下。

賀知章心裡稍稍放寬了一些，他抬起肩膀想支起身子，李白把他扶起來。

「你說得對，不做官了，喝酒，做詩……這才對了。」賀知章說。

「『君子達則兼濟天下，窮則獨善其身』。」李白戲謔地說，「你看，我帶了什麼來了？」

「什麼？」

「你猜。」李白故意抱住不讓賀知章看到。

「酒。」賀知章雖然說話無力，但笑了。賀知章記起他從東宮回來後，已經一天多沒有喝酒。侍兒見賀知章起來了，端過一盞桂圓蓮子羹來。

「先把這羹喝下，再與你對飲。」李白從腰間掏出一個金漆填彩葫蘆，李白見自己一席話，說得垂死的賀知章居然進食，心中暗暗高興，有如當年蘇秦連橫遊說諸侯獲勝而歸的心境，對於打動人心這一點，李白確信自己不僅有「驚風雨，泣鬼神」之筆，而且有一條「起死回生」之舌。

賀知章喝完蓮子羹，便要起來，李白忙按住他說：「等等，小心著涼。」叫侍兒給他披了一件夾袍，然後搬來一個小幾，端了幾樣小菜。

「今天這酒，我倆就這樣喝。」說著移過玉杯來，將酒徐徐斟滿酒杯，但見那酒色如流霞，斟酒時如一道彩練連繫著葫蘆口和玉杯。頓時屋內酒香驅散了藥味。李白斟了滿滿兩杯，遞了一杯給賀知章。賀知章飲了一口，只覺甘醇可口，頓時心曠神怡。拿過那金漆填彩酒葫蘆來，見上面刻著西王母故事，十分精美，便問道：「這酒是哪裡來的？」李白道：「這是去年秋天我送師兄煙霞子回華山時，煙霞子送我的，我一直捨不得喝。這叫茱萸酒，有提神健身、延年益壽的好處。是煙霞子在王屋山中親手精釀的，給了我一葫蘆。今日拿來孝敬您老人家。」賀知章說：「果然是好酒。好久不見煙霞子，原來他悄悄地走了。」賀知章說：「自你入朝以來好久都有沒有拜讀過學士的大作了，你那些應酬詩也寫得越來越謹慎了，快拿出來看看。」

李白從懷中掏出詩稿，說：「還是讓我唸給你聽吧！」於是唸道：

「鳳飛九千仞，五章備彩珍。銜書且虛歸，空入周與秦。橫絕歷四海，所居未得鄰。吾營紫河車，千載落風塵。藥物祕海嶽，採鉛青溪濱。時登大樓山，舉首望仙真。羽駕滅去影，飆車絕回輪。尚恐丹液遲，志願不及申。徒霜鏡中發，羞彼鶴上人。桃李何處開？此花非我春。唯應清都境，長與韓眾親。」

賀知章聽了半晌沒說出話來，李白詩中的道家仙境，令他昏亂的心境豁然開朗。是的，這世上本另有一個境界，完全有別於朝廷的傾軋爭鬥。那清靜超脫的氣氛，與他此時此地完全是另外一番景象。

「好！寫得好！」賀知章笑了。

李白看見賀知章臉上的笑容，心中也稍稍放寬了一點。

「謫仙人，老夫當年看你才華過人，與太玄煙霞子一起把你推薦給朝廷，指望你成為朝廷的棟梁……」賀知章說著，在李白的臉上尋找當年飄逸瀟灑的痕跡，卻什麼也沒有找到。自李白入宮以來，大都作的是應制詩，而且除了宮中行樂之外，沒有什麼新鮮內容；談不上氣勢，情調也平平。賀知章猛然想起，這裡的氣候環境如果不能把李白變成一匹乖乖的「立仗馬」，就會是另一個遠謫龍標的王昌齡，弄不好更像陷於囹圄之中的崔成甫。那麼「噫吁嚱，危乎高哉」就沒有了，「西嶽崢嶸何壯哉，黃河如絲天上來。」也就沒有了，那是古之所無，今之罕有的，是他賀知章扼殺了將會由那個詩仙筆下生發出的萬千意象。他的目光把李白從頭到腳審視了一遍。

「老夫不知道，把你舉薦到長安來是對了還是錯了。」賀知章說。

「至人無己，神人無功，聖人無名。成敗禍福都是一種生命的體驗，何況是李白入朝這種事，其實我已經把這件事反覆想過了，既然自己來到朝廷，沒有給奸佞拱手讓座的道理，除非李林甫從普天下找出一個與本學士才調匹敵的人來。老爺子千萬不要把這事放在心上，喝酒吧！」李白說。

賀知章見李白說得坦然，不再往下說。李白在賀知章府上過了一夜，第二天早上，回到翰林院，內侍過來傳話說皇上與太真妃讓李白當天下午陪同上驪山。

對於急於救出友人的李白來說，這個機會太好了！

玄宗這次上山，是因為李林甫稟告有人見朝元閣內的老君像半夜放五彩光芒，李林甫在此時把玄宗騙上山，為的是讓他的黨羽在城內放手殘害他的對手。而李白則是珞薇向太真妃推薦的，李白隨著玄宗的車輦上了驪山，到了夜間下起大雨來，君臣都在朝元閣飲酒作樂。章趨顯得特別活躍，領了一班道士手執拂塵唱著步虛詞，在玄宗面載歌載舞。安祿山也不甘落後，從一個道士手中奪了拂塵，也混在佇列中歌舞。玄宗與太真妃看了安祿山的樣子高興得大笑起來。剛一表演完畢，李白上前稟道：「臣也有一首遊仙詩，獻給陛下。」玄宗命伶人奏起樂來，李白唱道：「二室凌青天，三花含紫煙。中有蓬萊客，宛疑麻姑仙。道在喧莫染，跡高想已眠。時餐金鵝蕊，屢讀青苔篇。八極恣遊憩，九垓長周旋。下瓢酌潁水，舞鶴來伊川。還歸東山上，獨拂秋霞眠。蘿月掛朝境，松風鳴夜弦……」玄宗見李白將神仙境界描繪得美妙非常，不由拍手叫好。李白忙道：「只可惜微臣唱得不好，這首詩要是有一個人唱起來，方韻味悠長。」玄宗問道：「李卿說的是何人？」李白道：「皇上可記得前中書侍郎崔沔？」玄宗道：「記得，記得。朕創業之初，百廢待興而資財短缺，這人勤勉儉樸，多難的事他也辦得好。」李白又道：「皇上可記得他的兒子崔成甫？就是在廣運渠大典上領唱『得體紇那耶』的人。」玄宗說：「怎不記得？那人嗓音高亢，圓潤響亮，叫他來唱遊仙詩，豈不更好！」李白道：「微臣這就為皇上把崔成甫找來。」

李白帶了一個小內侍冒雨連夜下了驪山。

33. 羽林軍抓一個文人是輕而易舉的事

韋堅和崔成甫遭難，修廣文館的事自然也擱下來了。鄭虔對韋堅與皇甫唯明圖謀不軌之事將信將疑，至於崔成甫，鄭虔幫他整理樂譜，覺得他豪爽明快，為人不錯。一聽到「謀反」的事牽連到崔成甫，鄭虔不覺心頭詫異。連忙到城外廣運渠去看，見不少御史臺的人，以及長安府賈季麟手下的差役，正在沿途搜捕廣運渠大典上撐過船的水手、艄公、舵師，甚至拉縴的民夫、修渠的役夫、站在船上歌唱的官吏、伶人無一倖免。其中不少是鄭虔的熟人，嚇得鄭虔連忙悄悄溜回廣文館。

常言說秀才遇到兵，有理說不清，鄭虔一介寒儒，遇到這種事有什麼辦法？想想自己也曾為韋堅、崔成甫做過事，自信秉著天地間一股正氣，不曾做過傷天害理的事，鄭老爺子也不想逃，倒是不慌不忙關了門，取出一摞柿葉來，將近日之事一一寫出，仰天長吁哀嘆人心不古。從那時起鄭虔就日日抱了酒壺到東市上轉悠一圈，沽了酒回到廣文館，拿出自己的一個秦時的臥虎銅樽，斟上酒一邊讀書一邊喝酒，喝醉了便呼呼大睡，至於有沒有人來登門拜訪或捉拿都無所謂。

離廣文館不遠處，是國子監書學助教的書房，這書房裡住著李京之薦來的書學助教秦列。李京之讓秦列走了吉溫的路子，在國子監作名助教混碗飯吃。秦列本來與鄭虔素不相識，但怎麼看鄭虔也不順眼。除了太學生們紛紛向鄭虔求教令他大為不滿外，還有一件事令他心煩：秦列的書房與廣文館中間有很大一塊開闊的空地，屬於國子監和廣文館的「兩不管」地段，昔日花草與目前雜草荊棘共同生長，引來了大群雀鳥在此嬉戲。鄭老爺子有時將剩飯菜端出來打一聲唿哨，那雀鳥便來啄食，集聚在老頭周圍嘰喳喳像一群小孩。鄭老頭子這時特別高興，也像鳥兒般歡呼雀躍，一忽兒跳起，將鳥兒嚇走，一忽兒又將它們招呼回來。秦列在國子監這邊，看見鄭虔的模樣卻窩著一肚子氣，以為堂堂一個廣文館主事，怎麼穿的就像裡巷間的販夫走卒般簡陋？還要在麻雀群中跳來跳去，簡直是有傷官體！這種人怎值得朝廷信任？於是鄭虔一舉一動，他都記在心裡，凡有閒暇，便到同事中去評說一番，心裡的氣才稍稍平順。

一次他聽太學生講章趨入朝的故事，講安祿山跳胡旋舞故事，偷偷打聽到這些故事是從鄭虔那裡傳出來的。那日鄭虔到廣運渠上去為崔成甫整理樂譜，秦列溜到廣文館的斷壁頹垣之後，見四下無人，偷偷翻進窗，來到鄭虔書屋。果然見立櫃裡堆了好多柿葉，翻了幾頁見上面確實字寫的是當時故事，秦列回到自己房裡，不知為何心裡很不是滋味。

外面傳來韋堅、皇甫唯明因圖謀不軌而被御史臺拿問的事，秦列心裡一亮，經過反覆思考之後決定要主持正義維持官威將鄭虔趕走。他獨自來到吉溫府上，將鄭虔與八十章柿葉書的事一一說出。

「真的？有這種事？」吉溫問道，彷彿一隻餓狼看見了尋找已久的食物。因為經過嚴酷地刑訊和各種誘惑，他從韋堅、皇甫唯明那裡一無所獲。暴怒的李林甫已經開始斥罵他是一個草包一頭蠢驢。

吉溫立即帶了秦列來到李林甫府上。

「鄭虔？鄭虔是誰？」李林甫心裡裝著的事太多，已經記不得鄭虔是誰了。

「就是司掌廣文館的鄭虔，原來是太常寺的協律郎。」秦列說，心中惋惜宰相大人竟連他不共戴天的仇人也不認得。

確實是鄭虔太渺小了，廣文館也太渺小了，無法在宰相的心中占有一席之地。李林甫依然記不起來：「我朝哪有個廣文館？鄭虔是誰，本相從沒有見過。」

吉溫不由笑了，畢恭畢敬答道：「宰相大人日理萬機，當然記不得這些小事。這鄭虔，就是在梨園爬在梯子上直著眼睛瞪相爺的那人，他還來找過大人，說廣文館沒有館舍的事。」

李林甫記起來了：「啊——哈……」李林甫聽完先笑起來，「原來是他！本相早知道這種人會與朝廷作對的，他怎麼敢為韋逆作樂譜呢！」雖然並無審訊結果，但是李林甫還是用了「韋逆」兩個字。

「把他抓起來以從逆罪論處！」李林甫揮揮手，讓秦列退下。秦列又一次惋惜，不明白宰相大人為什麼不把鄭虔的事問個清楚明白，那時他將繪聲繪色地揭露那糟老頭子大逆不道的罪行。李林甫讓秦列退出，因為他正心急火燎地等待吉溫的審訊堅的結果。吉溫從李林甫的眼神裡已經知道他將要問他什麼。

「宰相大人……能用的辦法都用盡了，他們……仍不肯招。」吉溫心虛膽怯地說。

「那麼，我怎樣向皇上交待呢？是吉大人察人失誤，還是有意擾亂朝綱，因此興起幾百人的大冤獄？」李林甫板起著臉，彷彿他與此事沒有任何關係，而一切的後果都應由吉溫來承擔。

「大……大……大人……」吉溫慌了神，他遇上吃不了兜著走的事了！此時舌頭一點兒也不聽使喚，連話也說不清楚，想到與秦列來宰相府的目的，定了定神說：「吉七一定想出良策……來對付……他們……」

李林甫面色緩和了下來。正因為他看到吉溫過人的毒辣狡詐，所以他用吉溫屢屢為他製造大獄陷害異己。雖然吉溫功勞顯著，但李林甫只讓他作御史中丞，永遠不把他提升到御史臺首席長官御史大夫的職位上去，好像牽狼狗的人，永遠用鐵鏈子把狼狗鎖著，與自己保持一段距離，以免這條凶猛狠毒的狼狗在有機會時冷不防咬自己一口。

「是什麼樣良策？吉七你講講。」李林甫說。

「給韋堅廣運渠大典寫曲子的鄭虔，可以在他身上做文章……」

沒等吉溫說完，李林甫說：「為韋堅寫曲子固然可恨，但這個鄭老頭也是為皇上寫曲子的，我記起來了，他是為皇上整理〈霓裳羽衣曲〉的，好像皇上還給他題了什麼『三絕』之類的字。我們要搞掉的是韋堅，搞這些窮酸文人有什麼用？還良策呢！」李林甫臉上露出不耐煩的樣子。

「事情是這樣的，鄭虔寫了八十章柿葉書，都是本朝的故事，在下想萬一皇上知道……」吉溫急急地將秦列帶到宰相府，確實還沒有完整成套的想法。

「放屁！要是皇上看了鄭虔的八十章故事，走火入魔，朝中豈不又多了一個李太白？你還嫌麻煩不夠嗎？」李林甫氣急敗壞的說，事情到了緊要關頭，手下在主攻方向上束手無策，而弄一些旁敲側擊的玩意兒來搪塞，的確不能不令他大動肝火。

「宰相大人，在下以為八十章故事，幾十萬言，不可能沒有一點破綻，不可能一點不涉及本朝，只要把涉及本朝的那些按在下的意思解釋……」吉溫看著李林甫的面孔，幾乎是哀求的樣子說：「要是不用這個辦法，韋堅和皇甫唯明又抵死不招……最後失敗的……就會是我們！」「那……你往下講。」李林甫猶豫了一下說。

「或者說韋堅授意他寫了這些文字……」李林甫陷入沉思，吉溫不再往下說。

「對了！說韋堅授意他私修國史！只要有那些故事在——」

「韋堅和皇甫唯明沒有口供，就無法給這次收繫獄中的幾百人定罪，圖謀不軌只是可能性而無實證。如果不盡快結案，李適之率群臣提出質疑，那我們的後果就不堪設想。將柿葉書說成是私修的國史，把『私修國史』與韋堅『擁太子取而代之』連繫起來，即使沒有口供，皇上也會相信韋堅真的有圖謀不軌的意思。」吉溫說。

事不宜遲，馬上採取行動，吉溫正等著李林甫示下，只見張利貞慌慌忙忙的跑進來。

「大事不好了！大事不好了！」

「出什麼事？」看見張利貞惶惶然如喪家之犬的樣子，李林甫稍稍安定的心中又一陣驚惶。

「宮中的內線，派人出來告訴我說李白陪皇上到驪山，沿途為皇上講述歷史典故，皇上聽得津津有味。李白提到崔成甫和他的父親前相國崔沔，又說起崔成甫的歌喉，竟勾起皇上和太真妃的興趣來。皇上說要聽一聽崔成甫的歌，太真妃還說要與崔成甫唱和呢！」張利貞說。

「這……」李林甫感到事情很棘手，除了逮捕韋堅和皇甫唯明是皇上的詔命之外，其餘朝中低層次的官員，都是李林甫說了算。他說抓誰就抓誰，皇上根本不知道被抓的人中有崔沔之子崔成甫。李林甫決定讓章趨出面，想出新花樣來迷住皇上，御史臺這邊爭取時間盡快結案。眼下命吉溫立即將鄭虔抓起來，查獲柿葉書。羽林軍抓一個文人是輕而易舉一事，就像老鷹抓小雞一樣，鄭老頭手無縛雞之力，對付不了半個羽林軍。為了不與太學生發生衝突，決定由吉溫與秦列在深夜帶羽林軍悄悄進入，將鄭虔抓走。

但李林甫和吉溫萬萬沒有想到，神不知鬼不覺竟有人走漏了風聲。守月堂的衛士早年是鄭虔的鄰居，向鄭虔學過字，深知鄭老爺子的為人，今日值班竟無意中將鄭虔的事聽得一清二楚。當下便託詞出門來，換了一套衣衫，直接從國子監的後門來到鄭虔的廣文館。

正巧鄭虔在房中獨自飲酒寫書，聽那衛士講後吃了一驚，心想這人冒著性命危險而來不像有假。衛士走後，鄭虔再無心思喝酒，對著滿屋的手稿發呆。鄭虔拿起蠟燭，唯一現實的辦法就是燒毀這些給他招來飛來橫禍的手稿然後逃離。他是個以儒道處世的人，自從他拿了那份微薄的俸祿開始，他就不斷的收集整理於世間有用的東西。他沒有妻子，沒有兒女，沒有劍；只有書、琴和酒。他這樣對人世毫無防範地活著，把他的生命變成了這些柿葉和紙張上的黑字。

到了深夜外面下起大雨來，他在黑暗中與八十章柿葉無言相對。過了兩個時辰，他伸出枯瘦的手打燃火絨，用紙捻點著蠟燭。他舉著蠟燭，走近那些髒兮兮黑糊糊的裝滿手稿書籍的舊櫥櫃，一本一本地看，與陪伴自己一生的文字作一次訣別。這舊櫥櫃裡有天文方面的資料，以鄭虔自己的天文觀點，對四十年來日月星辰氣象變化的分析；有地理方面的資料，記載著他整理出來的地理知識，有大唐及其屬國鄰邦山川河流風土人情的詳細記載；有天下百工、百藝的記載；還有大量的樂譜，是他在太常寺作協律郎的時候整理創作的，每一篇樂譜都澆鑄了他的靈感，還有他整理的棋譜、各種樂器的學習方法等等。拐角處的櫃裡，是他寫的《大唐軍防錄》。他閒時攤開地圖，將《大唐軍防錄》中記載的關於軍隊的增減、兵制的變化一一在地圖上演示，彷彿他真是一位運籌於帷幄之中，決勝於千里之外的大將軍。他從未將他的《大唐軍防錄》示人，那上面密密麻麻地寫滿了對大唐軍防的批評，倘若有朝一日皇上用他，他將會對有關方面提出非常確切的見解和對策。隔壁的櫃裡放著的是一部《胡本草》，那是一位胡醫神奇治療了他的足踝扭傷之後，他親自到西市的醫攤上和他走過的山川中蒐集整理的。《胡本草》上面細細的描繪著每一種草藥的形狀，下面便是這些草藥的產地、效能、泡製方法、用量及用法用途。他常常取出《胡本草》來給朋友們看，自嘲說有一天如果被趕出朝廷，便去西市賣草藥。但朋友都知道，如果換了別人，就不會產生這本《胡本草》，因為沒有人會把草藥的形態畫得如此準確，文字說明寫如此詳盡而妥貼。再有就是他整理的半櫃《薈萃》，那是他在司掌「廣文館」之後，著手收集整理的，他託到廣文館來求教的太學生們幫他抄錄的從蘇頲、張說、張九齡、賀知章到李白及岑參、王昌齡、王維等的詩篇和文章。他要將這本《薈萃》傳之後世，以作為他開創廣文館的建樹。廣文館，廣文館，一個多麼誘人的夢啊，他夢想著有一天修起一座高大寬敞的廣文館來，裡面陳列著像集賢殿書院那樣多的典籍，還有他編的很多新書。它包納了天下所有的知識，使天下有志之士都會來此學習，官紳、太學生、百姓、外國人——使它真正稱得起是名副其實的廣文館，鄭虔看到此時已是涕淚噓唏。

最後的這一櫃裡堆集著那惹是生非的八十章柿葉書。鄭虔老淚縱橫一頁一頁地翻著。這些浸透了他心血的文字，竟寫在枯乾的灰黃的柿葉上！他感受到一陣內疚，像慈祥貧寒的父親薄待了自己心愛的幼子。而這些柿葉，平整而整齊，既不焦黃易碎，也不生嫩易腐，那是慈恩寺的長老們在晨鐘暮鼓中帶著一片禪心為他拾得的。這柿葉本身就是一片清如鏡水般的禪心，一份逸如白雲般的高誼。正是有了這一葉禪心，鄭虔雖無天倫之樂而不覺寂寞，雖無錦衣玉食而不覺清寒，雖無權勢財寶而不覺空虛。

鄭虔抽泣著，嗚咽著，他的手劇烈地顫抖著，無論如何也無法點燃那堆柿葉，不知為什麼，告別這些柿葉和文字是那麼艱難！他索性將蠟燭往地下一扔，抱著裝著柿葉的櫥櫃嚎啕大哭起來。被扔在地下蠟燭很快地滅了，屋子裡一片黑暗，鄭虔用頭拚命地往櫥櫃上撞擊。生命對於他來說已經不重要，他的生命已經變成了這滿屋的文字！

此時雨下得更大，風也越刮越猛，鋪天蓋地的狂風暴雨淹沒了鄭虔的嚎啕痛哭！長安城一片漆黑，這時吉溫帶著羽林軍趕到國子監。剛有人喊了聲「抓住他！」突然天崩地裂一聲巨響，這座歷經百年的老屋垮坍了，也許是朽蛀的梁木再也經不起風雨，也許是老天震怒了，不願意把鄭虔的文字交給李林甫糟蹋。大唐的第一個也是最後一個「廣文館」就這樣變成了廢墟。

太學生們聽見廣文館那邊一聲巨響，不知出了什麼事，紛紛打著燈籠出來看。

太學生見是羽林軍來了，便七嘴八舌地說：「請快搬開垮下來的房頂，裡面還埋著廣文館的鄭大人！」

「不好了！鄭先生肯定被砸死了！」「快救人吧！」

此時雷霆大作，暴雨傾盆。

吉溫肯定鄭虔被砸死了，心中更加踏實。死無對證誣陷的言詞就更好編造了，想怎麼編就怎麼編。韋堅和皇甫唯明怎能逃得過他的羅網！此時絕不能去搬開垮坍的梁木，人一死就省得周折，就是鄭虔不被砸死，這樣大的雨淋也得淋死！明早來收屍得了！

「回府！」吉溫帶著羽林軍離開了現場。

幾個太學生認出了吉溫，恍然大悟，原來是御史臺來抓鄭虔的。幾個人低聲耳語之後，誰也沒有說話。

「說不定鄭老先生還活著呢！快救人呀！」不知誰叫了一聲。誰也沒有吭聲，一群太學生打著燈籠冒著大雨無言地向廢墟走去。撿開瓦片，抬開倒塌的屋梁，終於在裝柿葉的櫥櫃旁挖出了滿頭是鮮血，渾身溼透遍體鱗傷昏迷不醒的鄭虔。此時已是下半夜。太學生們用手探探鄭虔的鼻孔還有遊絲般一點氣息，胸口尚有餘溫，太學生們將鄭虔搬回宿舍，換了乾淨衣服，灌下燒酒，鄭虔慢慢睜開眼睛。國子監小司業被太學生的行為感動了，悄悄遞給太學生一張夜間外出的文牒。幾個學生將鄭虔抬到朱雀大街東邊的大興善寺鄭虔的好友明靜長老那裡，第二天一早，明靜長老用一輛靈車神不知鬼不覺將鄭虔送出長安。

第二天，天色放晴，吉溫一早來到廣文館廢墟，命羽林軍尋找鄭虔的屍體和柿葉書八十章故事。翻遍瓦礫哪裡有鄭虔的影子？櫥櫃被砸壞柿葉倒得遍地都是，柿葉不吸墨，被大雨沖刷了一夜，葉面已是一塌糊塗，上面的文字無法分辨，偶爾拾得幾張有字的，也是斷斷續續，其他大部分昨夜已被太學生撿去。吉溫命士兵撿了幾筐拖泥帶水的柿葉，又將謊言精心編織了一番，回去向李林甫交差。

34. 正當今夕斷腸處，驪歌愁絕不忍聽

第二天一早李白與小內侍來到御史臺，見到監察御史羅希奭，傳皇上口諭命崔成甫到驪山唱歌。羅希奭聽了只是冷冷一笑，言道：「學士公，你來晚了一步。崔成甫麼，他早已經被判流刑，此時不知道在哪兒呢！」原來，崔成甫是長安有名的「金嗓子」，吉溫怕白天解押引起民眾騷亂，親自帶了幾個公差，天不亮在大雨中用囚籠從啟夏門押送出城，崔成甫被差役用黑布蒙著頭，誰也認不出來。發落崔成甫的公文上寫著：「因修廣運渠毀人墳墓，削去一切職務，流放嶺南」。李白與小內侍立即上馬，向啟夏門馳去。到了啟夏門前，哪裡有崔成甫的影子！

李白問了守門的衛士，衛士認得李白便告訴他，早上是有個差役押著一個蒙著頭的囚犯出城的，但這些人出了城又向東拐去，說是改乘舟船從廣運渠去了。李白又快馬加鞭，繼續向東來到廣運渠邊，但

見碼頭上舟船往來，有運糧食木材的，有運布匹棉麻的，有運瓷器用具的，十分興旺，岸邊新插的綠柳成行，江上燕鷗輕飛，好一派春光！李白一直向前追趕，直到望見了不遠處在晨風中飄揚的「八里香」酒招兒。李白跑過去，馬掌櫃跑過來了。小聲說：「李學士你怎麼還敢到這裡來，崔大人已經被他們押走了，跟隨崔大人的柱兒，昨天我就託人把他帶到山裡去了，我這小酒館也馬上要搬離，你再晚來一步，我就見不到你了。修廣運渠的人都下了大牢，死的死亡的亡。兩個時辰以前，幾個差人把他押上船，由廣運渠到陝縣，然後順黃河而下。這廣運渠水平穩好行船，此時恐怕至少也在百里以外了！」

李白聽了心如刀絞。自進京以來，崔成甫一直在為廣運渠忙碌，自己與崔成甫是莫逆之交，這期間從未好好喝一次酒，聊一次天。他清楚地記得那日崔成甫指著新渠對他說，這就是他獻給大唐的詩篇！他倆站在渠邊，崔成甫道：「有了這渠，運輸交通就方便多了。江淮、齊魯、河南的物產可源源不斷的運往京師，關中的貨物也可運往各地。這渠滔滔不絕，奔流不息，像我們大唐的國運！……」

怎麼也想不到這好好的事，竟成橫禍之端，當初以為這渠是崔成甫事業的開始，如今竟成了他流放的首途！李白想到此不覺落下淚來。

因為沒有確鑿的證據，御史臺只好把韋堅和皇甫唯明放了。病後的賀知章半躺在臨窗的胡床上，望著窗外幾隻金翅雀在楊柳枝間鳴囀。聽到韋堅和皇甫唯明出獄的消息，賀知章微笑了。這一向他養息在家多半時間是昏睡，想起近五十年的宦海生涯，感到身心從未有過的疲憊。他傷感地望著窗外的綠色的樹葉和飛翔的鳥，一望就是好半天，似乎這些綠樹能阻止他滑向生命的盡頭。他看見綠色的柳樹和歡快的飛鳥就想起故鄉，想起美麗的鏡湖和如畫的剡川。那裡有他失落的童年，有他失落的珍貴純樸的親情與鄉誼、裡巷間嬉戲的歡樂，有他失落在鄉村酒肆裡狂放的沉醉。他想把它們找回來，哪怕僅僅是一些散落的碎片。

歷經了八十五個春秋的賀知章，像一隻久經風浪的舊船，大悲大喜大起大落的宦海沉浮對他已無必要，韋堅和皇甫唯明的釋放使他趨向平靜。他讓侍從把他從胡床上扶到書案旁，瞇縫著老眼在白麻紙上寫下了一篇文字，文章敘述了他在朝五十年中所沐受的浩蕩皇恩，然後說：「……請度殘邁之身為道士，還剡川故里，以家宅作千秋觀，以鏡湖為放生池，歲歲年年為皇上祈福。」

那一日玄宗與太真妃正在興莊宮大同殿聽章趨講「九宮貴神」的故事的時候，賀知章告老還鄉的奏章由李林甫親自送到玄宗手中。

「像賀老賓客這樣為本朝服務五十年的老臣，在宮中已是寥若晨星，為什麼突然要離朕而去呢？」玄宗不解地問。

「皇上是太上老君的孫兒，以道德化天下，貴為真龍天子，自然大臣的心也就歸化。像賀老賓客這樣德高望重的大臣請求度為道士，並且誠心用自己的家宅來作為皇上祈福的道觀，真是千古佳事奇事呀！」李林甫感慨萬分地說道。

「這是皇上聖德感受的結果！真是國泰民安，吉瑞福祥的象徵呀！」章趨也附合說。

張垍說：「賀老賓客率先這樣作，是用道的平和來消除官吏的權力之爭，又使狡猾的人趨向淳和。賀老賓客這樣以身作則，來恢復千載百年的聖道，真是大臣們『無為』的楷模呀！」玄宗聽了以為有理，立即恩准並賦詩一首贈予賀知章，並命百官為賀知章作詩餞行。

賀知章度為道士的儀式在興唐觀隆重地舉行。小道士為老人解下腰間的金龜和魚袋，脫下紫袍，卸下冠冕，穿上粗布的道袍。餞別賀知章的宴會設在曲江畔芙蓉苑，幾乎所有的官員都來了，樂工們遵從皇上旨意奏起了《鏡湖剡川曲》。

看著身穿粗布道袍的賀知章，大臣的心中別有一番滋味。遵從皇上旨意，每位大臣都為賀知章辭官回鄉贈詩一首，詩中誰也沒有觸及賀知章真正辭官回鄉的原因。賀知章接受了同仁們的一杯又一杯的敬酒，接受一首又一首的贈詩。

李白卻不是最先作出餞別詩來的，在很多人恭敬地交上詩作之後，李白來到賀知章的面前，誦讀他的奉旨之作：

久辭榮祿遂初衣，曾向長生說機息。真訣自從茅氏得，恩波寧阻洞庭歸？瑤臺含霧星辰滿，仙嶠浮空島嶼微。借問欲棲珠樹鶴，何年卻向帝城飛？

這首平正公允的餞別詩，怨而不怒哀而不傷，哪裡能和〈蜀道難〉相比？賀知章沒有接過李白的敬酒，用他那枯瘦的老手抓住李白的手，昏花的老眼含著眼淚，賀知章指著曲江對岸，那裡的酒旗在風中招展。

「太白，這不是咱爺兒倆當年金龜換酒的地方嗎？」

「是的，賀知章大人。」

李白的聲音哽咽了，那不僅是金龜換酒的地方，而且是他步入朝廷之前，賀知章來尋他的地方！而今賀知章已不是那個用世心切的賀知章，自己是否還是當年熱情洋溢的李太白！

誰都明白這位白髮蒼蒼的老者一去不返，誰都理解這位將青春和生命拋擲在朝廷的學者離別的痛苦。但因為他與被排擠的太子的關係，誰也不會將離情流露於形色，而是溫文爾雅極有禮貌地言別，而不同於市井下民的為了感情的緣故放聲大笑或嚎啕大哭，這也是官場與民間的區別之一。

但有一點可以肯定的，是賀知章此行是回到那個可以放聲大笑和嚎啕大哭的地方。

賀知章離去之後的這個春天，眾多的官員及文人墨客相繼離去，韋堅和皇甫唯明的事件給人們心中留下揮之不去的陰影。

過了幾天，李白正生悶氣見吳道子進來，李白喜出望外，邀吳道子到芙蓉苑去飲酒看蓮花。吳道子說：「我正是來邀你去飲酒的，不是在芙蓉苑，而是在灞橋，張癲要走了，只請了你我為他餞行！」

「癲哥要走？我怎麼才知道？」

「前些日子，賀老賓客歸田之後，張旭便上了奏章，自請回江南為官。皇上恩准，讓他到常熟作一縣尉，明日離京啟程。」吳道子說：「其實癲哥心裡想的是到南方去做官，崔成甫也好有個照應。」

「好的，明早我一定去送癲哥。」李白心裡一陣悲涼。離開京城的原因是不言而喻的，因為李林甫結黨營私製造大冤獄，長安已經成了野獸的巢穴，迫使善良之輩不得不離開。

第二天一早天下著毛毛細雨，李白冒雨到了灞橋的一家酒肆，吳道子和張旭早已在那裡。店裡很冷清，只有他們三人。從金吾長史到常熟縣尉，貶去四五個品秩，被貶謫的官員是沒有人相送的。

「癲哥！這一去何年何月才能見面？我們還有在一起飲酒賦詩狂草歡會的日子麼？」李白給張旭斟上酒，眼裡溢滿了淚水。

張旭接過李白給他斟的酒，並不回答李白的問話，而是望著煙雨籠罩的春明門。

三人都沒有說話，望著煙雨中的灞橋，不知是淚水還是雨水的緣故，那千萬株柳樹在三人眼中變成一片悽迷的綠煙。

「這裡的雨，像天在哭，叫人透不過氣來。」吳道子嘆了口氣說。

「江南的雨，下得爽快，一陣傾盆大雨之後，晴空萬里，雨洗的青山和小橋倒映在小河裡，牧童騎著牛，吹著笛……道子，太白，你不願跟我去看看嗎？」張旭說。

「不！我就是要在這裡，我看他們這幫豬狗能把我怎麼樣！」李白恨恨地說：「我還在皇上身邊，我要說的話還沒說完，要做的事還沒做，我為什麼要退讓？只要我在皇上身邊一天，我就要作一天豬狗們的眼中釘。他們的陰謀就別想那麼容易得逞！我不相信皇上永遠會被矇蔽，我希望有人像皐陶一樣揮動掃帚將矇蔽聖聽的浮雲一掃而光，讓大唐朝野陽光普照。人言『善有善報，惡有惡報。』我要留在這裡看他們的下場！此時堅守在這裡也是我的職責。我絕不甘心我們飲中八仙就這樣散了。」

吳道子說：「太白說得對，作惡的人，是要遭到報應的，我要畫畫，我要畫遍長安的道觀佛寺，畫出是非善惡。他們敢把我怎麼樣？」吳道子說罷給自己斟上酒，一飲而盡。

李白給張旭和吳道子斟上酒，他想安慰張旭幾句，但喉嚨裡好像有什麼堵著，一句也說不出來。

吳道子不知什麼時候已喝醉了，一動不動趴在桌子上，酒杯也掉在地上。

「癲哥！」李白想起張癲和他多年的交誼，聲音哽咽了。

張癲苦笑著對李白說：「到了江南，我這個字寫寫酒旗什麼的，還成！」

說罷將李白給他斟上的酒一飲而盡，站起來伸了個懶腰：「我到江南看雨去！」說罷與李白拱了拱手，李白折下一枝楊柳遞到張旭手裡，張旭笑了笑，揮舞著柳枝，跌跌撞撞地向大路走去。趿著麻鞋，叭嗒、叭嗒……，不時回首望望煙雨中的李白和酒肆，越走越遠……

李白目送張旭的身影隱沒在那慘綠的盡頭，但願那一邊是另一個世界，癲哥可以在那邊大笑或大哭了，可以在那邊狂飲醉書……

屋簷的水已滴滴嗒嗒地流淌下來。李白木然地站在大柳樹下。

在這棵大柳樹下，已經送走了好多朋友，他們正如賀知章張旭一樣，今生今世再也不會來到這裡。

江南的雨和青山……大唐的社稷、君王……

何去何從？前途多歧……

什麼時候、什麼人，來送一個叫李白的詩客？

也在這株大柳樹下，東漢末年，奸臣李霫構亂長安，建安七子之一的王粲也是從這裡離開長安的，王粲的《七哀詩》中依依不捨寫道：「南登灞岸，回首望長安。」與今日此情此景，何其相似！李白再也忍不住，流淚高吟道：「送君灞陵亭，灞水流浩浩，上有無花之古樹，下有傷心之春草，我向秦人問路歧，雲是王粲南登之古道。古道連綿走西京，紫闕落日浮雲，正當今夕斷腸處，驪歌愁絕不忍聽。」

35. 太真妃聽了張垍的話悲痛欲絕

因為搞掉了李林甫的眼中釘韋堅，楊慎矜升為戶部尚書兼御史中丞，兼諸道鑄錢使。監察御使王珙因迫害韋堅等有功，兼京畿關內採訪處置使。就在韋堅和皇甫唯明被害的第二年，王珙為了升官又尋到楊慎矜的破綻，以楊慎矜是隋朝的子孫而妄圖復國為理由，殺害了楊慎矜兄弟三人及全家。

王珙此後繼續以戶部侍郎兼御使中丞，加檢察內作，兼閒廄使、苑內、營田、五坊等使又兼隴右群牧、支度營田使，繼續橫徵暴斂。每年為玄宗個人的消費供獻價值億萬的財貨，五年之後王珙全家因不法而被處死。

玄宗感激李林甫及時地消除了潛伏在寶座邊的隱患，再也不擔心在他與玉環修仙學道的同時有人取而代之。韋堅與皇甫唯明被逐出長安，使玄宗大為放心，為了賞賜李林甫的忠心，玄宗命人將天下向皇帝進貢的財物一一陳列在尚書省，命滿朝大臣前來觀看，然後全部裝上車輛運載到宰相府上，賞賜給李林甫。就是最沒腦子的人也看清楚了皇上對李林甫的無上恩寵。從此大唐有了一條不成文的規矩，百官辦公不必上奏皇上而是將奏章上交宰相李林甫。

主管集賢殿書院的中書舍人張垍自然心中也十分清楚，皇上這樣做是為了表示對李林甫的絕對信任，但自己仗恃是天子女婿前宰相的公子，並不主動巴結李林甫，那麼長此以往自己前途究竟如何呢？為了以後的前途，無疑就應該與李林甫建立良好的關係，但靠攏李林甫的機會又在哪裡呢？正猶疑不定的時候，一天中書舍人孫遜來見，將一本厚厚的〈宣唐鴻猷〉放在他的面前。

「右相大人命我將李白所著〈宣唐鴻猷〉呈送駙馬公過目。」孫逖滿臉堆著恭謹的微笑。

接近李林甫的機會來了，張垍連忙接過孫逖遞過來的〈宣唐鴻猷〉。

「右相大人的意思是⋯⋯」張垍試探地問道，眼前的這個孫逖與李林甫是有深層關係的。

「右相托駙馬公將李白這本書先審閱一下，再將審閱之後的意見告知右相大人。右相大人以為駙馬公文才出眾，堪當此任。」孫逖說。

李林甫將李白的書交「文才出眾」的自己審閱，本身就是一種信任，這種事通常是由元老重臣來完成的。不過張垍想到了另一層意思，又說：「感謝右相對在下的青睞，不過⋯⋯」

孫逖笑了：「駙馬公過慮了，眼下朝中文士寥寥可數，年高德劭的文章大家都已告老回鄉，再說左相與韋堅一案有染——」孫逖說到「左相」的時候特別壓低聲音，「右相大人對駙馬公寄予厚望，難道駙馬公看不出來嗎？」

原來是這樣！張垍激動得心直「砰砰」跳，那位與韋堅一案有染的左相李適之遲早要被趕出朝廷的，那時取代李適之為左相的不是別人正是張駙馬自己！眼下當務之急是打擊與李適之關係密切的人，李白便是其中之一。張垍心中完全明白了，他緊緊攥住那本〈宣唐鴻猷〉像是在洪水中抓住通向方舟的跳板，向孫逖說：「在下深謝右相的知遇之恩，這件事我一定立即認真辦理。」

李適之與韋堅一案有染的話不脛而走，李適之雖然每日照舊到中書省視事，但已經沒有任何人來謁見他了。

一直被妒火烤炙著的張垍明白：動手的時候來了！他立即夜以繼日地「審閱」了〈宣唐鴻猷〉。他慶幸李林甫及時地將此書送到了他手中，這本書如果到了皇上手中，皇上又認真地閱讀之後，他的那入相的美夢可能就化為泡影……

崔宗之自賀知章回鄉後，向皇上辭去官爵請了長假。李白心情沉重地送走了崔宗之後怏怏回到翰林院，迎面碰上了差役請他到集賢殿去。

李白進了集賢殿不知何事，只見集賢書院學士們整齊地排列在書院大廳裡，張垍滿面怒容坐在居中上首。

張垍啪的一聲將〈宣唐鴻猷〉扔在桌子上。

「這算什麼文章？叫什麼國策！荒唐之至！荒唐之至！」張垍兩眼血紅，向著李白叫道：「我們這些官，當了這麼多年，怎麼就不會拿什麼魏徵、姚崇的陳詞濫調來討好皇上？哼！」

李白不明白〈宣唐鴻猷〉何以又落到張垍手中，而張垍明明是藉此事來發洩他埋藏在胸中已久的積怨，事情來得這樣突然，李白耐著性子要聽個究竟。

張垍敲著〈宣唐鴻猷〉惡聲惡氣地叫道：「李學士，你倒說得好，輕徭減賦、辦學堂，沒有賦稅皇上和我們當官的吃什麼？連你不也要天天喝酒吃肉？要是照你的辦了，豈不在朝的個個官員都要削薪減俸？真是看人挑擔腰不疼呀！」

「吾皇富有四海，理應威加四夷，你小小一個翰林學士，卻說什麼不幸邊功！不許出兵打仗哪兒來的疆土？這不成心跟皇上唱反調嗎？太平盛世你在憂什麼國？真是吃飽了撐的！眼下內有高將軍、外有李右相理事治國，怎輪到你一個不入流的翰林亂嚷嚷！」

集賢殿的學士們誰也不知道那書寫裡寫了什麼，一個個面面相覷。

李白撰寫〈宣唐鴻猷〉的目的就是希望皇上能採納他的政見，如果皇上不採納，他會據理力爭，哪怕是以死殉道也無所畏懼；此刻面對的不是死，而是侮辱，這是李白萬萬不能容忍的。

「本學士的〈宣唐鴻猷〉是給皇上御覽的，你這個虛偽淺薄的無恥小人，你給我當謄文公都不夠資格，你有什麼資格評議本學士的文章，你還是去磨墨好了！」李白大聲說道。

「你，竟敢……」張垍氣得說不出話來，一揮手向〈宣唐鴻猷〉掃去，那冊頁「嘩嘩」地翻落在地。

李白正待發作，忽聽身後一個聲音道：「這種文章，想必是李適之或韋堅示意你寫的吧？」李白心中一驚，這集賢殿書院暗中布著李林甫的陷阱！想到此他不再急著與張垍唇槍舌戰，返身過去，看清了說話的人，正是中書舍人孫逖。便走過去大聲說道：「閣下上次寫的《賀皇上使宮女露兒復明表》，也是韋堅暗示你寫的文章嗎？難怪閣下官升得那麼快。」說著一邊躬身將散亂在地下的冊頁拾起來。兩旁的集賢學士佇列中發出輕輕的「噓噓」聲，孫逖羞得滿面通紅只好退下。

李白整理好冊頁，正色對張垍說：「李白向皇上呈〈宣唐鴻猷〉，意在為大唐興盛獻計出力，不知張大人為何如此動怒？朝廷歷來對於不同的主張，可以辯，可以論。李白這篇〈宣唐鴻猷〉，歡迎四海之士前來與李白商榷。駟馬公敢不敢將此書面呈皇上，公諸於眾，請天下有識之士逐章逐句一一評議？以免駟馬公加罪之嫌？」

「這……」張垍見李白並不率性與他爭吵，而是據理而論，一時答不上話來。

李白心裡明白，中書省集賢院已不是講理的地方。李白冷冷一笑：「若張大人願與李白公開辯論，李白隨時奉陪！」

張垍好不容易得到機會將李白痛斥一頓，哪知李白倒叫他下不了臺，心中悶懨懨的。孫逖立即向李林甫稟報了張垍斥責李白的情況，李林甫大喜，吩咐孫逖將前些時候皇上送他的貢品中挑一些精美物品送與張垍。孫逖隨僕人來到了李林甫庫房，見庫中堆積如山的珍奇寶貝，宛如宮中皇上享用的一般，想自己一介寒儒，得到右相如此信任，將來一定有享不完的榮華富貴。於是盡心挑了一套閩南金漆磨鈿漆器並一具虬龍金漆筆掛贈與張垍。張垍收下李林甫的贈品，心中自然明白，一心算計著再找機會向李白發難。

自從安祿山住進了御賜的東平郡王府，幽州方面獻給皇上的奇珍異寶越來越多。五彩的玳瑁、紫色的水晶盆、梅花鹿和駿馬……數不勝數。玄宗對安祿山也十分優厚，凡御膳中有特別的美味佳餚即刻命裝入膳盒給「祿兒」送去。有時在上林苑打獵，獲得新鮮野味，也命人立即快馬送到東平郡王府，賞賜給「祿兒」。

又到了太液池蓮花盛開的夏季，玄宗與太真妃雙雙來到太液池中的蓬萊仙島，高力士、張垍、章趨和安祿山隨行。玄宗與太真妃坐了步輦，上了蓬萊仙山進了太液亭，一邊飲酒一邊觀看梨園演出的〈柘枝舞〉。〈柘枝舞〉本是石國的舞蹈，年輕的太真妃十分喜歡，舞伎畫著濃墨的眉毛，眉間貼著花鈿，穿著紫色的繡羅寬袍腰間繫鑲著花鈿的銀腰帶，蓬鬆的髻髮梳成鸞鳳雙髻，頭戴繫著金鈴的胡帽。擊鼓三聲，那舞伎隨著鼓點起舞。舞姿健婀娜，旋轉踢踏，胡帽上的金鈴也隨之叮鐺作響，柔軟的腰身隨著音樂楊柳枝般擺動，又如飛蓬旋轉飄搖。

太真妃本是此道中人，看後不由舞興大發，猛記起那日在沉香亭李白為她寫的〈清平調三章〉，那詩章美輪美奐綺麗高華，至今記憶猶新，今日自己要跳〈柘枝舞〉，沒有李白的新詞卻怎麼好？吩咐梨園樂工們再演奏一次〈清平調三章〉，自己走出太液亭，叫人把李白快快尋來。

張垍見太真妃看得興起，心想這豈不是討好的機會來了？立即將平時為各種宴樂準備的套詩抄了一首，追隨太真妃出來，要把這詩獻給太真妃。

張垍見太真妃妃敞開紗衫倚欄迎風而立，正在對內侍說：「快，快把李學士給我請來填新詞，我要跳〈柘枝舞〉。」內侍聽了，急忙到翰林院來尋李白。

張垍迎上去道：「稟太真妃娘娘，李白此時並不在宮中。」「駟馬公怎麼知道李白不在宮中？」太真妃聽了大為掃興。

「聽說他不想為娘娘做詩，獨自跑到街上喝酒去了！」張垍說。

「敗興！你怎麼知道他不願給我做詩，你聽誰說的？」太真妃問道。

張垍四下一瞅見左右無人，湊到太真妃面前笑道：「可見娘娘是個大好人，難道娘娘還不明白？」

「明白什麼？」太真妃怎麼也搞不懂張垍的意思。

「兒臣不敢講。」張垍故意做出一副膽小怕事的樣子。

看見平時被皇上嬌寵慣了的張駟馬一反常態，太真妃想也許其中有特別的原因，於是對張垍說：「你講，我不會怪罪你的。」

「宮中上下都傳開了，以為娘娘聽了李白的〈清平調三章〉一定會生氣的，誰知娘娘反而高興呢？」張珀緊盯太真妃的臉說，看見一團疑雲從太真妃俏麗的臉上浮現出來。

「為什麼？」

「娘娘記不記得詩中有兩句『借問漢宮誰得似，可憐飛燕倚新妝』？」

「這……這兩句。」張珀在此時說起趙飛燕，不得不讓太真妃心裡犯疑。

「趙飛燕是漢成帝的妃子，長得千嬌百媚，成帝非常喜歡她。」

「這我知道。」太真妃板著臉說。

「趙飛燕雖得寵於後宮，暗中卻與燕赤鳳私通，穢亂宮闈，天下唾罵。現在李學士卻把娘娘比成趙飛燕，用心不是很明白嗎？」

太真妃驚呆了，紅潤的臉「刷」一下子變得慘白，耳邊好像有無數的聲音在轟響：「私通！私通！父納子媳不要臉，私通……」

太真妃只覺天旋地轉，再也支撐不住，無力地倚坐在亭欄上。張珀見自己目的已經達到，像一隻老鼠一樣悄悄溜走了。

這時，太液亭中傳來梨園供奉李龜年清潤嘹亮的歌聲：「借問漢宮誰得似，可憐飛燕……」太真妃再也忍不住撲向亭中，向著正奏得十分起勁的樂工們發出一聲撕裂心肺的喊叫：「叫他們停下！」說罷扶著亭柱倒了下去。玄宗大驚，連忙奔下御座，兩個宮女急忙上前扶起太真妃，太真妃花容慘淡，珠淚滾滾，一下子撲到玄宗懷裡，哀哀哭道：「皇上快與臣妾回去吧！」

「愛卿這是為何？快說與朕聽！」太真妃在玄宗懷裡只是咬緊牙關搖頭，什麼也不說。玄宗從未見過太真妃如此悲慟，一時慌了手腳，忙向高力士連連說：「回宮吧，回宮！」玄宗扶了太真妃二人一起回到興慶宮。美人將頭埋在玄宗懷裡輕輕抽泣，玄宗的心都碎了！

到了寢宮，玄宗將太真妃扶上牙床接過宮女遞過來的面巾，一邊為她拭淚，一邊輕輕問道：「愛卿何故如此悲傷？」太真妃雙臂抱住玄宗頸項，「哇」的一聲大哭起來。叫道：「臣妾再沒有臉面活在世上了！」說著把頭埋在玄宗胸前嗚咽不止。

「有朕在，誰敢冒犯愛卿？儘管對朕講來，凡事有朕為愛卿作主。」

太真妃這才抬起頭來，抽抽噎噎將李白寫〈清平調三章〉將自己比作「紅顏禍水」趙飛燕的事講了一遍，玄宗聽了，不由心中沉吟起來。

那日李白奉詔作詩時駟馬張垍言道：「學士公帶酒，恐出謬言。」是自己讓李白帶酒作詩的。李白作〈清平調三章〉一揮而就，當時諸王公主、梨園樂工無不歡欣讚賞，即刻傳唱十分動人，太真妃也十分賞識。那「名花傾國兩相歡」「解釋東風無限恨」的名句甚為銷魂，自己也不知聽太真妃吟誦了多少次。再說，漢成帝的妃子趙飛燕與燕赤鳳私通一事，只見於稗官野史，《漢書》與《史記》均未有記載。何況趙飛燕在成帝死後被尊為太后，惜乎漢祚衰微，美人薄命。至於自己父納子媳，也是古已有之並非始作俑者。何況壽王乃孝順孩兒，將玉環獻與父皇，與私通有天壤之別。再說自己自詡風流，能詩會文，善音樂歌舞，忽然將一首膾炙人口風靡京城的〈清平調三章〉說成謗詩，很難自圓其說，怪罪李白甚屬不智。

玄宗一邊為太真妃拭淚一邊說：「玉環，你不要難過。」說著將趙飛燕一事細細地與她作了一番解釋，又說：「這些文人喝醉了酒說話沒分寸，朕不過把他們當作倡優一般對待罷了，愛卿又何必認真？不要與他們一般見識，愛卿什麼時候膩了，朕便叫他們滾一邊去。愛卿千萬不要為倡優小人生氣，傷了愛卿貴體！」

張垍說：「李學士把娘娘比做趙飛燕，用心不是很明白嗎？」

太真妃見玄宗說得懇切，便漸漸止住了哭泣，又道：「臣妾哪一日不正名份，哪一日便會被人恥笑的！」

「玉環不必悲傷，朕立即下詔將你立為貴妃，愛卿不必悲泣了吧！」玄宗望著玉環汪汪淚眼說。玉環破涕為笑，將臉貼在玄宗臉上，狠狠地親了一口道：「臣妾這就謝主隆恩了！不過……」

「不過什麼？」

「那無恥文人竟敢寫詩罵我——」

「愛卿放心，朕一定叫他受到懲罰！」

36. 直上青天掃浮雲——咸寧太守趙奉璋

丹州又名咸寧郡，雖靠近京畿地界仍是荒寒所在。咸寧郡太守趙奉璋是崔成甫、韋子春在太學時的同窗，剛毅正直乏阿諛逢迎之術，雖學富五車吏治清明，但累年不得擢升。咸寧郡雖荒寒，但趙太守廉明，一方百姓也還安寧。到了近年，朝廷官員為了討好玄宗，供給宮中各種日益增長的開支，將原本在京畿的攤派擴大到各州縣，一次比一次更厲害的蒐括，弄得州縣官吏與百姓苦不堪言。

御史中丞兼轉運使、營田使、採訪處置使王珙，得知章趨為玄宗煉「紫微長生丹」，便命手下以皇上煉丹為名向各州縣攤派貴重的丹砂。一來可以貢獻於皇上，二來將其中部份變賣可得一筆大大的私財。王珙一聲令下，幾條走狗紛紛往各州縣奔去。

王珙的廖忠來到丹州衙門，見了太守趙奉璋。趙奉璋聽他說明來意，忙道：「廖大人明鑑，上面明文規定的土貢有龍鬚席、蠟燭、麝，本州是按例上貢的。這裡雖稱丹州卻不出產丹砂，丹砂的產地應在巴蜀一帶，望大人還到巴蜀之地去找。」

哪知廖忠一聽，以為趙奉璋諷刺他不知地理，即刻火冒三丈，拍案叫道：「休得滿嘴胡言！你分明是抗旨犯上，哪有丹州不出丹砂的？限你十日內將丹砂湊齊，否則提著你的腦袋與我到京城說話！」

太守從未見過如此不講理的官吏，也正言厲色道：「閣下雖奉命從京都來，但本地確從未產過丹砂，十日之後在下與廖大人一起到皇上那裡領罪罷了！」

廖忠哪裡聽得這些，咆哮道：「你準備好棺材吧！」說罷揚長而去。

趙太守頂撞了京官，急得趙夫人寢室難安。趙太守說：「急什麼，我不信大唐就沒有一個講理的地方，我哪裡會去領死呢？」

趙夫人一聽心中更加著急，她是個信佛的人，聽說黃龍山永靈寺的籤靈，次日帶了丫鬟到永靈寺來求籤問佛。趙太守放心不下，騎了馬偕夫人同往。

到了永靈寺，夫人燒香禮佛住持陪趙太守到各處轉遊猛瞧見廟中一碑。那碑上字跡鐵劃銀鉤與自己家中十年前珍藏的那本鄭虔書《論語》一模一樣，便向住持打聽。那住持知趙太守是正直之士，又見他對鄭虔尊敬有加，便把趙奉璋帶到後廂房。

住持輕輕推開後廂房的門，趙奉璋見窗下案前坐著一人，布衣麻鞋形容消瘦，正在伏案寫經，正是鄭虔！

原來鄭虔養好傷後，被慈恩寺的長老悄悄送到離京城幾百里外的黃龍山永寧寺。鄭虔在佛寺中養好了精神，在寺中幫長老種種花草抄抄經卷。有人來問時，長老只說這人是來還願的居士，從此隱姓埋名。

住持向鄭虔介紹了趙太守，鄭虔道：「一介草民，敢勞太守大駕光臨！久聞太守大名，不知今日幸會！」

鄭虔與趙太守一見如故，說話間趙太守將京城派人來索要丹砂一事說了，鄭虔沉吟半晌說：「依在下看來，那惡吏是惹不得的！」

「在下理直氣壯，為何惹不得他？」趙大守驚愕地問道。鄭虔嘆道：「如今的大唐京都，也不是講理的地方了！」「卻是為何？」

鄭虔便將自己所經歷的種種一一道出，趙太守聽了半天不語，即使弄了丹砂來上貢，也難免其禍。

過了幾天趙奉璋獨自到了長安，指望透過舊日的同窗同僚斡旋，趙太守已是十年未進長安城，見長安城街市繁華人來人往，果然鬧熱無比。客棧個個豪華氣派，自己囊中羞澀不敢問津，帶了僕人到西市長升小客棧住下。打聽得當年幾個同窗其中韋子春在中書省任職，次日一早便直奔中書省而來。剛走到含光門前，忽見一隊人馬飛馳而來。為首的大官好像在哪裡見過似的，銀章朱紱執韁繩揮玉鞭十分神氣。趙奉璋左躲右閃，那官兒蓄意要與他為難似的，怎麼也躲不開。趙奉璋與僕人一跤跌在馬前，正想爬起來時背上早已著了重重一鞭，趙奉璋疼痛難忍，只聽馬上那人喝道：「是哪裡來的歹人，竟敢衝撞本官的大駕，快與我拿下！」立時馬後竄出個彪形大漢，把趙奉璋抓了起來。趙奉璋氣急，昂首叫道：「放開我！狗官！真是無法無天了！」

「哈哈……」那馬上的人一陣大笑，跳下馬來道：「兄臺竟還記得我的諢名？」

趙奉璋一眼認出這人正是太學同窗「狗倌」王珙，在太學時，因常與玩狗鬥雞的市井痞子混玩，所以同學們給他取了個諢名「狗倌」。別的同學王珙早已不予理睬，偏是這趙奉璋，王珙卻不得不善待他。因為在太學時王珙常常偷抄趙奉璋的文章，趙奉璋總是好言勸導。王珙連忙下馬扶起趙奉璋，叫道：「小弟發昏多有得罪，萬不料到是兄臺大駕！這許多年你到哪去了？快隨小弟到寒舍一敘。」說著便攙著趙奉璋打道回府。

王珙在花園設宴款待，又引趙奉璋到府各處去參觀他的豪宅巨產，但見滿目金玉處處珍奇，豔婢美妾數不勝數。趙奉璋看得眼花撩亂。便道：「賢弟如此榮華富貴，想必是為朝廷立下了大功才得到的！」

王珙早已瞅出趙奉璋雖為五品州官實是寒磣一儒，便哈哈大笑道：「兄臺有所不知，在本朝廷，只要趕上了一帆順風，包你節節高升，享用不盡。」

「何謂趕一帆順風？」

「所謂趕一帆順風，就是先要上那趕順風的船，不瞞兄臺說，在下上的是李右相的船。只要上了李右相的船，榮華富貴猶如探囊取物一般。」

於是王珙就將自己如何參與製造韋堅一案一一說與趙奉璋。趙奉璋聽了心中大驚，難怪朝中怪事迭出，此時方信鄭虔所言不謬。

趙奉璋便把廖忠來要丹砂一事告訴王珙，王珙道：「這事包在小弟身上，兄臺放心。」

趙奉璋見他應允便要告辭，王珙再三挽留，趙奉璋執意要去，王珙只好由他。趙奉璋回了高升客棧，見一人正等在那裡，正是多年不見的同窗韋子春。

「子春怎知我在這裡？」趙奉璋多年不見知交，心裡特別高興。

「我在書院裡聽見王珙撞倒老兄的消息，便來尋你，你如何住這等下人住的地方，叫我好找！」

「多年不見，為兄要與你好好聊一聊！」趙奉璋拉了韋子春，來到金光門外一家冷僻酒店，把他來京城所見一一告訴了韋子春。

「嗨，你告訴我，算是找對人了。」韋子春便把他所知道的韋堅和皇甫唯明一案的全部情況講給了趙奉璋，二人喝酒到下午，韋子春說：「你隨我來，我給你看一件東西。」

韋子春帶了趙奉璋來到東市，到了賣古玩的聚珍齋。店主長孫朋把二人引到內院，韋子春說：「鄭虔的柿葉書便在這裡。」原來廣文館垮坍之後，太學生偷偷把沒淋壞的柿葉書收拾起來交給了韋子春，韋子春便寄放在此。

長孫朋到裡間庫房取出一個箱子來，將裡面一個油紙包一層層打開，裡面正是鄭虔寫的柿葉書。

「兄臺慢慢看吧，大唐的真人真事都在這裡呢！」

趙奉璋一頁頁拿起那些柿葉看過，只覺驚心動魄，自己遠在丹州，殊不知朝廷社稷已經腐朽到如此程度！亡國之根已然種下，江山社稷危機四伏，這如何是好！趙奉璋看罷，問韋子春道：「賢弟在集賢院，可有途徑上書聖上？」

韋子春道：「皇上已經好久不理朝政，上書也沒有用。」趙奉璋悲憤道：「趙某身為朝廷命官，屍位素餐食祿二千石，一旦發現國有禍患而不稟告皇上，是為不忠，見奸佞當朝害我朋輩而不奮起誅之，是為不義。我這就要寫一奏章，只求賢弟託人幫我把奏摺送到皇上手中，為兄死也瞑目！」

韋子春道：「忠直之士接連被害，難道趙兄你就不怕死？眼下的情況，就是你被人害死，皇上也未必明辨是非！」

趙奉璋流淚扼腕道：「我不相信我一腔熱血，換不回皇上的良知！大唐江山傾頹，我怎能偷生坐視！李太白有詩云『何不令皋陶擁彗趨八極，直上青天掃浮雲！』」

韋子春聽了心中如江海翻騰，沒想到他如此激烈，自己亦是一有肝膽之人，眼下李林甫一手遮天，朝中大臣各人保官保命無一敢言。如果有人敢仗義直諫，要是皇上採納了諫言，誅殺了李林甫等奸佞，對大唐豈不是天大一件好事？可是這個向皇上送奏章的人，又到哪裡去找？韋子春猛然想起一個人來，對了，去找翰林學士李白！

「小弟一定不負兄臺所託，我去求翰林學士李白，他一定肯將奏章轉呈皇上！」韋子春說。

趙奉璋來京所見所聞早已令他五內如焚，他急急忙忙回到高升客棧，點起燈燭起草奏章。趙奉璋本來文才出眾，一口氣寫奸相李林甫從排斥張九齡、暗算東宮、重用安祿山、誣陷韋堅與皇甫唯明、偽稱神鬼等二十條罪狀，條條當誅。及至寫完已是三更時分，想到明日盡快將奏章給韋子春送去。此時已覺十分睏倦便和衣而臥沉沉睡去。

趙奉璋被王珙撞倒後，廖忠已知道趙奉璋是王珙的同窗，回想起自己在丹州的所作所為，生怕與趙太守結怨，將來遭到報復。次日一早備了大宗禮品來向趙奉璋謝罪。店家見來了一位闊氣的官兒來找咸寧太守趙奉璋，便親自把他帶到上房，見門關著說道：「趙大人昨晚徹夜未眠，此時想是睡著了。」廖忠輕輕推開房門見趙太守臉朝裡睡著，不敢驚動，只好悄悄退出等待他醒來。

廖忠一邊退出一邊想：「好不懂事的蠢才，官居五品還如此寒酸。」一眼看見不遠的桌案上一大摞文稿，心想，「這人也真是的，像我這樣的官何用寫什麼文章，也一樣升官發財！」不覺好奇走過去看那紙上寫的什麼。廖忠拿起來一看，只覺兩腿發軟，頭上冷汗滲出：這趙奉璋好大膽，竟敢奏本彈劾當朝宰相李林甫！

廖忠想立即將他拿下送到宰相府，可不是立了一大功？但又轉念一想，要是右相問從何處得知，問我與他的關係，我又如何說得清楚？於是便悄悄退出掩上房門，帶了差役來向王珙稟報。王珙聽了大吃一驚，幸好有廖忠察覺在先，不然這遷腐同窗要給自己招來滅門之禍，但自己卻不便出面拘捕有恩於自己的同窗，便立即到御史臺告訴了吉溫。

趙奉璋一覺醒來。草草吃了塊饅頭，揣上奏章直奔中書省集賢殿書院而來！

趙奉璋剛走過布政坊，忽然發現有人鬼鬼祟祟跟隨在他後面，趙奉璋心裡一驚，猛記起早上恍惚有人進屋，莫不是走漏了風聲？快到含光門想拐進太平坊小巷時，幾個羽林軍重重把他圍住，為首一人一把撕下他的朱袍，趙奉璋雙手緊緊抱住在胸前。任隨羽林軍怎樣掰扯也不鬆開，只聽身後有人喊到「快奪下妖人懷中的妖書！」另一個羽林軍揮動寶刀一刀斬下趙奉璋的手臂，奏章從懷中掉了出來！廖忠上前一把搶去，趙奉璋氣極拚死叫喊：「奸相李林甫矇蔽皇上，作惡多端！……奸相包藏禍心，危害東宮……」

街市上的人聽他這樣喊叫，飛跑著圍攏來觀看。「不准喊叫！不准他叫！」吉溫騎在馬上吼道。

那羽林軍立即扼住他的咽喉，另一個來撕他的嘴巴。鮮血沿著嘴唇流下來……

「奸相……奸相……」趙奉璋已經被撕裂的嘴唇翕動著。「留下活口，帶回去去審問！」吉溫說。羽林軍用布團將趙奉璋的嘴緊緊塞住。

皇上在離含光門不遠的內宮裡行樂，隔著一道高高的宮牆，趙奉璋的話永遠傳不到皇上耳朵裡。

沒有了手臂的趙奉璋，被刑杖反覆拷打，吉溫要他招出是誰指使他寫的。

韋子春來到了御史臺門前，他後悔昨天不該將趙奉璋帶到《聚珍齋》去看那些柿葉書，不該答應他求李白送奏章，此時李白還什麼也不知道，他想起與李白的交誼，萬一趙奉璋供出李白的事，後果不堪設想。他唯一的辦法是拼一死將全部的事情承擔起來。但事情沒有像他想的那樣複雜，吉溫對勇於以死直諫的人，採取辦法是盡快讓他永遠閉嘴。兩個時辰之後，趙奉璋血肉模糊的屍體被扔了出來，擺在街市上，以儆戒那些妄圖彈劾右相的人。

趙奉璋的罪名是妖言妄告右相李林甫。

趙奉璋是唐朝唯一一個寫奏章彈劾李林甫的人。趙奉璋最後的話是「求仁得仁，又復何怨！」

韋子春回家去收拾了一下，買了一口棺材，僱了一輛車，來到趙奉璋的遺體前，給他指去血跡穿好衣服裝進棺材出了北門。有幾個羽林軍圍上來，他脫掉著作郎的袍服扔在地下，羽林軍沒有再向他走近。在血腥的事實面前，做不做官已經不重要了，街市上的人們無言地給他讓開一條路，默默地送走了二位活的和死的義士。

李白不想回冷冷清清的翰林院，便到紅樓來尋如意，如意媽媽滿面春風地迎出來，說是李林甫宴請太真妃的從兄楊釗，紅樓的藝伶們都去獻藝去了，請學士公改日請早吧。李白百無聊賴，騎著馬在街上漫無目的遛達，忽然看見韋子春身穿一麻布短衫蓬散著頭髮，跟著載著一具棺材的牛車，扶著棺材走著。

李白迎面跑過去，不知為什麼韋子春好像沒看見他似地。李白高叫道：「韋校書！」韋子春也好像沒聽見。

李白正要上前去拉韋子春，卻被身後一個人擋住了，李白回頭一看不是別人，正是聚珍齋主人長孫朋。

「你找死啊？」長孫朋低聲說，使勁拉了李白，離開了大街，來到城西的金城坊，這地方比較冷清。

「出了什麼事？」李白問。

長孫朋向四下一瞅沒有人，才一五一十把趙奉璋的事向李白說了，又說：「凡是與這事沾邊的人，都要被抓起來，你可要小心。幸好被我今日撞見，否則你已經被抓進大牢去了。」長孫朋說完就往回走了。

李白很少到過金城坊，這裡較為清靜。小酒店裡胡姬招著手兒請李白進去，給李白端上一壺竹葉酒，一盤冷麵和幾個夾肉的胡餅，李白說不要人來打擾，一個人自斟自飲。

剛喝了兩杯，一隊人馬通過金城坊往開遠門那邊走，有軍官騎著高頭大馬在前。兩邊有官軍押隊，押趕著窮人家子弟，背著餱糧和參差不齊的武器，有的沒有武器，扛著自家種地用的長鏟和鐵鍬，有的扛著鍋。隊伍很長，看不到盡頭。

酒店裡吃酒的人議論紛紛，自從安祿山封為東平郡王以來，李林甫主張對外戰爭，朝中武將紛紛請求開邊擴土。這一向河西節度使都希望再次攻打吐蕃，磧西節度使蓋嘉運攻打突騎施，劍南節度使鮮於仲通積極籌備攻打南詔，安西都護高仙芝準備攻打怛羅斯，戰爭的勝利可以給他們帶來豐厚的賞賜和無比的榮耀。自從韋堅皇甫唯明被貶謫之後，朝中再也沒有人反對對外擴張的戰爭。

李白看著川流不息的徵人從街上走過。忽然隊伍中有一個人好眼熟，那人一拐一蹶地走著，滿面鬍鬚眼窩深陷皮色焦黃，不是他還能是誰？便用蜀川的土語高叫了一聲：「磉礅兒！」那人驀地回過頭來，認出了是李白，大叫一聲：「長庚！」就從隊伍中跑出來，旁邊一個軍官見有人從隊伍中跑出來，伸出長矛擋住了去路，分別十年的李白和磉磢被隔在那支長矛兩邊。

「我是翰林學士李白，與這位徵人是同鄉，我有話給他說，請軍爺讓他過來吧！」李白說。那軍士冷笑一聲道：「征討吐蕃是皇上的命令，我不管你是誰！」

軍士後面一個背鍋的老卒叫道：「他認不得你，我們認得你，都知道你醉草〈答蕃書〉當了官兒了！你住在高樓裡頭，天天陪著皇上喝酒玩樂，可不是嗎？」

磉磢說：「您別見怪，他們都是我這樣的莊稼人……那……我走了！」說著就轉身往回去。「等等！」李白從懷中摸出一串錢來，塞到那軍士手中說：「行個方便。」那軍士見了錢才將長矛收起，讓磉磢過去。

「我到終南山找過你。」李白說。

「我到石堡去打過仗……腿也跛了……再也沒有人租田給我……王老爹早死了，我女人也嫁了別人，這次又去征討吐蕃……」李白遞給磉礅一碗酒，磉礅骨碌骨碌喝了下去，將胡餅塞進嘴裡，狼吞虎嚥地吃了。李白看見他這樣子，難過得說不出話來。

磉礅吃罷，兩眼盯著李白結結巴巴地說：「……長庚……你不是說你做了官，要為民……為民請命什麼的……你眼下當然看不見……青海頭，一堆堆的白骨……都是我這樣的……莊稼人，你……為什麼不去……為民請命……呢？」磉礅漲紅了臉，費了好大力氣才把這番話說完。

李白聽了愣在那裡。

磉礅抓起桌上另一個胡餅，塞進嘴裡，嘟嚷著說：「我走了，道謝你的酒和餅。」說罷轉身就走。

「等等，」李白追上去，把衣袋裡的錢全部掏出來塞在磉礅的衣袋裡，不知為什麼向磉礅喊到：「打完仗，回家吧！蜀中！」

「哪有那一天啦？」磉礅嘶啞的聲音叫喊說，那軍士使勁一把將磉礅推進出征的隊伍裡，隊伍像潮水一樣湧流，一忽兒磉礅的身影淹沒在潮水裡不見了。

徵人的隊伍走了兩個時辰才走完，李白木然地站在那裡，他不知為什麼會給磉礅說出回蜀中的話來，他只覺得心中一陣陣的絞痛。他倉皇離開那家酒店，已經是日落時分，靜街鼓響過他也好像沒聽見，只覺眼前的一切越來越模糊，終於搖搖晃晃倒臥在大街上。

巡街的衛士發現了這個醉得人事不醒的流浪漢，為了保持街道整潔維持京城的治安，把他從大街上拖走，扔到城牆下的衛所裡，等有空時來懲罰他。

「這不是李翰林嗎？」來接班的一個衛士認出了他。

衛士牽來了一匹馬，將沉醉不醒的李白馱在馬上，送到了翰林院廂房，安放在床上，然後離去。

李白醒來時已是夜間，看看四周黑黝黝，自己怎麼到翰林院的？他坐起身來，仔細回想起來。是了，牛車上的黑棺材……韋子春裝著不認識自己，長孫朋說要事事小心……還有——攻打吐蕃的隊伍……皺皺那焦黃憔悴的臉，那帶著鄉下人的憨厚和膽怯，「你……為什麼……不去為民請命呢？……」

為什麼不去為民請命呢？百姓的命是那樣受人踐踏！他無法安寧無法逃避那鄉下人的膽怯和憨厚的目光，此時好像是一把尖利的刀子，割刺著他的心，心在流血。他的「皺皺」是他最親愛的大哥，還有「殺子客」。他記起久違了的兒時。他記起終南山玉真公主別館那難忘的夏天和王老爹。在他為求取功名蹉跎坎坷的同時，「皺皺」總是在飢餓和災難中掙扎，似乎永遠無法逃脫厄運的魔掌。這是為什麼？難道二十多年追求的結果竟是如此？

〈宣唐鴻猷〉像一件棄物被扔進黑洞，沒有回聲沒有反響，在朝廷中一點痕跡都沒有留下。並未像他想像的那樣，有漫天風雲有險惡的鬥爭。不曾有風雲，不曾有波瀾也不曾發生鬥爭，他的主張無聲無息地消失……

李林甫蔑視他，蔑視到不理睬他的存在，對低品次和沒有權力的翰林學士不屑一顧。滿朝文武都閉口不言，彷彿李林甫用咒語把他們變成了「立仗馬」，為了吃一頓三品的草料可憐兮兮地跟在李林甫身後，溫柔可愛地亦步亦趨。李林甫正如趙奉璋在彈劾他的奏章中所言，是一隻「兩足狐」，像妖魔一樣地消滅著大唐的「陽剛之氣」。張九齡被排擠出朝廷且已經離開了人世，屢起的大獄害死了好幾位皇子，太子妃兄韋堅和忠王友皇甫唯明的被貶謫，昔日的剛正之臣在朝中已經寥寥無幾。大唐的陽剛之氣已經殆乎近盡，一片山呼萬歲的高潮中，隱伏著能淹死一個朝代的陰柔。

他揪心地想著，一股無可奈何的悲涼向心頭襲來……，他只覺得越想越累，甚至懶得動彈，身心疲倦極了……。一覺醒來，只見月光爬過窗櫺灑在書案上，四處一片寂靜。遠處傳來雞人的梆子聲，已是二更時分。

李白從床上起來，趿著鞋一眼就瞧見窗外銀色的月光。推門步出戶外，好美的月光！正是十五滿月的日子，澄碧的空中朗月如白玉盤高懸中天。只有幾縷纖雲和寥寥的星斗拂抹蒼穹，銀光灑遍沉睡的大地空殿樹木花草，像在萬物的表面鋪了一層雪霰，皎潔的月光穿過翰林院老銀杏樹的杈椏，那鋪青磚的地面便開滿了生動的白花，猶如水面的睡蓮。夜風輕輕地吹來，睡蓮在湖中搖曳開放。也許是因為有了這明媚的月光的撫照，不知名的奇花異草在夜間開放了，發出濃烈的芳香。李白走過那些睡蓮，走過鋪滿霰雪的花徑，一切是那麼純潔而透明，一切都是那麼晶瑩而高潔。李白仰望那把充滿喧囂紛爭的塵世變得靜謐美好的月光，是那麼光明純潔纖塵不染，玲瓏剔透高不可攀，此時好像在一個神奇的夢裡。

李白在如水的月光中漫步，從翰林院的前院到後院，遊走過學士院觀棋亭，迴廊花臺和假山，踏碎了樹影花影。這是一個多麼寧靜美麗的水晶世界啊！這樣空靈超脫的月光世界裡，應該有賀老賓客、適之、張癲、宗之、成甫、道子、李邕這樣的詩人畫家來欣賞，還有汝陽王、郭子儀、韋子春、鄭虔、趙奉璋這樣的好人，都一齊來飲酒，一齊來做詩，享受這萬頃清輝！

而他們不會再來聚首，那樣的日子已一去不返。想到此滿世界的月色變得慘淡而淒涼，他感到內心隱隱作痛。酒！快拿酒來，李白回去拿出一罈「錦江春」來，那是吳道子前些日子託人帶給他的，現在吳道子不知在哪一個寺廟作畫，不知什麼時候回來。

李白一手提壺一手執杯，「錦江春」濃烈的醇液變成一股熱流，流過他的百感愁腸，燒沸了他的血液，溫熱了五臟六腑，澆去了寂寞和淒涼，澆化了鬱結的塊壘。有了酒，他便可以與那纖塵不染空靈皎潔的月光合為一體，他便可以馮虛御風神遊八極之表。

賀老賓客也會出來賞月，在萬里之外和他一樣在這皓月之下飲酒。崔成甫已經到瀟湘之浦了吧！正好乘一葉扁舟凌駕於萬頃銀波之上。癲哥正在去江南旅途中，此夜正在對月狂飲吧？有了酒和月亮就有傳之千古的好字好畫……韋子春，你在趙奉璋的孤墳前灑下祭奠的水酒了嗎？

陪伴韋子春的還有一座孤墳，而此時此刻，誰能和李白在一起？

李白已有幾分醉意，仰望蒼空，心中的荒涼無以言表。青磚地上投下清晰的自己的身影，他向月亮走幾步，那月亮就退幾步，他向後退幾步，那月亮就向他進幾步。李白歪歪斜斜向右走幾步，月亮也歪歪斜斜隨他來也，李白走，影子走，月亮也走，月亮走影子也走。

李白喝得高興了，滿滿地斟上一杯。他將那酒杯高高舉過頭頂，追隨月亮前進幾步，那月亮並不來喝他的酒，而只是向後退去，依然是那麼皎潔，那麼寧靜。李白一仰脖子將那杯酒喝下，芳冽的酒液順著嘴角一直流到脖子和前胸。李白再斟上一杯，俯身湊過去醉眼看那杯中，杯中竟也有一輪明月和無盡的青天，李白孩子似的嘀嘀笑起來，噘著嘴將杯中的酒飲了一口，那杯中的月亮也碎了，碎成無數片細小的銀波。李白閉著眼，啜飲那有月亮銀波的酒，將美酒的芬芳和月光的明媚一齊吞入腹中。他將酒壺放下，拔出腰間的長劍來，那青鋒對著月光發出奇異的光芒，李白揮劍放聲唱道：「花間一壺酒，獨酌無相親。舉杯邀明月，對影成三人。月既不解飲，影徒隨我身。暫伴月將影，行樂須及春。我歌月徘徊，我舞影凌亂。醒時同交歡，醉後各分散。永結無情遊，相期邈雲漢。」

李白唱罷，越覺得心蕩神馳，獨自一人起舞吟詩，玩月飲酒，直到天鏡西沉，醉倒在一片安詳靜謐的月光中。

過了幾日便是千秋節，千秋節御宴上群臣都來拜壽，唯獨不見李白。珞薇心中悵然，梨園獻上的歌舞，也無甚新意只覺乏味。少頃玄宗夫婦都有些醉意，席間說到中秋節即將來臨，珞薇道：「花好月圓，皇上何不命李學士製作新詞，以助皇上賞月佳興。」玄宗聽了，瞅了一眼太真妃，當著皇親國戚的面太真妃好像沒聽見似的。玄宗見太真妃並無反感，以為時過境遷或許太真妃已經忘懷，便道：「如此甚好。」吩咐高力士傳旨下去，命李白、張垍、孫逖等人作好詠月詩交皇上御覽。

李白自磲磩去後，常常喝得倒臥街頭，或者爛醉而歸。內侍奉旨來到翰林院，哪裡找得見他？翰林院的人說李學士這人忒不好找，有時索性在酒店寄宿，也不知現在醉倒在哪個酒店裡呢。內侍急了，叫來幾個人分頭騎馬滿城去找，找了二十來個酒店，才在豐安坊清明渠畔一個小酒店裡找到了他。這時李白一手端著一酒海屠蘇酒，一手抓一把炒花生，與裡巷間兒童歡呼調笑猜拳行令，誰輸了就在酒海裡猛喝一口屠蘇酒。內侍趕到近前人向李白宣旨，李白雙膝跪地口角流涎端著那酒海，稀裡糊塗謝了恩道：「要賞月詩……有何難，我立時……便寫與你吧！」說著也不起身坐在地上將酒海裡的酒一仰脖子喝下道：「拿筆來！」拿過內侍手中的紙鋪在地上，抓起筆來寫道：「明月出天山，蒼茫雲海間。」只寫兩句，眼睛再也睜不開，身子往旁邊一倒沉沉醉去。

「李學士，李學士！」內侍大聲叫道，李白伏在地上一動也不動。內侍見李白不動彈，湊在李白耳朵邊大叫道：「李白！你為皇上做的詩還未寫完，怎敢睡眠！」李白已經鼾聲如雷，酣然入夢，那裡聽得見？內侍急了，用腳踢了踢李白的頭，仍然毫無反應，便叫人把李白伏在地下的身子翻過來，李白稍微動彈了一下，又不動了。

「弄上馬！」內侍說。

幾個人七手八腳費了好大力氣才把李白像一個裝了糧穀的口袋一樣橫馱在馬上，拾了那張只寫了兩句的詩的白麻紙，回宮向高力士交侍。

高力士見李白沉醉不醒，便叫內侍將他送回翰林院，拿了李白的兩句詩呈獻給玄宗。

張垍、孫逖等一班文士，得知李白沉醉不醒，以為正好取悅於皇上，於是苦苦思索搜腸刮肚一時間就湊了好幾十篇關於中秋詠月的詩，太真妃見皇上看詩，與幾個公主到一邊納涼去了。

玄宗趁著酒興，一口氣看完了幾十篇賞月詩，無甚賞心悅目之佳句，只有「明月出天山，蒼茫雲海間」。雖則只有兩句而意象崢嶸氣魄宏大，尚合自己情趣，那熟悉的行草正是李白字跡。

「怎麼就兩句？下面沒有了？」玄宗問高力士。

「這是李白喝醉了酒寫的……剛寫了兩句，又醉去了。」高力士答道。

「快把他叫來。」

高力士立即吩咐兩個內侍去翰林院。

「李學士，醒醒！李學士，醒醒！」兩個內侍將李白又捶又打，又弄了一碗醒酒湯回來灌下，好不容易將李白弄醒。再傳了皇上口諭，李白方有些清醒起來，想到皇上到底還是記得自己，一陣暖流貫通全身，不由一陣內疚，忙忙地換了衣衫，隨內侍來到興慶宮。

「李卿，快為朕把這首詩續完。」「臣李白尊命。」

李白來到書案前，提起筆來一揮而就。

「皇上，臣續完了。」李白雙手將詩交到玄宗面前。「你為我吟誦一遍。」

「臣遵命。」李白吟道：「明月出天山，蒼茫雲海間。長風幾萬里，吹度玉門關。漢下白登道，胡窺青海灣。由來征戰地，不見有人還，戍客望邊邑，思歸多苦顏。高樓當此夜，嘆息未應閒。」

「怎麼寫到邊關去了？」後面的詩句出乎玄宗的意料之外。李白忙稟道：「臣以為邊關也是皇上恩澤所到之處，皇上像明月一樣普照四海，一定照得到邊關！」

玄宗見李白把他比作高懸中天的明月，滿意地笑了，說道：「李卿真會講話。」

「皇上可知道，近年來為了與吐蕃作戰，邊關已經死了好幾萬人。在邊關作戰的百姓子弟，正盼望著皇上祥光普照，早日平息戰爭，回到家園過耕織太平的日子！」李白望著玄宗說，假如皇上有所觸動，停息了對吐蕃的戰爭，那麼磔磴就可以回來了，成千上萬的百姓子弟就有救了。

「邊關的事，朕早已交給右相辦理了。你何必告訴朕！」玄宗覺得疲倦，打了一個呵欠，說：「你已經說到賞月以外的事了，中秋晚上，朕要一邊賞月，一邊聽著美妙的歌曲，你這首詩，未免太悲涼，朕聽了以後，已經覺得心情不佳！」

說罷將詩擲在書案上，身上住椅背上一靠，雙手向上張開伸了個懶腰。詩箋落在案上，隨著慣性飄落在李白腳下。

李白俯身拾起那篇詩稿，走了出去。

這一年的中秋，月光分外明媚。李白獨自在翰林院裡飲酒，遠遠聽見宮牆那邊傳來梨園子弟輕柔的歌聲：「昆明夜月光如水，上林朝花色如霰，花朝月夜度春心，誰忍相思不相見……」

37. 安能摧眉折腰事權貴，使我不得開心顏！

宮裡的日子一天天飛快地過去，玄宗夫婦只覺得天下新奇好玩的物事都玩過了，歌舞昇平也十分乏味。玄宗遵照章趨的建議，每天下午在大同殿打坐，修煉「內丹」。

玉環悄悄地來到玄宗面前，玄宗一點兒也不覺得，玉環見玄宗披髮緩形閉目存神，赤足盤腿坐在蒲團上，好像一段木頭，甚覺好笑，躡手躡腳走過去，伸出蔥管似的玉手，輕輕地在玄宗赤腳的腳心中撓了幾下，玄宗猛地縮了腳睜開眼，見是玉環，一下子撲過去將玉環抓過來緊按在自己懷裡，一邊在她身上亂撓道：「你這頑皮的女孩，怎敢打擾皇上煉丹！」直撓得玉環格格笑個不停。玉環一把揪住玄宗的鬍鬚道：「饒了臣妾吧！臣妾有一件天大的新鮮事要來告訴呢！」說完笑得喘不過氣兒來。玄宗將玉環扶起，在她前胸後背揉了揉，待她喘過氣兒來說：「快說吧，什麼天大的新鮮事兒？」

「乾兒子不知從哪裡弄了一對白鸚鵡來，皇上快隨臣妾去看吧？」玉環說。

「什麼？安祿山弄了白鸚鵡來？」玄宗問道，這個體貼入微的乾兒子，每次獻來的東西總是出人意料。「在哪裡？」

「在望春臺，快走吧！」玉環一邊說著一邊把皇上從蒲團上拉下來。

到瞭望春臺安祿山早已待在那裡，見玄宗夫婦過來，納頭便拜，口中叫道：「兒安祿山給爸爸媽媽請安！」看見這樣一個胖大兒子叫得如此親熱，喜的玄宗夫婦合不攏嘴。玄宗道了「平身」，安祿山從僕人手中接過一個黃金鳥架，架上站著兩隻白鸚鵡「撲騰」、「撲騰」地扇著翅膀，渾身上下羽翼如雪無一根雜毛，見了玄宗夫婦學人的聲音叫道：「爸爸，萬歲！萬歲，萬萬歲！媽媽，千歲，千歲，千千歲！」把玄宗與太真妃，喜的合不攏嘴。

「我的兒好孝心，你是從那裡弄來的？」玄宗笑道。

「孩兒是從天邊弄來的！」安祿山狡猾的小眼睛咕碌碌地轉著。

「好個雜胡小子！你說天邊在什麼地方？竟敢拿沒有的地方來哄騙朕！來呀，拖下去與我打！」玄宗故意生氣地說。

玄宗的話剛落音，安祿山伏在地上叩頭如搗蒜，口中不住地叫道：「爸爸媽媽，爸爸媽媽饒了兒子吧！兒子說的是實話！」

「從實招來！」太真妃已忍不住要笑。

「兒子是從嶺南廣州南邊的海洋那邊弄來的，那裡已經沒有陸地只有天和海，兒子怎麼敢欺騙爸爸媽媽呢？可憐可憐兒子一片孝心，爸爸媽媽饒了兒子吧！」

安祿山左一個爸爸媽媽，右一個爸爸媽媽，叫得玄宗和太真妃笑得臉上一朵花似的。

「行，乖兒子，乖兒子，叫得如此親熱，倒像自己生的兒子似的。」玄宗說。

「比親生兒子還親熱。」太真妃想起那些對她側目而視的王子們，又補上一句說。

「謝爸爸媽媽！」安祿山從地上爬起來裝作怯生生的樣子像小孩似的抓住自己的衣角故意搖搖擺擺地說。

肥胖醜陋的安祿山故意裝出小孩子的樣子把玄宗夫婦一下子逗樂了。

「好兒子，好兒子，……好……」玄宗夫婦笑得喘不過氣。「不過，按俺們胡人的習慣，俺雜胡還不是爸爸媽媽的兒子！」安祿山記住了前幾天高尚密授給他的「天下第一計」，認真地說。

「爸爸媽媽的親兒子，在出生的第三天，要洗兒，親戚朋友都要給洗兒錢的。」安祿山訕笑道。

「洗兒錢！有意思。」太真妃說。

「雜胡小子，你的爸爸朕乃是大唐天子，哪有給不起洗兒錢的道理？你準備裝錢，朕給！」

三天之後，太極宮的凝碧池旁，玄宗為義子安祿山「三朝洗兒」準備了盛大的宴會。

幾個身材高大的內侍抬著一個特別大的上面鋪著錦繡的被褥的竹筐。筐裡躺著安祿山，安祿山光著身子只穿了一件紅肚兜，頭頂上像嬰兒似的紮了個通天辮，用紅繩繫著。肥胖的腿上、臂上、胸前的黑毛醜惡的裸露著。他手裡拿著一個碩大的的撥浪鼓，不咚不咚地搖。

大搖籃的前面，一隊宮女敲著鑼鼓，拿著笸籮，一邊走一邊嘻嘻哈哈地敲打。

秋日凝碧池邊的陽光特別明朗，因為暑熱還未完全消退，玄宗只穿著便服，太真妃穿著薄的紗衫。諸王公主、文武大臣都排列在池邊坐著。

「你瞧，乾兒子過來了！」太真妃道。

抬著安祿山碩大搖籃的隊伍吹吹打打地過來，走過玄宗夫婦近前，安祿山在搖籃裡學嬰兒似的「呱呱」哭啼幾聲，叫道「爸爸，媽媽！」

觀看的諸王公主文武百官笑得前俯後仰。

太真妃邊笑邊說：「今日……是我兒安祿山……三朝喜日，祿兒向他們討洗兒錢！」太真妃說。

內侍將他抬到李林甫面前，李林甫從懷裡取出一對大大的金元寶來，笑吟吟地放在宮女的笸籮裡，叫道：「臣李林甫恭賀皇上喜得貴子！」一時間全場歡聲雷動。諸王公主、文武大臣都學著李林甫的樣子，將金錢首飾心愛之物紛紛投到宮女們端的笸籮裡，安祿山見了喜的在搖籃裡將撥浪鼓搖得亂響。

「快用襁褓把我兒包起來！」太真妃叫道。

幾個宮女用黃綾作的團花簇錦的襁褓裹在安祿山的身上。

「祿兒謝過媽媽爸爸萬歲萬歲，萬萬歲！」安祿山在搖籃裡學著小孩子的聲音叫道。

抬著安祿山的大搖籃環繞著大臣貴戚走了一圈，宮女們的筐籮裡裝滿了金銀珠寶。

「好一幅天倫之樂的圖畫呀！快與朕畫下這場面，題詩作留念！」玄宗興奮不已地喊道。

為了這次「三朝洗兒」高力士倒是早早地作了安排，把吳道子從洛陽的佛寺中請回，高力士接受珞薇的建議，差人吩咐李白不要外出喝酒，早早地作準備為這次盛會作詩。吳道子在內侍們早安排好的書案前開始作畫，但不知為何李白卻不見人影。

原來李白聽高力士宣旨以後一股無名怒火衝上心頭，君王竟做出這等荒唐事來，卻是自古以來僅此一人。不管三七二十一溜出了翰林院，到輔興坊的一家酒店去喝酒，雖然李白酒量大，但心裡悶悶不樂，只三杯兩盞葡萄酒，便沉沉醉去。

高力士見李白不在，立即差人去找，兩個內侍好不容易把李白找到，扶上馬弄到凝碧池邊。「稟皇上，小人把李學士弄回來了。」內侍說著把李白放在地上，李白醉成一攤泥似的癱倒在地。

玄宗不滿地看了李白一眼，太真妃故意掩口皺眉。「醉成這樣還做詩？用冷水把他弄醒！」一個內侍在凝碧池裡舀了一桶水，「啪」的一聲倒在李白的頭上。

「成何體統，成何體統！」李林甫搖搖頭說。百官紛紛對李白投去鄙夷的眼光。

李白被涼水激醒，睜開眼看看見安祿山正在他不遠的地方的大筐裡蠕動著，向著大臣和貴戚投過來的金錢珠寶起勁地搖著手中的撥浪鼓，李白支起身子，望著這一片荒唐。

「李學士，你看好一派天倫之樂，快來與朕共享，快快與朕題詩留作紀念吧！」玄宗笑得花白的鬍鬚一抖一抖地。

「對，題詩留念！那麼快快拿筆墨來！」李白叫道：「讓我看清了這雜胡到底玩的什麼把戲。我這就寫。」

李白將潑溼的烏紗帽往地下一摔，抓起內侍捧過來的筆，在墨硯裡飽蘸了濃墨，提筆歪歪斜斜走向安祿山。

「你這雜胡，你這北方竄來野豬！你腆著這一身肥肉袒腹張胯地往這裡一躺，呱呱一叫，已經比老神仙的祥瑞戲，文人們的應制詩更可愛了！哈……滿朝文武百官那個有你乖？哪個有你乖？」

安祿山看見李白的眼神炯炯如餓虎地盯著他，一陣心虛膽怯，只有這個「無慾則剛」的人，會使他在大庭廣眾中下不了臺。安祿山驚詫地支起身子，像一隻欲逃不能的野獸，完全沒有了剛才的嬌態憨態，從大筐裡一屁股坐到筐外驚叫道：「你……你要幹什麼？」

李白上前一步揮動那飽蘸濃墨的筆，像抄起一支匕首，一下子掀掉安祿山身上的襁褓，抓住安祿山胸前的兜肚，墨汁濺到安祿山臉上。

李白用那筆指著安祿山喊到：「你這個骯髒的小人，你這隻陰溝裡爬出來的狗！你腆著大肚子在這裡譁眾取寵，為的是什麼？為的是什麼？看我扒下你的皮來，看看你的心是不是黑的！」

李白一把將紅肚兜扯下來，安祿山只穿了一條褲衩，像一條肥豬，嚇得叫了起來，在地下爬著，將先前李白撕下的黃綾襁褓拾起來，遮住醜陋的肚腹和下身。

李白瘋狂地笑道：「好一派太平景象，好一派太平景象！好玩極了！好玩！好玩！」笑得安祿山毛骨悚然，不知這個酒瘋子還要幹出什麼使他出乖露醜的事來。「住口！這個酒瘋子，還在笑什麼？」高力士叫道，他想他早看出了李白是個迷失本性的瘋子。

李白張開雙臂踉蹌地笑著，轉著。文武百官諸王公主都啞了似的愣在那裡。

「把這個酒瘋子扔到池子裡去！」玄宗說。

幾個內侍跑過來，將李白抓起來拖過去扔進凝碧池，濺起一簇簇水花。

李白在水裡掙扎著，好不容易爬上岸，倚著欄杆，只覺得天旋地轉。好像皇上、太真妃、高力士、李林甫、張垍、諸王公主和大臣們都圍著他在轉，一個個指手劃腳，一個個嘲笑奚落。李白翻過白石雕花欄杆，搖搖晃晃走向前去。

李林甫訕笑著說：「池子裡的水很涼快，這下子酒該醒了吧！」

李白搖搖頭，從溼透了的長袍的下襬抹了一巴掌水，對著李林甫的臉上一揮，濺了李林甫一臉的水。李林甫十分尷尬，只好舉起袍袖揩去臉上的水珠。

李白走到玄宗面前，醉態可掬地笑著。玄宗看他渾身水淋淋地像一隻落湯雞的樣子，取笑地問他：「你在水裡看見什麼？」

李白痴迷地對玄宗笑了笑，說：「我在水裡……看見了……三閭大夫……屈原，他問我……為什麼……到水裡去？」

玄宗的臉上一下子變得鐵青：李白的話是有所指的，屈原不滿於昏庸的楚懷王，在楚國滅亡之後才投水自盡的。玄宗正要發作，瞪了一眼向他醉笑的李白，對於一個醉漢，他又能說什麼呢！他突然想起了玉環向他哭訴的「可憐飛燕倚新妝」，他正是再一次佯裝醉狂來譏諷朕！於是玄宗從牙縫裡迸出一句話「拉下去！」

內侍們一擁而上，將李白拉下去，推倒在重元門旁的走廊的角落裡。

當玄宗看見那個落湯雞般的文人從他的視野裡消失之後，喃喃地說了一句：「這個人一副不通達的樣子……不是做官的材料。」

站在太真妃身後的珞薇把這一切都看在眼裡，當人們專注地看那幾個內侍把酒瘋子李白拖走的時候，珞薇悄悄地從人叢中溜了出來，穿過花間的小徑，繞到重元門側那個冷僻的角落裡，渾身溼透的李白臥在那裡。珞薇看著幾個內侍走遠，從樹叢中走了過來。

「你太過份了，你捅了馬蜂窩了！等會兒皇上回宮，你就給皇上賠罪，說醉後失言，不然，準備著受罰吧！」珞薇急急地說，是她向高力士建議，今天的遊樂場面，應該由李白來寫詩的。

李白見珞薇過來，從地上爬起來，頭髮裡的水滴滴嗒嗒地流著，靠牆蹲在那裡。他只望著珞薇笑，他早就想借事將安祿山之流痛罵一頓了，哪知這機會撞到了他面前，他總算痛痛快快地了了一次心願。

「你要明白這樣做的後果！」珞薇說。

「再這樣下去大權就會掌握在一幫小人手裡，太子、李泌、趙奉璋他們也許說得很對……」李白說。

「你還在說太子、趙奉璋，你不要命了？我再說一次，要考慮自己的後果！」珞薇放低了聲音，一張粉臉漲得通紅。

「我來到這裡，就是想輔弼天下報效明主，如果我報效國家的願望不能實現，我不如去學垂釣煙波的嚴子陵，回到那青松與白雲之間去！」李白說著從地上站起來。

「嚴子陵？誰是嚴子陵！」珞薇生怕李白再牽扯一個危險人物。

「瞧你還讀過我的詩呢，不知道了吧？讓我來告訴你。」李白對這個一向自以為是自詡為他的知音的女子幽幽地說：「嚴子陵是漢光武帝劉秀的朋友，與漢光武帝親如兄弟。一天夜裡，嚴子陵與漢光武帝同榻共枕，嚴子陵在睡夢中將自己的腳伸到光武帝的腹上，第二天太史奏道：『客星犯帝座甚急。』漢光武帝笑著說：『昨天晚上我與老朋友嚴子陵在一張床上睡覺，他把腿放在朕的肚腹之上了。』嚴子陵就是這樣以帝王為友，平交王侯，不能為桃李之媚色，有似松柏之高風。皇上有天下，而李白有才華；皇上有權威，而李白有尊嚴！」

「你要讓皇上像對待兄弟樣對待你，那是不可能的。你又在夢想了！」珞薇說。

「我對皇上忠心耿耿，怎麼能不想？我連做夢的權利也被剝奪了？」

「夢想是有害的，當你醒來，就什麼也不存在了。快想法給皇上認罪吧！」

「我已經醒來，我知道我夢中的那些情景已經不存在了，所以我也不想給皇上認罪。我不過戲弄了那些居心叵測的奸人，我沒有錯。」

「你不認罪，就要被朝廷拋棄，你還不明白，你到長安是來弄權做官來了，還是作夢作詩來了？要做官就不要做夢？」

「我有我自己的思想！」李白瞪眼向珞薇吼道。

眼看她苦心經營的「愛情」就要化為泡影，珞薇急了，叫道：「你為什麼要有思想，為什麼要有思想？」

「你問得對極了，我能違心地跟著那些蠅營狗苟的人去混世嗎？我能看著他們危害國家暴虐百姓不管嗎？大丈夫活著就僅僅為了像『立仗馬』一樣食三品的草料嗎？可笑！」李白大笑著叫道。

「你小聲點好不好，我跑到這裡來完全是為了你，這朝廷中哪裡需要什麼真實感情呢！」珞薇急得眼淚快掉下來了。

李白望著珞薇說：「你說得對極了，這裡到處是勾心鬥角，偷偷摸摸，詭計陰謀，蠅營苟且，當然不要什麼真情實感。那麼你和我呢？」李白看著這個為他著急的女子，不知為什麼心中一陣酸楚。珞薇流下淚來。

要是她不是這樣地在官場中出現，也許她是他最好的朋友，甚至……

李白深情地拉著她的手說：「珞薇，難道你不明白，感情本身就是令人羨慕的嗎？假如我像他們一樣，你心中還有我嗎？」

水順著李白的面頰往下淌，珞薇與他離得很近，溼透的衫紗分明勾畫出他身體的輪廓。她感覺到他的身體的熱氣，透過的溼透的紗衫散發出來，她聞到他口中酒的氣息。珞薇使勁把自己的手從李白手中抽出來，帶著哭聲叫道：「都什麼時候了，你還說這些？你仍是二十年前在江邊碰到的那個李白，你永遠做著飄逸的夢！我再說一遍，此時你必須迅速選擇，錯過機會就再也沒有補救的機會！」

機會？他李白生來天資英縱正直不阿，他是跨天綱，躡地絡，翼若垂天之雲的大鵬，要他奴顏婢膝地事奉權貴還要抓緊機會？他望著珞薇冷冷地說出一句：「安能摧眉折腰事權貴，使我不得開心顏！」

第二天早上，李白的辭職書很快地轉達到高力士手中。玄宗聽高力士稟告說，安祿山從范陽運來一批貴重木材製作太清宮裡的雕梁畫棟。玄宗和太真妃換上新裝，這就過去看。

高力士將李白的辭呈交到玄宗手中，稟道：「皇上，翰林學士李白，固請還山……」

「固請還山，他一定要走？……」玄宗一邊在大銅鏡面前觀賞自己的類似胡服的窄袖團花錦袍。

「是的，一定要走，口氣很堅決，這種人發賤，壓根兒就不想為皇上效勞。」高力士說。

「讓朕想想。」玄宗說。

這時一個宮女進來稟道：「皇上，太真妃娘娘在外面等著你去看安大夫的新鮮玩意兒。」

「什麼新鮮玩意兒？」玄宗問。

「皇上的乾兒子正趴在地上學狗叫呢！安大夫叫一聲，那白鸚鵡也叫一聲，快去看吧，太真妃娘娘等著急了呢！」那宮女拉著玄宗的袍袖說。

「朕這就去，朕這就去！」玄宗理了理腰間垂掛的八寶如意連環珮，就要往外走。

高力士進前一步道：「皇上，李白的事，請你示下呢！」

玄宗邊往外邊走邊說：「讓他走算了，你安排人辦理一下。」走到門邊，回頭對跟在後面的高力士說：「賞給他點錢。」說著與宮女匆匆離去。

不遠的花叢中，傳來安祿山學狗叫的「汪汪」聲和太真妃銀鈴般的笑聲。

對於李白來說，輔弼天下的夢就這樣破滅了。他提一壺酒，邊走邊喝。走出春明門，就是屬於他的世界了！那裡可以大哭大笑，那裡有他熟悉的青松和明月。什麼三墳五典八索九丘，喝酒呀！什麼經濟之術，縱橫之才，喝酒呀！……什麼江山社稷良策宏圖，喝酒呀！喝下去塊壘盡消，喝下去物我兩忘！李白騎在馬上手執一壺酒，邊走邊唱：「天若不愛酒，酒星不在天，地若不愛酒，地應無酒泉，天地既愛酒，愛酒不愧天……」李白一路高唱著馳過朱雀大街，一揮手中的珊瑚鞭，那馬飛跑起來。李白一手提壺一手執鞭，忘了抓住韁繩，那馬一陣快跑，差點兒把李白甩下馬來。李白伏在馬上抓住韁繩，放聲唱道：「已聞清比聖，復道濁如賢，賢聖既已飲，何必求神仙，三杯通大道，一斗合自然，但得酒中趣，勿為醒者傳……」

李白邊喝邊唱，馳馬出了黑洞洞的春明門，無人可別也無需送別，半壺下肚便將千里江山滿腹人事扔在長安。前面仍是灞橋夾道萬株楊柳，藍天白雲萬里晴空。

春明門城樓上，吉溫和監察御史羅希奭盯著李白消失在灞橋古道盡頭，連忙回相府稟報。李林甫交給羅希奭一個名單，上面有一百多個人的名字，有貶到縉雲和播川的韋堅、皇甫唯明、北海太守李邕等等，凡當朝有名的大臣都在此列。為了達到殺害這一百多人的目的，必須製造多種駭人聽聞的罪名，如果這些人中有一個人得到皇上重用，李林甫及其私黨則將身家性命不保，羅希奭和吉溫就擔當起不斷製造冤獄和殺人的責任。

天寶三年三月，李白離開了翰林院。有史記載，翰林學士干預政事是從李白開始的，李白草詔制誥受到皇帝的高度重視，翰林院演變為草擬密制敕誥的重要機構。到了中唐，翰林學士逐漸成為皇帝的顧問兼祕書，有「內相」之稱。唐憲宗後，承旨的翰林學士往往升為宰相。到了明朝，翰林院的設定更為特別，翰林院設學士、侍讀學士、侍講學士及侍讀、侍講等官。「掌制誥，史冊文翰之事，以考議制度，詳正文書備天子顧問……」參與機務的內閣大臣都必須是翰林院學士或殿閣大學士出身……。清朝的內閣軍機處，兼有明朝內閣與翰林院的職權，後置殿閣大學士成立內閣……。

李白走後，高力士專程來到李白的房間裡，這個令他蒙受奇恥大辱的醉鬼，終於被趕出了朝廷。房間裡空蕩蕩的，只有幾頁詩稿零散在書案上，高力士信手拈起一張，看了幾句，只覺那詩句像鬼神的咒語，禁不住心驚肉跳！高力士將那張詩稿摺好，揣進自己懷中，走出了翰林院。

37. 安能摧眉折腰事權貴，使我不得開心顏！

李白——夢繞長安：

且看仙風俠骨的一代才子，如何經歷這一世愛恨情仇

作　　者：王慧清
發 行 人：黃振庭
出 版 者：崧燁文化事業有限公司
發 行 者：崧燁文化事業有限公司

E-mail：sonbookservice@gmail.com
粉 絲 頁：https://www.facebook.com/sonbookss/
網　　址：https://sonbook.net/
地　　址：台北市中正區重慶南路一段61號8樓
8F., No.61, Sec. 1, Chongqing S. Rd., Zhongzheng Dist., Taipei City 100, Taiwan

電　　話：(02)2370-3310
傳　　真：(02)2388-1990

印　　刷：京峯數位服務有限公司
律師顧問：廣華律師事務所 張珮琦律師

定　　價：450元
發行日期：2024年06月第一版
◎本書以POD印製
Design Assets from Freepik.com

國家圖書館出版品預行編目資料

李白——夢繞長安：且看仙風俠骨的一代才子，如何經歷這一世愛恨情仇 / 王慧清 著 . -- 第一版 . -- 臺北市：崧燁文化事業有限公司，2024.06
面；　公分
POD版
ISBN 978-626-394-411-4(平裝)
857.7　113007890

電子書購買

爽讀 APP

臉書